私の昭和史・戦後篇 上

中村稔

青土社

私の昭和史・戦後篇　上

中村稔

目次

1 昭和二十年八月十六日、私たち一家が父の任地、青森に向かって上野駅を発ったこと、八月末まで青森刑務所の職員倶楽部兼武道場に仮住まいし、九月、弘前の借家に転居したこと、戦後の一高の寮の食糧事情、弘前の生活、九月中旬、一高の寮に戻り、中野徹雄らと再会したが、間もなく弘前に帰省したこと、十月下旬、上京のさい、盛岡で途中下車し、盛岡刑務所で医師をつとめていた兄と会い、小雨ふるなか、北上川のほとりで話しこんだこと、その日の感慨を「陸中の国　盛岡の町よ」と結んだ四行詩に書いたこと、など。　7

2 戦後、一高では理科から文科への転科、陸海軍諸学校等からの転入があったこと、いいだもも、中野徹雄らが『世代』発刊を計画していたこと、矢牧一宏のこと、列車の混雑、切符の入手難、冬の弘前の風景、最勝院の五重塔のこと、駅前の貸本屋に出入りする青年たちと知り合ったこと、アマチュア劇団が上演した「鯨」を観たこと、野坂参三が帰国し、「愛される共産党」と語ったこと、これを欺瞞的と感じたこと、など。……27

3 一高の寮で不足していた電球の入手、電熱器の風呂の製作、水洗便所の修理などに寮幹事が苦労したこと、一高生のエリート意識と学閥による特権の余沢に与っていたこと、幹事制から委員制への復帰と寮の自治制のこと、食糧難のため頻繁に休校となり、弘前との間を何度も往復したこと、帰省中、八郎潟の近くに愛人と生活していた親戚を訪ね、近傍を彷徨し、詩「ある潟の日没」を書いたこと、など。……44

4 昭和二十一年五月、弘前城の花見に太宰治さんのお伴をしたこと、からない坂付近の山林で山菜採りをしたこと、父が青森地裁から水戸地裁に転任になったこと、六月、寮に戻ったこと、正門主義の維持か、廃止かについての論争とその結末、『向陵時報』の復刊、いいだももの評論「中原中也の写真像」、その他、同紙に掲載された小説等のこと、丸山眞男「超国家主義の論理と心理」、および竹山道雄「鴎」について私が抱いた感想、など。

……63

5 昭和二十一年七月、『世代』の創刊、第六号までの第一期における『世代』と私との不即不離の関係、『世代』の「家鴨宣言」など、第一期『世代』掲載の中村真一郎、加藤周一、福永武彦三氏の「CAMERA EYES」、矢牧一宏の小説「脱毛の秋」、網代毅の詩「再びなる帰来の日に」、太田一郎の短歌「無花果」、吉行淳之介の詩「盛夏」、小川徹の「人格からの脱出」、八木柊一郎の「放心の手帖」、岡義武「ワイマール共和国の悲劇」、ベルジャーエフ・中野徹雄訳「ソヴィエト革命論」のこと、私の小説「鯨座の一統」のこと、など。……81

6 原口統三の自死までの約二カ月、かなり親密な交わりをもったこと、原口は十月二日赤城で自死を図って果たさず、極度に憔悴して寮に戻り「二十歳のエチュード」の推敲にうちこんでいたこと、十月二十五日深夜、逗子海岸で入水自死したこと、友人たちの彼に関する回想、彼の自死の論理と私の感想、私たちが共有した精神的風土についての中野徹雄の考察、原口の母堂への思慕と望郷の思い、原口の「風土のふるさと探し」の旅行、家系的な資質、母堂が引揚げ後、しばらくして逗子を訪れたこと、など。……107

7 伊達得夫が一高の寮に訪ねてきたこと、新憲法の制定手続について私が感じていた疑問、「国体」に関する貴族院での論争、『世代』創刊号の佐藤功「近代憲法への出発」、宮沢俊義教授の「八月革命説」、新憲法について考えていたこと、東京裁判は報復的儀式と考えていたこと、東京裁判の被告人たちの態度のこと、一高全寮晩餐会における、戦争中、田中耕太郎が網走刑務所の志賀義雄をたびたび見舞っていたという秘話を披露した志賀の演説と田中耕太郎の反論のこと、など。……145

8 日高普が寮に訪ねてきたこと、『向陵時報』復刊第二号の宇田健の小説「近代人」のこと、一高に社会科学研究会が設立されたこと、昭和二十一年十二月、高原紀一らが太宰治、亀井勝一郎両氏をお招きした会合で三島由紀夫氏と同席したこと、帰途、三島氏と同行したこと、寮の燃料不足、規律の乱れ、南寮一番室の山本巌夫らとの交友、二・一ゼネストの中止のこと、『向陵時報』復刊第三号の中野徹雄の評論「汝は地に」のこと、橋本攻の短歌のこと、出席日数が不足していたが、五味智英教授の配慮で卒業できたこと、など。…… 170

9 昭和二十二年四月、東大法学部法律学科に入学、家計が苦しかったこと、そのため水戸で遊んでいたこと、教科書等を買うため上京したとき、偶然、三島由紀夫氏に出会い、三島氏が東大構内を案内などしてくれたこと、『二十歳のエチュード』が昭和二十二年五月に前田出版社から出版されたこと、原口統三の墓碑を立てるため、橋本一明らと赤城に登ったこと、九月、『世代』が復刊したこと、第二期『世代』の筆者はほとんど私たちの仲間だったこと、『世代』に掲載された中野徹雄、いいだもも の評論等のこと、など。…… 201

10 昭和二十二年の秋から、大宮の篠原薬局に居候したこと、大学の授業に失望したこと、森川町の麻雀屋で時間を過すことが多かったこと、やがて麻雀について自分の実力を思い知ったこと、共産党に入党を勧められ、断ったこと、日本資本主義論争の著書を濫読していたこと、法律への眼を開いてくれた我妻栄『近代法における債権の優越的地位』、大塚久雄『株式会社発生史論』のこと、など。…… 224

11 伊達得夫が私の探偵小説をカストリ雑誌に売りこんでくれたこと、向島の伊達の新居を訪ねたこと、昭和二十三年二月、書肆ユリイカから『二十歳のエチュード』が刊行されたこと、その経緯は若干不透明であること、伊達の苛烈な戦争体験と人間性のこと、当時、

白井健三郎さんが私にとって文学的、思想的に開かれた窓であったこと、白井さんの奥様の臨終記「はりつけ」のこと、私の斡旋で橋本一明、都留晃が白井家に同居したこと、菅野昭正を知ったこと、など。……257

12 占領政策の転換のこと、昭和二十三年四月の出隆先生の共産党入党、東宝争議、祖父の死去と葬儀のこと、七月、父が水戸地裁から千葉地裁に転任したこと、八月十七日の『朝日新聞』で本庄事件が大きく報道され、旧友岸薫夫が脚光を浴びたこと、本庄事件として報道された警察、検察当局と暴力団の癒着のこと、占領軍軍政部の支持をうけ、青年たちが癒着排除の諸項目を決議したこと、山本薩夫監督の映画『暴力の街』のこと、など。……284

13 昭和二十三年秋ころからプロ野球を観るようになったこと、別所引き抜き事件のこと、東京六大学野球も熱心に観ていたこと、法政の関根潤三のファンであったこと、サンフランシスコ・シールズの来日と関根の好投、東大野球部では一高の同窓が活躍していたこと、昭和二十三年九月、相澤諒が服毒自死したこと、相澤の詩と詩論のこと、『芸術』に詩を発表した機会に亀島貞夫さんを知ったこと、いいだが『展望』に発表した評論と戯曲のこと、など。……315

14 昭和二十三年十一月、極東国際軍事裁判の判決が言渡されたこと、戦争責任のこと、「宮沢賢治序説」を書いたこと、昭和二十四年八月に司法試験を受けたこと、物情騒然たる状況下で、日本共産党は「人民政権への闘争が現実の日程にのぼった」と夢想していたこと、占領軍の特権、検閲、占領政策批判による懲罰のこと、「海」などの十四行詩を書いたこと、朝日新聞社への入社も考えたが、結局、司法修習生になることにきめたこと、など。……341

15 昭和二十五年四月、父が東京高裁に転任になり、一家は大宮にひきあげたこと、四月から二年間、私は司法修習生としてその課程を履修したこと、指導教官の方々のこと、司法修習生として法律を現実の紛争に適用するさいのダイナミズムを学んだこと、平本祐二が珠江さんと結婚したこと、平本の人柄、司法修習生の課程を終えたこと、昭和二十五年九月、書肆ユリイカから詩集『無言歌』を刊行したこと、刊行にいたる経緯、など。……368

16 昭和二十五年春ころから、大岡昇平さんの助手として創元社版『中原中也全集』を編集、杜撰な編集をした私の無智のこと、昭和二十五年一月、コミンフォルムが野坂理論を批判、日本共産党は、紆余曲折の結果、昭和二十六年十月、五一年綱領により、武装闘争を確認、私は常軌を逸していると考えたこと、朝鮮戦争と私が『人間』に発表した詩「声」のこと、プロ野球がセパ二リーグに分裂、私が好きだった選手たちのこと、など。……399

1

昭和二十年八月十六日、私たち一家は上野駅から父の任地青森に向けて出発した。八十三歳の祖父、六十七歳の祖母、三十九歳の母、千葉医大三年生で二十一歳の兄、十八歳の私、浦和中学に入学したばかりだった十二歳の弟、四歳の妹の総勢七名であった。大宮からわざわざ上野まで出たのは、大宮から乗車したのでは空席がとれないだろうと予測したからであった。午後三時ころ、上野駅の改札口の前の行列の先頭に近く、私たちは並んだ。青森行は午後六時発であった。その約一時間前、駅員に誘導されて、歩廊の各列車の乗降口でまた列をつくった。旅費が支給されていたので、私たちは二等車の切符をもっていた。その乗客の列の先頭に私たちは立っていた。

敗戦の「玉音放送」の翌日、上野駅は混雑し、一種異様な昂奮につつまれていた。二、三十人の兵隊が列伍をくんで行進してきた。その指揮官らしい将校が東京高校時代の学友であることに気付いて、兄が声をかけると、盛岡の本隊にひきあげて、これから本土決戦に備えるのだ、とその将校は答えた。今ごろ何を馬鹿な、という声が聞こえたが、そんな呟きは騒音にかき消された。青天の霹靂のように敗戦をうけとった人々は、とまどい、明日のわが身に不安を感じていたし、軍人の一部は戦中の狂気をひきずっていた。

行列をつくっていた間は、それでも秩序が保たれていた。しかし、いざ乗車となると誰もが我先に列車に突進した。行列の順序も、二等、三等の区別もお構いなしに、列車に殺到した。母は祖父母と妹をかかえるように、兄と私は家族の全員をかばうようにしながら、列車に乗りこんだ。二等車の行列の先頭に立っていたおかげで、一ヵ所にまとまることはできなかったとはいえ、私たち家族の全員は座席を確保できた。三等車からなだれこんだ乗客もあり、通路まで立錐の余地もなかった。ひどい暑さだったにちがいないのだが、暑さを気にかけた記憶はない。私の気分もたかぶっていたし、家族全員が腰かけることができた安堵感にみたされていた。

午後六時、列車は上野駅を出発し、やがて日が暮れた。大宮を過ぎるころ、私たちは持参した握り飯をたべた。各駅停車の列車は仙台に着くころ夜がしらじらと明けた。海軍の将官が二人、副官を連れて乗車していたが、仙台で下車した。やがて副官がひきかえしてきて、その辺に短剣が残っていませんか、と訊ねまわった。そんなことだから戦争に負けたのだ、と祖父が声をあららげた。母が祖父を制止したが、二人の副官は悄然と出ていった。

仙台を発車すると、だいぶ車内の混雑が楽になった。朝食の握り飯をとりだしてみると、饐えた臭いが鼻についた。米だけでなく、さつま芋や豆、野菜などを混ぜこんだ握り飯だったから、車内の熱気で腐敗していたのであった。これはたべられないねえ、と母が言った。妹が火のついたように泣いた。仙台を過ぎてから乗りこんできた、通路に立っていた農家の主婦らしい女性が、見かねて持っていた握り飯を二、三個恵んでくれた。白米だけの握り飯であった。その一個をたべて妹は泣き止んだ。

兄はまた違った記憶をもっている。私たちはふかしたさつま芋を持参していた。これも腐っていた。捨ててしまおうとすると、捨ててしまうくらいなら、頂けませんか、と隣にいた年輩の男性にいわれたので、差し上げることにした。東北地方ではさつま芋は珍しいから、ほしがったのだ、という。

兄と私は青森に直行し、母たちはいま八戸といっている尻内駅で下車し、一泊して翌日、青森に来ることに相談がまとまった。青森に着くのは夕方のはずであった。老人づれの一家が夜になって未知の地で途方にくれるよりも、私たち二人があらかじめ前触れした方がよかろうということであった。それに父の次兄にあたる伯父から餞別に貰った米を持っていたので、どこか泊れる旅館もあるだろうと考えていた。事実、駅前の旅館に泊れたそうである。弟は、徴用されていた女子工員が数人、徴用を解除されて同宿していたが、その女性たちから煎り大豆をご馳走になったことを憶えている。

私と兄が青森に着いたときには日は暮れていた。駅を出るとスピーカーから東久邇宮首相の就任演説がながれていた。ちょうど午後七時、上野駅を出発してから二十五時間の長旅であった。空襲で全焼していた青森の市街地にはほとんど灯がともっていなかった。刑務所はどこか、二、三の人に訊ね、教えられて、私たちは歩きだした。青森刑務所は現在でも同じ場所にある。青森駅からほぼ四キロほどであろうか。ずっと先に見える灯が刑務所だ、と教えられた。漆黒の暗闇であった。灯は見えたが、歩いても歩いても灯は近づかなかった。近くて遠いは田舎のあかりだ、などと冗談を言いながら、私たちは歩き続けた。

四十分ほど歩いてようやく刑務所に到着した。刑務所の敷地内だが、受刑者が収容されている高いコンクリート塀に囲まれている区画の外に看守ら職員の倶楽部兼武道場があった。その勝手口で父を呼んでもらった。父は走るように出てきた。父に再会したうれしさに私はほとんど涙ぐむ思いであった。

どうしたのだ、と父が言った。ぼくたちが先発し、母たちは明日青森に着くことになっている、と兄が答えた。それからやおら父は、食事はどうした、と訊ねた。朝から何もたべていない、と答えると、まあ上れ、食事の仕度をしてもらおう、と父は言い、六畳の和室に連れていかれた。やがて年配の女性がお櫃を持って現れた。その後、さまざま世話になった黒滝さんという裁判所の書記長の夫人であった。お櫃から御飯を頂くというような習慣を私たちは久しく忘れていた。お櫃をみたこと自体が充分感動的であった。丼一杯の七分搗きの米飯、それに味噌汁と漬物が添えられた。食べ終えたときは心底から満ち足りた思いであった。

翌日、荷車に布団を敷き、その荷車を馬が挽く、といったかたちの馬車で、尻内から青森に到着する母たちを迎えにいった。こうして、一家再会し、ほぼ二週間続いた青森刑務所の倶楽部での生活がはじまった。八月十八日、昼に近い時刻であった。

＊

青森刑務所の職員の倶楽部兼武道場は六畳の和室が四室、板敷のひろびろした武道場であり、和室四室の中二室を私たち一家が、他の二室を検事正一家が使用し、武道場には罹災した裁判所、検事局の職員の方々、七、八家族が少しずつたがいに間隔をあけて、使用していた。いまでも震災の被害にあった人々が体育館等に多数仮寓している映像に接することがあるが、ほぼ同様の光景であった。これらの人々は順次住居を見つけて武道場から出ていった。すでに記したとおり、七名の私たち家族は父と合わせて八名となり、八名が六畳の和室二部屋で生活することとなった。他の二部屋を使用していた検事正一家は四人家族で、検事正は四十歳代の半ばであり、夫妻とお子さん二人で生活していた。ずいぶん窮屈だったはずだが、あまり苦にした憶えはない。正式に宿舎が見つかるまでの一時しのぎだと思っていたからだろうし、武道場で生活している人々を四六時中目前にしていたので、むしろ私たちが恵まれた境遇にいるのだと感じていたからであろう。何よりも私たちがそういう生活に満足していたのは食生活が安定していたからにちがいない。

刑務所の倶楽部での生活は、それまでの大宮の生活やその後の生活と比べれば、この世の楽園といった感じであった。朝、昼、夕の三回、受刑者二名が天秤棒でかついで、私たちの食事を運んできてくれた。お櫃に入った米の飯とおかず、それに桶に入れた汁物が、毎回運ばれてきた。それを黒滝夫人らが各家族に分配した。朝はともかく昼、夜は必ず一汁一菜であった。一菜は鰊などを漬けこんだ漬物、野菜の煮付けなどだったが、稀に焼魚のこともあった。

刑務所は食糧に不自由していなかった。受刑者の作業には稲作もあり、畑作もあったので、米も野菜もふんだんにあった。私たちは受刑者の労働の成果を搾取していたのであった。それに砂糖をはじめ羊羹などの甘い物、缶詰類も潤沢であった。これらは軍隊が備えていた軍需品を敗戦後に運びこんだもののようであった。こうした物資があれば、これらを酒や魚に交換することも容易であった。これらの物資で私たちの食事が賄われ、私たちに三食支給されていたのであった。私たちは世間とは隔離された別天地の住人であった。

弟の記憶では、刑務所の前に小川があり、泥鰌が無数に泳いでいた、という。大宮あたりでは考えられない光景だったそうである。私は泥鰌を憶えていないが、大宮周辺では蝗のようなものまで佃煮にしてたべるような時期だったから、青森市近郊の農村地帯では、食糧難といっても程度が違っていたのであろう。

それでも一人一人の個人としては、いつも飢餓感にとらえられていたらしい。あるとき、隣室との境の襖がすこしあいていた。何気なしに隣室に眼をやると、検事正が首を押入に入れて羊羹らしいものをたべていた。家族の眼を盗み、こっそり自分だけで好い思いをしていたのである。ふりむいた途端に私と視線が合った。検事正は照れ笑いを浮かべた。私は見てならぬものを見てしまったという思いで、恥ずかしく感じた。

当時、私が何をしていたのか、憶えていない。荷物も着いていなかったから、読むような本もなかった。周辺を散歩したかもしれないが、何の印象もない。母にしても、三食あてがいぶちだったから、布団のあげおろしをし、僅か二部屋の掃除をすれば、他に家事らしいこともする必要がなかった。私たちは無為徒食していた。

　弟が青森中学へ転入のため受験に行った。兄が付き添っていった。無事転入できたのだが、後に記すような事情で、弟は青森中学には一日も通っていない。

　そのころ、父の知人の検事が東北管区行刑司令という仰々しい名称の役職に就いていた。東北地方のすべての刑務所を総括する立場であった。青森刑務所に視察にきたついでに父と会った。兄を刑務所の医者として勤めさせたらどうか、ということが話題に出た。兄はすぐその話にとびついた。無為徒食に退屈したためでもあろうし、好奇心が旺盛な性格のためでもあろうし、何よりも窮屈な生活から自由になりたいという気分がつよかったためでもあったろう。間もなく兄は仙台の宮城刑務所で研修をうけるために出かけていった。千葉医大の三年生だから、まだ医師ではなかった。私は刑務所付の医師の助手だったのか、あるいは父の知人の検事がその地位を利用してもぐりの医師として採用したのか、どちらかだろうと思っていた。ところが、最近になって兄から聞いたところでは、戦局が苛烈になるころから医師が払底し、三年生以上の医学生には特定の医療行為をすることが特例として認められたのだ、という。どんな勅令なり政令なりがあったのか、私は調べたことはないが、少なくとも父の知人の検事の職権濫用によるもぐりではなかったようである。

九月に入って、父から、弘前に借家が見つかったので弘前に住み、青森へは列車で通勤することに決めたという話があった。此処にいれば三食不自由しないが、弘前に移ればろくな食事もできなくなるだろうから、覚悟するように、と注意された。私たち一同としては、いくつかの家族と同居する生活よりも、私たちだけで生活できる環境がどれほどましか知れない、と感じていたので、否応もなかった。正確にいえば、嫌だということが許されるような状況ではなかった。

書記長の黒滝さんという方は弘前の出身であり、弘前に住居をもっていた。そういう関係で戦災にあっていない弘前に借家を探してくれたのであった。借家探しにどれほどの苦労があったのか、私は聞いていない。

こうして九月初旬、私たち一家は弘前に転居した。弘前の借家には板塀はあったが、門から玄関まで一メートルほどしかなかった。玄関を入ると、鍵の字形の間取りで、右手に六畳間と前廊下、玄関の三畳間に続いて六畳、八畳の二間が続き、さらにその奥に台所があり、風呂場はなかった。庭はあったが、三十平方メートルほどにすぎなかった。軒も廊下も歪んでいた。建築後二、三十年経った安普請の家屋であった。当時の状況からすれば、ともかく家族がそろって生活できる一戸建ての住居だったのだから、恵まれていたというべきだが、私は大宮の自宅と比べ、ひどく落魄した気分に襲われていた。

弟はあらためて弘前中学の転入試験を受け、弘前中学に通いはじめた。

＊

旧制一高を昭和二十二年三月に卒業した同窓生の回想文集『運《めぐ》るもの星とは呼びて』の巻末に、編集委員が調べあげて作成した年表が掲載されている。これによれば、昭和二十年九月三日に早くも授業が再開し、九月二十七日から十月二十八日まで一ヵ月休校、十月二十九日に授業が再開、十二月十二日から翌昭和二十一年二月二日まで休校、二月四日に授業が再開、三月十五日から二十四日まで休校、三月二十五日から三月三十日まで学年末試験があり、三月三十一日から六月三日まで休校、と記されている。

その間、昭和二十年九月二十日には理科から文科への転科が認められ、十月三十日には陸海軍諸学校からの転入者の発表があり、昭和二十一年一月十三日に安倍能成校長が文部大臣に就任のため退任、二月九日に後任の天野貞祐校長が就任し、三月九日から寄宿寮の幹事制が廃止され、委員制に復帰している。

つまり、私が一高に入学した昭和十九年から昭和二十年八月十五日までの期間は、勤労動員、東京大空襲、軍部との軋轢、自治制による寄宿寮の委員制から幹事制への変更など、戦争が敗色濃厚になっていたので、それだけに緊迫した濃密な日々であったが、敗戦後の一高は、別の意味で激動期であった。転科、転入、委員制への復帰などについては後に詳しくふれるけれども、当時の一高にとっての問題の第一は食糧難であった。そのために始終休校になった。全寮制という建前にもかかわらず、東京に自宅がある者は自宅からの通学が勧奨された。

『運るもの星とは呼びて』に寄稿している私の同学年の卒業生の回想には、食糧事情にふれている文章が数多い。第五期厚生幹事の中村重康の「敗戦時の寮生活体験記」には次のとおりの記述がある。

「敗戦直後の寮の食糧事情は、ひどいものだった。われわれが「座ブトン」と称したものは、多量のフスマの混った黒い粉で作られたスイトンで、これが一枚、うすい塩味の汁の中に浮んでいるものだった。昼食は、サツマイモの小さいのが二、三本だけ、夜食は、身欠きニシンの煮付けに、大豆の方がはるかに多くみえる豆混りの米飯、大豆はかたくて、米は、かゆのようにやわらかかった」。

「それにしても、寮生の健康管理はメチャメチャと言ってよかった。食事部の幹事も配給が大量に入ると、普段が劣悪なせいもあって、どっと放出した。たとえば、ミカンの特配があると、空っ腹にわんさと押し込むので、皮膚は黄疸のようにミカン色に染まり、弱った胃腸はもちこたえられず、下痢のため寮内の便所はミカンの臭いで満ち満ちた。酒の配給の仕方も常軌を逸していた。バケツで部屋あてにくばられ、アルマイトの汁椀でくみ出してガブ飲みした」。

私より一年後に卒業した人々は『春尚浅き――敗戦から甦る一高』という文集を刊行しているが、集中、瀬下敬一「敗戦後の一高――古い手帳より」という文章には、

「当時の食事は、今では想像もできないようなギリギリ最低限のものだった。その頃サルトル

の三部作という言葉が流行した。『水入らず』（パサパサの麦飯）、『嘔吐』（雑炊）、そして『壁』（フスマ入りパン）である」、「その後さらに情況は悪化し、朝は五、六粒のピーナッツ、昼は水っぽい薩摩芋二本、夕食は雑炊（フスマパン一箇入り）という日もあった」と記されている。私もこのサルトル三部作という言葉はしばしば耳にし、かなり気に入っていた。

私の入学以来の同級生であり、いまだに親しい友人である橋爪孝之は昭和二十年十一月からはじまる第六期の生活幹事であった。橋爪が『運るもの星とは呼びて』に寄せている「食二題」の二つの挿話はいずれも興味ふかいものだが、ここでは第二の挿話を紹介する。

「全寮晩餐会の献立は、概ね伝統的に、トンカツと焼魚、デザートは饅頭と決まっていた。饅頭は先輩の経営する虎屋に配給の砂糖を差し出せば、サービスで作ってくれる。焼魚も種類を選ばねば何とかなる。しかし、トンカツとなるとそうはいかない。その頃、肉屋で肉を求めることは、木に縁って魚を求めるのに等しかった」。

「一高の裏手、富ケ谷の方向に、ふだん使われていない小さな門がある。その門の脇に豚舎があり、いつの頃からか豚が飼われていた。食糧事情がいくら悪くても、食堂からは残飯が出る。飼育人がその残飯を与え、豚は痩せ細った寮生たちを尻目に、まるまると肥えていた。

これだ。この豚をいただこう。こういう時のためにこそ、この豚は飼われていたのではなかったのか。——衆議は一決した」。

手塩にかけた豚を自分の手で殺すなど滅相もない、と飼育人に怒られ、知り合いの肉屋に屠殺をたのむことになった。

「肉屋は、豚の眉間を鉞《まさかり》で一撃する、と言う。その代り、豚を抑えて肉屋の作業をやりやすくするのは、われわれ幹事の仕事だ。しかし、これも容易ではない。相手は、何しろ二百キロはある豚のこと。下手をすれば、われわれが鉞の犠牲になってしまう。

一計を案じた。豚を縄で縛り、その縄を豚舎の梁に通して、その端を幹事一同で引っ張るのだ。豚は、いくらか宙吊りになって、踠いても動き廻れはしないだろう。

いよいよ、その日。われわれは縄の端をしっかり握った。——引っ張る。豚の前足が、いくらか宙に浮いた。肉屋がすかさず鉞を振り下ろす。

「ギェーッ」。という悲鳴とともに、豚は暴れ、暴れた拍子に縄がはずれて、われわれは後ろにひっくり返った。豚はギャアギャア言いながら、豚舎の中を狂ったように走り廻る。肉屋は鉞を抛り出して、豚舎の外に逃げる。われわれは茫然自失、ただこの異常事態に、眼を見張るばかりだった。

「だから、言わんこっちゃない。儂は初めから反対だったんだ」。

飼育人は言葉もなくうなだれるわれわれの前で、優しく豚を抱きかかえ、その頸動脈を切った。豚は鮮血を迸らせながら、立ち竦んでいたが、やがて倒れた。

残酷な話だが、これで、トンカツの材料の目当てがついた。解体した肉屋は、謝礼として豚の頭を担いで帰った。金は一銭も受け取らぬ。あとで聞いた話だが、この豚の頭で、焼きトンの串が優に千本はとれるのだ、という。

食堂の裏の調理場で、脂肪を炒めてラードをとる。この油でトンカツを揚げるのだ。豚の哀れさは、自分の肉を揚げるのに、自分の脂肪からとられたラードでちょうど間に合ったことだ。――全寮晩餐会で、千人からの寮生に出されたトンカツは、少なくとも百グラムはあった」。

叙述がいきいきとした迫真性にあふれ、また、語られている事実が多少可笑しいので、引用が長くなった。全寮晩餐会は昭和二十年十二月一日に開催され、私も出席していたが、こうした苦労はこの文章に接するまでまったく知らなかった。

さつま芋の調達については、角井宏が「終戦直後の寄宿寮」(『運るもの星とは呼びて』所収)と題する文章に次のように記している。橋爪は第六期の生活幹事だったが、角井はその前の第五期の総務幹事であった。

「九月に入ると寄宿寮には次第に帰寮者が増え、少なくとも一年前よりは明るく活気ある生活が帰ってきた。ところが、食糧は遅配欠配のため、食堂の運営は困難を極めていた。食事部以外の幹事も食糧の足しになりそうなものを物色して回ることになった。そこで、切符の入手さえままならぬ交通地獄の中を、私は千葉に出掛けたが、途中総武線の沿線に甘藷と覚しき俵が百俵余も野積みされているのを見て一策を案じ、千葉県庁に立ち寄って陳情を開始した。O警察部長が先輩だというので早速面会を求め(中略)懇請した。すると、O警察部長は「それは良い考えだ。それでは車を県庁前に持ってきなさい。何とか手配して上げよう」と、きわめて好意的に答えてくださった」。

その上で、辛うじて車を手配して、県庁前に廻すことができた。

「ところが、相手のO先輩は転勤で既に不在。ただ連絡はきちんとついていて、近くのアルコール工場向けに集荷されている甘藷数十俵を積み込んで意気揚々と総武国道を引き上げた。ところが途中市川の検問所で経済警察に車を止められ、あわやと観念した。そのことを予期しての手配か、「東京へ帰るなら、このお客さんを乗せてってあげて」と頼まれて助手席に乗せたお客が、一言、二言、すると警察官は一斉に退去。さてはそういう仕掛であったのかと改めてO先輩に感謝したことであった」。

右の文章をひきうつしながら私に思いうかぶ感想がある。その一つは、私たちは一高出身者が形成していた学閥による特権階級の権限の余沢に与っていたのだ、ということである。右のO警察部長の「好意」もその例であるが、これから書きとめておこうと思ういくつかの事例も同様の余沢によることが多い。橋爪が虎屋では「砂糖を差し出せば、サービスで」饅頭を作ってくれたと記しているのも、一高生の甘えといってよい。もう一つは、これまで記してきたとおり寮の食事は極度に貧しかったので無理からぬことと思われるのだが、いわゆる盗食が絶えなかったことである。盗食にさいし、どういう手口を弄したのか私には詳かではない。寮生は食堂の配膳口で食券とひきかえに一回分の食膳をうけとるのだが、食券を渡すような仕草で渡さないとか、食券を二度使うとか、といった方法なのではなかろうか。貧すれば鈍するというが、エリート意識がつよく、気位が高かった一高の学生たちといえども、必ずしも高潔な者ばかりではありえなかった。二度、三度、盗食が発覚し、懲戒処分をうけた者も三、四にとどまらなかったはずである。
　そうした食糧事情のため、始終休校になっていたから、私は何度も弘前、東京間を往復し、敗戦後、昭和二十一年五月ころまでの間は、ほぼ四ヵ月ほどは弘前で生活していた。

*

　弘前での生活は惨めであった。食糧も寮に比べればましだったが、青森刑務所の倶楽部での食事と比べると雲泥の差があった。親戚もなく、知人としては、先に記した裁判所の書記長の黒滝さんの一家と、父の知人で当時青森検事局弘前支部の支部長をしていた長宗純さんという方の一家しかいなかった。長宗さんという検事は快活で人品豪宕、酒豪だったが、まさか検事一家に闇の食糧入手を世話して頂くわけにはいかなかった。結局、何やかや黒滝夫人の世話になり、かなり頻繁におかずなどを届けて下さった。時に文《あや》さんという長女が届けてくれることもあった。彼女は私より数歳年長だったが、津軽美人とはこういう女性かと思うほど、抜けるように肌の白い方であった。とはいえ、職業上、黒滝さんの援助も高がしれていた。だから、原則として配給をたよりの生活であったが、昭和二十年、ことに青森県は四十年来の大凶作といわれていた。米よりも大豆、高粱《コーリャン》等の方が多いような混ぜ飯やすいとんなどが常食で、野菜の煮付けなどが主菜であった。稀に鰊が手に入った。それまで私は鰊といえば身欠き鰊しか知らなかったが、生の鰊は脂がのって芳醇であった。黒滝夫人はじめその一家にずいぶんと面倒をみて頂いたことに私はいまでも感謝しているが、いったい黒滝氏が父の部下だったからといって、その家族に私たちが面倒をみてもらうのは公私混同というべきだろう。そんな後ろめたさを私たちが感じていなかったわけではない。しかし、黒滝さん一家をたよりにしなければ、私たちの生活は成り立たない、といった状況であった。

弟は中学で「ぼちゃ」と呼ばれていたそうである。ぼっちゃんに由来するらしい。弘前の少年たちからみると、都会的にみえたのであろう。昼の弁当をのぞきこむと級友があわれがって、ほとんど毎日のように「ぼちゃ、食えや」と言って彼らが持参していた白米の弁当を恵んでくれたという。

そんな弘前の人々の厚意にすがっていたのだが、弘前での生活はずいぶんと不如意であった。その年は米も大凶作だったが、林檎も凶作であった。そのために林檎も値上りし、インフレーションがはじまっていたためもあったのだろうが、裁判官の給与では林檎を買う余裕はなかった。弘前に住んでいた間、私は林檎を口にしたことはない。それよりも、私にとっては本もなく、話し相手になる友人、知人もなかった。長宗さんにも何回かお邪魔したが、私はほとんど酒を嗜まないので、酒の相手もできなかったし、その長男、長女、次女の方々は私と同世代であったが、一高の先輩、同室の人々との刺戟の多い生活に馴れていた私との間では話題も乏しかった。むしろ長宗家では私の服装などの汚なさに辟易していたようである。私は無聊をかこっていた。

弘前で私が始終出入りしていたのは弘前駅にほど近い貸本屋であった。鎌倉に住む文学者たちがその蔵書を持ち寄って鎌倉文庫という貸本屋をはじめたように、この貸本屋も弘前に住む文学好きな青年たちが蔵書を貸しだすことを商売にしたらしい。誰もが活字に飢えていた時代であった。私はほとんど毎日のようにこの貸本屋に通った。自然と弘前の文学好きな青年たちと面識を得ることとなった。残念ながら、その青年たちの名前を一人として憶えていない。文学について話し合ったことがあるか、どうか。それも疑わしい。麦書房という店名だったように思うのだが、それも覚束ない。麦書房は四十歳になるかならずで夭折した堀内達夫さんが経営していた古書店兼出版社の名称である。堀内さんについては後に記すことになるはずだが、中原中也、立原道造らの文献・資料の探索、本文・年譜の校訂等に重大な貢献をした方である。だから、弘前の貸本屋が同じ麦書房だったとは信じがたい思いもつよい。それでも、この貸本屋は弘前の生活で私に開かれていた文学への唯一の窓であった。その店にたむろしていた朴訥な青年たちの容貌、口調を、名前は憶えていないながらも、私は懐しく思いだす。

＊

私がはじめて東京へ戻ったのは九月の中旬だったはずである。寮に戻ると、大西守彦も網代毅も大杉健一らもみな復員していた。中野徹雄は早稲田大学構内の自宅から通学していたが、国文学会の部屋で時間を潰していることが多かった。

私が気がかりだったのは、立川の動員先に放置してきた布団であった。この動員先を私は前に中島飛行機製作所と記したが、正しくは日立航空機株式会社立川工場・発動機製作所であったことを、私より一年下級の辻幸一さんの著書『遥かなり向陵』で教えられたので、この機会に訂正しておく。動員先に残されていた荷物は無声堂という柔剣道場に運びこんであるということであった。乱雑に散乱している荷物の中から、私は自分の布団を探しだすことができた。その時点ではかなり秩序が保たれ、道義も地に堕ちていなかったのであった。

中野からは、健康さんからヘーゲルのフェノメノロギーを一緒に読まないか、と誘われている、と聞かされた。健康さんとは木村健康教授、もちろん『精神現象学』の原書講読に誘われている、という趣旨である。いいだもも、やはり復員してきた遠藤麟一朗も国文学会の部屋に頻繁に顔を見せていた。遠藤、いいだ、中野らは雑誌を刊行することにきめたので、安倍能成校長、竹山道雄教授らと相談しているということであった。やがてこの野望が『世代』の創刊に至るのだが、私には夢想としか思われなかった。私は傍観者であった。それでも、私一人がとり残されているように感じた。

間もなく食糧難のため休校となり、私は弘前に戻った。

*

十月下旬、また上京し、その途中、盛岡で下車して盛岡刑務所に兄を訪ねた。兄は九月初旬、十日ほど仙台刑務所で研修をうけた後、医師という資格で盛岡刑務所に勤めていた。煙草をふんだんに持っているので上京のさい寄ってみたらどうか、という葉書が兄から弘前の私に届いていた。盛岡刑務所は盛岡駅から北へ数キロの距離にあった。兄は看守詰所の一隅をあてがわれていた。小雨のふる肌寒い日であった。兄と会うとすぐ、私たちは連れ立って盛岡駅へひきかえした。盛岡駅に近い、北上川にかかる開運橋のほとりで腰を下ろし、一、二時間、とりとめもない話をした。いまだに印象につよいのは、そのときに兄から聞いた仙台刑務所の見聞である。袴田里見がまだ釈放されていなかった。袴田は三、四人の取り巻きを連れて所内を闊歩していた。春日庄次郎が数学の本を読んでいるので、どうしてそんな本を読むのか訊ねたところ、他に読む本がない、と答えた。倉庫係として一室を構えて机を前に椅子に腰かけ、二、三人の受刑者を部下のように従えている男がいるので、名前を見ると亀川哲也だった。

――お前、知ってるだろう、亀川は二・二六事件の民間側被告の一人だ。刑務所内では左翼でも右翼でも、一般の犯罪者からは一目も二目もおかれているんだな。

そんなことを兄は私に話して聞かせてくれた。兄は記憶力が良い。どういうわけか、三・一五事件、四・一六事件、大森銀行ギャング事件やその関係者らの名前にも詳しかった。右翼についても、井上日召、橘孝三郎といった名前を私は兄から教えられた。兄は左翼、右翼を問わず、そうした戦前、戦時下の社会改革運動に関心がふかかったようである。

北上川が滔々と流れ、白波が立ち、水面や路面を小雨が濡らしていた。晩秋の気配が濃く、人影も疎らであった。厚い雲の奥に陽が沈みかけていた。私は兄の話を聞きながら、煩悶が心の底からつきあげてくるように感じていた。私の詩集『無言歌』の「初期詩篇」に収めた次の四行詩はその日の感慨である。

河鳴りよ　喚んでいる夕とどろきよ……町中に雨はふり　河辺に雨はふり
ふるのはぼくの記憶に　昨日の傲りの歌か　川沿いの泥土層は蝕まれ
凍てついた陸奥《みちのく》の陽に蝕まれ　群立つ白い浪に蝕まれ　沈みつつ
ゆくえも知らず……待つはただ雪空ばかり　その陸中の国　盛岡の町よ

四行詩としては各行が長すぎるし、詩想が明晰でない。ことに「ふるのはぼくの記憶に　昨日の傲りの歌か」という措辞が貧しい。当時の心境を思いおこすのは難しいが、私がこの四行詩でうたおうとしたのは一種の喪失感であり、何処へ行くべきかを見失っている自己崩壊感覚だったように思われる。十八歳の作だから未熟で稚いのは致し方ない。しかし、その日の情景を思いだすと、私にとっては愛着と懐旧の想いがつよい。

2

『運るもの星とは呼びて』の付録の年表によれば、昭和二十年九月二十日に理科から文科への転科が認められ、十月三十日には陸海軍諸学校からの転入学者が発表され、十一月十四日に転入生入学式が行われた。同書所収の「転科・転類と転入学」と題する文章で加賀山朝雄が彼の調査結果を記している。これによると、「終戦後間もない八月二十八日に「陸海軍諸学校出身者及在学者等措置要綱」なるものが閣議決定され、これをうけて九月五日に文部省から各学校長あてに「陸海軍諸学校出身者及在学者の編入学に関する件」という通牒が出され、その受入れ方についての指示がなされた」そうであり、加賀山はこの文部省通牒で指示された骨子を五項目あげているが、その第二ないし第四は次のとおりである。

「二、詮衡は口頭試問と身体検査を行い、学科試験は行わない。

三、出願日は十月一日より十五日、詮衡は学校別、十月末まで入学者を決定し、十一月十五日に転入学する。

四、各学校は所定の入学定員に拘らず、出来る限り入学せしむるものとし、必要に応じ学級を増加し、または二部教授等を行うこと」。

この文部省通牒は敗戦後になってもなお、文部省が軍部の支配下にあったことを窺せるように思われるのだが、どうであろうか。

加賀山は「引き続いて十月十九日に外地引揚げの学生・生徒についても同様の取扱いをとることが通達された。対象となった外地所在の主な高等専門学校とは、台北高校、旅順高校、京城帝大予科、東亜同文書院、建国大学等であった」と記し、私たち昭和十九年四月入学時の定員は文科六十名、理科三百二十名であったが、卒業生名簿（同窓会名簿）と入学時の名簿とを比較して整理してみると、一、二名の誤差はあるかもしれないが、概況は、陸士、陸航士、陸経から十五名、海兵、海経から六名、外地諸学校から四名、計二十五名が転入学し、理科から文科へ六十五名が転科した、という。

加えて、私たちの入学前に徴兵されていた前年度以前の学生も続々と復員したので、文科生は一挙に増加し、大巾な級の編成替えが行われ、それまでまったく見知らなかった多くの同級生をもつこととなった。それにつけて思いだすことだが、すでに記したとおり、学校は食糧難のために頻繁に休校となり、私は弘前の自宅との間をくりかえし往復していたので、あるとき上野駅の行列の中に一高の学生を見かけ、話しかけたところ、私が面識がないと思ったその一高の学生は私の同級生であった。私が真面目に授業に出ていなかったせいにちがいないが、それほどに馴染みのない同級生が一度に増えたのである。

私の親しい友人である楠川徹もこのとき理科から転科して私の同級となった一人である。また、私より一年下級で、やはり私のごく親しい友人となった大野正男もそのとき転科した。前述のとおり、大野の学年の人々が『春尚浅き——敗戦から甦る一高』と題する回想文集を刊行しているが、大野は同書に「終戦前後」と題する文章を寄せている。その文中、大野は次のように書いている。

「私は一高に入学した時は理科であった。中学四年では父の反対をおかして、文科を受験したが、それに失敗して五年で受験した時は、父の意見に従った。理科を受験せよという父の意見は、もちろん、徴兵年齢が引き下げになり、更に文科の生徒には徴兵猶予が無くなったから、理科に入って少しでも兵役に服するのを先に延ばした方が良いというのであった。私は心ならずもその意見に従ったが、それを卑怯であったという気持ちが後まで残った。しかし、私が当時の父の立場にあったら、同じ忠告を強くしたであろうと今は思っている。もっとも徴兵上の重大な不利益を承知の上で文科に入った友人たちへの敬意を失うものではないが」。

右の文章を読んで、私は大野と私の資質、環境の違いを痛感する。私自身、文科を受験するか理科を受験するか、ずいぶんと迷ったが、その選択について父の意見を聞いた憶えはない。その当時の父の立場に私があったとしても、私はどんな忠告もせず、子の選択に任せたであろう。理科に進学することを卑怯だったとは私は感じていない。それが賢明な選択だと考えていたからこそ、私は昭和十九年の受験にさいして理科を受験すべきではないかと迷ったのであった。

考えてみると、楠川徹にしても大野正男にしても、どんな学科に進んでもすぐれた業績をあげたにちがいない、明晰な頭脳の持主である。彼らが文科に転科しなかったなら、戦後のわが国の金融界、法曹界は貴重な人材を失ったにちがいない。だから、彼らの選択に羨望を感じても、非難がましい気持はつゆほどももっていない。ただ、私と同時に文科に入学した級友たちはむしろ愚直だったという感がつよい。徴兵による無意味な死を覚悟して日々を共にした級友たちに、私がいまだに思想、信条の違いを超えた同志的友情を抱き続けていることは事実であり、こうした心情は如何ともしがたい。

陸海軍諸学校からの転入学については、福田以久生「回想、ゾル転」(『運るもの星とは呼びて』所収)にその試験の模様が記されている。

「口頭試問は、麻生先生から『源氏物語』について、「読んだこと、ある? 何時ごろのもの? 誰が書いたの? 義経はでてこないの? なぜ?」と畳みかけられた。相当の時間をとった後、隣の若い方が、もうどうでもいいよというお顔で、「フランス革命は、何年?」と一言。一七八九年と答えると、「はい、終り」であった。とりつく島もあればこそ、まるで、こっちがギロチンにかけられた気分。昼頃には終わった。林健太郎先生との初対面である」。

試験は身体検査等をふくめ十月十七日から二十三日まで行われ、三十日に合格者が発表された。福田が発表を見にいったとき、「その私を待っていてくれたのは、五中の時からの知人の中村稔君だった。その言葉にしたがって、十一月の末から国文学会の部屋に入ること」になった、という。福田は陸軍経理学校からの転入学だったが、五中では私より二年上級であり、歴史研究会というような部活動のサークルに属していた。私は福田に指導されて雑司ヶ谷墓地に拓本をとりにいき、拓本について手ほどきをうけたことがあった。そういう関係で私は福田に親近感をもっていたのである。

また、『春尚浅き――敗戦から甦る一高』には守屋三郎「陸士から一高へ　若き日のさすらい」という文章が掲載されている。

「試験官「ジャン・ジャック・ルソーって何ですか」

私「ハイッ、フランスの社会思想家で、社会契約説などで民主主義理論を唱えました。フランス革命の理論面の先駆者と言われています」

試験官「でも先日の筆記試験のあなたの答案を見ると、その部分は何も書いてありませんね」

私「ええ、筆記試験が終った日に、ルソーって何だろうかと家にある辞典を引いてみましたら、今申し上げたことが書いてありましたので……」

試験官「ああ、そうですか。分りました」

これは、昭和二十年十月一高への転入学面接試験の一風景である。因みに試験官は、木村健康先生であったと記憶している」。

この筆記試験と文部省通牒にいう「学科試験は行わない」という学科試験との関係は私には分らない。福田以久生は三回にわたって「調書」を書かされたと記し、その一つは「木村健康先生の『一と多』という民主制に関する講話についての調書であったろう」と書いているから、講演の要領筆記のようなものだったらしい。

　福田のいう「ゾル転」とは陸海軍諸学校からの転入者の意であり、ドイツ語のゾルダートから一高では軍人をゾルと略称していたことに由来する。これら陸海軍諸学校からの転入が文部省通牒による恩情的措置によるものだったことは間違いないし、転入者中目立った俊才がふくまれていたことも確実である。それにしても、当時の一高在校生の「教養主義」的風潮からみると、口頭試問の質問はずいぶんと水準の低いものであったようにみえる。学業はともかく、彼らがそうした「教養主義」的雰囲気に同化するのにかなりの苦労があったのではないか。ただし、これはたんに私の想像にすぎないのだが、福田がその文章を「回想、ゾル転」と題していることも、ある種の自嘲のあらわれであり、本来の一高在校生から彼が感じていた差別感のあらわれではないかと思われる。ゾル転には、私と同年に東大法学部に進学し、同期の司法修習生を経て弁護士となった堀内崇がいるし、また、東宝の俳優となり久我美子と結婚して二十年ほど前に他界した平田昭彦のような異色の人材がいる。

　ゾル転と同種の言葉として「文転」があった。これは理科から文科へ転科した学生を指す。これには大野が感じていた「卑怯」という心情、元来の文科の学生が抱いていた他所者意識が関係していたであろう。

＊

日本近代文学館の複刻版『世代』の別冊解説に矢牧一宏が「錆びついた記憶の箱をこじあけて……」という文章を寄せている。

「敗戦直後、いちはやく、私たちの手で雑誌を出そうと言い出したのはいいだ・ももであり、文化運動としての雑誌出版計画を熱っぽくぶちあげたあとで「とにかくひともうけしなくちゃ」と彼は言い添えたものであった。ともかく私たちは半信半疑ながらさっそく準備にかかったが、雑誌を引き受けてくれそうな版元について助言して下さったのは竹山道雄・中村光夫の両氏であった。竹山氏が「ともかく直談判してみたら」と最初に挙げたのが岩波書店で、いいだをはじめ石川吉右衛門・遠藤麟一朗・中野徹雄の諸氏と私など五、六人が、当時鎌倉に住んでおられた岩波茂雄氏宅を訪れたのは一九四五年の暮ちかくであったと思う」。

「私の記憶では、私たちの説明を聞き終ったあとで、岩波氏はいきなり「私らの若いころは、藤村操にしても安倍能成にしてもみな本を読みまくったり旅をしたりして人生について考えたものだ。本を出すなんてことは先輩に委せておいて君らはもっと勉強せよ」と叱咤されたのであったと思う。

「世界」はそのすぐあとの四六年一月に創刊されている」。

ついで矢牧は、版元をひきうけてくれるのではないかと期待して、鎌倉文庫を訪ねたときの情景を記している。

「白木屋（現東急）の五階にあった鎌倉文庫の受付で待たされていた私たちの前に最初に現れた

のは中山義秀氏で、「高見が会うそうだから」とにこりともせずにぼそっと言って先に立った中山氏の後姿を覚えている」。

「私たちを唖然とさせたのは、文士中の文士と思っていたあの高見氏が中山氏とは全く対照的に「私ども商売人といたしましては……」と殆どもみ手しかねまじき恰好で切り出したことであった」。

日本橋の交差点の角にあった白木屋デパートは東急に買収されて東急デパートとなり、いまでは東急デパートもとうに閉店しているが、白木屋デパートとなる以前は群小の会社の雑居ビルであった。鎌倉文庫は高見順、中山義秀ら、いわゆる鎌倉文士といわれた文学者たちが鎌倉で貸本屋を経営したことからはじまり、後に東京に進出して出版社となり、昭和二十一年一月に月刊文芸誌『人間』を創刊した。矢牧らの鎌倉文庫訪問は『人間』創刊の直後だったらしい。

右の矢牧の回想をひきうつしてみると、岩波茂雄の発言はまことにもっともという感がふかい。一介の大学生、高校生が集まって、社会的発言の場として商業誌を編集、刊行しようというのは現代はもちろん、戦後の混乱期といえども、常軌を逸している。すべてはいいだの野望と楽観主義からはじまったのだが、後に『世代』にみるとおり、いいだはすでに社会的発言の場を求めるだけの思想ないし思想の萌芽をかためていたし、中村光夫さんもそういういいだを認めていたかからこそ、『世代』の発刊に手を貸して下さったのであろう。遠藤、いいだ、中野らは当時一高で評判の秀才たちだったから、竹山教授もお骨折下さったのであろう。それにしても、こうした彼らの情熱が『世代』の創刊に至るのだから、これも敗戦後の特殊な現象にちがいない。

それはともかくとして、こうして矢牧の文章をひきうつしていると、私は矢牧が懐しく、胸がしめつけられるような感を覚える。彼は府立一中時代からのいいだの親友であった。『世代』の創刊号に「脱毛の秋」と題する、ひどく早熟な小説を発表し、遠藤の後任として『世代』の二代目の編集長をつとめた。痩せぎすで中背、肌の青白い美青年であった。いつも物倦げで、斜に構えた虚無的な風情があったが、ずいぶん深酒をしても決して乱れることはなかった。やさしく寛容で、発想は意表をつくことが多かった。当時は成蹊高校の学生だったと思うが、あるいはすでに退学していたかもしれない。府立一中時代は野球部に属し、名内野手だったそうだから、運動能力もすぐれていたのかもしれないが、私が知り合ったころはそんな気配はみえなかった。矢牧については今後ふれることが多いはずである。

私はこうした彼らの動静はほとんど知らなかった。一つには一高が十二月十二日から食糧難のため休校になったので、私が弘前に帰省していたからであろう。もっといえば、私は自分を見失っていたので、彼らの情熱にひきこまれるほどの心の余裕がなかったからであろう。戦争下、私はたしかに厭戦的、反軍部的、時代風潮に対する批判的心情をつよくもっていたが、敗戦を迎えてみると、そういう心情がいかなる思想、信条によるものでもなかったことに気付かざるをえなかった。自分がよって立つべき基盤をどう立てたらよいか分らなかった。戦時下のイデオロギーに心酔していたなら、その誤りに気付いて戦後の風潮に同調するのもやさしかったかもしれない。戦時下のイデオロギーに同調できなかったので、戦後の風潮に対しても懐疑的であった。私は自分をもてあましていた。

だから、『世代』の創刊についても懐疑的であった。そのため、私は『世代』の創刊にさいし傍観者にすぎなかったから、創刊の経緯について証言できることはない。ただ一つ証言できるとすれば、『世代』という題名をきめたのが昭和二十年の十二月初旬であった、という事実であろう。そのころ、東京女子大のチャペルで「ハレルヤ」コーラスの発表会があった。私は「ハレルヤ」コーラスと憶えているが、正確にはヘンデルの「メサイア」のはずである。ただし、その全曲であったか、どうか、記憶がはっきりしない。いずれにしても、その帰途、喫茶店のような店の暗がりで、雑誌の題名を話し合った。遠藤、いいだ、中野、矢牧らが一緒だった。三、四の題名が候補にあがり、『世代』にきまった。私は何故『世代』なのか、不審に感じた。いいだ、中野らが創刊しようとしている雑誌によって、いかなるメッセージを社会に発信しようとしているにしても、『世代』ではまるで無意味なのではないか、と私は感じていた。しかし、私は異を唱えなかったし、意見をいうほどに創刊に関心をもっていなかった。

この経緯はいいだも中野も憶えていない。遠藤も矢牧も他界しているので確かめることはできない。東京女子大に「ハレルヤ」コーラスを聴きにいったということ自体も若干不確かである。『世代』の仲間だった本田喜恵によれば、『東京女子大学の八十年』という記録では「ハレルヤ」の公演は昭和三十年にはじまったと記されているそうである。しかし、昭和二十二年に東京女子大を卒業した本田喜恵はその前年の十二月初旬にチャペルで「ハレルヤ」コーラスを聴いた記憶があるという。それ故、昭和二十年十二月初旬、公演というような公式の発表会でなく、ごく内輪の人々による非公式の発表会が催されたのではないか、当時、矢牧は東京女子大の近くに下宿しており、親しくしていた女子大生がいたので、そういう非公式の発表会があることを聞きつけて、私たちを誘って聴きに出かけたのではないか、そう考えれば辻褄があう、と本田喜恵は言ってくれている。私の記憶は鮮明なので、おそらく本田喜恵の推測してくれたような事情であったろうと考えている。

*

十二月十二日に休校になるとすぐ弘前に帰った。私が盛岡刑務所に兄を訪ねてから間もなく兄も千葉に戻り、千葉医大に通っていたが、やはり食糧不足に苦しんでいた。私は打ち合わせて兄と同行することにした。そのころの列車の混雑は尋常一様ではなかった。私たちは上野駅で行列のずいぶん前の方に並んでいたのだが、いざ乗車となると、行列が崩れ、後先なく列車に押しこまれた。私たちは便所の前で、それ以上前へ進むことができなくなった。止むをえず、便所に入って内部から鍵をかけてしまった。身じろぎもできないほど混み合っていたから、便所を使う乗客もありえなかった。尾籠といえば尾籠だが、誰も使う人はいないのだから、汚れていたわけではない。便所の中を兄と二人で占領していると、通路に立ったり、なまじ座席に腰かけているよりも、はるかに快適だった。そうして私たちは車中で夜を過した。夜が明けてしばらくすると、便所の戸をどんどんと叩いて外から声をかける人があった。

——便所の中のお客さん、もう出てきてくれませんか。もう空いているし、便所が使えないで困っている人が大勢いるのです。

という。私たちは半信半疑、はじめて便所を出た。非難の眼差が一斉に私たちに突きささってきた。もう通路に立っている乗客はいなかった。列車は宮城県を出て岩手県にさしかかっていた。

当時は列車はいつもその程度に混雑していた。あるとき、奥羽本線で弘前から上京したさい、尿意を催し、こらえきれなくなった。どうかきわけても便所に辿りつける状態ではなかった。山形県の峠という駅で、かなりの時間、列車が停車していた。私は思いきって窓から線路に飛び降りて用をたした。また、窓によじのぼるのが一苦労であった。東京に戻って医者の診察をうけると、足首を捻挫していた。

列車も混雑したが、乗車券を買うのも容易でなかった。公用旅行の証明書を持っていると優先的に乗車券を買うことができた。国文学会には「第一高等学校国文学会」という大ぶりの角印があった。名称だけを見るともっともらしい。網代毅がその角印を使って公用旅行証明書をつくってくれた。網代は器用で字も綺麗だったから、いかにもそれらしくでき上っていた。私はたびたび第一高等学校国文学会の公用旅行証明書の厄介になった。

こうした行動は正常な時代では考えにくいが、誰もが目的達成のためには手段を選ばない時代だったのかもしれない。私は格別疚しく感じていなかった。同種の行動を疚しく感じていた人々も多かったかもしれないが、おそらく私は、そういう行動をむしろ面白がっていたのではないか、と思う。

＊

帰省すると弘前はもう雪国であった。毎日毎夜雪がふり続いた。朝、雨戸をあけると、祖父が、「また雪かァ」と沈んだ声で呟くのがつねであった。関東育ちで、八十歳をだいぶ越えていた祖父にとってはずいぶんつらい毎日だったにちがいない。

しかし、私には弘前の冬は物珍しく興味ふかかった。稀に関東にふる雪はじめじめしているが、弘前の雪はよほど湿気が少ないようであった。帽子をかぶり、高校生がまとうマントを着ただけで、傘もささず、雪道をほっつき歩いた。帰宅してマントをさっと一ふりすると、マントから雪がはらいおとされ、マントは濡れてもいなかった。

店先の看板に「おすめカバーありまし」と書いてあった。「おしめカバーあります」の意であった。私は「おしめカバーあります」を訛って「おすめカバーありまし」と発音するのだろうと思っていたが、発音どおりに表記するのが通常なのだと知ったことは私にとって新しい発見だったし、訛りとは何なのか考えることとなった。

城下町の道路は曲りくねり、すぐ行きどまりとなっていた。私は始終道に迷った。あるとき、寺院が並び立つ一画に入りこんだ。物音もなく、人影もなく、雪が霏々とふりしきっていた。それらの寺院はひろびろとした境内をもち鬱蒼とした木立を背にしていた。私は静寂をきわめた別天地に一人佇むように感じていた。

弟は青森中学に一日も通うことなく、弘前中学に転入学していた。弘前中学に隣接する寺院が最勝院であった。最勝院の五重塔は重厚で森厳であった。その日も五重塔はふりしきる雪につつまれていた。私は心が痺れるほど感動し、十分近く、塔の前で立ちつくしていた。

始終、駅に近い貸本屋を訪ねていた。たぶん貸本屋に出入りしていた青年たちに誘われたのであろう。公会堂のような建物で上演されたアマチュア劇団によるユージン・オニールの「鯨」を観たことがある。主役をつとめた女性の清楚な容姿は忘れがたく憶えているのだが、詳しくは何も憶えていない。その帰途、雪道をふみしめて歩きながら、上演にまでこぎつけた青年男女たちの情熱を思いやっていた。戦後の一時期、若者たちには一挙に未来に明るい展望が開かれたように感じられていた。いいだや中野らが『世代』の刊行を企てたのと同様の野望が、彼らを上演にまで駆り立てたのであろう。加えて、この時期、各地方の文化運動が、演劇にしても音楽にしても文学にしても、その他の芸術にしても、一斉に活潑になっていた。東京の復興はまだその途上にあった。誰もが活字に飢え、文化に飢えていた。娯楽といえばラジオと映画しかなかった。各地方で地方文化運動をうながすような雰囲気があり、若者たちは自由な活動の場が与えられたように感じていた。だからといって、そうした地方文化を育てる経済的基盤もなく、若者たちには充分な文化的創造力が乏しかった。これらの地方文化運動は文化の東京への一極集中により終熄し、ほんの一時期の徒花だったようにみえる。地方といい、文化といっても、言葉そのものが多義的だが、その時期には全国的に多様な文化が開花しそうな胎動があった。ついに潰え去った、そうした地方文化運動の運命を私は残念に思っている。もちろん現在でも地方文化の灯をともし続けている少数の人々の存在を、私は知らないわけではない。それでも東京から発信される文化、商業的色彩のつよい文化の圧倒的な影響の前で、それらの灯がまことに弱いことは疑いようがない。

こうした感想はいまになって思いかえして抱いたものであり、「鯨」を観た後の帰途に感じたことではない。だいぶ空席が目立ったから公演は赤字にちがいない、その穴埋めはどうするのだろう、はたして二度、三度と公演できるだろうか、若者たちの人間関係はどうなっているか、どうなるのか、といったような危惧、不安が、彼らに対する共感とともどもに私をとらえていた。

＊

年が明けると一月、野坂参三が中国から帰国した。ジョン・ダワー『敗北を抱きしめて』に次のとおりの記述がある。

「カリスマ的な指導者であった野坂参三が、中国の共産党勢力のもとで長期にわたる活動を終えて帰国したのは一九四六年一月半ばであった。その直後から、野坂は、占領軍の掲げる政治的課題と日本国民の要望に応えて、平和的な革命の推進を冷静に語り始めた。これを機に共産党は、国内でさらに広い支持を得るようになった。中国から博多にたどり着いた野坂は、東京に向かう列車のなかで、その後すぐに有名となる「愛される共産党」という声明を発表した。撞着語法《オクシモロン》とも思えるようなこの表現は驚くべきものであったが、同時に多くの人々を魅了した。野坂が東京の共産党本部に到着したときには、さながら有名人を出迎えるような雰囲気さえあった。劇場の出入り口近くでスターを待ち構えるファンのように、和服やドレスで着飾った若い女性がつめかけ、「素敵だったわ！　みな赤い旗を振っていたのよ！」と興奮する様子を面白おかしく書きたてる新聞もあった」。

私はダワーの引用している新聞を読んでいないし、野坂がカリスマ的指導者だったとも考えていない。しかし、野坂が帰国したときの馬鹿騒ぎともいうべき昂奮は憶えているし、徳田球一のエネルギッシュな闘士的アジテーションと違い、諄々と大学教授が説きさとすような野坂の静かな語り口が印象的だったことも間違いない。とはいえ、私自身は徳田球一の演説も野坂参三の演説もじかに聞いたことは一度もないから、当時のラジオ、新聞等の報道でそのように記憶しているにすぎない。

野坂の「愛される共産党」というスローガンはたしかに当時一種の流行語のようになったのだが、私にはまやかしとしか思えなかった。「愛される」とは受身であって、「愛されたい」という願望を語っているにすぎない。積極的な行動指針を示すものではない。私には、「愛される共産党」というスローガンは、社会主義革命という行動目標を糖衣につつんで民衆に受け入れさせようとする陰湿な策謀としか思われなかった。翌二月、第五回大会で共産党は、「当面の民主主義革命を「平和的に且つ民主主義的方法によって完成する」とともに、ひきつづき国民多数の支持のもとに社会主義日本に前進する」という、いわゆる平和革命路線を大会決議により採択したが、こうした平和革命路線もいかがわしいものとしかみえなかった。当時の青年たちの多くと同様、私も社会主義に強烈な関心をもっていた。しかし、私が理解する社会主義革命は本来はるかに苛酷なもののはずだったし、そうした革命の苛酷さに私は恐怖を感じていた。「愛される共産党」というスローガンは私には欺瞞的に思われ、共産党に対する不信感をつよくしていた。

3

昭和二十一年に入ると、一月十三日に安倍能成校長が文部大臣に就任、二月四日に授業が再開し、同月九日に天野貞祐校長が安倍校長の後任として就任した。

私は二月初旬に弘前から上京した。当時の寮生活の状況の記憶を『運るもの星とは呼びて』所収の文章によって喚起しておきたい。ただ、食糧事情についてはすでに記したのでくりかえさない。寮の電燈について角井宏「終戦直後の寄宿寮」に次の記述がある。

「終戦直前まで応召や各地への動員で寄宿寮に残った者は極く僅かであったし、一部は軍に接収されていた訳だから、ほとんどの部屋が無人状態で、特定の部屋以外は電球が取り外され、廊下も真っ暗であった。各地に四散した寮生が帰寮して訴えることは電球が欲しいということであった。そこで寄宿寮の施設管理に当たっている学校当局に善処方を要請したところ、一千からの電球を整えるのに配給を待てば一年以上かかる、電球製作工場につてでもあって特別配給してくれれば別だがという話で一向にらちがあかぬ。そこで関係方面に先輩はいないかと当たってみたところ、川崎駅近くの電球製作工場に課長クラスの先輩がいることがわかったので早速アタックしてみることになり、翌日今橋副幹事長と待ち合わせて同工場を訪問した。

先輩の課長は快く会ってはくれたが、「いままでと違って製品を動かすには、重役だけでなくて労組の承諾が要るので簡単にはいかぬ」と断られ、ここでもうひと押しと思っても、相手はむやみに忙しい人で、次から次へと来客引きもきらず、課長席のまわりは用事ある人が群れている状態でとても混みいった話のできる情況ではない。止むを得ず、座ったまま一時間経ち、二時間過ぎ、座り込むことで熱意をくんで貰うより仕方がないと頑張っているうちにとうとう夜九時過ぎになってしまった。勿論飲まず食わずである。やっと閑散としてきた課長席の先輩から「なかなか頑張るね。なんとか努力はしてみるから今日は帰り給え」と声を掛けられ、「ありがとうございます。では、また明日参りますから」と挨拶して帰途についた。しかし、もうこの時間では帰寮できるかどうかおぼつかない。今橋は自宅が近いので自宅に向かったが、私は家を焼かれて寮以外に帰るところがない。たまたま、友人のところから土産の食糧を持参していたので、万一交通機関がなかったら野宿するつもりで今橋とわかれ、南武線に飛び乗った。案の定電車は途中で車庫入りしてしまい。蚊に悩まされながら車中泊、翌朝一番でまた工場通い。先輩より早く課長席前に着いて座り込みを開始した。

ところが、朝から昨日とお客が違い、どうやら労組員らしい人達が課長席を取り巻いてうさんくさげに異質分子の私を注目する中を課長御出勤。早速立ち上がって「お早うございます。」と挨拶すると、「やあ、お早う、そうだ、団体交渉の相談の前に組合の人にお願いしたいのはこの人のこと。一高の寮が真っ暗で夜勉強できんというんだが、一梱包ぐらい出してやってくれまいか。上の方の了解はとりつけてあるんだ」。すると声があって、「あんた、鍵をもってるだろ。出してやんな。ここに座っててられちゃ交渉もできないからな」というわけで、朝九時過ぎには電球五百個入り梱包を背負って帰路につくという光栄に浴した」。

これは昭和二十年九月ころの出来事だったようである。在庫を労働組合の承認がなければ処分できないほど労働組合が権力をもっていたのはいまから思えば隔世の感がある。

昭和二十一年に入ると、さらに状況は悪化したらしい。同年三月に厚生委員になった堀江滋夫の「停電と虱と電車」(『運るもの星とは呼びて』所収)で筆者は次のとおり書いている。

「電球の不足も深刻だった。蝋勉が横行して最悪の状態となった時、東芝マツダの先輩を頼って川崎の工場に行き、窮状を訴えた。

「一高生が電球がないために勉強も出来ないとあっては」と、先輩が奔走して集めて下さった電球が僅かに二十個足らず、黒く塗ってはあったが焼け残った広大な東芝川崎工場で得た二十個足らずの電球を手にして、いかに日本の工業経済が潰滅的打撃を受けたかを肌で感じた。この貴重な電球は各寮各階の自習室の終夜灯に用いた。心配していたが道義の退廃はなく、自習室の電球を持ち去る者はいなかった」。

つけ加えるなら蝋勉とは蝋燭の灯で勉強することである。私自身はこうした電燈の不足に悩んだ記憶はない。むしろ、その後数年にわたり電力の不足から始終停電していたのだが、占領軍の蒲鉾兵舎といわれた仮設住宅にいつも煌々と電燈がともっていた光景の方がはるかに印象につよい。

私にとってうれしかったのは、風呂の開設、DDTの撒布によりシラミが絶滅したこと、また、水洗便所が使用できるようになったことであった。

風呂の開設については、中村重康の「敗戦時の寮生活体験記」（『運るもの星とは呼びて』所収）に詳しい。いささか長文だが、以下にその部分を引用する。

「われわれの入学したときには、すでに寮の暖房も、学校の暖房もとまっていたから、わたしは、寮の浴室など、全く覗いたこともなかった。長い渡り廊下をたどって、はるか彼方にあった。このような物資不足の折も折、寮内のシラミ大発生から出た話と思うが、何とかこの風呂をわかす方法はないものかという、妙案がもちあがったのである。もともとこの寮生の浴場は、石炭を焚いて沸かしたものだが、電気で沸かしたらよかろうというものだった。まず大変な電力を喰う。大型のトランスが必要だし、投げ込み式の電熱器を入れるにしても、家庭用とちがって、さぞかし金額も張ろうと、初めは、壁また壁の話だった。しかし、駄目でもともと、当って砕けろというわけで、卒業生名簿をたよりに、当時の関東配電（東京電力の前身）の社長が先輩であったので、私たち幹事二名で新橋にあった本社へ乗り込んだ。うまく受付で追いはらわれなかったのも幸いだった。社長応接室に通されて、まもなく副社長が出て来て会って下さった。あいにく社長が不在だったのだが、副社長は七高出身で、われわれの寮の窮状の説明を、ご自分の母校の事のように同情して聞いて下さった。「こんな時の寮生活はさぞ大変だろう。社長とも相談して、出来る限り助勢してあげるから」との答を得て、二人で、あるいは、ひょっとすると、うまくゆくかも知れないと話し合いながら帰寮した。それから一週間もたっただろうか。目蒲線の武蔵小山の駅頭にある、関東配電の小山支社から来てくれるようにとの連絡を受けた。私は、さっそくとんで行った。駅を降りると、すぐ目の前にコンクリートの廃墟のような建物があった。これが支社だとすぐわかった。廻りは空襲で焼かれたあとに、バラックが建っているだけだったから、一きわ目立っていた。現業と呼ばれる荒くれ男の職場で、所内に入っていくと、係長が本社から指令がでていて、一高の寮の電気風呂を建設するのに相談して設計をおこなうようにいわれていると説明した。これからは、この係長と私と二人三脚が始まることになる。浴場の図面、浴槽の容量、高圧線の配置状況などは私がととのえ、両者での現地調査の結果とで、電熱器はなんと二〇〇V、八〇kwで、五〇kwトランス二台が必要と出た。実のところ私は強気で仕事を進めていたが、内心だんだん心細くなってきた。

このような貴重な資材、電熱器の特注、工事代などを埋める財源は、なんにもなかった。あのような時期に、学校当局に懇願することは思いもよらなかった。寮幹事側の独走であったし、寮生自ら決着をつけねばならなかった。浴場入口の左側に大きなトランス二台が据えつけられ、外線から、高圧線が引かれ、大型の遮断機、二次側からの太い二〇〇V三相交流の導線が大型スイッチを通って浴槽にのびてくる。その浴槽の四分の一ほどを仕切って、黄銅の金網が張られアースされた。その中に大きな木枠が組まれ、特別あつらえの大型電熱器が出来上って来て据えられた。

あとは通電を待つだけとなった。私は、もう覚悟をきめていた。この仕事の最初から、無手勝流で、若さとエネルギーだけで飛びこんだのだ。財源が足りなければ、自分一人でも先輩をかけ廻って募金して集めてこよう。もうあとには引けなかった。

通電の日、係長はこれが計算書であとで納入して下さいと、一部の書類を私に手わたした。それには、なんと工事代も資材費も入っていなかった。計上されていたのは、特注した電熱器代と浴槽改造費だけだった。私は他の代金はどうなっているのかを係長にただすと、社の指令でトランスは貸与、工事費はサービスとする、との答えだった。私は思わず係長の手をにぎって、「どうも、ありがとう」をくりかえし、頭を何度も下げた。

浴槽を私は前日からきれいに掃除し、浴槽いっぱい水をたたえておいた。いよいよ通電が始まった。スイッチを力一杯引くと、交流特有のブーンという振動音と共に、水中に没した電熱器から、水蒸気の泡が立ちはじめ、ほどなく水面から湯気がかげらいで来る。「ワーこれは早く沸くぞ」と思わず歓声を上げた。様子を伺っていた係長は、ほどなく「大丈夫」といったかと思うと、作業衣を脱いで洗い場の片すみで素っぱだかになるなり、浴槽にとびこんだ。「中村さん、入りなさい。初風呂は、一番骨折ったあなたのものですよ」との係長の声に、私はなんの躊躇もせずに裸になるなり浴槽にとびこんだ。かれと、浴槽の中で、しっかりと抱き合って完成の感激を味わった」。

この風呂の再開は昭和二十一年三月のはずである。涙ぐましい苦労談であり美談だが、私はこのような苦労はつゆほども知らなかった。風呂が使えると聞きつけて、ぬくぬくと温泉気分に浸ったにすぎない。

ＤＤＴについては、前に引用した堀江滋夫の「停電と虱と電車」中で回想されている。三月十五日から寮内で伝染病が発生したため二十四日まで休校した、と『運るもの星とは呼びて』の年表に記されている。この伝染病は発疹チフスであった。そのころ堀江は吉田耕三委員長に呼ばれ、堀江と同じく厚生委員であった高橋昭三と二人で吉田を訪ねたところ、「寮生の中に発疹チフスで入院したものがいるらしいとの情報が告げられ、私には至急その実家に行って事実を確認した上、先輩を頼って予防ワクチンを入手する事、高橋君にはＤＤＴによる消毒ができるよう、区役所に行って至急手配する事が命じられた」と堀江は記し、「隠そうとする病人の家族を説いて何とか事実を確認し、その足で目黒に行って伝染病研究所の暗い階段を登り、矢追博士を訪れてワクチンの入手を願った」と続け、さらに次のとおり書いている。

「「一高生が発疹チフスで死んでは国家的損失である。また寮施設で発生したとあっては占領軍への手前もある」と博士はすぐに手配して下さり、寮生は医務室で予防注射をうけられるようになった。高橋君らの努力で区役所から二人の係員が来て南寮から順にＤＤＴの撒布をはじめた時、更に矢追博士の御手配で都庁から二十人程の一隊がやって来て別に明寮から撒布をはじめた。私共はこのお役所の縄張り主義をおもしろがった。固唾をのんで一週間二週間と様子を見たが患者の続発はなく、私達は安堵の胸を撫でおろした。しかし大事をとって紀年祭は延期された。当時は衛生状態悪化のため、全国に虱が蔓延し、発疹チフスが流行していた」。

DDTの威力は恐るべきものであった。DDTの撒布により寮生は完全にシラミの苦しみから解放された。私が寮生活をすることになって以後、帰省すると、まず衣類をすべて脱ぎ、裸になって入浴し、その間衣類を煮沸消毒するまで、家の内に入れてもらえなかった、と前に記したことがある。シラミは本人にとって痛くかゆくつらいばかりでなく、家中に蔓延しやすく、しかも発疹チフス等の伝染病を媒介した。芭蕉の「奥の細道」中「蚤虱馬の尿《しと》する枕もと」という知られた句があるが、そんな風流とは遠かった。DDTによってシラミ苦から解放されたことは、戦後育ちの人々にとっては想像しにくいかもしれないが、占領軍からの最善の贈り物の一つのように感じられた。

東京空襲による停電のため断水し、水洗便所が使用できなくなったこと、幹事の仕事の一つはバケツで水を運び、棒で糞便を突きくずしながら流すことであったこと、仮設の便所を作ったこと、等と若本修が記していることは前に書いたし、寮生の多くが仮設便所を使用することなく、流れないままうずたかくつもっている糞便の上に、さらに糞便をかさねたこと、私もその一人であったことは前に記した。この寮の水洗便所の問題は、敗戦後も続いていた。間和夫「寮生活の思い出」（『運るもの星とは呼びて』所収）によれば、「水洗便所で使う水は、食堂の裏の崖の下にあるポンプで井戸水を汲み上げ、屋上の貯水槽に送っていた」。「ところが、このポンプは老朽化していたため、しばしば故障を起こした。そして、故障のたびに断水が起こり、便所の水は流れなくなる」。「小便の方は水が出なくてもさほど苦にはならないが、問題は大便の方である。便器には大便の山ができあふれるくらいになることもある。ポンプが故障すると、学校の事務を通して修理を頼んだが、時には数日も断水が続いたこともあった」。間和夫は大山さんという一高に出入りしていた水道工事業者について回想している。「便所の掃除を事務を通して大山さんに頼んだ。ところが、何か話に行き違いがあったようで、事務から大山さんが怒っているので、委員が頼みに行ってくれといわれた。そこで、大山さんに頼みに行ったところ、酒を飲んでいたせいもあってか全く相手にして貰えなかった。仕方がないので、委員が裸足になって便所掃除をしていた。大山さんも気になったようで見に来たところ、我々が裸足になって掃除しているのを見て、すぐに人を集め一晩で綺麗にしてくれた。それから大山さんと親しくなったが、その時のことについて、大山さんは学校の事務の態度が気に入らなかったので、委員さんにも失礼したが、皆さんが便所掃除をしているのを見て、一高生にこんなことをさせるわけにはゆかないと思ったからだといった」。

間和夫は昭和二十一年十月から委員に就任しているので、この挿話はそれ以後のことだろうが、文中見られるとおり、ポンプの老朽化により始終断水し、水洗便所が使えなくなる状態は、敗戦後もずいぶん長く間断なく続いていたのである。

これらの文章をひきうつしながら、生活の基盤をなす、こうした状態の改善について私がまったく何の寄与もしていないことを、私は恥ずかしく感じている。同時に気付くことは、すでに記した芋の買出しにしても、本文中の電球、電熱器風呂にしても、私たちは一高卒業生の官界、産業界における学閥による権力に便乗し、私がその末端につらなっていたという事実であり、「一高」の学生であるが故にそうした特別の処遇をうけ、そのことを怪しんでいなかったという事実である。これは一高生のエリート意識というべきであり、反面からみれば特権意識が受容されていた社会構造の問題であろう。

ともかく、そうした特権的階層の一員として、私は敗戦後の一年半を過したのであった。

＊

この時期、寄宿寮は幹事制から委員制に復帰した。第六期の幹事長であった秋山光路は「幹事制廃止と安倍校長」（『運るもの星とは呼びて』所収）に、「私は昭和十八年十二月学徒動員で召集されたが、外地には赴かず、内地勤務であったから、終戦後、一か月もたたない九月初めには駒場の寮に戻ってきた」と記し、同年十一月十六日に第六期幹事長に任命され、翌年三月九日には委員制に復帰の上、吉田委員長以下の委員達に寮の運営が引き継がれ、僅か三ヵ月半の任期だったが、「一年近くも務めたような錯覚に陥っていた」、「思うに戦後の混乱の中、その重責と心労が後遺症となって」いたのかもしれない、と記している。

秋山は復員し、一高に戻って僅か二ヵ月ほどで幹事長に選ばれたのだから、その信望は推して知るべきだが、私たちより年長であり、大人の風格があり、しかも気配りがこまやかであった。「戦時中にすっかり荒廃してしまった寮生活の再建と正常化」という課題をかかえていた寮生が秋山に幹事長就任を要請したのはたぶん彼の人格に魅了されていたからであろう。ちなみに、このとき副幹事長として秋山を補佐したのは松下康雄であった。これも当然の人事とうけとられたように記憶している。

秋山は右の文章で山積していた問題の第一は食糧確保、第二は陸海軍学校からの転入生との間で軋轢が生じるのではないかという危惧、第三は寄宿寮の運営を幹事制から委員制に復帰させることであった、という。秋山は次のとおり記している。

「戦後の流れとして、戦時中、軍などの圧力で無理につくられたものはすべて元に戻すということで、幹事制が廃止され、昭和十九年七月まで続いた伝統ある委員制に復帰するのは向陵の歴史からも当然視され、私も寮生一般もそう信じて疑わなかった。しかし、これに強力な反対が現われた。創設後六期を数え、折角運営の実績を挙げている幹事制を何故廃止しなければならないのか、これを朝令暮改といわずして何というのか。この反対の中心人物がなんと安倍校長であったから、私ども幹事一同は途方に暮れた。しかも安倍校長の主張は寮生の立場を十分斟酌されたものであったから、頗る論破しにくいものであった。

二、三、例示すれば、(イ)寮の自治というのは建前は美しいが、その実、自由奔放で無規律な生活に堕していたではないか。(ロ)総代会の討議と称して時として夜を徹して討論が行われたが、結果的には見るべき結論を得ておらず、このような慣行は若者の健康上憂慮に堪えない。(八)このような無規律な寮生活を改善するために、学校側は指導と監督の面を強化せざるを得なくなったのであり、外部の圧力などで幹事制としたのではない……云々。

しかし幹事一同の委員制復帰の決意も堅かった。学校側と何度か話合いが行われ、ついに二十年十一月末には委員制への復帰について学校側の了解を取り付けることが出来たので、十二月一日に行われた全寮晩餐会において全寮生に対して、待望の委員制復帰と総代会復活について感激の発表を行ったのである。あれだけ頑強に信念を吐露されて委員制復活に反対された安倍校長が何故了解を与えられたのか大きな疑問であった。安倍校長は翌年一月早々に文部大臣として戦後再出発する文教政策の最高責任者の地位に就かれたのであるが、この転出との関係があったのであろうか。這般の事情については今なお謎である」。

一高の委員制について若干説明を加えるなら、一高ではいわゆる全寮制を採っていたから、病弱、親一人子一人といった特別の例外を除き、約千名の全学生が寮生活することを原則とし、委員がその運営にあたっていた。委員制に復帰した百六十七期の委員名簿によれば、委員長一名、副委員長一名、風紀点検委員四名、庶務委員、記録委員、会計委員、研修委員各一名、厚生委員三名、雑貨部委員二名、食事部委員六名、茶菓部二名、の二十三名が運営の責任を担っていた。幹事制時代も委員長を幹事長とよび、食事部委員を生活幹事とよぶような名称の違いはあっても、ほぼ二十三、四名が寮運営の責任者であり、これらの人数、職責は私の在学中ほとんど変っていない。食糧難に対処したのは食事部委員（生活幹事）であり、電熱器風呂の開設や水洗便所の再開に苦労したのは厚生委員である。なお、食事部委員ないし生活幹事といっても自ら炊事したわけではない。昭和二十年二月から六月まで生活幹事をつとめた、私の親しかった友人、猪熊時久の「生活幹事時代」（『運るもの星とは呼びて』所収）によれば、炊事長、副炊事長各一名、料理長一名、料理係四名、配膳係六名、洗場係三名、ボイラー係一名、会計・窓口二名、うち男性は炊事長、副炊事長、料理長、料理係のうち一名、ボイラー係の五名で、他は女性十四名からなる計十九名の方々が食堂の職員として働いていて下さったのである。

委員制の下では、委員とは別に総代会という組織があり、寮委員の行政的役割に対し、総代会は立法的役割を担い、各室の総代をもって組織し、寮内の規約および会計に関する事項その他寮に関するすべての事項を議決する機関とされていた。

すでに記したことだが、昭和十九年七月三十一日にはじまった自治制の廃止とは、第一に幹事制の導入、第二に、寮に常時居住する寮主任による寮生の監督、第三に総代会の廃止の三点であった。しかし、幹事制に変っても、じつは寮生が選んだ者をそのまま学校側は承認していたし、学校側から南、中、北、明の四寮にそれぞれ麻生磯次、竹山道雄、木村健康、柳田友輔の四教授が寮主任に任命され、寮に常住することとなり、四教授は心身ともにたいへんご苦労なさったようだが、私たちには「監督」されているという気分はなく、実質的にそれまでと変りはなかった。私の意識では総代会は実質的に機能していなかったので、総代会が廃止されたからといっていささかも痛痒を感じていなかった。

それでも、自治制の廃止が軍部の圧力によるものであったことは間違いないから、敗戦後には当然自治制に復帰すべきだと多くの寮生は考えていたし、私もそう考えていた。

ただ、秋山光路が記している安倍能成校長の自治制復帰に対する反論を読むと、さまざまな感想が去来する。これもすでに記したことだが、自治制復帰後の第百六十八期委員長金本信爾が新入生に対する入寮演説中、幹事制の導入にさいし、「安倍校長は、其の改革の意図を一般寮生に語った時、理由の殆んど凡てを、寮生の無自覚に帰した」と語っている。幹事制導入のさいの安倍校長の姿勢と自治制復活に反対したさいの安倍校長の姿勢は一貫して変っていなかった。同時に、安倍校長の姿勢には、外部から圧力により改革を余儀なくされたとき、改革は自らの主体的意志によったものだと意味づけることによって、主体性の維持をはかろうとする精神構造が、その底に潜んでいたのではないか、しかも、こうした精神構造は安倍校長に限らず、私たち日本人に共通したものなのではないか、と思われる。戦前でいえば、佐野学、鍋山貞親をはじめ、林房雄らの転向もそうした精神構造に由来し、戦後の度かさなる外圧にさいし日本社会が行ってきた経済的変革にも同じ精神構造が認められるのではないか、そのために極端に一方の極から他方の極に振れ、過去の伝統を全面的に否定するといった現象を生じたのではないか、と私は感じている。戦後くりかえしてきた現象については後にふれることがあるかもしれない。しかも、「寮の自治というのは建前は美しいが、その実、自由奔放で無規律な生活に堕していた」という安倍校長の指摘は、一部の寮生は別として、相当数の寮生について妥当したのではないか、と私は考える。自治制の復活にもかかわらず、戦後の食糧をはじめとするあらゆる生活物資の欠乏とあいまって、戦後の寄宿寮はその規律が乱れ、退廃していったのではないか、自治制の復活がこうした退廃をくいとめるのに有効であったか、これは疑しい。こうした状況についても後にふれるつもりだが、私自身がそうした規律の乱れ、退廃に便乗し、その一翼を担ったことを否定しない。そのことについても記しておかねばなるまいと考えているが、さしあたり、自治制とは「建前」として美しいが、実体はどうか、という安倍校長の苦言は、いまとなってみれば、私にはかなりに真実をついていたように思われる、というにとどめておく。

*

三月三十一日から六月三日まで休校になると、私はふたたび弘前に帰省した。

その帰省中、私は秋田市の近郊、八郎潟に近い町に祖父の甥にあたる親戚を訪ね、一夜を過した。その祖父の甥は慶応大学の理財科の卒業だったが、どういうわけか、秋田の会社に勤務していた。本宅は与野にあったが、勤務先の住居では若い愛人と二人で生活していた。それまで名前しか聞いたことのない、その親戚を訪ねることにしたのは、暇をもてあましていたせいだが、八郎潟の風景に関心をもっていたためであった。菊岡久利に「野鴨は野鴨」という戯曲がある。八郎潟に面した寒村の少年たちを描いた作品であり、劇団東童が上演し、戯曲集は昭和十五年十月に刊行されている。私は「野鴨は野鴨」の舞台上演を見たように記憶しているが、この記憶は確かではない。尋常小学校を卒業し、高等小学校にも進めない少年二人が、「おら鴨でもいゝでや」と叫びあい、「潟の鴨あ、働らくど」と終る、教訓的な台詞で終っているが、哀愁にみちた抒情的な児童劇であった。私はこの劇の舞台となった八郎潟周辺の荒寥たる風景に惹かれたし、潟の彼方に少年たちが望む寒風山《かんぷうざん》という山の名も気に入っていた。

夕食前、私は一、二時間、八郎潟を望む低湿な地域をほっつき歩いた。「ある潟の日没」という詩は、そのときの私の感慨を記した作である。現代仮名遣いで詩集に収められているが、制作時（『向陵時報』発表時）の歴史的仮名遣いで表記して左に示す。

この衰残をきはめた地方を何としよう
火田民の嵐が立ち去つたあとのやうに
赤茶けた土塊《つちくれ》はぼろぼろとくづれるばかり
喬木には鳥さへもなかず
疎らなる枝々はひたすらに大地をねがふ
ああこの病みほけた岸辺に立つて潟をのぞめば
日没はあたかも天地の終焉のごとく
あるひは創世の混沌のごとく

あの木小屋の畔りで人間のむれは
愛のささやきも忘れてしまつた……
とほく不毛の森林のかげに
村落の集団のいくつかがかくれてゐるのであらうか
わたくしは知らない　昔ペテロが
何故に滂沱たる涙をながしたか
木橋のかげに捨てられた舟のやうに
あかあかともえる炉ばたをのがれて
こんなにもさびしい地方をわたくしはさまよふ
ああ雪解の水を潟にはこんで
枯葦のはざまをながれる河べりをひくくさまよふ

十八歳の作だから稚いことは致し方ない。風景も若干の表現も萩原朔太郎「沼沢地方」「猫の死骸」から影響をうけているようである。「日没はあたかも天地の終焉のごとく／あるひは創世の混沌のごとく」という措辞も大仰すぎて空虚である。私がもっとも困惑するのは「わたくしは知らない　昔ペテロが／何故に滂沱たる涙をながしたか」という二行にある。いうまでもなく私はペテロが何故涙をながしたか、知らなかったわけではない。だから、この二行は文飾にすぎないのだが、たぶん私は名状しがたい激情にとらえられていたのであろう。敗戦による荒廃の責任を誰に問うべきか、私たち日本人を集団的狂気に追いこんだ心理構造がどういうものであったか、私は分らぬままに、苦々しい悔恨がつきあげてくるのを感じていた。あるいは、そうした心情がこの二行になったのかもしれない。それもいまになって思いやっていることであって、この二行を記した当時の心境を正確に憶えているわけではない。しかも、この二行はこの作品中もっとも高揚した心情の表現であって、この二行を省いてこの作品は成り立たない。それがこの二行に私が困惑する所以なのだが、若年の作品の未熟さをあげつらってみても詮ないことである。作品全体として、私自身の荒寥たる心象を八郎潟周辺の風景に託してうたった作としか、私としては説明できない。

右の作品を歴史的仮名遣いで表記したのは、この表記に私が未練をもっているからである。末尾に「さまよふ」をくりかえしているが、「さまよふ」と「さまよう」という現代仮名遣いの表記とでは、字づらの語感に違いがある。その後、私は漢字等の視覚的要素で作品を修飾し、イメージを喚起することは避けたい、表記がどうであっても詩だけが残るような詩を書きたい、と心がけて詩を書いてきたが、この作品に限っては歴史的仮名遣いで表記した方が制作時の私の心情によりふさわしいと感じている。

その夜、祖父の甥にあたる方とその愛人との寝室をかいまみて、その寝具のなまめかしく花やかだったことを憶えている。祖父の甥といっても四十歳代の半ば、愛人はふっくらとした美貌の持主で、私には二十歳代にみえたのだが、三十歳代ではなかったろうか。ひそかな愛の巣をぬすみみたような疚しさを感じたことを私はまざまざと憶えている。

4

やがて雪が溶け、弘前にも春がめぐってきた。花々が一斉に咲き、樹々は濃く、淡く、豊かな緑の葉をつけた。はじめてみる雪国の春は美しかった。

五月初旬、日曜日に駅に近い貸本屋を訪ねると、七、八人の青年たちが集まっていた。やがて太宰治さんが現れた。当時太宰さんは金木に疎開中であった。弘前城の花見にいくということであった。誘われるままに私は一行にお伴した。それまでに私は『晩年』を読んでいたし、『津軽』を読んでいた。『津軽』にはつよい感動を覚えていたが、たぶん私が稚かったためだろうが、『晩年』の諸作にはさして共感していなかった。その程度の読者だったせいもあり、著名人に物おじする性癖もあり、私は太宰さんにご挨拶もしなかったし、一言の会話もかわさなかった。青年たちに囲まれた太宰さんは餓鬼大将のようにご機嫌よくふるまっていた。

弘前城のサクラは見事だった。私が育った大宮の公園も埼玉ではサクラの名所として知られているけれども、弘前城のサクラは比較を絶していた。樹下から見上げるだけで吸いこまれるように感じた。青年たちは三重、四重の重箱にぎっしりとご馳走をつめこんでいた。戦後はじめての花見だったから、多数の花見客は解放感に浮き立っているようにみえた。濁酒もふるまわれた。

人々は声高に会話し、放歌高吟していた。私は手ぶらだった。勧められるままに青年たちが持参していた重箱の食物におずおずと手をのばした。私は酒をほとんど嗜まないが、それでも満開のサクラと浮き立つ人いきれに酔いしれる感を覚えた。太宰さんをはじめ同行した青年たちや花見客の中で、私は異邦人であった。青年たちがもてなし上手でもあったのだろう。親切が身に沁みた。それほどに愉しい花見をその後一生をつうじて私は経験したことがない。彼らの名前を一人として憶えていないことを私は申訳なく、残念に思っている。

同じ五月の中旬だったはずだが、黒滝夫人に案内されて、母、兄と共に弘前郊外のからない坂といわれるあたりに山菜つみに行ったことがある。ひろびろと平原がひらけ、岩木山を望む景勝の地域であった。私たちは道路沿いの林の中に入り、それぞれがリュック一杯の山菜をつんだ。弘前出身の知人に訊ねてみたが、誰もからない坂を知らない。しかし、兄の記憶も私の記憶もからない坂と聞いたことに間違いないので、調べてみたところ、現在は常盤坂とよばれているそうである。正式の名称は二百年ほど前から常盤坂であり、からない坂は俗称だったらしい。坂の俗称でもあり、村の名称でもあったが、昭和四十八年に町名が常盤坂と変更されてから、俗称としても用いられなくなったという。それはともかく、山菜つみが強烈な印象として私たちの記憶に刻まれているのは、それだけ私たち一家の食糧不足が深刻だったからにちがいない。

同じころ、父が青森地裁から水戸地裁に転勤することがきまった。私は青森地裁で父がどんな仕事をしていたのか知らない。何回となく東京に会計課長をともなって出張し、時々仙台に出張していた。おそらく罹災した裁判所の庁舎の新築のため、当時の司法省と交渉するのが父の主な仕事だったのだろう。時間的に先走ることになるが、一家が水戸に引越したのは六月中旬だった。その時点では私は一高の寮に戻っていたので、引越しには同行していない。弟の話によれば、水戸に到着したさい、裁判所の職員をはじめ多数の人々の出迎えをうけたのだが、妹が高熱を発していたので、妹は水戸駅から病院に直行して診察をうけたところ、栄養失調のための発熱と診断されたそうである。五歳だった妹には家族の誰よりも豊かな食事があてがわれていたはずだが、それでも栄養失調になる程度に弘前におけるわが家の食糧事情は逼迫していたのである。妹を除く、その他の家族が栄養失調にならなかったのは、それまでの体力の蓄積があったからであろう。これは私たち一家が弘前に知己が乏しかったことによるが、当時の日本人の通常の水準がそういうものだったはずである。

＊

私が弘前から水戸への引越しに同行しなかったのは、六月四日から授業が再開されることとなったので、六月に入ってすぐ上京し、寮に戻っていたからであった。

そのころ、寮生の間では「正門主義」を維持するかどうかが論争になっていた。『運るもの星とは呼びて』の付録に「入寮心得」が収められているが、これが寮規約というべきもので、この一条に

「寮生ハ正門以外ヨリ出入リスベカラズ」

とあり、また、別の条項に

「門限ハ平日ハ午後七時、休日午後十時トス。遅刻外泊常ナラザル者ニハ制裁ヲ加フルコトアルベシ」

とある。

最近、中野徹雄と雑談したさい、正門主義を憶えているか、と訊ねたところ、門限を過ぎたら正門の扉を乗り越えて入れ、ということだったな、といかにも苦々しげに答えた。そのように言われていたことは事実だが、私も中野もその他の友人たちも正門を乗り越えた記憶はない。しかし、午後十時すぎに帰寮することはたびたびだった。だから、入寮心得に定められている門限が門の扉を閉めるという意味であれば、有名無実だったのだろう。また、正門の扉の開閉は寮生の管理下にはなく、学校側が管理していたはずである。だから、平日でも午後十二時ころまで扉は開かれていたのではないか、と思われる。

私自身にも正門主義には若干の思い出がある。戦争中、国文学会で国学院の高崎正秀教授をお招きして、一夕、講義をお聞きしたことがある。私たちは上級生、先輩からうけつがれた伝統の一部として風巻景次郎教授の業績を畏敬していた。私の理解では高崎教授が風巻教授の学統につらなる方だったので、ご高話を承りたいと考えたのだった。高崎教授はいまでいう代々木上原二丁目にお住まいであった。お迎えに行くと、お住居からすぐの位置に一高キャンパスの北側の通用門があった。この通用門を入ると、左手に雨天体操場があり、寮はごく間近い。しかし、正門主義のため、通用門は利用できませんので、とおことわりして、北沢方面から山手通りへ出る道を通って、山手通りで右折、山手通りをすこし行ってまた右折し、炊事門を右に見て、正門から寮までご案内した。高崎教授は温厚な方で、正門主義に理解を示して下さったが、これは一高のキャンパスの外周をほぼ半分廻るにひとしい道順である。私もこうした道順をとることを強制する正門主義を馬鹿げた形式主義のように感じていた。

駒場の寮で生活していると、何かと渋谷に出る機会が多かった。当時は帝都電車といった、いまの井の頭線には、一高前駅があった。現在は一高前駅と駒場駅が統合されて、その中間に駒場東大前駅と名づけられているが、電車を利用するのは渋谷よりも先まで用事のあるときだけで、渋谷までなら、徒歩がふつうであった。帰り道は、いまはデパートになっている大向小学校の脇から松涛の家並の間を登って、山手通りを横切り、正門に出たのだが、途中に炊事門があった。炊事門から入れば、すぐ食堂であり、食堂は寮に続いていた。正門主義のために私たちは十分近く廻り道していたのである。

この正門主義はじつに他愛ない動機ではじまったらしい。『運るもの星とは呼びて』に収められている北条功の「戦中戦後」には次のとおり記されている。

「正門主義の起源は、本郷向ヶ岡時代の、それも大正時代に遡るようである。当時は裏門を出るとすぐ上野の不忍の池のほとり、いわゆる〝池之端〟の紅灯の巷であった。「大正デモクラシー」の随伴現象であろうか、寮生の中には、そこに〃居続け〃する者が多く、寮の規律が紊《みだ》れた。そこで、それを防止するために、「正門」の項が寮の規約の中に挿入されたのだそうだ。その後、この制度には、「正門主義」といった精神的な要素が加わって〃伝統〃として定着した。

さらに、北条は次のとおり続けている。

「戦時中には、軍国主義に対するささやかな抵抗の拠点となった。軍事教練の際、代々木の練兵場に行くのに、駒場の一高の裏門を通れば、正門を通るよりは、時間を二〇分位は節約出来る。しかし、寮生は〃伝統〃の名のもとに、裏門通過を拒否した。それは、単に軍事教練を往復で三、四〇分短縮するだけでなく、軍事優先の風潮に対して、軍事に優越するものの存在を主張する意味をもった。十八年以前の入学者の多くの者にとっては、正門主義とはまさにこのような伝統であった。ところが十九年ともなると、寮生たちは勤労動員のため分断され、二年生は日立等に移住させられ、新入生は、寮から軍需工場に通うようになった。十九年に入学した人たちにとっては、正門主義とは、空き腹を抱えて廻り道をしなければならない不合理な制度と意識され、戦後ともなると、戦時中の不合理の遺物としてのみ理解されたであろう。戦時中の生活体験の相違が、また同時に「正門主義」に対する考え方の相違に、濃い陰をおとしていたようである」。

北条は昭和十八年の入学であり、私は昭和十九年の入学である。昭和十九年入学の私たちが勤労動員のため廻り道したという事実はない。私たちは池尻大橋の三菱電機の工場に動員されたので、正門を通るのがもっとも近道だった。それはともかくとして、「正門派」ないし「伝統派」

は、吉田耕三、久保田穣、金本信爾、門脇卓爾、酒井修、加藤隆司等であり、支持勢力の中心は十八年以前に入学した寮生であり、「革新派」といわれた反対派として、北条は、松下康雄、上田耕一郎、中野徹雄、大森誠一、所雄章の名をあげて、「支持勢力の中心は十九年に入学した三年生であった」と記している。

伝統派の筆頭にあげられている吉田耕三は自治制復活後にはじめて第百六十七期委員長となったが、「もろびとは群れさまよいぬ」（『運るもの星とは呼びて』所収）と題する文章を寄せている。

右のような対立の中で総代会が六月十七日に開かれ、正門主義の廃止が議決された。吉田は、その日の日記に「正門主義は否決された。俺はただ暗涙にむせぶ」と書いた、と右の文章に記している。しかし、ここで決着が最終的についたわけではなかった。伝統派は正門主義復活の動議を提出し、これが全寮生の投票により否決されてようやく決着がついたのは十月十二日であった。この間の経緯はかなりに劇的なので、時期的には先走ることになるが、ここで記しておくこととすれば、吉田は「正門主義の倫理規範性を裏付ける言葉を求めて漢文の阿部教授に教えを乞うたところ、流石は一高の先生、即座に「君子は行くに径《こみち》に由らず」の章句を示され感じ入ったものである（好奇心の強い方は論語の雍也第六、二十八章を繙《ひもと》かれよ）」と書いている。

また、前掲の北条の文章は、総代会は夕食後の七時ころからはじまり、翌朝の五時すぎまでにおよんだ、といい、「結局「正門派」の久保田君から緊急動議が出されて可決され、正門主義は全生徒の投票に委ねられることになった」、「私は、「正門主義」は総代会で決議すれば僅少差で復活し、生徒投票になると逆の結果になると、情勢判断していた。数日後の生徒投票では、二対一という、私の予想以上の大差で「正門主義」の復活は否決された。こうして、非行防止↓精神主義の象徴↓軍国主義に対する抵抗の拠点、という役割を演じてきた制度としての「正門主義」は、制度としての一高の消滅に先立つ三年半前に、戦時中の非合理主義の遺物として、消滅した」と書いている。

私は正門主義の廃止に賛成だったが、このときもやはり傍観者であった。総代会に出席したことも傍聴したこともなく、全生徒投票にさいし投票したかどうかも記憶にない。しかし、正門主義が形式主義に堕し、形骸化していたように私は感じていたから、正門主義の維持に同調するつもりはなかった。吉田や北条の文章を読むと、「正門派」に名をあげられている友人たちに物故者が多いことに気付く。私は北条のいう軍国主義に対する拠点といった見方には賛成できない。しかし、「正門派」に属した友人たちは便宜主義を排するような気質の持主が多かったようにみえる。真率で友情に篤い人々が多かった。それだけに物故した彼らが懐しい。正門主義が他愛ない動機ではじまったことは、たぶん北条が書いているとおりだろうけれども、それが定着したのは「君子は行くに径に由らず」という倫理感に裏付けられていたためではなかろうか。私が正門主義廃止に賛成していたことはすでに記したとおりだが、正門主義的倫理感は、これまでの私の生き方に多かれ少なかれ影響を与えてきたのではないか、といまになって私は感じている。

＊

六月二十二日に三月以来延期されていた紀念祭が催され、同日付で『向陵時報』が復刊した。「向陵時報編輯員」として、「記事欄　委員大西守彦、論説欄　中野徹雄、文芸欄　網代毅、運動欄　大森誠一」という四名の名前が記されている。大西、中野、網代は昭和十九年四月に私が入学して以来、私と同級であり、網代は後に加わったとはいえ、三人は同じ国文学会に所属していた。大森は同じく昭和十九年四月に理科に入学し、敗戦後文科に転科した同級生だが、運動欄の記事は四頁中一頁の三分の一ほどを占めているにすぎない。だから、この『向陵時報』は実質的に私たち国文学会の仲間たちが編集、発行したものであった。とはいえ、『向陵時報』の発行は当時研修委員であった大西守彦の献身的な努力なくしてはありえなかったことは間違いない。原稿の募集、入手困難であった用紙の手配にはじまり、印刷所探し、割付、校正等、網代毅が協力したとはいえ、そのほとんどを大西が始末したのであった。大西からその苦労話を私は聞いたことはない。彼は企画力、実行力に富み、俊敏であった。彼の稀有な才能が実社会で生かされることなく、不幸な自死に至ったことを思うと、いたましく、悲しく、切ない。この『向陵時報』は百五十七号とされているが、戦争下の最終号が百五十七号だったから、正しくは百五十八号であった。また、この『向陵時報』には誤植も多い。しかし、私にはそうした瑕瑾を咎め立てするつもりはない。

本文についていえば、一面には、天野貞祐校長の「就任の言葉」、無署名の「復刊の辞」、吉田耕三委員長の「紀念祭に寄す」、持田武一総代会議長の「総代会出発の辞」の他、「初の緊急総代会」「茶菓部より」等の記事が掲載されているが、二面に中野徹雄訳エミール・ブルンナア「信仰について―即事性―」と、電熱器による風呂の再開に貢献した中村重康の「クラフト液分析用の新電導度測定」という論文、三面に第五十七回紀念祭寮歌二篇の下に宮本治「中原中也の写真像」、最下欄に私の詩「ある潟の日没」が、四面に網代毅の創作「流刑になつた魂」が約三分の二を占め、その余を運動部の記事が占めている。宮本治はいいだもがこのときはじめて使用した筆名である。一面の「復刊の辞」は大西か網代が執筆したものであろう。中村重康と大森誠一を除けば、これらの筆者はすべて私たち国文学会の仲間たちである。いいだはすでに卒業していたが、私たちの誰かが寄稿を求めたのであろう。こうしてみると、私たち国文学会の仲間たちが『向陵時報』を編集してその紙面を私物化していた感がつよい。

いいだの「中原中也の写真像」は戦後最初の中原中也論という光栄を担っているが、若干若書きの誇りを免かれないとはいえ、いま再読しても、卓抜な中原論である。

「詩集「在りし日の歌」の扉に、著者若年の写真像が載つてゐる。

漆黒の髪の毛――少女のお河童髪のやうな、房々とした。黒羅紗地のお釜帽――幅の記《ママ》ろいリボンのついた、手触りのよささうな。その帽の鍔の投げる翳が、額一杯にゆらめいてゐる、死の予兆のやうに。そして、その下には、独特な魅惑に富んだ双眸が、はつきりとみひらかれてゐる。

写真の位置をどう按配しても、観る者の視点をどこに探つても、その双眸は、恒にあらぬ遐い彼方をみつめてゐる。座標軸によつて変換される相対的空間を脱出してゆくやうに。観る者は、恒に、黙殺され、消去される」。

こう書きおこして、「中也の眼は、盲点が瞳一面にひろがつたやうに、かぎりない虚妄を湛へてゐる。真空の眼は、白光状態にまで達した情熱燃焼を、静謐に内蔵してゐるやうである。血を吐くやうな切なさと、やさしい労はりとが、不可思議に交錯し、結合してゐる。静止したまま、みひらかれたまま万象を吸収してゐるが、屍眼でも、義眼でもない。どちらも虚無を宿したところ、それは、ランボオの白眼に、いちばんよく似てゐる。が、ランボオの切長の眼ほど、殲滅的な凄壮さには充ちてゐない。円らにみひらいて、どこか東洋人的な受容を宿してゐる」、といった文章に続き、詩集『在りし日の歌』巻頭の「含羞」の一節を引いて、「彼の眼は亡霊の眼である」という。その上で、

「だがそれにしても、永劫に亘る時の流れを一手に掌握せんとした彼の、涯限もない未来を夢見るべきであつた瞳は、どんな転換によつてかくも甘美にして沈痛な過ぎし日の事象を映すに至つたのであらうか」

と問い、中原のダダ詩にふれて、ダダ詩とは「つひには不毛と解体の破綻的相貌を呈するほかはない」とし、ついで富永太郎にふれて、「富永は、彼の挫折によつてしか、彼の近代詩人たることを証し得なかつた」といい、伊藤信吉の中原中也論を引いて「ダダの手帳の擾乱」が終ったと

きに中原の歌ははじまったとして、「ゆきてかへらぬ」を引いて、「ランボオに異質的な、この忍従的ニヒリストの虚妄の眼は獲得された」といふ。そして、

「爾来、彼には本質的な意味で成長はなかつたであらう。衰運もなかつたであらうが」。

「彼岸の眼の定著とともに、全過去はフイルムを繰りひろげるごとく、非情な郷愁と空妄の疲労とを、綾なして揺曳した」

といった文章をはさんで、「言葉なき歌」を引き、

「撓みに撓んで、いつの日か最高音を響かせようとして、切なくも断れんばかりの歌絃。

「あれ」といふ不定詞で表はされた物体が気体化したまま、明瞭に確然と彼の眸に映つてゐるではないか。そしてそれを表現しようとして、彼は、こちら側から言語表現の極処にまで、行つてゐるではないか。言葉は、眸の物象を周辺的に微分して行つて、殆んど窮してゐるではないか」

とし、

「アルチユル・ランボオが、歌ふ詩人であつたとすれば、中原中也は映す詩人であつた。言葉の厳密な意味で、客観的詩人であつた」。

「およそ人が客観的詩人たるとき、彼の現身が一箇の去勢者的な形骸に化し、人生を失格せざるを得ないとは、見え易い道理である」。

「中原は、生活から詩へ、ランボオは詩から生活へ、方向係数は、鮮やかに逆行してゐる」。

「ランボオは此岸で、虫の光耀の極地を、究め尽くしてゐた。中原は此岸《ママ》で虫の解体を、体感

し終つてゐた」。

「彼岸の境界標近く、この世に永訣し去るとき、ランボオはおのが詩業をも含めて全過去を容赦なく粉砕し、踵をめぐらして砂漠の涯に消えた。その砂漠の涯から、中原はぽつかりと蘇つてきた」。

こうした文脈の結果、いいだはこの処女評論ともいうべき評論を次のとおり、結んでいる。

「一般的に言つて、日本のヨオロッパが、ヨオロッパの誤訳にすぎぬにせよ、ともかくもここに、フランス象徴詩の伝統を、おのれの体腔に流さうとした一箇の日本詩人の写真像がある。その輸血は、彼の死後《ママ》を単に早めただけにすぎなかつたのかも知れないのだが。

彼は一症例であるかも知れない。歪んだランボオなのかも知れない、この国の観念的焦燥の産んだ好個の流産児であるのかも知れない。しかし顧みるべき伝統の皆無なこの国の詩人達にとつて、この観念的焦燥のみが唯一の依拠するに足る現実的前提なのではないのか。これは固より危い路である。だが詩といふ創造の営みは恒にかうした危機の逆用にかかつてゐるのではないのか。

一九三九年《ママ》、彼はまさしく死んだのだが、その写真像の眼は、いまになほ一種スフィンクス的な、巨大な悲しい疑問を僕達に放つて止まないのである。僕達の得る答が、およそなんであるにもせよ」。

末尾に「(一九四五)」と記されていることからみて、これはいいだの十九歳の評論だが、ここにいう「客観的詩人」「忍従的ニヒリスト」「彼岸の眼」といった、絡みあった問題はその後六十年経ったいまでも、決して解明されていないように私は感じている。
カール・バルト、ゴーガルテンと並んで、危機神学あるいは弁証法神学の理論的指導者の一人といわれるエミール・ブルンナーの論文を中野徹雄が訳出し、掲載した動機を私は聞いていないが、この論文は、

「近代の神学や宗教哲学は、自然的認識・経験に属すべき人間的経験や思惟の聯関から宗教・信仰を演繹せんとする勢力に支配されてゐる。斯る勢力を要求したのは、人間主義に対して自己を防衛せねばならぬ基督教の立場であらう。此処に於て手本とされてゐるのは、意識的にせよ、無意識的にせよ、護教的な立場である」

とはじまっている。ここで中野は注して、

「近代文化の本質が広義のヒューマニズムであることは否め難《ママ》い。斯る傾向に対し、無論テアントロポロギッシュであるにせよ、基督教は衝突せざるを得ない。此の時基督教の執る姿勢をアポロゲティッシュと呼ぶ。その本質は、人間的思惟を借りて妥協的に神を弁護することである」

という。反ヒューマニズムとしてのナチズムに対して、ヒューマニズムを擁護するために危機神学者がどんな立場を採り、いかなる理論を示したか、を中野はこの翻訳を通じて学んだのであろう。この論文の詳細を紹介しようとは思わないが、たぶんこの翻訳によって、中野は戦後声高に唱えられていた「ヒューマニズム」の危うさといったものを読者に伝えたいと意図したのではなかろうか。

網代の小説については省くが、戦後の私の周辺の精神的風土は、いいだの評論、中野の翻訳に表現されているようなものであったといってよい。

私の「ある潟の日没」についていえば、この『向陵時報』が刊行されて後しばらくして、中村光夫さんから詩を二、三篇持参するように、という連絡を頂いた。稲村ヶ崎のお宅をお訪ねして、拙稿をお目にかけたところ、どうも「ある潟の日没」が一番いいようだね、これにしよう、と言って下さった。中村さんは当時、吉田健一、山本健吉等の諸氏と戦前から発行していた雑誌『批評』復刊号の編集をしていた。私の作品を『批評』に掲載するというご趣旨であった。私もいいだも『向陵時報』を中村さんにお届けしていない。上田耕一郎か彼の仲間の誰かがお届けし、拙作に中村さんが眼をとめて下さったのであった。この『批評』第六十号は創元社から翌昭和二十二年四月に刊行された。そのころの雑誌だから紙質は悪いけれども、B5判、百六十頁の豪華な雑誌であった。その目次に、「いちぢくの葉（詩）中原中也」と並んで「ある潟の日没　他一篇（詩）中村稔」とあるのを見たときは、私は夢心地であった。「他一篇」は『向陵時報』の次号に発表した「思ひ出」を片仮名表記にした作品である。この『批評』はシェイクスピア特輯で、その筆者には、中野好夫、福田恒存、芳賀檀、吉田健一、中村真一郎、加藤周一、西村孝次の諸氏が名をつらね、その他、「芭蕉序説」と副題する山本健吉さんの「挨拶と滑稽」や武田泰淳さんの創作「審判」と書評「谷崎潤一郎の「ささめゆき」」等が掲載されている。中村光夫さんは「武田麟太郎と織田作之助」と題する文芸時評と編輯後記を執筆している。こうした名を列挙してみると、私がどれほど破格の処遇をうけたかが理解され、私がどれほど感動したかも理解して頂けるはずである。ちなみにカットは青山二郎さんが描いており、中原の作品にも拙稿にも同じカットが使われている。中原には「いちぢくの葉」と題する作品が二篇あり、この『批評』に掲載された「いちぢくの、葉が夕空にくろぐろと」とはじまる一篇は、中原の生前未発表詩篇中、もっともすぐれた作品の一と私が考えている詩である。私は労なくしてまことに僥倖に恵まれたという感がふかい。

＊

そのころ世評高かったのは『世界』五月号に発表された丸山眞男「超国家主義の論理と心理」であった。眼からウロコの落ちる思いがしたという感想を洩らしている人々が多いと耳にして、私も一読した。

その明晰な分析と論理的な記述に私も感銘をうけた。しかし、私には釈然としない気分がつよかった。当時の私の理解によれば、わが国の超国家主義は権威の中心的実体であり、道徳の泉源体である天皇、それも「皇祖皇宗」の伝統をうけついだ天皇制に由来する、権力と権威の集中的表現である天皇制こそ超国家主義の基礎をなす、ということにこの丸山論文の要旨があった。私自身についていえば、権力機構の頂点に天皇が存在することがまぎれもない事実だとしても、天皇ないし天皇制が道徳の泉源体であることは私の実感と隔絶していた。

「ヨーロッパ近代国家はカール・シュミットがいふ様に、中性国家（Ein neutraler Staat）たることに一つの大きな特色がある。換言すれば、それは真理とか道徳とかの内容的価値に関して中立的立場をとり、さうした価値の選択と判断はもつぱら他の社会的集団（例へば教会）乃至は個人の良心に委ね、国家主権の基礎をば、かゝる内容的価値から捨象された純粋に形式的な法機構の上に置いてゐる」のに対し、「日本の国家主義は内容的価値の実体たることにどこまでも自己の支配根拠を置かうとした」、「我が国では私的なものが端的に私的なものとして承認されたことが未だ嘗てない」というような断定に私はつよい反撥を覚えた。丸山論文が論拠とするのが荒木貞夫「皇国の軍人精神」であり、「臣民の道」であり、教育勅語等であって、庶民の「論理と心理」を語るような文献があげられていないことが不満であった。たしかにわが国民を集団的狂気に駆り立てたものが丸山論文によって解明された論理と心理によるとしても、ここからは洩れ、こぼれている庶民心理の暗黒層が存在するのではないか、と感じた。いまとなってみれば、丸山論文のいう「近代国家」というものもモデル的近代国家であって、その実体はそれぞれの先進諸国においてもかなり異なるのではないか、と考えているが、それはともかくとして、私は「超国家主義」が庶民の多くを支配したわけではあるまい、と信じていた。

これより後、同じ『世界』の八月号に竹山道雄教授が「鴿《はと》――戦争責任について」という評論を発表している。ここで筆者は、戦争末期の友人との会話を回想している。

「今の日本人を分類すると、戦争をしてゐる者と、させられてゐる者と、戦争を逃げてゐる者と、逃げる力もない者と、初めから逃げる必要もない所にゐる者となる」

と友人が言った上で、

「われわれは第三の部類から何とかして第五の部類に入らうとしてあがいてゐる訳だな」

というのに答えて、筆者は
「戦争をしてゐる者の数は尠い。それは実におどろくほど尠い」

「世上に行はれてゐる多くの現象は擬態である。かれらは主観的な幻影をえがいて、もっとおそろしい現実から目を背けて、やすきについてゐるのである」

などと語るのだが、私はこれは一部の知識人について妥当するばかりか、庶民一般に妥当することだと感じた。丸山論文に私は蒙を啓かれた思いがあったが、それでも、五つに分類された人々のすべてを支配した「論理と心理」を説明していないのではないかと考え、むしろ竹山教授の評論に共鳴したのであった。

5

昭和二十一年七月一日付で『世代』創刊号が刊行された。その後、断続的に昭和二十八年二月刊の第十七号まで刊行されたが、概観すれば、その第一期は創刊号から昭和二十一年十二月一日付で刊行された第六号まで、第二期は昭和二十二年九月一日付で刊行された第七号から昭和二十三年二月二十日付で刊行された第十号まで、第三期は昭和二十六年初頭に刊行されたと思われるガリ版刷の第十一号にはじまり同年十二月一日付で活版で復刊した第十四号から第十七号まで、とみるのが、たぶん常識的な区分であろう。これらの各時期において『世代』と私のかかわり方は同じでない。第一期の『世代』に私はほとんど関係していない。そのことは、第二号に私の詩「海女」が発表されているが、そのさい、いいだももが次のとおり付記していることからもはっきりしている。

「海女は中村稔がみづから火中した彼の詩集流沙の書の第一部北陸記の一篇である。流沙の書は網代毅の手製になる一部限定版で、その北陸記は僕に捧げられたものである。故あつてその草稿が僕の手許に残つてゐる。発表の責は彼にはない。記憶力に乏しい僕が自然忘却するのを恐れて附記した次第だが、この挿話が鑑賞を妨げることのないやうに。(飯田桃)」。

つまり、この「海女」は私に無断でいいだが『世代』に発表したのであった。いささか注を加えれば、網代毅が私の詩十数篇を浄書し、『流沙の書』と題する一冊の手書き詩集にまとめてくれたのは、たぶん戦争末期であった。昭和二十年八月、私はいいだと二人で大津、永平寺、金沢、宇奈月温泉、下呂温泉、岐阜をほとんど無銭旅行に近いかたちで経巡ったこと、その途次、東尋坊を訪ねたさいの見聞に触発されて「海女」を書いたことは、すでに記したとおりだが、この旅行中の作品が他に数篇あったはずである。「海女」をふくむこれら数篇が第一部「北陸記」をなし、その後、校正刷まで至りながらついに印刷所が空襲で罹災したため刊行されなかった雑誌『柏葉』に掲載されることになっていた作品をふくむ七、八篇が第二部に収められていたように憶えている。この網代の労作を焼却したのは敗戦後、寮に戻って間もないころである。自己嫌悪と若気の気まぐれのため、私はそれまでの私の一切を抹消したいと思ったのだろう。ただ、これらの作品が残っていたとしても、読むにたえるものではなかったはずである。

『世代』の第四号に私の小説「鯨座の一統」が、第六号に私の詩「オモヒデ」が掲載されているが、これもたまたまいいだの目にふれ、いいだが掲載することとしたのであった。「鯨座の一統」については後にふれるつもりだが、私が積極的に『世代』に投稿したわけではない。

ただ、私は『世代』の第一期において、いわば不即不離といった感じで、若干の距離をおきながら、遠藤、いいだ、中野らの活動を傍観していた。彼らは私の親しい友人であることに変りなかったが、一方で、私は彼らの活動様式に違和感をもっていたからである。

『世代』は目黒書店から商業誌として刊行された。何故、目黒書店が版元をひきうけたか、その事情は判然としないが、編集人は「「世代」学生編輯部　代表　遠藤麟一朗」と奥付にあり、「編輯長　遠藤麟一朗（東大経済）」以下、次の人々の名が掲げられている。

政治部委員長
石川吉右衛門（東大法研究生）
社会科学部委員長
遠藤麟一朗
井出洋（東大社研）
松下康雄（一高社研）
哲学精神科学部委員長
今道友信（東大哲学）
有田潤（早大哲学）
数学自然科学部委員長
河合正一（東大建築大学院）
文芸部委員長
矢牧一宏（成蹊高文）

編輯幹部
　中野徹雄（一高文）
　甲藤重郎（早大政経）
女子代表
　土倉一子（東京女大研究生）
庶務会計
　川崎敬二郎（東大言語）
各校連絡
　飯田桃（東大法）

編輯部として「編輯委員は学生あるひは学生に準ずる者。任期一年」などと記されており、顧問として、「安倍能成・竹山道雄・林健太郎・木村健康・五味智英・川口篤・西尾実・矢野健太郎・金子武蔵・中村光夫・岡義武・中野好夫・佐々弘雄・下村寅太郎」の諸先生の名があげられている。

私にはこうした編輯部の構成が一種のペテンのようにみえていた。遠藤、中野はともかく、中心的な推進者の一人であり、実質的にも『世代』編集の中心であったいいだが「各校連絡」という得体の知れない肩書にとどまっていることも不審であり、石川吉右衛門、井出洋、松下康雄、今道友信といった人々が名前をつらねているのも不審であった。石川吉右衛門は後に東大で労働法を講じ、中央労働委員会の委員長などをつとめた方だが、創刊計画の初期に関与したことはあっても、創刊以後は縁がなかったのではないか。井出洋、松下康雄、今道友信も『世代』に一篇といえども寄稿していない。一高教授を中心とする顧問の方々の知名度に便乗して、実体とかけ離れた、読者に幻想を与えるような外観をでっちあげているのではないか、という感を私はふかくしていた。

「『世代』は、浮薄なジャーナリズムと、あまりにも陳い時代感覚の既成雑誌にあきたらない若い世代の精力的な運動として生れた。執筆者、編輯者、読者、すべて常に若い世代を基盤とする。真理と純美とによる結集がその最低綱領である。心を虚しくした相互の切磋からやがてひとつの主調音が響いてくるであらう」

は奥付に記されている発刊の辞のようだが、私には空疎な美辞麗句としかみえなかった。創刊号の目次をみると、執筆者は若い世代を基盤とする、というのが事実に反することがはっきりしている。左が創刊号の目次である。

目次に示されている筆者中、学生は網代毅、太田一郎、矢牧一宏、土倉一子だけであり、他はすべて著名な、定評ある方々で占められている。執筆者が学生を基盤とするとはいえない。しかし、この目次を一瞥するだけで、『世代』学生編輯部のじつに多様な関心と壮大な野望を知ることはできるだろう。

個々の作品に対する私の感想は後に記すこととするが、創刊号所掲の「家鴨宣言」こそが、真の『世代』創刊の辞であった。次にその全文を引用する。

「若く新しい人々よ

僕達の世代が　利害に汚れない自由の魂の籠つたものであるやうに。赤緑黒……雑多な色を一の白色光にまで昇華する質の緻密な一箇のプリズムであるやうに。

昧爽に　僕達が目覚め　わづかに素いうなじをめぐらしたとき、僕達はすでに　悪夢にも似た厖大な世紀の堆積に囲まれてゐた、夕昏ははやちかいのである。僕達が喜劇的な相貌を帯びる所以である。僕達は　脅えてのどかに鳴く素いうなじの家鴨でしかない。だが　繰りかへしては言ふまい、時はすでに　遅いのであると。

この弱々しい光の散らばふ国の白夜に　僕達は烱々とした眼を有たう。ひとすじの光さへ許されないのならば　盲人のやうな皮膚感覚を有たう。晦闇の直視と慣性の突破とがなされないならば、世界の日本のたどる運命は単に経過のながい玉砕にすぎない。このとき人は、黍離麦秀の地に落拓の情を抒べるのであらうか。だが経過のながい玉砕とは瓦壊にほかならない。泯んでゆくものの挽歌も　そこにはないのである。敗北がなんら悲劇でなかつたのとおなじやうに、

若く新しい人々よ

僕達は、あらゆる篤実な科学に敬礼しよう。瑞々しい実践力を傾けよう。僕達はもはや　夭折することはないだらう。倨傲、道化、含羞、稚情、醜態……あらゆる僕達の貪戻と奸智とを賭け

て　虚膜の間に僕達の純潔を守らう」。

文芸部委員の名による「家鴨宣言」の筆者はいいだももであった。いいだは『世代』の発刊をつうじて社会的発言を求める自己をすでに確立していたのだといってよい。闇の中に目覚めた自由で無垢な精神が純潔を守るための行動は喜劇的にみえざるをえないとしても、なお行動しなければならない、というような立場がこの家鴨宣言に認められるであろう。

その実践綱領ともいうべきものが、創刊号所掲の「CAMERA EYES」の末尾の囲みに記されている。

「世代」は、言葉に対して敏感な嗅覚をもつ若い世代の、言語粛正の運動である。学問と文芸とのエレメントである言葉を矯める技術的実践である。

実践目標

一、言葉を、手段としてではなく、目的とする。
一、透徹した、印象の鮮明な、文章構造。
一、専門的な孤立と紛乱とに陥つてゐる諸部門の言葉のあひだの流通、綜合的な統一と見透しの上に立つ言葉の樹立。
一、左開き横書印刷」

これは無署名だが、やはりいいだの文章であろう。ここで「言葉」は通常の意味の狭義の言葉から、おそらく思想等までを含む多義的な意味で用いられているようである。諸専門部門間の言葉の綜合的統一というような学際的な実践目標のあらわれが、すでに目次にみてきた多面的な関心にちがいない。第四号には「家鴨言」というコラムが掲載されているが、これもいいだの執筆と思われる。この「家鴨言」は、

「A　お前は、自分の眼でものを見てゐるか。

B　然り。耳で見たり口で見たりすることは僕にはできない芸当だ。他人の眼や義眼で見ることも残念ながらできない。（中略）ものを見ると事更らしく言はなくても、眼を開いてる以上は、自然と見えてしまふぢやないか。あ、バスが来る、ポストの前に止つた、といふわけだ。（中略）

A　お前の見てゐるのは、バスでもポストでもない。「バス」といふ言葉だ。「ポスト」といふ言葉だ。言葉の系列がお前の眼を流れてゐるだけだ。お前が持つてゐるのは、お前の眼ではない、他人の眼だ」。

当時いいだは二十歳、私は彼より一歳年少だが、こうした文章を読みかえすと、そのころの私たちの会話を想起し、懐旧の思いがつよい。それはともかく、右の「家鴨言」から前述の実践目標にいう「言葉」の意味はかなりにはっきりするはずである。実践目標はついに目標にすぎなかった。『世代』が成就したものはあまりに貧しい。しかし、いいだの志は壮とすべきであり、現在もなお、あるいは現在ではいっそう、その意味を失っていない、と私は考える。

ちなみに、第五号ではいいだの詩「タイフーント星」「夜に」の二篇、第六号では私の詩「オ

モヒデ」が横書で印刷されている。

＊

第一期の『世代』から私が学んだものの随一は、後に『1946・文学的考察』として上梓された、加藤周一、中村真一郎、福永武彦の三先輩による「CAMERA EYES」であった。中村真一郎さんは一高国文学会の創立者の一人であり、加藤さん、福永さんは中村さんの親しい友人として、私が一高入学当時から私の耳に親しかったし、マチネ・ポエティクの定型押韻詩も目にしていた。しかし、この「CAMERA EYES」の感銘は格別であった。

彼ら三人の博学多識、華麗な文体に私が眩惑されたことは間違いないのだが、そして、多くの読者と同じく、彼らの文章が衒学的にみえていたことも間違いないのだが、私はこれらの文章から、いかに生きるか、を学んだのだ、と思われる。『世代』に連載された文章のどれを例にあげてもよいのだが、第三号に加藤さんは「或る時一冊の亡命詩集の余白に」と題する文章でトマス・マンの文章を引用した後、次のとおり結んでいる。

「エウリピデスのアテナイがイオニアの亡命者に依て栄えたるが如く、アレクサンドリアから古代羅馬に至るヘレニズム文化が、流浪の希臘人に負ふ所多きが如く、中世加特力教会がアラビアの学者に、文芸復興期のヒューマニストがビザンチウムの古典学者に希臘を学んだ如く、又八九年の亡命文学が独逸と仏蘭西とを結び、仏蘭西文学を欧羅巴化した如く、ヒトラー治下の独逸を追はれた選良は、廿世紀に独逸コスモポリト文化を以て、全世界のために寄与する所大であつた。日本の詩人は聞く耳を持たぬであらう。文明はベルグソンの所謂 monde ouvert にしかない。正義は法王グレゴリウスの morior in exilio, quia justitiam dilexi「余は正義を選びしが故に、流竄に死す」とも辞せざる勇気の中にしかない。詩も又その他にはないのである」。

『世代』第四号に中村真一郎さんは「もう一人のモオリヤック」中、モオリヤックが新聞に寄稿した「モオリヤックの日記」中で、市民のお正月や、グレタ・ガルボや、アカデミイやフロイトについて語り、「才気に溢れた、多少偏狭で通俗的なジャナリスト」として、一般人を相手に大胆に気持を語り、意見を述べているが、それらの記事の中で、ナチスとヒトラーに対する抗議文に心をうたれた、と記した上で、次のように続けている。

「「カトリック教徒、ヒトラアよ！」と云ふ呼び掛けを繰り返して、その罪を追求して行き、遂には良心に責められて血塗れな悪夢の中に身もだえするヒトラアの姿を、小説家はあの独特な南国的な色彩感に満ちた文体で描き出し、読者を恐怖に凍らせる底のものだつた。……

此等の広い社会的関心、時事問題、就中政治的現実に対する誠実な発言は、私のモオリヤックに対する理解を一段と深めさせてくれた。南仏《ミヂ》に残存する古い家族制度と云ふ、極めて狭い処に題材を局限して、その檻の中にうごめいてゐる人間性の悲劇を、極度に芸術的な形式に仕上げることに専念してゐる此の作家は、全ての巴里文壇の作家達と同じやうに、同時に一人の知識人の義務として、現実の社会の政治的思想的風俗的疾患に、絶えず監視の眼を注ぎ続け、忠言をし、そのためには生命をも犠牲にすることを辞さないだけの、責任を自覚してゐるのである。そしてそれも、絶対君主制下の日本の文壇には全くと云つて見られない現象だつた」。

福永さんは『世代』第三号の「ダンテの『地獄』と僕たちの地獄」を

「ダンテ・アリギエリが『地獄』を歌つたのは、決して十四世紀初頭のイタリア、特にフィレンツェの世相を描写し、諷刺しようとしたものではあるまい。『地獄』の風景はすべてダンテの殆ど熱狂的ヴィジョンから生れてゐるし、それは彼の思索と観念との異常な具象化、視覚化の産物である。併し『神曲』が如何に中世神学的アレゴリィに充ちてゐるにせよ、そこに現実が詩精神の素材として大きく作用してゐることは、勿論見逭すことが出来ない。ここに於て『地獄』は、単に訓詁学的な古典たる以上に、現在の僕たちに大きな意味を持つて来る」

と書きおこし、「地獄」篇を解説し、「ところで僕たちの生きてゐる時代はどうだらうか。これも亦一の地獄の季節ではないだらうか」と問いかけ、次のとおり記している。

「僕たちは何をダンテに学べばよいか。固有の語学も神学も持たず、文化的伝統も政治的訓練も持たない日本の文学者たちは、如何にしてこの現実を生きることが出来るだらうか。僕はそれをダンテの詩と意志とに学びたいと思ふ。醜悪な現実の中から雄渾でかつ繊細な叙事詩を築き上げた詩精神の高さは学び足りるといふことがない。『神曲』の持つフォルムの均斉は、全体に作者が如何に理智的な構成を張り廻らしたかを示すと共に、その部分部分に新鮮な情感に溢れた彫琢を擅にしてゐる。このやうな詩精神は、ともすれば僕たちが現実に負けさうになる時に美の使者である。それと共にダンテの持つ強靭な意志の力、増悪と復讐とにも、徹底し得る生活力、罪を罪とし非を非とする正義心、真と善と美とに嚮ふその勇猛心、これらは僕たちにとつてどれ程力強い慰めであるだらうか。そこでは、文学が弱者の悲しい玩具ではない。真に強き者の現実に対する復讐と侮蔑と勝利との喇叭である」。

これらの発言は、敗戦後の「現実」に真摯に対峙しようとした、西欧的教養にもとづく、まさに「戦後派」文学の宣言であった。こうした姿勢が私をはぐくんだ精神的風土であったといってよい。

これより以前、『近代文学』が創刊され、荒正人の「第二の青春」が評判となっていたが、私は「第二の青春」に共感を覚えなかった。それはおそらく戦前の左翼文学者たちの「政治と文学に関する滑稽な、悲劇的な誤り」に私が無智であったためであろう。いまとなっては私は「第二の青春」が提起した問題の重大な意義を充分に理解できるけれども、ここには加藤、中村、福永三氏のような、開かれた世界からわが国の現実に対峙する姿勢を認められなかったのである。

＊

ここで第一期の『世代』に掲載された作品の若干にふれておきたい。

創刊号に創作として掲載された矢牧一宏「脱毛の秋」は矢牧の二十歳の作だが、発表当時ひどく早熟だと感じたし、いま読みかえしても背伸びした若者の早熟さがいたいたしく思われる。

この創作の主人公三木は三十歳代半ばの私小説作家であり、執筆のため温泉場に滞在し、芸者の照美を相手に戯れたりしているが、照美は他にお座敷がかかって席をはずす。三木は原稿が書けないままに「徒労、虚しい徒労」などと感じ、自宅に残してきた妻志津子とその娘奈美子、志津子の年少の愛人竹久、三木が軽蔑している奈美子の父親Mとの関係、経緯などが語られ、三木は妻の志津子を女にしてやらない男だ、といった事実が明かされ、やがて照美が部屋に戻り、三木と会話をかわした後、怒って去ってゆく。三木は湯殿に下り、一本の縮れた細い、短い毛が彼の胸の傍から、生あるもののように遠去かってゆくのを見る。

これは私小説のかたちをとっているが、もちろんまったく虚構であり、矢牧の空想の所産である。じつはこうした筋立ては作者の背伸びした姿勢のあらわれにすぎまい。ここで語られているのは作者の徒労感、虚無感、寂寥感であり、男女関係の機微の陰翳に富んだ襞である。その限りにおいて、矢牧の作家としての力量が充分に認められると私は考えているし、主人公の徒労感、虚無的心情もやはり戦後的なものと考えている。しかし、どうして矢牧が彼の身丈にあった状況を設定して、こうした心情を表現しなかったのか、私には訝しい。これは、そういう意味で、失敗作としかいえまい。

余談だが、この小説中、主人公が梟の声に耳を傾ける情景が何回か描かれている。梟の声は幼少のころから親しかったという。矢牧の没後、私たちはその忌日を梟忌と名づけて毎年会合している。矢牧が夜型人間だったこととミネルヴァの梟とにあやかって、梟忌と名づけたと理解していたが、梟は彼が不吉、不幸の象徴として「脱毛の秋」に表現していたのであった。

同じく創刊号に掲載された網代毅の「再びなる帰来の日に」は五節からなる散文詩である。最終節の後半だけを次に引用する。

「いつの日にか　忘れられた物語が私達を離れて、如何に生活し　爛熟し、いつの日にか　如何ばかりきらびやかな交響を産むか、きみよその日には　薄明の情欲に身を任せて、しめやかな光仄ながれる　あの人工の沼べりまで、言葉なく　二人で見送りにゆかうよ」。

網代十九歳の右の作の末尾だけからも、彼の豊かな詞藻は窺われるはずである。こうした声調や語彙は彼と私が同じ国文学会の部屋で生活していたころに共有していたものであった。

同じ創刊号には太田一郎の「無花果」七首が掲載されているが、冒頭の二首は次のとおりである。

なげかへば葬《はふ》りの燭《しよく》のはてしより無花果《むくわか》ほのかに熟れにけらしも
黄ばみたる鼻母音のおとひくゝ澄む境《くに》の涯ゆくこゝろ湧きたり

斎藤茂吉の初期作品の影響が濃いとはいえ、これらの作には戦中戦後の切迫した心情が正確に造型されている。これらは創作時に、つまり発表前に私たちに示され、私たちの間で高く評価されていた作品であった。

第三号には吉行淳之介が詩「盛夏」を、椿實が短歌「風」七首を寄稿している。一高関係者以外の作者の作品が『世代』に掲載された最初である。これより以前、昭和二十一年三月に吉行らの同人誌『葦』が刊行されている。この『葦』創刊号に吉行は「雪」と題する小説を発表していた。この「雪」の散文詩風の抒情は私に鮮烈な印象を与えた。たまたま私の兄も「雪」を読んでいたらしく、吉行淳之介という男は才能があるな、と兄から聞いたことがある。私はいいだに、『世代』に吉行を誘ったらどうかしら、といった憶えがある。いいだも矢牧も同じ感想をもっていたようである。吉行に連絡したのは矢牧であったと吉行は『私の文学放浪』の中で記している。この当時、同人誌の発行は容易なことではなかったし、私たちは誰も活字に飢えていた。それだけに、同人誌に掲載される作品にいつも注意していた。だから、前世代の人々はともかくとして、私たちと同世代の文学青年の間では、吉行は「雪」一作ですでに注目されていたのだといってよい。

私は第一期の『世代』とはほとんど関係なく、不即不離の関係だったと記したが、実際問題として、一方で、発行元であった当時の目黒書店内の編集室に足をふみ入れたことはたぶん一、二回しかなかったが、他方、いいだ、中野、遠藤、矢牧らとは始終顔を合わせ、話し合っていた。だから、ほとんど関係がなかったというのも、不即不離の関係だったというのも、いずれも事実である。

ところで、吉行の詩「盛夏」は次のとおりの作品であった。

白い蝶は舞ひ上り
　舞ひ上り……絵画館の円屋根《ドーム》から
　蒼穹《そら》のあをに紛れようとすれば…
——そも蝶々なんぞあんなに高く飛んでいいものだらうか——
木蔭の午睡に呆うけた独りごと
　（噴水は盛夏を光と翳に剖《ひら》く外科刀《メス》である）

夏の歓びと…夏の想ひは一本の楡に集まり
——葉は騒《さや》ぎ——風は渡り——
いかなる小鳥も梢の夏を嬉しみ囀り
　　　　　　　　（囀囀囀囀）
矮さなからだを犇めきながら…天国までも重なつてゆく

私は「盛夏」に感心しなかった。一つには私が昭和初期の『詩と詩論』以降のモダニズムの作品をまったく知らなかったためであろう。「盛夏」は明らかにモダニズムの系譜につらなる作品である。たしか吉行自身、「盛夏」を中村稔は評価しなかったが、読みかえしてみるとそんな拙い詩ではない、と後年になって回想しているはずである。しかし、「盛夏」についての評価は、その後モダニズムの系列の詩人たちの作品を数多く読んできた今日になっても変らない。機智に富んでいるが、たんなる風景の叙述にすぎない。詩心の閃き、心情の痛切さを感じないのである。

椿實は府立五中で私より一年上級であった。彼の短歌の冒頭の一首は次のとおりである。

丘の上の青麦の穂に風吹けば光の波は眼にしるきかも

椿は昭和二十二年九月、第十四次『新思潮』二号に「メーゾン・ベルビウ地帯」を発表して柴田錬三郎、三島由紀夫らに絶讃され、昭和二十七年ころまで多くの文芸誌に作品を発表し、新進作家として活躍した。その後、椿は筆を折ったようだが、『椿實全作品』（昭和五十七年二月、立風書房刊）の解説に、第十四次『新思潮』編集長であった中井英夫は、椿の作風を「華麗奔放」、「その才能に幻惑され陶酔」したといい、「三島由紀夫も吉行淳之介も、椿實に較べればたちまち色褪せるほどに思い込み、その光彩に眼は眩んだ」と記している。しかし、この短歌七首にはそうした光彩陸離たる才能は認められない。椿はその後は『世代』に寄稿していない。

一高関係を除くと、吉行、椿の他、第一次『世代』に寄稿していた人々の中に、小川徹、八木柊一郎がいる。第六号に小川は「人格からの脱出」と題する文芸時評、八木は「放心の手帖」と題する創作を発表しているが、いずれも投稿して採用された作品である。この二人は同人誌化した『世代』の最終期に至るまで主要な筆者として私たちの仲間となった。

小川についていえば、彼はきわめて独創的な発想と文体をもっていた。そのために私は、彼の評論に接するたびに私の読解力の不足を嘆くのがつねであった。「人格からの脱出」において、小川は、「人々は人格に於る良心から、作品の中の良心を要求してゐるのです。即ちそれは完全さ、新しさといふ事なのであります。そして多数となつた読者層は「作家を含めた文学」を期待し、それしか理解しないのであります」と記し、次のとおり結んでいる。

「読者だけがずつと先に行つてしまつてゐる時、文学だけが――否我々だけがエリオットの云つた様に「脱出」する事が出来るでせうか。我々は文学に於ける「新しいもの」に絶望しなくてはならないのでせうか。文学は倨傲さをすてて、「追憶」の為にかゝれるか沈黙又は詩の中に形式を追ふか。それとも再び人格を回復する奇蹟をたのむか。今日の読者は文学に決断を要求してゐるのです」。

私には小川のいう「人格」あるいは「人格からの脱出」が判然としない。そのため私の抄出は適切でないかもしれない。いいだらにには小川の文章はすんなり理解されたようである。小川が『世代』の主要な筆者となり同人となったことも『世代』の特徴の一であろう。

小川の「人格からの脱出」に比べ、八木の「放心の手帖」は私にとって好ましく新鮮であった。筆者と理恵さんという女性との初々しい思春期の男女の関係を描いて、瑞々しい情感にあふれていた。何よりも理恵さんという女性が魅力的であった。この作品には「あたしは無心でも、無邪気なのでもないんですつて。あたしは放心してゐるんですつて」というエピグラフが題名に添えられているが、これも理恵さんの言葉だろう。

作中、こんな一節がある。

「「いゝ人つて、遠くから見てゐるといゝけど、つきあつてみると、大抵つまらない……」

と理恵さんが云ふ。

僕は鴉を想ひ出す。

「鴉、好きだつて理恵さん、云つたけど、本当に好きなの？」

僕は誰でも鴉なんて鳥は嫌ひだと思つてゐたのだ。

「好きだわ。でもね、嫌ひよ、てちよつと云つてみたくなるやうな、そんな風な気持よ。」

嫌ひよ、か。僕はにがい顔をした」。

この理恵さんのモデルは当時の鈴木百合子、後の武田百合子である。これらの理恵さんの言葉には武田百合子の文章に通うものがある。当時彼女は八木の女友達として私たちの前に現れた美少女であった。

＊

論説では、創刊号の佐藤功「近代憲法への出発」については後に記すこととすれば、第二号に掲載された岡義武教授の「ワイマール共和国の悲劇」を読んだときの心に沁みるような感銘がいまだに忘れられない。

岡教授はこの論文できわめて客観的にワイマール共和国が辿った運命を記述している。ワイマール憲法はブルジョワ・デモクラシーに法律的表現を与えたものであり、その民主制により、極右派にも極左派にも、国民的所要多数を獲得した場合には、合法的に権力を確立する方途が開かれていることは、その当初から予想されていた、といい、「美しき理想も単に善良なる意志や情熱のみによつて実現せられるものではなくて、それは聡明なる設計によつてのみ可能であるとするならば」、ワイマール共和国の運命は私たちに示唆を与えるであろう、という趣旨であった。この論文から戦後民主主義の危うさに対する警告を私は読みとったのであった。

岡教授の論文と同じく私に刺戟的であったのは第三号に掲載された、中野徹雄訳、ニコライ・ベルジャーエフ「ソヴィエト革命論」であった。筆者は「単なる科学的臆説であり、社会民主党の理論」であった「西欧に於ける共産主義《コムユニズム》」と「全人間生活を支配する所の宗教であり世界観であり民衆に狂熱を与へるところの何物かである」「露西亜に於ける共産主義《ボルシエヴイズム》」を区別し、「共産主義《ボルシエヴイズム》はその世界観と無縁な政策を執ることは一つとして無く、総てがその根本的世界観である唯物弁証法と階級闘争の観念より流れ出てゐるのである。従つて逆説的ではあるが、若しも共産主義《ボルシエヴイズム》がその反宗教的プロパガンダに成功し人間の心情より信仰と犠牲的行為とを奪ひ去つてしまふならば、今日の如き狂熱的な露西亜共産主義――ボルシェヴィズム自体が崩壊するであらうと言ふ事が出来る」という。

ついで筆者はボルシェヴィズムのロシア的特殊性に筆を進め、「メシアニズムはボルシェヴィズムに変貌し、第三インターナショナルが第三羅馬帝国の代りとなつた。露西亜共産主義《ボルシエヴィズム》は終末論的な、神の王国の到来への期待によつて裏付けられたものに外ならない」と述べ、「ソヴィエト革命のイデーと現実を廻る真理と誤謬を指摘して行かうと思ふ」と述べ、その真理として「我々は共産主義の原動力がコムユニズムのそれでなく、ボルシエヴィズムのそれであり、換言すれば露西亜民衆の魂の力である事を忘れてはならない」といい、「その誤謬は真理より遥かに大きい」という。その誤謬とは何か、筆者はいう。

「それは社会的なものではなく精神的なもの、社会政策上の誤謬ではなくして形而上学の誤謬である。即ち、言ふ迄もなく、共産主義に於ける神の否定、人間の否定に外ならない。神の否定は人間性の否定を意味する」等と述べ、「人類と基督教に課せられた劫罰としてのソヴィエト革命を我々は眼を背けることなく注視せねばならない」と結ぶ。

ソ連および東欧諸国の社会主義体制の崩壊した今日からみると、ソ連型社会主義はその非人間性によって崩壊するというベルジャーエフの予言はかなり正鵠を得ているのではあるまいか。中野がこの論文を翻訳したのは彼の反コミュニズム思想によるものにちがいないが、これが『世代』に掲載されたのは、私の周辺でこうした論旨に共感する心情があったからではなかろうか。

『世代』の第二期については後にふれるつもりだが、第二期の『世代』に掲載が予定されながら、当時の占領軍の検閲のため掲載不許可になった中野の文章について、ここでふれておきたい。

日本近代文学館が『世代』を復刻したさい、その別冊解説に占領軍が保管していたゲラ刷のコピーが紹介され、次の解説が付されている。

「執筆者は中野徹雄、タイトルは「紹介―ドイツ社会学者会議報告―革命について」とあり、第一次大戦後に開かれた第三回ドイツ社会学者会議の報告（ウィーゼ、アドラー、モリッツらの講演と討論により、革命の本質規定をし、史的分析から革命の典型的進行過程を抽出、続いて、当時における革命の分析を通じ、農民の役割の重要性と世界革命の必然性を導き出した。）という形をとって、戦後日本の占領下での「平和革命」論の流行に対して強い批判と疑問を投げかけたもの」とある。これは昭和二十二年十・十一月号、通巻第八号に掲載予定の文章であった。

その当時の私をとりまいていた、そして、私がたえず接触し、影響をうけていた思想的風土はほぼ右に記したようなものであった。

＊

ここで私が『世代』第四号に柳宋太郎という筆名で発表した小説「鯨座の一統」にふれておきたい。この未熟な小説について弁解したり、自己批判したり、したいためではない。むしろ、この処女作というべき小説には、その当時の時代風潮に対する私の姿勢、立場が示されているように思われるので、注釈を加えておきたいと思うのである。

思潮社刊現代詩文庫版『中村稔詩集』に日高普が「中村稔の詩の周辺」という文章を寄せてく

れているが、ここで日高は「鯨座の一統」の冒頭を引用した上で、次のように書きおこしている。

「この小説は、ひとことでいえば、ユーモア小説――というよりは、滑稽小説だ。鯨座というのは、ある地方都市の青年たちが戦後の混乱のなかでつくった素人劇団で、その劇団をめぐるドタバタ活劇めいた紛争が描かれる。語り口もへんに勿体ぶっているし、登場人物の名前も金太郎、清次郎、三造、袴田銀八というように凝ったものだ。

こうした泥くさい世界が、語り口まで対象化されて、意外にスマートでしゃれた小説に仕上っている。ぼくたちは愛読者として、この小説を大いに楽しんだものだ。こんど読み返してみて、もしこれが中村稔の作品だということを知らなかったとしたら、あれほどおもしろがっただろうか」

と書き、

「つまりこの小説は、中村が韜晦したものである。ただ韜晦するにしろ、その仕方には個性があらわれるし、その結果には作者の力量があらわれずにはいない。ぼくたちは一方で「海女」をよみながら、他方で「『ああ、何としたことだらう。』私は大声でさう独言ちながらわが身の窮境をたしかめるともう無性にかなしくなつて、ヒステリイのようなむなしい高笑ひをつづけるのであつた」というような文章をかく中村を、おもしろがったのである」。

友情にあふれた有難い文章だが、日高はここで、「鯨座の一統」は私が書いたのだということを知らなかったなら、面白く読まなかったろうといっているわけである。じっさい、私は評価されなくて当然だと考えている。この小説を書く動機となったのは、弘前でアマチュア劇団の上演した「鯨」を観たことであり、さらに高原紀一、出英利、佐野英二郎、井阪隆一らが下読みしていた土龍座の稽古風景だが、登場人物もストーリーもまったく私の空想であった。日高が「へんに勿体ぶっている」語り口といい、「ああ、何としたことだらう」云々という語り口は、私が愛読してきた牧野信一「ゼーロン」などの模倣である。だが、私は何を韜晦していたのか。いまとなって、私は、戦後民主主義、地方文化運動に対する批判をここで揶揄するかたちで小説に仕立てようとした、としか思われない。

「これでも末端官庁に席をもつ私が、旗色のわるくなつた官僚から、いはゆる人民戦線とやらへ鞍更へしようとし」、「職員組合代表として」、「一席はなはだ煽動的な言辞を弄して人民の喝采を浴び」たものの、「翌日にはもう、奴は官僚の間諜《イヌ》だといふやうな噂がここかしこにひろがり、二三日後には、憤つた保守派の香具師と、復員くづれの急進派の一部が、私を撲殺しようと隙を覗つてゐるといふ」ことが耳に入り、「身も心もよだつばかり」に周章狼狽する、「私」をこの小説は語り手に設定している。これは軽佻浮薄な世相に対する私の嫌悪感であろう。

また、座頭である金太郎が新聞社のインタビューをうけて「まんまと共産党員になりすまして、鯨座を恰も党の後楯でやつてゐるところのすぐれた演劇啓蒙運動であるかの如く宣伝」したのに、翌日の新聞には鯨座の記事はなく、「愛さなくてはならぬ共産党」について金太郎が諄々と説いたことになっていた、という挿話を記している。これはジャーナリズムに対する批判であり、野坂参三の「愛される共産党」というスローガンに対する揶揄であったと思われる。

さらに、鯨座の上演により一統は大赤字を背負いこむことになるのだが、その大赤字を資本家と「過激派をやつつけるといふ約束を」している右翼集団との話し合いで、資本家に肩代りしてもらうこととなって大団円、というストーリーである。これは地方文化運動の財政基盤の脆弱さと無節操に対する揶揄であろう。

だから、この小説は当時の世相の諷刺を意図したユーモア小説であり、時勢に対する私の苦々しい思いが底に潜んでいる。しかし、一方で私は鯨座の一統の野放図、無謀、無計画な行動に共感しているので、作中人物と筆者である私との距離のとり方が拙い。いいかえれば、もし私が鯨座の一統をもっと突き放して描くことができたら、あるいはすこしはましな小説になったかもしれない、という思いがある。それは私の思想的立場が確立していなかったためにちがいない。もっといえば、戦後の社会的現実を直視することなしに、茶化してみたにすぎなかったことに、この私の小説の処女作が失敗に終った理由があるように思われる。

6

昭和二十一年六月三十日から九月一日まで夏期休暇になった。父の転勤にともない、家族は弘前から水戸に転居していた。水戸の官舎も戦災で焼失していたので、裁判所が代用に借り上げてくれた家屋で父母、祖父母、弟、妹が生活していた。私が水戸に帰省して間もなく兄も千葉から帰省してきた。弟は弘前中学から水戸中学に転校していた。

家は水戸の市街地のはずれ、水戸高校（旧制）の敷地のすぐ裏側、敷地に沿った路地に数軒の家があり、その一番奥であった。町名は東原といった。この家は普請も造作も、弘前の仮寓と違い、質実だが堅牢であった。玄関を入ると左手に八畳の和室があり、前面と右面に廊下があった。その奥に二部屋か三部屋あった。周囲は畑地であった。八畳の和室の障子をあけはなすと、玉蜀黍の葉をわさわさと鳴らして、風が吹きこんできた。なじみふかい関東の風土は明るかった。

隣家に海老根さんという一家が住んでいた。篤実そうなご主人は四十歳そこそこのようにみえた。当時これといった職業についていなかったようである。練兵場の跡地の一部を借りうけ、開墾して野菜を作っていた。海老根夫人は働き者で気前がよかった。毎日のように沢山の胡瓜、茄子、トマトなどを恵んでくれた。それらの野菜のごった煮の汁がわが家の毎夜の主菜であり、むしろ主食に近かった。いま風にいえば、和風ラタトゥイユともいうべきものだろう。それに玉蜀黍、さつま芋も比較的手に入りやすかった。もっともさつま芋は茨城一号といわれた品種で、質よりも量、アルコールを抽出するために戦時中開発されたものだったから、私が少年のころから食べなれた川越あたりが主産地の紅赤《べにあか》といわれる、ほくほくと甘みに富んださつま芋と比べると、味がないにひとしかった。このころは遅れがちながら、ほそぼそ米も配給された。もっとも弟は、弘前で中学の同級生から恵まれた握り飯に比べ、茨城の米がまずいのに驚いた、それに、弘前の女性たちに比べ、水戸には美人が少ないと思った、という。ともかく、水戸では、潤沢とまではいえないにしても、私たちはひもじい思いはしなかった。

私は日々の時間をもてあましていた。ある日、大洗を訪ねた。大洗磯前神社から太平洋を俯瞰する眺望は一見に値すると思ったものの、そう感銘をうけたわけではない。神社の裏山は松林であった。私はその松林を行きつ戻りつ歩きまわった。ふと、ささやかな洋館があるのに気付いた。扉をあけて内部に入ると、美術館であった。油彩が十点ほど掲げられていた。私の眼はその中の一点にひきこまれるように釘付けになった。中村彝《つね》のエロシェンコ像であった。生の極北に追いつめられたような悲しげな表情に、私は激しく魂を揺さぶられるように感じた。

美術館を出ると松林の間の地面に盛夏の日差しが落ちていた。梢を潮風が渡った。かけがえのない生のいとおしさに私の心は満たされていた。風立ちぬ、いざ生きめやも、といった章句が心を掠めた。

私の詩集『無言歌』の初期作品中、次の四行詩がある。

日の暮れ……遠潮のおらびも　海松《みる》のにおいも　もう暮れていつて
いい時刻だ　訣れよう　たえまない波のルフランが　ぼくの手にトランクを
夕影に　埋もれてゆく　海辺の町並の低い甍……ふるさとは遠く
ああ　ゆらいでいる　燃えている　黄色い瞳　没日《いりひ》は恋人に咽ぶように

右の作品が三好達治の『春の岬』中の「四行詩」に影響されていることは、以前記したことがある。まことに未熟な作品だが、注釈を加えるなら、水戸と大洗を結ぶ電車が大洗の旅館街に入る手前に磯前漁港があり、漁師町が軒をつらねている。「ぼくの手にトランクを」といった虚構をふくんでいるが、この風景は磯前漁港の漁師町に触発されたものである。「訣れよう」と私はここで記している。これはおそらく私はどこかへ向かって出発しなければならないといった衝動に突き動かされていたためであろう。さらにつけ加えればこの四行詩の第四行は、いいだから求心的に結んだ方がいいと示唆されて訂正したのが右の作だが、初稿の第四行は憶えていない。

「鯨座の一統」を書いたのはこの夏期休暇中だったはずである。

こうして未知の生に向かって出発しようとしていた私は、九月に寮に戻り、原口統三の自死までの約二カ月、彼を見守ることとなった。

＊

寮に戻った私は南寮八番の自習室に寝台をもちこんで生活しはじめた。南寮は南寮、中寮、北寮、明寮という四つの棟の中もっとも南側に位置していたが、土地が低く、ことにその一階は暗く湿気がつよかった。一高の寮は文科、理科の端艇部、陸上競技部、柔道部、剣道部のような運動系の部会が占める部屋と国文学会、史談会のような文化系の部会が占める部屋とが大部分を占めていたが、その他にそうした部会に属さない生徒が雑居する一般部屋があった。南寮八番は一般部屋の一であった。

私は一年下級の人たちと気が合わなかったので、戦後はほとんど国文学会の部屋で生活していなかった。中野徹雄は自宅から通学していたが、網代毅、大西守彦、橋本和雄らは国文学会で生活していたので、始終国文学会に出入りしていたものの、向陵時報編集室、図書室などを転々としていた。その時期に南寮八番に移ることにしたのは、共通の関心をもたない寮生が雑居していた一般部屋では、たがいに干渉せず、孤立した生活ができたので、気楽に思われたからであった。暖房のない敗戦後は、布団にくるまって本を読んだり雑談したりすることが常態となったので、自習室に寝台をもちこみ、あるいは寝室に机をもちこんで、自習室または寝室だけで生活することが横行し、黙認されていた。それだけ規律が弛んでいた。

その後間もなく原口統三が南寮二番の寝室に移ってきた。橋本一明と都留晃が原口に付き添っていた。彼らは原口の従者のように、原口を外界から遮断するために立ちはだかるかのように、みえた。原口は自死を公言していた。その決行も近いという噂が高かった。十月二十五日、原口が逗子海岸で入水自死するまでの二ヵ月足らずが、私が彼ともっともふかく交渉をもち、親密に彼と会話をかわした時期であった。

十月二日、赤城の大熊山荘で原口はブロバリンを服用して自死を図った。同行していた橋本が気付いて、あやうく一命をとりとめ、数日間、高崎の橋本の家で静養した後、極度に憔悴した姿で寮に戻ってきた。彼が「二十歳《はたち》のエチュード」とよんでいた「エチュード」三部のノートはすでに赤城で書き上げていた。私は南寮二番の寝室の北側に面した机で「エチュード」の推敲にうちこんでいた原口を思いだす。彼の周辺には他を寄せつけないような厳しい空気が感じられた。声をかけることもはばかられるような雰囲気であった。それでも、私に気付くと、ふりむいて立ち上り、とりとめもない会話をかわした。そんな状況で私は彼の自死に至る日々を過した。

＊

自死の決意を公言する前から、原口は寮生の間で注目される存在であった。私たちが昭和十九年四月に一高に入学して間もない同年五月三十一日に刊行された『向陵時報』に詩「海に眠る日」を発表した。この詩は私を瞠目させたし、私だけでなく、文学好きな寮生はみな原口の詩才に注目した。

その後、竹山教授の企画と尽力により校了にまでなりながら空襲で印刷所が焼けたため、ついに刊行されなかった雑誌『柏葉』に原口は「暁の使者」「忘却の彼方へ」という二篇の詩を投稿していた。私の詩も同誌に掲載されることになっていたし、私は研修幹事として『柏葉』の編集、刊行を担当していた。この原口の二篇の詩はいま『二十歳のエチュード』中に記されているその断片しか残っていないけれども、その硬質な語感、雄渾な詩心に私は衝撃をうけた。その前後から私は原口と話し合うようになった。

原口の名がひろく知られるようになったのは、入学して二カ月ほどの六月、安倍校長の授業ボイコットといわれる事件が契機であったろう。毎週土曜日に倫理講堂といわれる大教室で安倍能成校長が倫理を講義した。

「老校長が熱弁中、突然「止れ」と一喝し、壇上から飛び降り、一目散に玄関出入口まで駆け込み、我々はみな振り返ってカーキー色国民服の原口君に視線を集中した。安倍さんは憤怒を抑えつつその退去の原因を聞いた。原口は落ち着いて何気なしに「話がくだらない」と返事した。カント研究重鎮の教養深い安倍さんが原口君に頬ぺたにビンタを打って、「生意気云うな」と常態を逸した感じがしてならない《ママ》。にもかかわらず、再び壇上に戻り訓話を続けたが、原口君については一言も触れなかった。

原口のサボが安倍さんの校長辞任にまでエスカレートしてきた。その日、夜六時から十一時まで、嚶鳴堂で総代会が開かれ、会場外では安倍校長の去就をめぐって、原口側と校長側の双方がかなり激しい攻防を繰り広げたようである。私も弁論部の仲間と夜を明かして不安に包まれた。強烈な個性と生きざま、奔放自在なエリート原口は寸歩も譲らず謝らない」。

右は『運るもの星とは呼びて』所収の李徳純「旧夢記趣——わが一高留学の記」からの抜萃である。筆者は中国からの留学生であった。一高にはこうした留学生のために特設高等科という級が設けられていた。

私はこの事件に立ち会っていない。たぶん欠席していたのだろう。この記述を全面的には信じがたい思いが私にはつよい。この時点では原口は一高の制服を着ていたはずであり、国民服を着ていたことはありえない。安倍能成校長は癇癪持ちだったから、原口を殴ったことはありうるかもしれないのだが、反面それほど自制心を失くすことがありえたか、という感もふかい。校長辞任、去就の問題にまで発展したとは私は聞いていない。

だから、どこまでこの記述が信頼できるか、私は疑っている。安倍校長は敗戦間近い時期の一高の校長として軍部の圧力に屈することなく、自由な校風を守りぬいた偉大な教育者であったことは間違いないし、いまだに私は敬意を払い続けている。安倍校長が断行した寮の自治制の廃止については当時の私は軍部に迎合したように感じ、校長が奨励していた一高体操という体操にも辟易していた。それでも、これらは安倍校長の彼なりの信念にもとづくものであった。しかし、安倍校長の倫理の講義には深遠な学殖も感じられなかったし、刺戟的でもなかった。そういう意味で「くだらない」と言った原口に私は同感である。おそらく多くの学生が同じような感想をもっていたはずである。李徳純の記述に若干の記憶違いがあるのではないかと私は考えているが、原口が「くだらない」と言って授業の開始早々教室を出ていったことは間違いない。彼の行動を喝采し、彼の勇気に感嘆する声が高かったのは、事実、講義が退屈だったからである。この授業ボイコットで原口統三はほとんどの寮生の間にその名を知られることとなった。

続いて、原口は火事をおこした。やはり『運るもの星とは呼びて』に芝田収の「防空幹事のころの思い出」という文章が収められている。芝田は原口と同じく大連一中の出身であり、私たちと同時に理科に入学している。原口のおこした火事についての記述を次に引用する。

「終戦の年の二月十日に仏文の中寮二十六番室が火災を起こした。そして室内は完全に焼失した。原因は炬燵の火が掛け布団に引火したことによる火の不始末であった。当時、私は中寮十二番室にいた。「火事だ!」という叫びで夜中に起こされた。中寮二十六番と聞いて、とっさに原口の顔が浮かんだ。とんで行ってみると、すでに炎は寝台を包み込んで天井近くまで達していた。原口は寝巻姿で、別の着物の襟元をつかみ、旗を振るような動作で、炎をたたき消すことに懸命だった。私を見るなり「済まん」と言った。そう言うのがやっとの状態であった。洗面所から数少ないバケツで、勢いの衰えている水を蛇口からリレーで運んだが焼け石に水であった。炎が部屋に満ちて、とても部屋には入れなくなった頃、消防車が到着した。消火ホースを中寮玄関から三階に通し放水消火した。鎮火にはそれほど時間はかからなかった。

寮の各室は鉄筋構造で完全に隔てられていたために、隣室への類焼を免れたのは幸いであった。

消防車が引き揚げる頃、空が白みかけていた。中寮前が放水のために水浸しとなり、折からの寒さで凍りつき、朝日に輝いていたのが印象的であった。原口は所持していた物の殆どすべてを失った。それから暫くの間、彼には少し大きめであった僕の別の服を着ていたのを思い出す。火事当日の夜も警戒警報が発令されたが、東京への来襲は幸いにもなかった。

彼は中学時代も、また一高在学中にもいろいろ話題になる男で、安倍校長への授業ボイコットなど、彼ならではできぬ出来事のひとつであった」。

この火事のすぐ後、原口が百を越す寮の各室を廻って、ご迷惑をかけてすまなかった、と謝って歩いた、と私は聞いている。

私は安倍校長の授業ボイコット事件に原口の衒気を感じていないし、彼の不作法を咎めようとは思わない。むしろ、信条を裏切ることができない少年の一徹さ、純粋さを見る。また、火事については、過失、不始末は人間の誰にもあることであって、援助を求めることなしに必死に消火に立ち向かった少年の健気さと礼節を見ている。

＊

昭和二十年入学の橋本一明、都留晃、大谷一夫らがフランス会と称する部会を設立して、一年上級の原口統三を迎え入れたのは昭和二十一年の春だったようである。原口は詩人として知られていたし、また、フランス語が抜群にできるという評判だった。フランス会は中寮二十五番、二十六番の二室を割り当てられた。都留が昭和二十年入学の人々の回想文集『春尚浅き――敗戦から甦る一高』に「一期一会――先立ったフランス会の仲間たち」と題する文章を寄稿しているが、文中、「二十六番は、前年室内で小火があり、床は黒焦げ、壁も無慚に煤けていた。あとで知ったのだが、火元は原口統三ということだった（大きな声では云い難いことだが、この焼け跡をいいことに、室内で不発の焼夷弾を利用して煮炊きをしたり、暖をとったりしたものだ）」と書いている。

都留の文章は次のとおり続いている。

「原口統三は優しさと厳しさをあわせ持った圧倒的な存在感のある男だった。彼のことは知る人も多いから、ひとつだけエピソードを紹介する。親元が満洲の原口には送金がとだえ、家庭教師などのバイトだけが頼り、そこで布団などを換金しようとしたのだが、渋谷で闇市にいたやくざっぽい男にだまし取られて口惜しがっていた。当時布団は、今では想像もつかない貴重品であった。そこで「許さん」ということで、布団の取り返しに男の家に乗りこんだのが小柴昌俊と小生。交渉にあたっての小柴の権幕と啖呵はすさまじいもので、さすがのやくざが土下座して許しを乞うた程。今でもありありと思い出す」。

ここで小柴と原口との交友にふれておけば、同じ回想文集に、小柴は「ハンブルクから」という文章を寄せており、「寮に戻ってからの日々、食べる物がなくて年中空き腹のくせに、むさぼる様に読みあさった数々の本、死んだ原口との夜中のいも掘り、或いは横浜での米軍の荷揚人足アルバイト。原口が死んだ直後竹山先生に「君は原口のしようとしてる事を知っていたのか、何故止めなかった」と強く叱られたのを想い出しますが、その時は「私が何を言ったって、考えを変える様な男じゃありませんよ」と答えただけでした」と書いている。そのころ一高前の駅と正門の間の空地で「耕す会」という部会がさつま芋を栽培していた。そのさつま芋を夜中にこっそりと盗み掘ったのが、小柴のいう「原口との夜中の芋掘り」である。私たちの間で原口は成熟した芋を掘りあてる名手だという定評であった。私自身、そうした盗掘したさつま芋をご馳走になったことがある。誰も良心の苛責など覚えなかった。「耕す会」の人々の労苦に対しては申訳ないが、誰もが極度の食糧不足のため、私たちは道義心などどくそくらえといった風潮におかされていた。

橋爪孝之の「食二題」(『運るもの星とは呼びて』所収)の第二話はすでに紹介した。その第一話の冒頭は次のとおりである。

「「おう、君だけか——」。

私がひとり残っていた独文(独逸文化研究会)の部屋に、原口統三が髯で埋もれた顔を出した。手に、何かぶら下げている。

「良いものが手に入ってね。——一緒に食おう」。

見ると、ひと切れの蒟蒻(コンニャク)である」。

橋爪は昭和二十一年の五月か六月のことだったと記し、第一話を次のとおり結んでいる。

「原口統三は『二十歳のエチュード』を遺して死んだ。この、自らの魂に対する誠実さのゆえに、死に取り憑かれた純粋な少年も、腹が減ることに変りはない。蒟蒻をぶら下げて入ってきたのは、彼の高雅な精神の、現実とのギリギリの妥協であっただろう。

「よし、とにかく煮て食おう」。

独文の部屋の天井からは、鉄兜が自在鍋のように常時ぶら下がっている。その下の床は、焚火で床板が燃え、囲炉裏のように窪んでいた。寮歌の度に叩かれて、無残に壊された腰板の破片が薪になる。——鉄兜の中ではやがて蒟蒻が、煮えたぎった湯に浮かび、踊りはじめる。

「何か、調味料はないか」。

それが、ない。誰彼のベッドの脇とか、本や、身の廻りの物が雑然と積まれたベランダを掻き分けてみるが、何もない。最後に漸く見つけたのは、一缶のカレー粉だった。

室内にカレーの匂いが漂い、腹がグーッと鳴る。原口と私は、鉄兜の中の蒟蒻を箸でちぎり、フーフー吹きながら貪り食べた。カレーだけの味付けは、匂いはともかく、何とも味気がない。

「せめて、塩でもあればな」。

文句を言いながらも、瞬く間に、蒟蒻は二人の胃の腑に納まった。黒い髯の中で、原口統三の顔が、えも言われぬ、満ち足りた笑みを湛えた。

『二十歳のエチュード』の中に、こんな言葉がある。「僕は、紅茶一杯で、どんな夢でも見ることができた。仲間から離れ、鍵を下ろした一部屋で、黙って茶碗のスプーンを動かしている。——この単調な動作の中から、僕の詩集は生まれたのだった」。蒟蒻で満ち足りた彼の肉体が、その後どのような精神に昇華し、彼の詩のどの部分に繋がったか、私は知らない」。

橋爪の引用している一節は『定本・二十歳のエチュード』中「エチュードⅢ」にふくまれている。原文とは表記に僅かだが違いがある。それにしても、この文章には敗戦後の寮の乱雑な光景がよく描かれている。それにもまして、寮生間で、ことに昭和十九年文科に入学した私たちの間で、乏しい一片の蒟蒻を分け合うほど友情が篤かったことを、この挿話は語っている。むしろ、原口の側の情愛に飢えていた孤独感をこの挿話に認めるべきかもしれない。

都留の文章に戻ると、小柴の「権幕と啖呵」によってやくざが土下座して許しを乞うた旨を記した後、「但し小柴はフランス会のメンバーではない」と注し、「今から思うと、原口はその頃から身辺の整理もしていたのだろう」と書いている。平成十七年六月ちくま文庫の一冊として刊行された『定本・二十歳のエチュード』は原本と照合し直し、厳密に校訂し、書肆ユリイカから刊行された遺稿回想追悼文集『死人覚え書』中の文章、従来の何回かの刊本に添えられていた橋本一明の跋文のすべてと他の数篇を収めて編集した、まさに「定本」というにふさわしい決定版である。同書中の略年譜は原口の令兄原口統二郎さんの製作による年譜をもとに橋本が作成したものの再録だが、昭和二十一年の項に「三月、これまで独り起居していた寄宿寮中寮一番室の生徒図書室を出、中寮十八番、後中寮二十五、六番のフランス会に来る。この頃筆を折り、自殺を公言し、持物を売って生活に資す」とある。

原口は昭和二十年九月、私の後任として文化研修幹事に任命されたので、図書室を幹事室として利用し、十一月に後任として網代毅が研修幹事に就任してもそのまま住み続け、昭和二十一年三月、自治制に復帰して、大西守彦が研修委員に就任すると、さすがに図書室を占拠し続けるのも難しくなって、中寮十八番に移り、橋本、都留らがフランス会を設立したので四月ころに中寮二十五、六番に移ったのであろう。

ところで、原口が自死の決意を公言したのが昭和二十一年四、五月ころであることは間違いないとして、すでに当時自死の決意が揺るがぬ確固たるものとなっていたか、どうかは疑わしい、と私は考えている。布団その他の身の廻り品の処分は、実家からの送金が途絶えていたので生活の資にあてるためであった、と解する余地がある。

＊

私は原口が何故自死しなければならなかったか、何故自死にさいし『二十歳のエチュード』を遺したか、にこだわっている。

『二十歳のエチュード』を読む限り、彼の自死はまったく理性的な意識的な選択であった。

「エチュードⅡ」に次の一節がある。

いかにも、僕が孜々として掘り出した「自我」と名づけ「精神の肉体」と名づけるものは純潔であつた。

一切の許容の衣を追放すること。生命の臭味を拭ひさること。
僕の精神の肌は、処女のやうに敏感だつた。

同種の思想は『二十歳のエチュード』中くりかえし語られている。処女の肌のように敏感な「純潔」を守ること、生きるとは他を許容することであり、「純潔」を傷つけることだ、という思想が原口をして自死に至らせたものであった。こうした思想は私の生涯をつうじて私の生に突きささったトゲとなった。もちろん、人間が社会的存在である以上、原口のいう「純潔」も社会的試練のなかで確立されなければならない、と私は考えている。それでも、社会的存在としての私が、自らを裏切ることなしに、どこまで他を許容できるか、は私がたえず直面してきた問題であった。私は決して自己に誠実ではなかったし、妥協をくりかえしてきた。しかし、原口が私に突きつけた刃を意識することなしに、これまで生きてきたとは思わない。

＊

ここで、原口にこのような思想を抱かせるに至った状況を私は考えてみたい。
原口は『二十歳のエチュード』中で多くの友人、知己にふれているが、もっとも敬愛の情にあふれているのは、清岡卓行を別にすれば、中野徹雄にふれた断章であろう。

「エチュードⅠ」に次の一節がある。

中野がかう僕に語つた。

「君みたいに、窄い道、窄い道と辿つてゆく人を、僕は今までに見なかつたし、今後も再び見ないだらう。」

たゞそれだけの素直な批評であつたか、或は中野の胸にいつも潜んでゐる歴史学者、類型学者としての眼が、かう僕にレッテルを貼つてくれたか、それは知らない。

ただし書はあるけれども、ここには原口が彼の理解者として中野を見ていたことだけは確かだろう。また、歴史学者、類型学者といいながらも、原口の中野に対する敬意も窺われるのではないか。

「エチュードⅢ」の次の一節にもまた、中野に対する原口のこうした心情が認められる。

「病的な程潔癖でありながら、そのくせ心の底では熱烈なロマンチスト。」

これは中野が僕の為に作つてくれた最後の名刺である。

中野君。僕の年寄りの冷や水は、いつも、君の顔の中に点滅する「ともすれば涙ぐまうとする、ひ弱い、良家の子供」の、幸せな将来を祈つてゐたのだ。

そして、現代の日本ではもう忘れかけられた、かの「嗜みのいゝ知識人《インテリ》」のにほひを君の裡に僕は発見した。

僕のボヘミヤン気質は、君とは違つた感覚で、チェホフを懐しんだこともあつた。洗煉とボン・サンス。——僕はやはり仏文の生徒だ。

原口の自死のほぼ一年後、ということは中野もまだ二十歳だったはずだが、中野の追悼文「原口君への回想」（『定本・二十歳のエチュード』所収）は原口の思想形成の基礎となった精神的風土をかなりに正確に語っている文章だと思われる。

中野は戦争下の私たちの状況から書きおこしている。

「正直なところ一高の中での生活は徹底的に非愛国的なものであった。戦争とは不可抗的な、理解しがたく而も愚劣なもので、反抗することの愚劣、便乗するにもあまりに愚劣と思われた」。

「一高生、中にも文科に学んだ僕達には一高卒業の希望すらなかった。卒業前に殆んど一人残らず出征してしまう仕組みになっていた。一人一人と仲間を送り出す僕達には、戦争が一体何時終ることか全く知る術もなく、確実なものとしてはたゞ漠とした恐しい終焉への予感があるだけだった。間もなく僕達仲間は徐々に救いがたく頽廃して行った」。

「こんな局面に臨んで僕達の意識は畸形的な変容をとげた。正義とか真理とかは外界にはあとかたもないものであり、それはひたすら己れ一個の問題であると考えられた。批判は自らの手中にあり、誠実さは自らの独白に籠められなければならなかった。「生活」とか「生活態度」とかいう言葉が独特のニュアンスを以て交換されていた。驚くべきことには我々の生活の全重量が、恰も踊り子の趾頭のように均衡点として此処に集中されていたものである。これのより洗練された形では、舶来のことばで、「自我」とか呼ばれた。

此の自我は言葉だけのものであったらしい。その本来意味していた内実は脱落して、もっぱら感性的な内面性のみが残存していた。市民的な自我は処世的な我意に変った、とでも言おうか。それは隔離された内面性それ自身にすぎなかったが、その背景には軽視された「社会」が、遠近法のない平板な浮世絵のように佇立していた」。

「凡そ手がかりと言うものを持たない外界から背けられた視線は、内界に幻像を描出する。そして其処に誠実と言う測定基準を創るであろう。外界が社会と言う舶来語によって想定された虚構に過ぎぬものであって見れば、いずれもが現実であり且つ架空でもある。僕達が書物から読み取った真理とか正義とかまた社会とかの概念が此の風土に不毛であったごとく、それらの言葉の一環だった自我もまた不毛を免れなかった。少くも現実に残存したのは畸形化された形態でしかなかった」。

「当然のことながら、かくして僕達は外界と内界とを苦慮することなく切断した。隔離された自我が漠然と意識の焦点に残存した。僕達は外に向っては狡猾に且つ破廉恥に行動し、内に向っては病的なまで誠実に思考した。このようにして一高生の生活は純粋に観念的になって行った。僕達は観念の亡霊だった」。

「僕達の使っていた自我という言葉の内実は、遡って考えるとほゞかくの如くに位置設定さるべきものとなるのであろう。明白にそこには一つのプレステァシオンがあった。曰く「不毛」」。

中野が語っていることを私なりに要約すれば、外界ないし社会が虚妄としてしか映っていなかった私たちには、自我は観念の亡霊としてひたすら非社会的、内面的にしか存在しなかった、この自我を純粋に追求することは結局不毛に終らざるをえない、といったことであろう。原口が「純潔」とよんだものは、この不毛な自我であり、不毛な自我が彼を自死に導いたのだ、ということでもあろう。中野が原口を評して「窄い道、窄い道と辿つてゆく」と語ったというのも、こうした思想的分析の文脈の中で理解されるであろう。これは中野の原口に対する批判ではない。原口と共有した精神的風土にもとづく原口への共感なのである。

中野が原口との交友にふれている箇所を、いささか長いが、次に引用する。

「僕が原口君と膝を突き合わせて話しをした事は指折り数えるほどしかなかった。仏法の原口君と独法の僕とでは教室も違い、ひどくフランス語に達者な詩人という噂さであった原口君は、自然僕には近づきがたい人物だった。ところが妙な事情から原口君に近付く機会にめぐまれた。それは、原口君が何かの拍子で海軍の上衣を一着僕に渡し、之を一高の制服に直して呉れないかという話を持ちかけたのである。原口君は家族が東京に居られず裁縫を頼む人が無い訳で、唐突ではあったが此の事情を念頭に置いて僕は引受けた。

夏の或る夜、原口君は北海道へ行くと言って上衣を受け取りに来た。ところで家の者に聞くと件の上衣は型の加減で一高の制服には直らないとのことなので、そのとき僕の上衣をかわりに貸して置いた。その夜原口君はショパンの音楽について、ランボオの文学的自殺について、また自分の自殺の計画について語った。僕は黙然として耳を傾けた。原口君が己れの死について語るとき、常人に想像されるような切迫した息苦しい印象が少しも無く、淡々と日常の事柄のように口にした事が想い出される。そこには悲劇的などという感じは全然なかった。

さて其の後原口君は此の僕の上衣を着たまま逗子の海へ歩み入ったとのことであるが、僕への伝言で繰り返し上衣の詫びを言っていたそうである。このようにして僕と原口君とは期せずして上衣を交換した形になったが、原口君の死後時折り僕は此の故人の上衣をとり出して着てみるのである。

そのうち一月ほどして原口君は北方の旅から帰って寮に顔を見せた。風のない、時折りの蝉の音以外には静まりかえった初秋の午後のこと、原口君を含めた三四人の生徒が寮の一室で雑談していた。

この日原口君は妙に不機嫌で、とき〲顔を苦しそうに歪めたりしていた。またふとした事で興奮していきり立ったりした。そのため座が白けて原口君と僕だけが残されることになったが、そのようにたゞ二人膝を突き合わせている事に、僕は当惑を感じなければならなかった。原口君の自殺決行の日が切迫している事を僕も知っていたので、訣れを告げねばならぬようでもあり、また之に触れたくない気持もあったからである。

突然原口君は僕がかつて一高の新聞に抄訳して載せたエミール・ブルンナアの通俗的神学論文を批評し始めた。此れは観念的焦躁に因われた僕達の心にぴったりする、極限的思考の典型をなすような文章で、詩人である原口君がこんなものに興味を持った事に僕は意外を感じたが、話の進むままにバルトの近況を話題にした。話がとぎれて沈黙がやって来たとき原口君はふと立上って、戸の方に歩みかけたが、そこから振向いてどもるような口調で言った。

「じゃあ中野、僕はもう帰って来ないから……。此れでお訣れだ。」

ぶざまなことに、このとき僕の口からは返答も何も出て来なかった。ごくりと唾を呑み込み、僅かに眼で原口君を見詰めただけである。

「……こんな事を言うとすぐ政治的な意味にとられ易いものだけれど……、僕は君の幸わせを祈っていますよ。」

これが原口君の僕に対する訣別の言葉であった」。

若干の注を加える。敗戦まで、中野や私はドイツ語を第一外国語とする級であり、原口は英語またはフランス語を第一外国語とする級であった。文科でドイツ語を第一外国語とする級を文乙ないし独法といい、フランス語を第一外国語とする級を文丙ないし仏法あるいは仏文というのは伝統的な旧称であった。だから、原口と私たちは級は違っていたのだが、敗戦までは文科生は二級の合計で七十名ほどしかいなかったので、安倍校長の倫理等、合同の授業もあり、たがいに見知っていた。

中野の上衣については、『定本・二十歳のエチュード』に書簡19として収められている橋本一明、都留晃宛の「遺書（二）」に、

「中野君には、すまないことをしました。僕の着てゐる上衣の処置は、彼に決めて貰ふとして、若し、預けた上衣でもかまはなければ使つてくれるやうに伝へて下さい。

他人の着物を死装束に纏ふのも、僕らしい終り方なのかと、さびしい気がします」

とある。

上衣の仕立て直しを依頼するのなら、中野よりも橋本一明をはじめとするフランス会で原口に兄事していた人々の方が依頼しやすかったはずである。ことさら中野に頼んだのは、中野に対する敬意と信頼のためだろう。それに、橋爪の回想についても記したことだが、原口の側の情愛に飢えていた孤独感をここにも認めるべきだろう。

中野の文章に戻れば、彼が叙述した当時の一高生の観念性その他の精神的風土は、私たちが共有したものであり、この風土がただちに原口の自死の倫理、論理につながるわけではない。原口の思想がこうした精神的風土においてつちかわれたことは間違いないとしても、自死に導く倫理、論理をもつのには、いくつもの外的、内的な状況による飛躍があったはずである。原口の孤独感

もその一つであろう。

＊

孤独感といったが、『二十歳のエチュード』にくりかえし母君への思慕と大連への望郷の思いが記されている。

理解できない「末つ子」の死を前にして、お母さんはどうするだらう。（「エチュードⅠ」）

僕にはお母さんのお乳が足らなかつたのか。お母さんの愛情が甘過ぎたのか。（前同）

僕はいつものやうに駄々をこねた。何と言はれても、すかされても泣き止まなかつた。ふと、泣き疲れて見上げた目に、お母さんの淋しさうな、涙にうるんだ視線で、やさしく僕を咎めてゐる顔が映つたのだつた。
僕は机の上にあつた誰かのハンカチをとつて、お母さんの膝の上に甘えかゝりながら、赦しを乞ふやうに、そのハンカチでお母さんの瞼を拭いてあげたのだ。
お母さんの眼が笑つた。そしてハンカチを自分の手にとつて、僕の眼を拭つてやらうとしながら、「富士絹ね。」と無心にぽつりと言つた。（前同）

お母さんが僕を「駄々つ子」と思ふのは、全くだ。

（前同）

今朝、眼をさました時僕は自分の家にゐるのだ、と思つた。そして、僕はお母さんが側にゐないかと、一瞬あたりを見廻したものだ。

（「エチュードⅢ」）

これらの断章は『二十歳のエチュード』中でももっとも美しい文章だが、原口統二郎さんは『定本・二十歳のエチュード』所収の「懐弟記」中、次のとおり書いている。

「末っ子として、彼は手に負えぬ「甘えん坊」であり、「駄々っ子」だった。

彼は、かなり大きくなる迄母と一緒に寝ていたので、なかなか母の乳房を探る癖が治らなかった。……勉強部屋の机に向っている彼は、茶菓子を持って這入って来た母に、後を振返えると、口の周りに薄い不精鬚を生やす年頃になっていながら、すっと母の懐へ手を入れて、いたずらっぽそうな眼で微笑んだ。そんな想い出話を、母はよく私に聞かせる」。

原口統二郎さんはこの挿話に続けて、「生活するためには家庭を持たなければならない」という「エチュードⅠ」の断章を引用している。

大連については以下に若干の断章を引用する。

自叙伝。――気まぐれな植民地育ちの夢想児は、日本の土を踏んで、祖国の鈍重な阿呆面に、失望し、退屈した挙句、苦り切つて一人お芝居をした。

植民地は野心の子を作る。

彼はアカシアの花にノスタルヂアの匂ひを嗅ぎ、清澄な空の高さを仰いでは、希望の欣びを知り、桟橋の人混みにまぎれて異国趣味に睦み、山の上から眼下に横はる街々を眺めては平和を愛し、支那人の顔を見つめて首をかしげ、綺麗な道路と赤瓦の住宅とに於て知識人《インテリ》の愛情と小市民気質とを理解した。そして、これ等のものが集つて、彼を不安に、気まぐれにし、彼を海辺に追ひ立てた。海に来て、彼は力を与へられ、英雄の生涯に憧れた。

（「エチュードⅡ」）

大連よ。今、僕の疲れた魂がお前の顔を思ひ出す。そして失はれてしまつた僕の豊かな「詩人の辞書」を懐しむのだ。今の弱気な僕の手に月並みな泣き言以外に何が書けるだらうか。

（「エチュードⅢ」）

「エチュードⅠ」に「悪魔が今日、かういふ名刺を作つてくれた」として「慢性孤独病のマゾヒスム患者」とある。

原口は家庭から、ことに母堂から遠く離れ、二度と帰ることのない植民地大連への望郷の念をつのらせながら、ふかい孤独の淵に沈んでいった。

*

私は目の前に原口が九月十六日付で都留に宛てた葉書をおいている。都留が貸してくれたもので、『定本・二十歳のエチュード』に書簡13として収められている。

「六日に西の旅から帰京して、その足で赤城に独りで行き、一昨夜又寮に戻つて来た。君もう一高にゐるのかと思つてゐたのだが。身体の調子がきつとよくないんだらう。僕はずい分回復した。丈夫になつたら是非早く上京し給へ。僕は二十五日頃迄寮にゐるよ。君には大変心配をかけたけれど、支那から一人の従兄が帰つて来て、僕も今の所生計上の労ひは先づないんだ。君が舞ひ戻つたら、橋本や道ちやんと、愉快に又やらうぢやないか。

元気で早く帰つてくれたまへ。

お母様・兄様・姉様方によろしく」。

この端正な文字を刻むように書かれた葉書を見ていると、このときすでに原口が自死の決意をかためていたとは私には思われない。「生計上の労ひ」はないといい、「愉快に又やらうぢやないか」という文面には、そう決意を窺わせるものはない。むしろ、「生計上の労ひ」から解放され、自死への誘惑をふりきったかの感がある。

この従兄については『定本・二十歳のエチュード』の書簡8「奈良通信（一）」の九月三日夜に書いた橋本一明宛の書簡にも次のとおり記されている。

「昨日は大阪に行つた。上海から帰つた僕の従兄は此処と尼ヶ崎とに相当大きな製線工場を営んでゐる。僕の二倍以上の年配の従兄から、一高の悪口と、東京人の嘘偽への軽蔑とを聞かされ、僕の帽子と髪の毛のことで叱られた。正直で太つ腹で親切ないゝ人だつたが、彼は僕の大学卒業迄の学資、それに留学の希望があるなら洋行の費用もすつかり自分で出さうと言つてくれた」。

同じ書簡の末尾には次のとおり記している。

「一明君、
君は、親切な金持ちの従兄から、リヨンの大学に入らないか、とすゝめられるやうなことがあつたら、素直に受けてフランスに行かなくちやいけないよ」。

その後、原口は赤城での自死が未遂に終ってから、十月十五日付の書簡17（『定本・二十歳のエチュード』所収）に統二郎さんに宛て
「この間、大阪を訪れた時も、重治さんはきつと妙な気がしたでせう。僕の学資を引受けて、留学の費用も出さうと言つてくれたのに、嬉しい顔一つしなかつたのですもの」

と記している。

統二郎さんの住所は「大阪市大正区南恩加島町木津川製線株式会社内　福富重治方」とあるか

ら、原口に学資援助を申し出た従兄は福富重治という方で、木津川製線という会社を経営していたのだろう。申出に対し「嬉しい顔一つしなかつた」というのだから、原口はその厚意をうけるような返事をしなかったのだろう。さりとてきっぱり断ったとは思われないことは橋本一明宛書簡からもはっきりしているし、さらにその後ほぼ二週間経って都留晃に葉書を書いたときには、学資の援助をうけることに決めていたものと思われる。ということは、九月十六日から未遂に終った十月二日の赤城での自死の決行までの間に、原口の心境にどんな変化が生じたのか。

*

先に引用した十月十五日付の原口統三郎さん宛の書簡には次の一節がある。

「冗談まじりに友人達に語つたこともあり、僕が出京して後、学校の方で感づいて一騒ぎとなり、山まで人を寄越して来ました。二日の夜、薬を飲んだのですけれど、眼を覚した友人に見つかつて結局吐かせられました」。

私はこの「冗談まじりに」という表現にこだわっている。早くから自死を決意し、そのことを橋本、都留らに語っていたとすれば、「冗談めかして」とか「冗談のように」とか言うことができたはずである。「冗談まじり」とは半ば冗談、半ば本気でいった意味であろう。原口が自死の決意を公言したのは昭和二十一年四、五月ころであろう、とはすでに記したとおりである。そのときの情景は都留晃の「黒い火」(『定本・二十歳のエチュード』所収)に次のとおり描かれている。

「その頃の或る日――冬のことだったが、朝早く、僕たちが夜更しに疲れてまだ床にもぐりこんでいた時、突然、勇ましく、どあをおして、彼が入って来た。彼は、蓋然論者の晩餐会におけるかのトリビュラ・ボノメ博士よろしく、高々と右手をあげて、叫ぶように言った。

「僕は死ぬことに決めた。」

彼は、嘲笑するような顔をして、皆を眺め廻した。いまだ惰眠を貪っていた僕たちの耳には驚愕も、何か不思議な国、はるかな国の言葉を聞くような調子だった。やがて、彼が、いつものように、重い口調で話をつゞけてから、僕たちはようやく床の上に起き上った。

「僕は死ぬことに決めた。だから身のまわりのものは何もいらない。みんな売払って、当分の旅費にするつもりだ。日本中旅行してから、吉野をぬけて熊野に行き、あの山の中で、滝に飛込んで死ぬんだ。諸君、売り払うのを手伝ってくれないか。一万円ぐらいにしたいのだ。」

統さんはこう云い終ると、床から出てきた一人一人の顔を、あらためて見廻した」。

都留が文中「冬のことだったが」と書いているのは間違いであろう。すでに引用した十月十五日付統二郎さん宛書簡の注には「四月頃彼は旅行の費用にと身廻り品を一切売り払った」とある。それはともかく、昭和二十一年四、五月ころ原口の実生活は極限状態に近かったはずである。実家からの仕送りが途絶えて生活は窮迫していたし、母君をはじめとする家族の引揚げは遅れていたから、愛情に飢えていた。つけ加えれば、彼は日本での生活にもなじめなかったようである。

「エチュードⅡ」に次の一節がある。

瀬戸内海の平和な島々の間を通りながら、植民地の子供は感じたのであつた。
――これこそ、お母さんの故郷だ、と。
けれども、神戸の埠頭を汽船の上から望んだ時、彼は憤りに駆られて叫んだ。
――何といふみにくい国だらう！

『定本・二十歳のエチュード』所収書簡8「奈良通信（一）」の橋本一明宛書簡では、「満洲に暮してゐた頃の僕が、絵や本で想像してゐた故国の風景は、東北や関東よりも、此処に多く在るやうに思ふ。田圃の中の長い道を歩いて来て、ふと目に入る、昔ながらの白壁に取り囲まれた土蔵を連ねた家々の門。軒先に狭くつゞいてゐる曲りくねつた袋小路。など、日本だなと気づかせられることが度々ある」とも書いている。

身の廻り品を売り払って旅行するという計画は、原口にとって「故郷探し」の試みだったかもしれない。だが、原口が「冗談まじり」に叫んだ言葉を聞いた都留たちが、あるいはその一部が真にうけたとしてもふしぎでない。原口の自死宣言を英雄視した眼差で聞いた者もあったろう。この時点で、原口が『二十歳のエチュード』で記したような自死の倫理と論理を確立していたとは私には思われない。それでも、中野が指摘したような、私たちが抱いていた観念的風土の中で、寮生活の極端に貧しい食糧不足のために慢性的に栄養失調になって躰が衰弱し、生活が逼迫し、愛情に飢え、なじめぬ「異郷」に暮らしていた彼が、「冗談」にせよ、半ば自死の誘惑に駆られたことも間違いあるまい。

都留は次のように前出の文章を続けている。

「こうした日々にあって、統さんは自殺のことを度々語った。いろ〳〵な自殺法を説明して聞かした。

「ブロバリンは五十錠も飲めばよいのだろう。睡りながら死ねる。時計台から飛降りてもよいし……。」などといろいろ話をした。全く楽しい遠足の話をするように。

「僕は熊野の滝で死ぬんだ。あそこなら人も居ないだろうから。」」。

これらの発言も「冗談まじり」のようにみえる。しかし、こうした「冗談」めいた発言をくりかえしている間に、徐々に自死の倫理と論理がくみたてられていったとしてもふしぎでない。

こういう会話をかわしている間、原口は自殺するそうだ、という噂が誰からともなしに、寮内にひろまっていった。

従兄の重治さんから学資援助の申出をうけたときも、「嬉しい顔一つしなかつた」とはいえ、はっきり辞退したわけではない。その後二週間経ってから都留に宛てた葉書からみても、むしろ学資の援助をうけるつもりだったのではあるまいか。それでも、援助をうけるには彼はあまりに誇りたかく、矜持がつよかった。また「生計上の労ひ」がなくなったからといって、彼の心の飢えは満たされるものではなかった。私には、原口は九月末に赤城に登るまで、自死を決行するかどうか揺れていたのではないか、と思われる。

＊

ここで彼の家系的な資質についてもふれておきたい。

統二郎さんは「懐弟記」の中で次のとおり記している。

「我々の父は、云ってみれば、一介の支那浪人であるが、常に新しい事業を案画しては転々として殆ど家に在ったことがない。そして家族の生活も顧みず、我武者羅に自己の道を歩んだ。彼は「父さんは、ひょっとしたら偉大な詩人になれた人かもしれない。」と云ったことがある。放縦な無計画性と野性味、生活の匂い薄い所が、彼の気に入った様子だった」。

生活臭を蔑視し、自己の信念にしたがって事業の破綻をくりかえしながら生涯を終えた、原口の父君統太郎氏の血を原口もうけついでいたのではないか。

「エチュードⅢ」に次の断章がある。

わが母。——忍従と諦めの瞳の奥に、寂しい微笑の影を宿した、典型的な封建時代の婦人。

お母さんの亡霊が現はれるのは、決つて僕が寝てゐる時だ。

たまたま日本近代文学館に収蔵されている「二十歳のエチュード」のノートをご覧においでに

なったことが契機となって、私は原口の姪にあたる前田澄子さんと文通する機会をもった。『定本・二十歳のエチュード』の書簡10、九月七日付統二郎さん宛書簡に「澪子、澄子、玲子の文々、嬉しく読みました」とある澄子さんである。この書簡に「玲子にグランド・ピアノを買つてやると約束したのですが、あなたが代りに履行出来るやうになるのではないかしら」とある玲子さんより二歳年長で、玲子さんは当時小学四年生であった。澄子さんは現在宇都宮のマリアの宣教者フランシスコ修道会の修道女である。以下は澄子さんからの私信の一部である。

「統三の母、原口福子は、幼い時、両親と死別、親類の井田家の養女となりました。井田家は学問のあった家系らしく、御存知かと思いますが、井田孝平は二葉亭四迷の弟子、ロシヤ文学者でハルピン大学創設者の一人、第一代学長をしています。井田孝平の息子、麟一は共産主義者で投獄され、二七歳で病死、原口統三のように天才詩人と思われていたとか……又、麟一の甥で五二年の血のメーデー事件の渦中、二一歳で警官隊に殺された法大生、近藤巨士等、統三の母、福子の血統は、何か激しい血を感じさせます」。

また、原口の長姉隆子さんは雙葉女学校在学中カトリックに受洗、前田家に嫁いでからは姑に信仰を禁じられたが、姑の他界後すぐ子供たちを受洗させたという。ただし、澄子さん以外は修道女になった方はいない。玲子さんは結婚、百二歳の姑の世話をし、八人の孫をもち、幸せに関西で暮らしているそうである。

その後も、私は前田澄子さんと文通を続けているが、最近頂いたお手紙から教えられたことによれば、原口の母堂福子さんは大連から引揚げてから、しばらく逗子を訪ねようとはしなかった。しかし、昭和三十一年五月になって、ようやく決心がついたらしく、統二郎さんとともに逗子を訪れ、原口がポケットに石をつめて沖合いを目指して歩いていった海をじっと見つめてしばらく佇んでいた。やがて、浜辺の石を二、三個拾いあげ、ハンカチに包んで自宅に持ち帰った。その時、福子さんは

二十歳のエチュードのこし去り逝きし吾子の納めをしのぶ逗子浜

という歌を詠み、「母は、いつもそなたと一緒におります」と書き添えた、と澄子さんは日記に書きとめたという。素朴な歌だが、素朴なだけに胸に迫る作である。

澄子さんの語る原口の母系の激しい血は原口の長姉隆子さんにも、澄子さんにも認められるようである。

原口統三は父系からも母系からも「激しい血」をうけついでいたようにみえる。

＊

原口がゆるぎない確固たる決意として自死を選択したのは九月下旬、赤城に登る直前であった、と私は考える。もっといえば、「エチュード」三章は、自死に自己を追いこむために書かれた、と考える。だから、「エチュードⅠ」は

告白。――僕は最後まで芸術家である。一切の芸術を捨てた後に、僕に残された仕事は、人生そのものを芸術とすること、だつた。

と書きはじめ、

傷のない処に痛みはない。僕にとつて、認識するとは、生身を抉ることであり、血を流すことであつた。そして今、僕の誠実さの切尖が最後の心臓に擬せられたからとて、僕は躊躇ふだらうか。

と続けなければならなかった。しかし、人生そのものを芸術とすることはありえないし、自死が誠実さの証しとなるわけではない。これらの言葉はあまりに悲しく、寂しい。自死への倫理と論理を自らに納得させるために、こう書きおこしたことに、私は彼に対するいたましさを感じる。

『定本・二十歳のエチュード』の書簡18「遺書（一）」に、橋本一明に宛て、「君は知つてゐる――疲れた僕を机に駆つて、敢てペンをとらせたものが、一台のピアノであつたことを」とあり、その注に「九月十三日高崎で落ち合った橋本に彼は金儲けのために一書を書くことを述べ、彼の死後それを広告して金を作れと、橋本を無理に承知させ秘密を約した。その後、九月末の或る晩、その印税でピアノを買い、橋本道子に送ることを依頼した」と記されている。橋本一明の妹、道子さんを彼が可愛がったことは間違いないが、これは「エチュード」執筆の口実にすぎない。「エチュード」全三章で彼は自己に宣告し、自死の倫理と論理を叙述したのである。

「訣別の辞に代へて」に原口は、「僕が君達と離れて暮した、昨年の暮から今年の春にかけて、書き溜め、そして破り棄てた数々の詩篇や創作、自ら誇つた「新しい日本語」を残す方が、どれだけ君にとつては好いことだらうね」と書いたが、私も同感である。私がかいまみた彼の少数の作品における眩しいような才能からみると、『二十歳のエチュード』全三章はまことに貧しい。ただ、「エチュードⅢ」に至って、死から生者を懐しげに見遣っている温かな眼差を感じるとき、私はふつふつと湧く哀傷の思いを抑えられない。

＊

私は原口の自死を手をつかねたまま見送った。こうして彼の生涯の最後の時期をふりかえってみて、彼が自死を決断するまでかなりに揺れていたように感じている。だからといって、私が何を言ったとしても彼が私の言葉に耳を傾けたとは思わない。まさに自己の信念に誠実であること、自己を裏切らないことこそが、彼の選択であった。

もしその言葉に彼が耳を傾けるとすれば、清岡卓行を措いていないはずである。昭和二十年四月、彼は清岡卓行、馬場宏（後のロシア文学者江川卓）とともに大連に帰省し、六月中旬に大連から引揚げたのだが、そのとき清岡も同時に引揚げていたら、という思いがある。しかし、清岡でさえ、彼を生に引き戻すことはできなかったかもしれない。

その清岡は「原口統三「私の中の日本人」を問われて」（『定本・二十歳のエチュード』所収）中に次のとおり書いている。

「彼の死の根底的な原因を、私は、〈風土のふるさと〉である大連とその家族が奪われていたこと、そして、〈言語のふるさと〉である日本語による精神の純粋化、死への志向が、自他どちらからも破壊されないほど論理的かつ皮膚感覚的に形づくられていたことに眺めたのである。

その場合、彼の死への直進を、生の方へ引き戻すことができるものがあったとすれば、それは彼の意識ではなく無意識を、生の芳潤な魅惑によって動かし、精神の構造をその基盤から突き崩すものでなければならなかっただろうと、私には想像された。

もし、具体的にその「生の芳潤な魅惑」がありえたとすれば、それは彼の場合、おそらく、日本に〈風土のふるさと〉を再発見することだけであっただろう。

彼は死の二箇月ほど前、何を感じたのか、北海道、新潟、長野、名古屋、奈良を、衰弱の身で旅行しているが、特に奈良をたずねたときに橋本一明に寄せた手紙などを見ると、心なしか、自分の魂をその根底から誘惑してくれる祖先の風土を、無意識的に求めて痛ましくもさまよっているように感じられる」。

私は右の清岡のいう「生の芳潤な魅惑」こそが原口を生へ引き戻す力たりえたろうという意味で、清岡に同感する。また、奈良等への旅行が〈風土のふるさと〉を求めたものだったろう、ということについても同感である。しかし、彼は〈風土のふるさと〉を見いだすことはできなかった。日本の風土は彼の孤独を癒すものではなかった。

私は、もし「生の芳潤な魅惑」がありえたとすれば、異性との出会いではなかったか、と考えている。喜びも悲しみもふくめた、異性との愛の魅惑だけが彼を生へ引き戻しえたのではないか。その異性は彼を母性的につつみこむような愛情の持主でなければならなかったろう。『二十歳のエチュード』を読む限り、彼が可愛がった異性として、橋本一明の妹、道子さんと、姪の前田玲子さんが登場する。玲子さんは小学四年生であった。当時の橋本道子さんはきりっとした清潔な感じの美少女だったが、東京音楽学校入学の前後の年齢であった。そうした母性的な愛情で彼をつつみこむには彼女は稚なすぎた。

原口はついに異性への「愛」を知らないままに死んだのではないか。

じつはこうした想像をめぐらすことは詮ない。もっと巨視的にみれば、彼を自死に追いつめたのは敗戦後の「昭和」という時代だったというべきかもしれない。

＊

私は逗子と鎌倉の間の丘の上の火葬場を思いだす。彼の遺体が焼かれるまでの間、私たちが待っていたひろい畳敷の待合室に差しこんでいた晩秋の日差しを思いだす。白っぽい風を思いだす。思い出はいつも切ない。

7

原口統三の死が契機となって、私は伊達得夫と知り合うこととなった。平凡社ライブラリー版『詩人たち　ユリイカ抄』の第一章「ふりだしの日々」の冒頭「「余は発見せり」」を伊達は次のとおり書きはじめている。

「昭和二十一年十月二十五日、一高生原口統三が逗子の海で入水した。そのことをぼくは、三面記事で知ったが、二十一年と言えば、国民は概ね飢餓線上をさすらっていた。従ってこの事件は、米の遅配の記事ほどにもぼくの関心を惹かなかった。しかし、数日後、ぼくは読書新聞で、ふたたび同じ記事を見た。それは、日刊新聞と違ってかなりくわしく原口統三という学生について語り、最後に、遺稿が一冊のノートにまとめられているが、それを出版したいという意味の、友人橋本一明の談話が附されていた。ぼくはMという出版社の編集者だったから、今度は、その記事を見逃すわけにはいかなかった。一高生、自殺、遺稿、これだけの条件さえあれば、たとえ内容がどうであろうと、売れなくってさ！　というようなものだ。ぼくは誰の紹介もなく、一高の寮をたずねた。入口で一人の学生をつかまえて、橋本さんに会いたい旨を伝えると、やがて、廊下の奥からペタペタとスリッパをひきずって痩軀長身の青年が現れた。かれは、ぼくの差出した名刺をちらと見て、「橋本は外出しています。どういう御用でしょう」と言った。来意を聞きとると、ぼくを一室に招じた。椅子がなかったから、ベッドに腰をおろし、ぼくは手巻きのタバコをくわえた。かれも同じベッドに腰をおろしたが、その服装の汚なさにも似ず、挙動は端正だった。

「ぼく中村と言います。原口の遺稿は橋本が保管してますので何とも言えませんが」

「で、何処か外の出版社とすでに話がきまったというようなことは……」

「いや、まだです。二、三話はあるようですが」

ぼくは一高の門を出て、ほこりっぽい残暑の道を帝都電車の駅にいそぎながら、いま会った中村という学生の印象から、なんとなく、この話はまとまるナと思った。

「服装の汚なさ」はたぶん伊達の正直な感想だろうが、「挙動は端正」は、伊達がこの文章を『今日』第八冊（昭和三十二年六月刊）に書いた時点における私との交友による外交辞令にちがいない。この伊達との出会いが私のその後の人生の展開にどれほど大きな意味をもつことになるか、私はもちろん予想できなかった。伊達との交友についてはおいおい記すことになるが、それは別として、若干つけ加えておきたい。

書肆ユリイカ版合本の「新しいエチュードのための跋」に橋本一明は次のとおり記している。

「友のさゝやかな葬儀の日に、一人の同窓生が偶然好機会を齎らした。新聞記者が集った。僕は宣伝した。翌日の新聞に一斉に、一高生自殺の記事が出た。「孤高の死！」「詩人一高生自殺！」

等々。どの新聞にも遺稿出版の意図が書かれていた」。

この橋本の記述は正確ではない。十月三十日付『朝日新聞』には社会面のコラム「青鉛筆」で原口の死を報じ、「いつも〝死〟を口にしてゐたが九月に書きなぐつた三百枚の原稿が唯一の遺品として残つてゐる」とあり、同日付『読売新聞』にも社会面の片隅に「〝死の覚え書〟詩人一高生自殺」という見出しを付した短い記事が掲載されているだけで、遺稿についてもその出版の意図も記されていない。

伊達が『読書新聞』と記しているのも間違いである。長谷川郁夫『われ発見せり 書肆ユリイカ・伊達得夫』が明らかにしたとおり、伊達が読んだのは『帝国大学新聞』（十一月六日付）にちがいない。この記事は「孤高の痛ましさ」という見出しに「一高生自殺の真相」という小見出しを添え、次の記述に続いている。

「去月二十六日親友に三百枚の詩集「エチユード」を送つたまゝ逗子の浜に静かに死んでいつた一高文丙三年原口統三君の新聞記事は各方面に色々なショックを与へてゐるが、詩人として自分一人しか通れぬ狭い道を歩んだ同君の死は、客観的には独善的な「超人」的なロマンチックな、そしてそれ故に痛ましい死である、と見られてゐる、こゝに同君の日頃の言動を点描して、新しい世を歩まんとする若き友のため、古い高校にある非常に観念的な泥沼のやうな何物かに対する批判なり反省なりのよすがとする（N）」

とあり、かなりに批判的な筆致である。本文は次のとおりである。

「原口君は既に今回の自殺前に赤城山で服毒したことがあり、その時は同君を気づかつて同行した同室の友人の気転により事なきを得て居る、今回のことも、八月に二千枚に及ぶ詩作を焼き棄てた頃から計画してゐたことであるが、その死因は同室の一、二の親友が僅かに日頃の言動から解釈するのみで一高内でも謎とされてゐる

即ち南寮二番室の親友橋本君から得た所を綜合すると、常に同君は「他人は頭の中で容易に転身するが、自分はいのちがけで転身をする、夢を見るのもいのちがけであるから、自分は夢を全然覚えてゐない」といひ、又「僕の精神の肌は処女の如く敏感だ」と述懐し、そして「或物が私に詩作させ死を思ひとゞまらせ、死を思はせる」といつて終に死んでいつた

同君は朔太郎、プルースト、ボードレール、ベルグソン、ニーチエに親しみ、「プルーストは相当な所迄行つてゐるがもう一歩だ」と評し「自分もそこにとゞまつて居たときは詩作したが、そこを出でたときには、その壮麗な詩も焼きすてた」と述べ、死の直前の「エチユード」を遺したのみである、結局「回想することにも矛盾を感じた」病的な迄潔癖な同君は「自分の肌に傷をつける」生命がけの、「実践」をして死んで行つたのである　同室の友は遺稿を出来たら出版したいといつて居る、尚原口君の両親は未だ大連から帰らないが原口君は「この事は自分にも両親にもむしろ幸福だ」ともいつてゐたといふ、葬儀は同君の属してゐたフランス会が主となつて南寮二番室で去月三十日しめやかに行はれた、同君の死につき一高校長天野貞祐氏は語る……

天野一高校長談　同君とは赤城から戻つたとき一度会つたきりだが口数も少いし結局私にも何

故彼が死ななければならなかつたか分らない、激しい世の中が敏感な彼の内心の否定を強めたとはいへるのではないかと思ふ、とに角独自な存在で、会つたときもひとかどの人だといふ印象は受けたし、その時も将来の文壇に雄飛するやうにと激励して置いたのだが……」。

この『帝国大学新聞』の記事はずいぶんと悪意にみちているようにみえる。「独善的な「超人」的なロマンチックな」「観念的な泥沼」にはまりこんで大言壮語した結果、死を選んだ悲劇の若者として原口を描いている。その遺稿「エチュード」もそうした若者の夢想に似た囈言を書き綴ったものとしか読者には読みとれないだろう。

天野貞祐校長の「将来の文壇に雄飛するやうにと激励して置いた」という言葉を引用しているのも、この記事の筆者が天野校長の「激励」に同感していたからにちがいない。赤城から寮に戻った原口が天野校長に呼ばれ、そのような訓示をうけたことを、私はその直後に原口の口から耳にしている。原口は嘲笑的な口調で訓示の内容を聞かせてくれた。私自身、校長のあまりに世俗的低劣な精神に呆れた憶えがある。

だから、この『帝国大学新聞』の記事は出版人の関心を惹くようなものではなかった。

「一高生、自殺、遺稿、これだけの条件さえあれば、たとえ内容がどうであろうと、売れなくってさ！　というようなものだ」という言辞には伊達の偽悪者ぶった韜晦がある。私が、「二、三話はあるようですが」と伊達に話したというのは、たぶん私の駆引であって真実ではない。Mという出版社は前田出版社であり、まったく無名であった。もっと名の知られた出版社から話がもちこまれたら、そっちを選んだはずである。どの出版社も原口の遺稿に関心を払わなかった。伊達が関心をもった唯一の編集者、出版人であった。こうした関心が書肆ユリイカ、伊達得夫を、後年、伝説的出版者とした重大な資質だったと私には思われる。

伊達の文章に「ほこりっぽい残暑の道」とあるが、この残暑は間違いだろう。文中に明らかなとおり、伊達が一高の寮を訪ねたのは十一月初旬である。晩秋であった。おそらく、私はそのとき原口が生活していた南寮二番の寝室で、原口の周辺の下級生であった宇田健、工藤幸雄らとお喋りをしていたのであろう。たまたま橋本一明も都留晃も外出していたので、最上級生だった私が伊達の相手をしたのだろうが、それも偶然というほかない。

原口の死後間もない週末、私は水戸の自宅に帰省した。父の友人の橋本正男さんという弁護士が来合わせていた。父は裁判官になる前、一、二年弁護士事務所に勤務したことがあり、橋本弁護士は同じ事務所に勤めていた関係で旧知であった。当時すでに水戸では大家、長老とみられる弁護士であった。私は原口の自死について、また、私が原口の自死によってうけた衝撃について、話したが、父も橋本弁護士も、それは神経衰弱だ、といってとりあってくれなかった。私がいかに理性的、意識的に死を選んだかを力説しても、耳を貸してはくれなかった。私は会話が成り立たないことに空しさを感じるばかりであった。

伊達の文章に戻ると、「国民は概ね飢餓線上をさすらっていた」と書いている。一高の寮生活の食糧事情の貧しさについてはすでに記したのでくりかえさない。当時の年表をみると、昭和二十一年五月一日、戦後はじめてのメーデーには五十万人が皇居前広場に押し寄せたとあり、同じ五月十二日には世田谷区民による「米よこせ区民大会」の参加者が皇居へデモ、十九日には食糧デモに二十五万人が皇居前広場で気勢をあげた、とある。いわゆるプラカード事件はこの五月十九日におこった。

ヒロヒト　詔書　曰ク
国体はゴジされたぞ
朕はタラフク食つてるぞ
ナンジ人民　飢えて死ね
ギョメイ　ギョジ

このプラカードを持った松島松太郎は不敬罪で起訴された。これに対しマッカーサー元帥は天皇といえども法の下の平等を免れないとして、刑法七三条から七六条に至る不敬罪の規定の削除を命令し、不敬罪が廃止されたため、松島は名誉毀損罪として懲役六カ月の有罪判決をうけたが、控訴審において大赦令により免訴となった。

いうまでもなく、食糧不足は政府の責任ないし占領軍の責任であって、天皇にその責任を問うのは筋が違う。しかし、食糧不足による怒りや憎しみは天皇に向けられ、総理大臣や、ましてやマッカーサー元帥を頂点とする占領軍には向けられなかった。そういう意味で、昭和二十一年五月の時点でも、民衆の眼から天皇は政治権力の象徴とみられていたことをこの事件は暗示している。これが象徴天皇制への心情と共通すると私は考えている。

逆に、この事件には占領軍への批判はない。これには一面では、占領軍を解放軍とみるような見方が影響していただろうし、反面、占領軍への恐怖感も潜んでいたのではないか。下卑た冗談だが、そのころ、マッカーサーはヘソである、といわれた。チンの上にある、という意味である。また、うっかり米軍の女性兵士に近寄ると、強姦されるぞ、といった噂があった。イラク戦争などの報道によれば、ありえないことではないかもしれない。ただし、私は強姦の被害者を、どんなかたちでも、確認したことはない。むしろ、怖いのは占領軍批判であった。批判すると軍事裁判によって沖縄で強制労働を課せられるということであった。これはたんに風評とはいえない事実であった。戦前の軍部、特高警察等に比べれば、占領政策はよほど自由主義的、民主的であったが、決して野放しに言論表現の自由を保障しているものではありえなかった。

そんな物情騒然たる状況の中で、伊達は原口の遺稿『二十歳のエチュード』の出版を手がけたのであった。

*

原口が自死に向かってその決意をつよく傾斜させていったころ、新憲法といわれた現行憲法の制定の論議は終盤を迎えていた。私がことさら記憶しているのは貴族院における論議であった。昭和二十一年九月五日付『朝日新聞』には「議会記者席」という欄に次のとおりの記事が掲載されている。

「四日―定数に充たないのではないかと噂される程気の抜けた衆議院本会議に比べ、貴族院の憲法委員会はこの日南原繁氏が再び起つて息づまる論戦を展開した。南原氏はまづ昨冬の神道廃止に関するマ指令は、憲法の全面的改正を約束したものであるにもかかはらず、荏苒これを見送つて〃松本私案〃に執着した幣原首相の政治的責任を追求し、幣原国務相がこの点について答弁しなかつたのに対し、「これを認識すれば去年から積極的改革ができたはずである。その先を見透かす理智とそれを断行する勇気を持つた人が果してゐたかどうかは歴史的に批判されるであらう」と断じ、次いで国体問題をとり上げ、本会議におけると同様今次の改正が肇国以来の革命であることを、論理を尽して政府に認めさせせようとしたが、金森国務相は相変らずの国体論を振りかざして一歩も譲らず、結局国体護持派の政治勢力を代表し、それ故に面目にかけて国体不変を主張する政府の政治的解釈と学究的な客観的解釈の相結ばない双曲線を描いたに止まった。しかし、この論争において、南原氏は〃国民統合の象徴である天皇〃といふ新たな国体が生れではしないか、これを成育発展せしめよ、とその本質を明かにして、その真剣さ、その率直さにおいて、これまでの貴族院に見られない充実した論戦であつた」。

右の記事にいう「昨冬の神道廃止に関するマ指令」とは昭和二十年十二月十五日のマッカー

サー連合国軍総司令官による国家と神道との分離を命じた指令を意味する。「松本私案」とは幣原内閣下で設けられた松本烝治国務相を委員長とする憲法問題調査委員会の憲法改正草案である。松本は、天皇が統治権を総攬するという原則には変更を加えない、議会の権限を拡大し、その結果として大権事項を制限する、国務大臣の責任を国務の全体におよぶものたらしめ、国務大臣は議会に対して責任を負うものとする、人民の自由・権利の保護を強化し、その侵害に対する救済を完全ならしめる、という四原則を昭和二十年十二月の臨時議会において私見として述べていた。松本私案といわれる憲法改正草案はこの四原則を前提とした、いわば明治憲法の手直しであった。

この松本私案を拒否した連合国軍総司令部は独自案を日本政府に交付し、政府は総司令部案にもとづく憲法改正要綱を三月六日に発表、四月十日に衆議院議員の総選挙が行われた後の四月十七日に要綱は条文のかたちで整備されて公表された。これが若干の修正を経て現行憲法となったわけだが、政府が発表した新憲法案の原文が総司令部の起草した英文であるという事実は、巷間半ば常識化していた。このことは要綱が発表された当日の連合国軍総司令官マッカーサーの声明に「この草案要綱は五ヶ月前に余が内閣に対して発した最初の指令以来、日本政府と連合国最高司令部の関係者の間における労苦にみちた調査と数回にわたる会合の後に起草された」とあることからも容易に推察できる事実だったし、思想的にも松本私案と隔絶し、かつ、文体に翻訳臭がある口語文であることなどから、これが日本政府自らの発意によるとは到底信じがたかった。

いまでは多くの資料が公開されているので、現行憲法成立の経緯は、かなりつぶさに知られている。私はその経緯に立ち入るつもりはない。しかし、私は現行憲法改正の手続に関心をもっていたし、いまだに関心をもち続けている。そういう意味で、引用した貴族院憲法委員会における南原繁と金森徳次郎国務相との問答が興味ふかかった。この問答は、要約すれば、現行憲法によって「国体」は変ったのか、どうか、ということであった。私の大学生時代の教科書であった宮沢俊義『憲法大意』には、明治憲法における天皇主権を次のとおり説明している。

「明治憲法は、主権は天皇にあるという原理に立脚していた。但し、主権のもち手としての天皇は、現にある天皇ではなく、その祖先――その極限として、天照大神が措定された――であった。天皇の祖先は、神格を有すると考えられたから、そこでの天皇主権は、また、神意主権であり、神勅主権であった。

日本の憲法に関する天皇の祖先の具体的な意志は、なにより、古典に伝えられる天孫降臨の神勅で表現されていると考えられた。天皇制が神の意志によって定められた以上、天皇の子孫も、一般国民も、これを変えることは許されない。その意味で、天皇制は、「天壌とともに無窮だ」とされた」。

この「天皇が神勅にもとづいて統治権を総攬するという原理」が「国体」であり、通説は明治憲法の改正手続によっても「国体」を変更することはできない、と考えていた。私のような無学な者にとっても、「大日本帝国ハ万世一系ノ天皇之ヲ統治ス」という明治憲法第一条の天皇主権が、新憲法草案第一条の「天皇は、日本国の象徴であり日本国民統合の象徴であって、この地位は、主権の存する日本国民の総意に基く」という、象徴天皇制といいながらも、主権が天皇ではなく国民に在るとした変更は、国体の変更と理解するのが当然と感じていた。

こういう通説、常識にもとづいて、南原繁が「国体」が変ったのではないか、と質問し、憲法担当国務大臣金森徳次郎が「国体」は不変である、と回答したのであった。金森は、南原らの国体解釈を「政体」と称し、国体とはあくまで国民の心の問題である、と言いはった。金森が「水は流れても川は流れない」、「天ガ動イテ居ツタカ、地ガ動イテ居ツタカト云フコトハ、議論ガ孰《いづ》レニアルニシテモ、動キ方ハ古ヨリ今日迄変ツテ居リマセヌ」等と答弁したと、古関彰一『新憲法の誕生』に記されている。こうした金森の詭弁はそのころ新聞でも報道されていたし、引用した『朝日新聞』「議会記者席」の記事にも金森の答弁に対する批判が潜んでいるように思われる。

しかし、この南原繁の質問自体が自己撞着していたようである。すなわち、明治憲法七三条は、「将来此ノ憲法ノ条項ヲ改正スルノ必要アルトキハ勅命ヲ以テ議案ヲ帝国議会ノ議ニ付スヘシ此ノ場合ニ於テ両議院ハ各々其ノ総員三分ノ二以上出席スルニ非サレハ議事ヲ開クコトヲ得ス出席議員三分ノ二以上ノ多数ヲ得ルニ非サレハ改正ノ議決ヲ為スコトヲ得ス」と定められていたから、まず勅令をもって議会の議に付すことが必要であった。そこで、新憲法草案は、議会の審議に先立って枢密院に諮問され、美濃部達吉を除く他の全枢密院議員全員の賛成により可決された後、はじめて衆議院に上程され、八月二十四日に可決された。その上で、草案は貴族院に回付され、いくつかの修正があったため再び衆議院に戻り、十月七日衆議院で可決成立し、さらに枢密院への諮詢を経た上で、天皇の上諭を附して公布された。もし通説にしたがえば、「国体」を変えるような憲法改正は明治憲法の枠内ではすることができない。宮沢俊義『憲法大意』では、「率直にいえば、そこで衆議院の議決したものに対しては、貴族院は否決の自由をもたず、天皇は不裁可の自由をもっていなかった」とある。だから、南原が新憲法草案により「国体」が変ったという立場を採るのであれば、通説にしたがえば、新憲法の制定は明治憲法七三条による改正手続によることはできないし、したがって、明治憲法七三条に定める貴族院の審議権限もないはずである。そうとすれば、「国体」が変ったのではないか、という南原繁の質問自体が無意味とならざるをえない。南原繁の質問が自己撞着していたと私が考える所以である。

私は当時南原の質問に共感し、金森の答弁を嫌悪していたけれども、じつは庶民の生活感覚としては、象徴天皇制になっても、「国体」は変っていないと意識されていたのではないか、と感じている。プラカード事件は五月十九日、それより以前、四月十七日に憲法草案は公表されていたのだが、プラカードに「国体はゴジされたぞ」とあったことが、その一例なのではないか。

しかも、明治憲法と現行憲法との間に完全な法的継続性が保証されることを、極東委員会も、連合国軍総司令部も、日本政府に要請していた。それにはハーグ陸戦法規といわれる明治四十五年の「陸戦ノ法規慣例ニ関スル条約」に対する配慮があったことは、今日ではひろく知られている。この条約の第四三条には「国ノ権力カ事実上占領者ノ手ニ移リタル上ハ占領者ハ絶対的ノ支障ナキ限占領地ノ現行法律ヲ尊重シテ成ルヘク公共ノ秩序及生活ヲ回復確保スル為施シ得ヘキ一切ノ手段ヲ尽スヘシ」とある。イラク戦争の現況をみると隔世の感がふかいが、連合国軍総司令部としても、極東委員会としても、新憲法制定が、ハーグ陸戦法規にいう「絶対的ノ支障」ない限り、占領地日本の現行法律を尊重しなければならない、という規定に違反して、日本政府に強制ないし命令できるとは考えていなかった。ハーグ陸戦法規に違反することなく、新憲法を制定させるために、新憲法が日本政府の自主的意志により制定されることを意図した。それがまた日本政府の望むところであった。ここにも、外圧により特定の行動を採るよりも、自主的にそうした行動を選んだという形式を採ることを好む日本人の精神構造が認められるだろう。さらに、新憲法制定の手続について甲乙両案があり、甲案は、はじめて女性に参政権が与えられて実施された戦後第一回の四月の衆議院議員選挙で成立した議会による憲法審議、公布であり、乙案は、議会でまず明治憲法七三条の削除等を行った上で、あらためて憲法議会議員選挙を行い、憲法議会の審議を経た上で国民投票に付する、というものであったが、乙案が否定され甲案にしたがって審議されることになったことはいまではひろく知られている。その結果、明治憲法七三条による改正として憲法草案は審議されることとなったわけだが、私としては乙案が甲案よりもはるかに論理的であったと考えている。

私が現行憲法に関心をもったのは『世代』創刊号に掲載された佐藤功「近代憲法への出発」が契機であった。憲法改正要綱が公表されたのはすでに記したとおり、昭和二十一年三月六日であったが、佐藤はこの評価を「昭和二一年三月六日と云ふ日は我が国の憲法史、更には我が国の全歴史の上に最大級の意義を持つ日であつた」と書きはじめている。佐藤は「草案の各条項に一応目を通した人々は、仮りに感情的にもせよ、従来の我が国の憲法の建前が完膚なきまでに崩壊し、之に代つて全く新しい我が国の在り方がそこに示されて居ることを感じたに違ひない。そして現在のこの民主主義革命の意義とその課題とがそこに集約的に提示されて居ることを感じたに違ひない」といい、また、一七九一年のフランス憲法と比較検討した上で、憲法草案との同質性、類似性を指摘し、これは「両者が共に民主主義革命の成果として、封建的桎梏を打破して国民の権利と自由の上に近代的法治国家を建設せんとする建設的、創造的性格を持つと云ふことの結果なのである」と説いている。筆者佐藤功は憲法制定を担当していた法制局の参事官であった。その佐藤にさえ、現行憲法（当時にあっては草案）は「八月一五日以後の諸々の変革の集約的な表現」として理解されていたのであり、決して明治憲法の改正にとどまるものではなく、まさにポツダム宣言の受諾によってもたらされた民主主義革命の成果ととらえられていたのであった。ここで佐藤功は「国体」が変ったかどうか、についてはまったく論じていない。しかし、これより以前、宮沢俊義は、「この草案は、憲法上からいえば、ひとつの革命だったと考えられなくてはならない」と述べた、いわゆる「八月革命説」を昭和二十一年五月号の『世界文化』で発表していた。『世代』創刊号の佐藤功の論文も同じ考え方に立つものであった。

私は明治憲法を勉強したことがない。そのためもあり、明治憲法下における人権についても知るところがなかった。この評論で私が佐藤から教えられたことの一つが、この明治憲法下における人権問題であった。明治憲法草案が枢密院の審議に附せられた際の質疑について佐藤はふれている。

「顧問官森有礼の有名な「臣民分際論」である。即ち彼は「臣民ハ天皇ニ対シタヾ分限ヲ有シ責任ヲ有スルモノニシテ権利ニハ非ズ」と主張した。そこに於ては国民の権利の観念そのものすら無視せられようとしたのである。之に対して伊藤博文は、「森氏ノ説ハ憲法学及ビ憲法学《ママ》ニ退去ヲ命ジタルノ説ト言フベシ。……憲法ヲ創設スルノ精神ハ第一、君権ヲ制限、第二、臣民ノ権利ノ保護……」と答へた。しかし乍らそこに於ても伊藤が次の様に附け加へたことが注意されなければならない。曰く

「此憲法ニ権利ト記スルトキニハ臣民ハ天皇ニ対シ権利ヲ有スト云フ説アレドモ是レ然ラズ、唯臣民ハ此憲法ノ効力ニヨリ法律ニ対シ法律ノ範囲内ニ於テ権利ヲ有スルモノナリ。又天然ノ権利論アレドモ是レハルーソー等ガ天然ノ自由権ヲ預ケテ政府ヲ立ツルモノナリト云フ説ヨリ生ズルモノニシテ爰ニ弁論スルノ必要ナシ、只此章ノ要件ハ臣民ニ民権ト政権トヲ与ヘル事ヲ示スニ在リ」」。

明治憲法下で有していた人権とはそういうものだったのか、という意味で私は佐藤功の論文に蒙を啓かれ、佐藤に教えられて、憲法草案が明治憲法の改正ではありえないと考えていたから、明治憲法の改正として憲法草案が審議されることは、私たちを欺瞞するものとしか思われなかった。しかも、主権在民、基本的人権の保護等を高らかにうたいあげていた憲法草案は、明治憲法

に比し、はるかに望ましいものにちがいなかったし、この憲法草案が連合国軍総司令部により与えられたものと承知していたから、また、とまどいも感じたのであった。

現行憲法九条についていえば、原子爆弾が投下されて以降、軍備がどれほどの意味をもつか、軍備とはつねに仮想敵国を想定しなければならないが、どこに仮想敵国があるか、私にはどれも無意味に思われた。楽観的といえばそれまでのことだが、核兵器が開発されてしまった状況下では、人類が絶滅しないような戦争はありえないだろうと感じていた。こうした期待は、その後、いくたびも裏切られることになったが、少なくとも当時の私は、なまじの軍備は自衛のためでさえ無力と考えていたし、自衛力をもつべきだという共産党の主張については、どこに仮想敵国を想定しているのだろう、と疑っていた。

象徴天皇制については、「国民統合の象徴」という表現が理解できなかったが、プラカード事件にみられるように、天皇が国家権力の象徴という見方が一般的である以上、容認できると考えていた。

一方で、私は天皇に戦争責任があり、天皇の名において無数の無辜の人々が犠牲になった事実は不問に付することはできない、と信じていた。

＊

いわゆる東京裁判はすでに昭和二十一年五月からはじまっていた。私には東京裁判は戦勝国の敗戦国指導層に対する報復的儀式としか思われなかった。本来、私たち日本人が愚劣な戦争を開始し、敗戦に至った責任者を訴追すべきだと考えていたが、日本人による戦争責任の追及がついに行われなかったことは周知のとおりである。

だから、天皇をはじめ石原莞爾等明らかに戦争責任を負うべき人々を訴追しなかった東京裁判は、一種の政治的茶番劇としかみえていなかった。

また、田中隆吉という、明らかに戦争責任の一翼を担ったと思われる軍人が、検察側証人として、被告人たちに不利な証言をしていたのを奇異に感じていた。これはたぶん私がアメリカの裁判制度における司法取引といわれる制度に違和感をもった最初であった。

私と同じく昭和十九年に文科に入学した児島襄がかなり熱心に東京裁判を傍聴に行っていたのも私はふしぎに感じていた。児島は文科端艇部に属していたから、必ずしも親密な関係ではなかったのだが、後に記すとおり、八月に原口統三が都留晃、橋本一明らと北海道旅行したさい、偶然彼らと同行したので、その後、原口の自死の前後から、南寮二番に終始出入りしていた。児島が戦史を中心とする多くの著書を書くこととなるとはそのころは想像もできなかった。しかし、その当時すでにそうした関心をもっていたのであろう。児島には東京裁判に関する著書があるはずだが、私は読んだことがない。

さらにつけ加えれば、丸山眞男「超国家主義の論理と心理」(『世界』昭和二十一年五月号所収)中に、捕虜虐待問題にふれて、「権威への依存性から放り出され、一箇の人間にかへつた時の彼等はいかに弱々しく哀れな存在であることよ。だから戦犯裁判に於て、土屋は青ざめ、古島は泣き、さうしてゲーリングは哄笑する。後者の様な傲然たるふてぶてしさを示すものが名だたる巣鴨の戦犯容疑者に幾人あるだらうか」という知られた一節がある。この丸山論文は「一九四六、三、二二」付だからまだ東京裁判開始前である。土屋、古島といった人名が誰を指すかは明らかでない。ただ、東京裁判の被告人たちがいかにも卑屈な態度に終始している、という趣旨の報道はしばしば私も目にしていたし、ニュールンベルク裁判のゲーリングらのふてぶてしさとは比すべくもない、といった感想をもっていた。しかし、ずっと後年、小林正樹監督のドキュメンタリー映画『東京裁判』を観たとき、東京裁判の被告人たちもゲーリングと同様、じつにふてぶてしい態度で裁判に臨んでいたことを知り、認識を改めた記憶がある。彼らもまた、植民地解放戦争として彼らの政策を堂々と正当化していた。私は彼らの政策が正当化できるとは思わない。しかし、当時の新聞報道がいかに歪曲されていたかを知って驚いたのであった。ジャーナリズムが占領軍に迎合したのか、あるいは民衆の心情を煽情したのか。いずれにしても、わが国のジャーナリズムは、戦時下と同様、戦後になっても、時勢におもねっていた。それが丸山眞男の論文にも反映していたのであった。

＊

昭和二十一年九月二十四日は原口統三が赤城で「二十歳のエチュード」を書きはじめた日であ

る。この日、一高では全寮晩餐会が開かれた。すでに文部大臣を退いていた安倍能成元校長、当時第一次吉田茂内閣の文部大臣に就任していた田中耕太郎、四月の総選挙で衆議院議員に当選していた志賀義雄らの諸先輩が招かれて出席していた。この夜の志賀義雄の演説については、昭和二十四年卒業の人々の回想文集『ひたぶるに求めてしもの』に収められている吉村英朗「全寮晩餐会私抄」の記述が、私の記憶よりも詳しいので、以下にその一部を引用する。

「暫し記憶を辿ってみると、このとき志賀氏はずっと笑みを含んで語っていたが、起伏に富む話の内容に至っては到底、のんきに聞き流せるものではなかった。

「今次戦争で日本は有史以来初めて大敗を喫しました。その結果私は昨年十月にようやく、十八年の間囚われていた獄中から解放されたわけです。人並みに自由の身になってからまだ一年足らず、そんな私が今日母校の晩餐会に招かれるとは夢のようで、正直のところびっくりしています。ですから今は一つ面倒な話は措いて思い出話にでも没入してみたい。といっても私の場合、獄中体験の話ぐらいしかないが、いかがでしょうか。」」。

「「獄中にいた期間が長いので、私は隣国シナとの戦争の始まりを獄中で知り、今次大戦の始まりと終わりを聞いたのも獄中でした。獄中といっても私や同志の徳田球一は独房の中でした。」」。

「「長い独房生活を強いられると心は傷つき精神力が萎えおとろえる。だからたいていの人は保ちません。十年間独房に閉じこめられたらまず気が狂ってしまう。でなければ身心ともにぼろぼろになって死に追いやられる。狂うか死ぬか。みんなそうだった。」」。

「「しかしそんななかで、私と徳田とは十八年間耐え抜くことができました。なぜかとみなさん思われるでしょう。なぜ可能だったかと。」

場内は最前から水を打ったような静けさになっていた。志賀氏の声が響く。

「そう、これにはたしかに理由がありました。私には私なりの。徳球には徳球なりの理由が。私はここで私の場合、私の秘密だったことをお話ししようと思うのです。」」。

「「理由は三つあります。その第一は、私の抱く思想、考え方は正しいと絶対の信念を持っていたことです。この揺るがぬ信念こそが敵の弾圧をはね返す力の源泉になるのです。」」。

「「理由の二番目は、意外に思われるでしょうが、独房のなかにいても私は国内外の情勢をある程度把握していて、情勢を見、考えることに自信があったことです。独房の中へも外の動きが多少は伝わって来るものなんです。（中略）ファシストや軍国主義者の引き起こした戦争による人民大衆の不幸を考えながらも、戦局の見通しについては案外娑婆の人々より確かだと自信が持てたんです。このことも力になったと思います。」

そうは言ってもこの二つの理由だけでは、独房の十八年間を耐え抜くことは難しかったかも知れない、と志賀氏は述懐し、「第三番目の理由」を話しはじめた。

「実はうれしいことに、獄中の私をしばしば訪れ励まして下さる方がいたのです。昨日までの戦前戦中の時代には、私たちは何しろアカだ主義者だと専ら邪悪な危険人物視されておりました。また当局によるその宣伝も徹底していましたから、私たちは完全に世間から爪弾きでした。世間の人はみな私たちを避けるばかりで近づいてはくれません。しかしもし近づく人があった場合、単に物理的に近づいたというだけでその人は厄介な目に遭うのです。官憲が眼を光らせているからです。だから私たちを獄中に見舞うことなど、誰も考えないのです。」

それが昨日までの現実だったと知らぬ人は会場にいない。

「ところがその人は、世間の人の恐れるようなことを何とも思っていなかったのですね。土台恐れというものを知らない。官憲の権威も脅威もどこ吹く風です。私はお会いして驚きました。そしてお会いする度に力づけられ勇気を鼓舞されないではいられなかったのです。」

信じられないような人がいて、信じられないようなことが現実にあったのだ。些細な事柄に見えようと、これは断じて小さいことではない。場内の誰もがそう感じていた。しかし一体、「その人」とはいかなる人物なのか?

「私が十八年間耐え抜くことができたのはその人の励ましのお蔭だと、今にして思います。ここで私はその人の名前をみなさんに申し上げたい、そうすることができるだけで私は幸せです。みなさん、その人は今そこに、私の前におられます。田中耕太郎先生こそその人、私の恩人なのです。」

おーっ、と言葉にならない感動が走って、しばし拍手と秘めやかな喊声が場内をどよもす。

「先生はしかも、この命がけとも言うべき獄中訪問の際に、奥様までお連れになって悠然と姿をお見せになった。私の味方、一人でも多い方が、と考えられたのでしょう。私は私で、こんな私のために、といつもお帰りのあと涙が出て仕方なかったものです。」

言葉をここで区切って一呼吸した氏は、次にがらりと調子を変えた。

「しかし私の方には一つだけ、先生への不満がありました。こう申し上げるのは何なんですが、実は先生おいでになると必ず私にこう説教なさるのであります。――志賀君、いい加減に眼を覚し給え。唯物論とか唯物史観とか、みな君が信じているようなものじゃない。正しいと考えるのはとんでもない間違いなんだ。あなたほどの人が、考えさえすればすぐわかると思うがねえ。だからどうか一日も早く迷妄を脱却して……、とこうなんですから。もういくら私が反論しても糠に釘、ほんとうに参ってしまいます。」

満場憚るところなく爆笑。

「しかし今日は、いかに先生の仰せでありましてもそれこそ間違いは間違いで、従うわけには参りません。唯物論、唯物史観にこそ真理があると申し上げたいのであります。」

志賀氏はなおもう一つ、「私を追い回した特高警察の中心人物は実は私が一高時代に親しくしていた、身近な友人だったらしい」との秘話を披露し、拍手に迎えられて降壇した。

するとこの拍手が鳴り止まぬうちに、田中氏が登壇した。「唯物論こそ真理」の発言駁せずんばあらず、だろうか。

演壇の田中氏は予期に反しユーモラスな口調で「所感」なるものを開陳した。歴史上、己が信念に殉じた人は少くないと思うが、また一面盲目的ないわゆる信念がどれほど人を誤らせたか一考に値する、と一、二の例にふれ、現代にあってあたら某君が右へ倣えしたりしなければよいが、とびしびし批判の矢」。

「田中氏の降壇を待って再び志賀氏。そして志賀氏を追うようにまた田中氏、と論戦数合。寮生の間から弥次が飛びさえして、満場大いに堪能したのだった」。

驚くべき記憶力で書かれた吉村英朗の文章によって私も当夜の情景を思いだす。一高では全寮晩餐会のさい、先輩を招いて講話を聞くのが慣例であった。戦争中には当時大政翼賛会の要職を占め、戦後は社会党右派に属した三輪寿壮の講演を聞いたこともあった。田中耕太郎は明治四十四年、志賀義雄は大正十一年の一高卒業生である。この志賀義雄、田中耕太郎の講演は、私は美談とだけ記憶していたのだが、つくづくと吉村の文章を読んでみると、田中耕太郎は志賀に転向を勧めるために、当局の了解の下で、網走刑務所の志賀を訪ねたのではないかと疑われるふしもないわけではない。志賀が転向すれば、佐野学、鍋山貞親の転向と同様、社会主義者やそのシンパに強い影響を与えたにちがいないと思うからであり、官憲を恐れない命がけの勇気、師弟愛だけでは説明できないように思うからである。

また、後に昭和二十五年一月のコミンフォルムの日本共産党批判により日本共産党が分裂したさい、徳田、野坂らの所感派に対立して国際派に属した志賀を考えると、田中耕太郎がその自説を「所感」と題したというのも、偶然とはいいながら、ふしぎな暗合である。

志賀義雄のその後、田中耕太郎のその後については、私は敬意と嫌悪とがいりまじったさまざまな思いをもっている。それらについても記す機会があるかもしれない。

8

最近、浦和に用事があったので、その帰途、日高普を訪ねた。日高は持病の肺気腫が昂じ、外出はほとんどできなくなっているが、会話している限り、相変らず頭脳明晰だったので、安堵した。席上、日高夫人の年子さんが珍しいものが見つかったと言って、日高が学徒動員で入営したさいに多くの人々が寄書している日章旗と幟のようなものを見せてくれた。

日章旗には上部に「皇軍必勝」とあり、広田弘毅と署名がある。広田弘毅は、知られるとおり、文官としてはただ一人、A級戦犯として刑死した人物である。日高の尊父、日高政太氏は旧い一高の卒業生だが、広田弘毅は政太氏の同郷の先輩だったそうである。日の丸の下部には日高の一高の友人たちの送別の辞が書かれている。

自由は死せず　　飯田桃
諦める勿れ　　石川義夫
常在高貴　　遠藤麟一朗

などとある。昭和十八年十二月、日高が入営した当時、「常在戦場」という言葉がひろく唱えられていた。まだ本土に本格的な空襲がはじまっていなかった時期だが、私たちの家庭もまた戦場に在るものと覚悟せよ、といった趣旨のスローガンであった。遠藤はこれを「常在高貴」、つねに高貴であれ、といいかえたわけである。石川義夫さんは後に裁判官となり、東京高裁の裁判長として令名高かった方である。これらの送別の辞をうけた日高は、明寮十六番の国文学会の壁に「入営の日に」と添え書きして

モナドは窓を開かねばならぬ

と墨書した。昭和十九年四月に入学し、この日高の墨書を目にした私が「モナド」という言葉も知らず、嗤われたことはすでに記した。いいだ、石川、遠藤らの言葉から、日高を兵営に送りだした昭和十八年十二月当時の日高とその周辺の友人たちの精神の在り方が推察できる。

幟には

慷慨就死易
従容就義難

とあり、「親戚一同」として「送普君入営」と付されている。漢籍に暗い私には出典は分らないが、慷慨して死ぬのは易しいが、従容として義を貫くのは難しい、といった意味であろうか。要するに、徒死するなかれ、といったことだろう。親戚一同、とあるが、尊父政太氏の書にちがいない。

これらを見ながら、私は日高とはじめて会ったときのことを思いだした。日高が一高の寮に私を訪ねてきてくれたのは昭和二十一年十一月下旬であった。

「きみが中村か。きみのことはいいだから聞いている」

と話しかけてきた。私も何かにつけて日高についていいだから聞かされていた。日高は最初高射砲部隊に配属された。その当時の指導教官が澤田誠一さんであった。澤田さんは北海道文学館建設の推進者の一人であり、いま北海道文壇の長老である。澤田さんの人格を日高は敬愛し、澤田さんも日高の学識に感銘をうけ、厚誼を結んで現在に至っており、私自身もその厚誼の恩恵を蒙っている。部隊ははじめ隅田川畔で首都防衛の任に就いていたが、その後、私の記憶に間違いなければ習志野に移り、やがて、外地、これも私の記憶に間違いなければ朝鮮半島のどこかへ配転されることとなった。そのため、外地への出発前、数日の休暇が与えられた。日高は休暇を浦和の実家で過し、部隊に戻ったが、出発の前夜突然発熱し、陸軍病院に収容された。日高を除く部隊の全員は予定どおり出発し、途上アメリカ軍潜水艦の砲撃をうけて輸送船は沈没し、日高の部隊の全員が戦没した。日高は肺結核と診断され、その後いくつかの病院を転々とした。日高が生きながらえたのはたまたま出発の前夜に発熱したためだが、そのかわり久しく闘病生活を続けることとなった。戦争下、その種の偶然が生死を分けたことは、他にも多くの例があるはずである。

そのため、日高は第一期、創刊当時の『世代』には参加していなかった。私を訪ねてきてくれたときには清瀬の療養所で生活していた。外出が許可される程度に恢復に向かっていたのであろう。それ以前から、いいだは療養所に日高を見舞っていたようであった。

日高は、最近、面白い映画を観たか、と私に訊ねた。私はどぎまぎしながら、『うたかたの恋』という映画が面白かった、と答えた。

「どんなふうに面白かったの?」

と日高はたたみかけてきた。私はますます狼狽しながら、シャルル・ボワイエが良かった、と言うと、日高は、どんなところが、と訊ねる。そんな具合に、次々に質問を浴びせかけられた。日高の口調は淡々としていた。詰問するといった感じはまったくなかった。私が面白いと思った理由を確かめたいという好奇心にあふれていた。しかし、日高の質問が終るころには、私は『うたかたの恋』が通俗的な悲恋物語にすぎないことを納得させられていた。それは私が映画の低俗な観客であることを自覚させられることでもあった。私は、こんな容赦ない人はかなわないな、と痛感した。

『うたかたの恋』はハプスブルク朝末期の皇太子ルドルフが男爵令嬢マリー・ヴェッツェラと、

ふかぶかと雪ふりつもる狩猟用の館マイヤーリンクで情死する事件を描いた作品である。ハプスブルク朝の衰退期を象徴する事件の一だが、いまだに真相は謎であるといわれている。ルドルフをシャルル・ボワイエが、マリーをダニエル・ダリューが演じ、ウィンナ・ワルツにのせて、ひたすら美しく哀しいメロドラマに仕立てていた。私は低俗な観客の一人として、この美しく哀しいメロドラマに陶酔した。その後『うたかたの恋』を見直したことはないが、あるいはいま見直しても陶酔するのではないか、と私は疑っている。私の映画鑑賞眼、批評眼はまことに貧しいが、これも私の資質の一部にちがいない。

それはともかくとして、私はその後日高と親しい交友関係をもち続けてきた。私が日高の容赦ない眼にさらされながらこれまで過してきたことは、私の人生に決定的な意味をもった、と私は考えている。日高の専攻したマルクス主義経済学をはじめ、経済、政治、文学、国際情勢からミステリーに至るまで、人間にかかわる全般について、私は日高と話し合い、日高に教えられ、日高にはかり知れないほど啓発され恩恵をうけて今日に至っている。

＊

『向陵時報』の復刊第二号、通算百五十九号は十二月七日付で発行されている。復刊号は私たち国文学会の関係者による私物化の傾向が顕著だったが、この号ではそうした傾向はまったくみられない。国文学会関係では私が詩「思ひ出」を発表しているだけである。委員としては橋本和雄、大西守彦の二名が記されており、彼らは昭和十九年四月入学以来、私と共に国文学会で暮らした仲間だったが、彼ら以外に、「記事欄　古川宏次郎、論説欄　所雄章、文芸欄　橋本一明、運動欄　大森誠一」という名が掲げられているから橋本、大西は発行にさいし、用紙、印刷の手配、校正等の下積みの仕事だけを担当し、編集は右記の四名に委せたのであろう。ちなみに、四名中、古川宏次郎、橋本一明は当時まだ二年生であった。第一面には、「全寮制復活に寄せて」と題する論説を巻頭に、「委員制度改革について　委員長石川一男」、「新入生を迎へて　金本信爾」が続き、左欄に「翡翠のカフスボタン」と題する安倍能成前校長の随筆、「立澤君の追憶」と題する天野貞祐校長による立澤剛教授への追悼文、「歌なき勝利―原口統三兄の死を悼んで」と題する文章が掲載されている。

「全寮制復活に寄せて」は末尾に「(所)」とあるから、所雄章の文章であろう。この文章は、「諸君は一高思想史の、憧憬に顫へるやうな、やさしい、純粋な、もろい、そしてそれでゐて頑な、魂を守り続けて、永遠の今に於ける勝利を獲得し、時代に対して敗北しつゝも永劫の人間性に対する正義を主張しようとするのであるか。よろしい、それならば諸君は、先づ以て官僚となることを、否国家機構に参与することさへも断念しなければならない」といい、「一高思想史が借り来つたところの独逸古典哲学ばりの表現が、将にパルテノンの幻想の如く崩れ落ちようとする今」、「諸君は先づ以て論理学を学ばなければならない。そして具体的には政治学を」、という。私にはこの文章の論理が辿りにくいが、ドイツ哲学的思惟が破綻した状況における危機意識が認められるであろう。後年デカルト学者となった所雄章には『論理学』の著書があるが、政治学とは無縁であったようにみえる。

安倍能成の「翡翠のカフスボタン」は岩波茂雄から贈られたカフスボタンが下落合が戦災にあったさい、かろうじて無事であったのに、その後一高教官の官舎の一隅に仮寓したさい、五月二十五日の空襲で再度家財等が焼失し、その焼跡から色褪せたカフスボタンを発見したという、カフスボタンの運命を語りながら、岩波茂雄を偲ぶ友情を語った、好ましい小文であった。

橋本一明の「歌なき勝利」は『定本・二十歳のエチュード』に収められているので、ここではふれない。第三面が文芸欄にあてられ、宇田健の「近代人—原口統三に捧ぐ」が紙面の大部分を占め、下欄に私の「思ひ出」が掲載されている。「近代人」も同じく『定本・二十歳のエチュード』に収められているが、原口の生前に書き終え、原口から、もっとセンセイショナルに、などと改変を勧められて若干推敲して完成した、原口をモデルとした小説である。いまだに宇田健は私の親しい友人だが、原口の生前、原口に示しながら、彼がこうした小説を書いたことは、原口を自死に追いこんだ契機の一となったのではないか。後年やはり自死した同級生橋本攻は橋本一明らを自殺教唆者と苦々しげに語っていたが、小説としての稚さはともかくとして、その点で宇田の「近代人」は橋本攻の非難を免れえない、と私は感じている。

第二面には上田耕一郎の「唯物弁証法に就て」と題する論説が掲載され、左側に佐藤晃一教授の「導きの星と波のたはむれ」という小論が併載されている。はじめに後者についていえば、これはトマス・マンの反ファシズム論の紹介である。マンが「ファシズムとはデモクラシイの原理に対する絶望的な反抗で、反ボルシェヴィズムの修辞を用ゐて資本家を惹きつけ、社会主義の修辞を用ゐて大衆を籠絡し、資本家をも大衆をも奴隷にしておいて、自己の不統一や文化的野蛮を糊塗するためには民主主義の修辞を用ゐてゐる」と語ったと記し、ファシズムに対抗するためには「デモクラシイを母胎と感じ、自由の名において調和的な正義を要求する社会主義」を確立することだ、と説いた、と紹介している。「デモクラシイを母胎と感じ、自由の名において調和的な正義を要求する社会主義」を確立する、とはいまの私には夢想としか思われないが、『魔の山』の愛読者であった私には、こうしたトマス・マンの反ファシズムの論調は当時新鮮であった。

ところで、上田耕一郎の評論は当時もいまも私は読んでいない。一つには私が形而上学的思弁能力に欠けているためであり、一つには唯物論を学ぶのに上田の評論が適切だとは感じていなかったからであろう。『上田耕一郎対談集』によると、一高の社研、すなわち社会科学研究会ができたのは、昭和二十年十一月であり、呼びかけ人は松下康雄、上野光平、清家勇三郎の三名であった。呼びかけの立看板を書いたのは自分だ、と私自身が松下から聞いている。上田は林健太郎教授の指導をうけて、松下が呼びかけたのだという。続けて、マルクス主義の研究グループは一高の中でも異端者だった、なぜかというと、一高には幼いものだけども、かなり反戦的な気分がつよかったために、敗戦によって、やっぱりわれわれの思ったとおりじゃないかということで、かえって思想的なショックをうけなかった、一高生の場合、戦争中ある程度カッコつき自由をもっていたために逆にショックが少なくて、そのなかでごく少数のグループがマルクス主義の勉強をしなければならないということで、社会科学研究会ができる、しかしそれはまた孤立した小グループだった、と上田は語っている。

松下康雄によれば、彼はマックス・ウェーバーを研究したいという思いで社研の設立を呼びかけ、一月ほど社研の部屋で暮らしたけれども、周囲はマルクス主義を研究したいという風潮がつよく、ことに真下信一教授から与えられたマルクス主義のプロパガンダ風の冊子などの勉強を勧められ、嫌気がさして、さっさと退部した、という。

だから、同じ社会科学研究会といっても、マックス・ウェーバーとマルクス主義とを指向する二つの思潮から一高の社研は設立されたのだが、松下にしてみれば、自分が呼びかけた社研がマルクス主義を指向する人々に乗っとられた、ということだったわけである。その程度に思想的潮流も敗戦後しばらく混乱していたといってよい。

上田は、すでに記した「正門主義」論争にさいし、「ちょっとこれはおくれすぎている」、「共産党がないと、どうもこういう状況になるらしいと思いあたった」、「それで、一高に共産党が必要ということになれば、社研が中心でつくらなければならない、社研でということになれば上級生のぼくが音頭をとらずばなるまいということ」になって、「おもに下級生に呼びかけて細胞をつくりました。六人でした。最初の一高の党は。だから、日本共産党はすばらしいと知って飛び込んだという感じではないわけです。理論のほかに知っていたことといえば、戦争に反対して一八年がんばっていた勇気ある共産党員が幹部であるということと、「赤旗」を読み始めていたということと、ごく初期の労働運動の実情を上野光平などから前に聞いていたということぐらいでしたから」と語っている。

率直といえば率直な談話だが、そうとすれば、思考と行動との間の短絡は驚くべきものである。ただ、私たちを行動に駆り立てるのは、つねにこうした短絡なのかもしれない。

私自身は社研が設立されたことに関心をもっていなかったし、この『向陵時報』に上田が評論を発表したころ、すでに一高の共産党細胞を組織していたことも、この対談集を教えられるまでまったく知らなかった。

私の詩「思ひ出」についていえば、この詩で私は思い出を語っているのではなく、「思い出」という、ある種の観念を具体的な形象のかたちで表現しようとした試みであった。この詩は昭和二十一年十二月刊の『世代』六号に漢字まじり片仮名、横書で再録され、さらに昭和二十二年四月に刊行された『批評』第六十号に同じ表記・縦書でかさねて掲載されている。同じ作品を二度、三度発表するのはどう考えても信義に反するが、その事情は憶えていない。なお、林光氏の作曲の処女作は『世代』掲載の「オモヒデ」であったと聞いている。光栄という他ない。

＊

二〇〇五（平成十七）年十一月五日付『毎日新聞』によると、三島由紀夫氏の日記には、昭和二十一年十二月二十四日の項に、「高原君のところにて酒の会、太宰、亀井両氏みえらる。夜十二時帰宅」と記されているそうである。

高原君とは私の府立五中時代の級友高原紀一である。高原は同じく私の五中時代の級友出英利と一緒に、清水一男さんという方が練馬区の桜台に持っていた畠の中の一軒家に間借りしていた。五中で私より一年下級生であった相澤諒は仲村久慈氏が主宰する雑誌『若い人』に属し、高原、出、私たちの文学仲間であり、五中四年修了で駒澤大学に進学していた。清水さんは相澤の『若い人』の仲間であった。

相澤の父君は本庄の郊外の酒造家の出身であった。そういう関係で、相澤は日本酒が入手できた。酒があると、酒を肉などに替えることもやさしかった。相澤は亀井勝一郎氏に心酔していたし、出は太宰治氏に半ば師事していた。亀井、太宰両氏は親しい関係にあった。そこで、相澤か出かのどちらかの発案で両氏をお招きして一席設けようということになり、周辺の友人たちに参加を呼びかけた。私も出から声をかけられて出席した。どういうわけか、三島由紀夫氏もその席に出ていた。太宰、亀井両氏としては、相澤が用意した酒につられて、招きに応じたのであろう。

席上、三島氏が、太宰氏に向かって、私は貴方の文学を認めない、という趣旨の発言をし、座が白けたことは事実だが、それでも、三島氏がその会がおひらきになるまで、一座につらなっていたことは間違いない。

この会合については三島氏が回想しているので、三島氏にとってある種の「事件」であったようだが、私にとっては、三島氏と面識を得たという以上の事件ではなかった。

すでにこの会合については記したことがあるが、会合が終った夜更け、桜台からの帰途、私は三島氏と同行した。渋谷駅に着いたのが十二時に近い時刻であったことは、『毎日新聞』の報じている三島氏の日記ではじめて知った事実である。昭和二十一年の歳末、渋谷駅の周辺は焼跡であった。深夜の駅の真暗な改札口で、三島氏の父君が三島氏を待っていた。何時帰るとも知れない息子を、それももう大学生になっている息子を、待ち続けている父親は、私には意外であった。まるで箱入り息子だ、という感想をもったことも以前書いたことがある。

三島氏の父君も一高の卒業生であった。三島氏の松涛の自宅まで、こもごも話しながら連れ立って歩き、三島氏父子と別れて私は寮に戻った。三島氏はそれ以前、「煙草」を『人間』六月号に、「岬にての物語」を『群像』十一月号に発表していたが、私には三島氏の才能が格別のものにはみえていなかった。原口の自死を見送った直後であり、いいだをはじめ、眩しいような存在が私の周辺に群がっているように感じていたのであった。

その後、卒業までの三カ月ほどの間に私は三島氏をその自宅に訪ねている。三島氏との交際については、またふれる機会があるだろうが、三島氏の文名が高くなるにつれ、疎遠になった。ただ、先日、書庫を整理していたところ、私宛の献辞のある『仮面の告白』を頂いていることに気付いた。そのころまで、ほそぼそながら、私は三島氏と交友があったらしい。

*

ここで敗戦後の一高の寮生活の状況についてふれておきたい。

慢性的な食糧不足に加え、防寒の燃料も不足していた。すでに記したとおり、そのため自習室に寝台をもちこみ、あるいは寝室を自習室と兼用し、寝台の布団にくるまって読書したり、雑談したりすることが日常化していた。原口、橋本、都留らが南寮二番の寝室で生活していたこともすでに記した。やがて、寝台に椅子を横におき、電熱器を内部に入れて、その上から布団をかけて炬燵がわりにし、四、五人から六、七人まで、その代用炬燵に足を入れて雑談し、時には寝てしまうような状態になった。寮の寝台は畳一畳に木枠をとりつけたものだから、そんな代用炬燵は押しあいへしあいという有様だった。横においた椅子の上には八本も十本もの足を突っこんだから、たちまち布団の布が破れるのも当然だった。破れた布団の布切れが垂れ下り、電熱器にふれると燃え上った。布団の綿に火が燃え移ると始末に終えなかった。火は布団の綿の中へぶすぶすと燃え入った。水をかけても表面が消えるだけで綿の内部に火はくすぶり、ひろがっていった。くすぶる綿をちぎりとる他はなかった。掛布団は次々に使い物にならなくなった。そうするより暖を取る方法がなかったからだが、考えてみれば、乱暴でもあり危険でもあった。私の布団もいつの間にか失くなっていた。私は卒業まで誰のものとも知れない持主不明の布団で暮らしていた。

それに、敗戦前と変ったのは寮の中で麻雀が公然と行われるようになったことであった。敗戦までも碁をうつ寮生はいたし、将棋を指す者もいたかもしれないが、トランプ、麻雀の遊びが流行したのは敗戦後の規律の乱れからだったろう。私たちが毎日のように遊び耽っていたのはノートラとよんだトランプであった。大西守彦らが私のノートラ遊びの仲間であった。授業時間がはじまるころ、大西が窓から首を出し、授業に出かける同級生を呼びとめて代返をたのんでいた光景をありありと思いだす。それでも私たちはノートラを中止して授業に出席しようとはしなかった。それほどにうちこんでいた。

麻雀はもっとひどかった。トランプで夜更かしをするようなことはなかったし、数時間も遊べば倦きるのが通常だったが、麻雀は一回が二時間ほどはかかるから、何時終るとも知れなかった。眼を血走らせて麻雀の卓をかこむ寮生をいくつもの部屋で見かけた。

私は祖父も父も麻雀が好きだったので、物心ついたころには麻雀を憶えていた。原口の死後、橋本に麻雀を教えたのも私であった。橋本が私以上に麻雀に熱中するようになるのにそう時日はかからなかった。

原口らが生活していた南寮二番の隣室の南寮一番に山本巌夫、中村赫の二人が暮らしていた。彼らと親しくなったのは原口の自死の前後からであった。中村赫は浦和中学の出身で、私と同じ昭和十九年四月に文科に入学した原口の同級生であった。山本巌夫は理科の学生だった。中村赫は明朗闊達だが、若干気難しかった。山本はむやみと冗談、駄洒落を乱発して、話が面白かった。私たちは彼らその冗談、駄洒落の類も彼の韜晦のあらわれだと知ったのはずいぶん後であった。

を赫《かく》さん、巌《がん》ちゃんと呼んでいた。彼らの親しい友人、尾崎信和と知ったのも同じころであった。私たちは信《のぶ》ちゃんと呼んでいた。中村赫は日本経済新聞に入社し、最初日本銀行に配属されたが、どういうわけか日銀詰め記者を辞し、希望して日本経済新聞では傍流のはずの運動部の記者となった。山本巌夫は精神科医となった。彼らはほとんど名人芸に近いほど食糧の調達に長じていた。彼らが調達してきた食糧をふるまいながら、山本がアンドレ・ジッドの「狭き門」の一節、アリサとジェロームの会話の一部を津軽弁で真似るのに聞きほれ、笑いころげることがあった。以下はアリサのジェロームに対する質問とジェロームのアリサに対する回答である。

「――気を落ちつけて私の言うことを聞いてちょうだい。いいえ、そんなにじっと見ていらしてはいや。それでなくてさえお話ししにくいんですもの。でもこれだけはどうしてもあなたに申し上げて置きたいんです。ねえ、ジェローム、あなたはいつかご結婚なさるでしょう……――アリサ! 僕が誰を娶ろうというのだ。お前は僕はお前より他に愛することができないということを、よく知ってるはずではないか――」

これが、山本、というより、巌ちゃんの津軽弁ではこうなる。

「――落ぢづいで私の言うごと聞いでけせ。ワエハ、私ごとそうジロジロ見ねえでけせ。それでなくても喋りにぐいんだもの。したどもこれだけだば貴方《あんだ》さ話して置げす。ねさ、ジェローム、貴方《あんだ》いづが結婚すべオン――

――アリサ! わすが誰を嫁コにもらうって言うんだば。お前はわすがお前よりほがに可愛《めご》がるごとができぬづごと、よく覚《おべ》でるはずでねが――」

これは石坂洋次郎「マギの恋」の一節である。元の翻訳は山内義雄訳とほぼ同じである。だが、この小説は『新潮』昭和二十二年六月号に発表されたと石坂洋次郎全集には記されている。しかし昭和二十二年三月には私は一高を卒業しているから、そうとすれば、私の卒業後であり、私が山本の津軽弁アリサの言葉を聞くことができたはずがない。これは不可解な謎だが、山本と話し合ったところでは、石坂洋次郎は、同じ題材を小説にする前に随筆か何かで発表し、それを山本に教えてくれた友人が目にしたのではないか、と考えている。

そのほかにも、高木恭造の津軽方言詩集の詩の一、二篇も山本が朗誦するのを聞いたことがある。これも真に迫った名人芸としかいいようのないものであった。しかも、山本は津軽とは縁もゆかりもないのだから、天分としかいいようがない。

トランプや麻雀の流行は敗戦後の規律の乱れによるものだし、前述の電熱器炬燵は止むをえぬ暖房のための保身といってよいが、中村赫、山本巌夫、尾崎信和らとの交友は、自死に至るまでの原口による呪縛からの解放感によるものだったかもしれない。私たち、というのは私のほか、橋本一明、都留晃、宇田健、工藤幸雄ら原口周辺の人々だが、ともすれば原口に戻りがちな私たちの心を浮き立たせるために、中村赫、山本巌夫らがことさらに気遣いしてくれたのではないか、といまとなっては思われる。

＊

昭和二十一年十二月末、私は水戸へ戻って正月を家族と共にした。とはいえ、格別正月らしいご馳走があったわけではない。ひもじい思いこそしなかったが、裁判官の給与では生活は窮乏していた。

冬休が終って新学期のはじまった日、私は一番列車で上京した。夜明け前、家を出るときはまだ真暗であった。車中、土浦を過ぎるあたりで夜が白々と明けはじめた。車窓から見る風景に触発されて、私は詩を考えていた。車中、頭の中で、詩はでき上っていた。教室で、授業中、その詩をノートに書いた。「筑波郡」と題する次の作である。

筑波の曇り空
その空の下
蛭の吸盤のごと
音を消す水田よ
この窪をさけ
たかみをふけば
颪は鬣ににた

尾根を揺さぶる……
筑波の曇り空
その空の下
丘の一本松
わだかまる叢
星々は消え
夜はまだ明けぬ

この作品の末尾から二行目の初稿は「星々は消えたが」であったが、いいだが「たが」は余計だというので、削ったものである。

右のように書きうつしてみて、これが行空けしていないけれども十四行詩であることに気付いた。私はその後ほとんどの詩をソネット形式で書いているが、十四行ほどの長さで私の感じた詩心をまとめるのが私の生理に適しているのかもしれない。私が車窓から見た地域が筑波山に近いことは知っていたが、筑波郡とよばれるかどうか、いまだに私は知らない。私はその程度にいい加減な性分なのである。

この「筑波郡」は当時の私の会心の作であった。私ははじめて私の個性を発見したと思った。しかし、この詩を書いてからしばらく、私は逆に詩が書けなくなった。

＊

寮に戻ると、いわゆる二・一ゼネストに向かって物情騒然としていた。前年十月には、読売新聞、NHK、炭坑、電産等の争議が相次ぎ、読売争議は組合側の敗北に終ったとはいえ、企業、政府側は組合の要求に屈し、十一月二十六日には全官公庁共同闘争委員会、いわゆる共闘が結成され、やがて経済闘争は政治的性格をつよくしていった。元旦のラジオ放送における吉田茂首相の「不逞の輩」発言を契機に、共闘はゼネストを宣言し、共産党は一月六日から八日に至る第二回全国協議会で「ゼネストを敢行せんとする全官公労働大衆諸君の闘争こそは、恐るべき民族的危機をますます深めた吉田亡国内閣を倒し、民主人民政権を樹立する全人民闘争への口火である」と声明した。私は二月一日のゼネストを前にして、革命前夜のように感じていた。

二・一ゼネストが占領軍の指令、すなわち一月三十一日のマッカーサー声明により中止されたことは知られるとおりである。

私は明寮十六番の国文学会の部屋のラジオで、共闘議長伊井弥四郎の「一歩退却二歩前進」という名高い放送を聞いていた。傍にいた大西守彦が「マッカーサーの野郎奴」と呟いていた。私は涙声の伊井の放送を聞いて、ずいぶんと感情的、情緒的だと思った。大西と同様、私も占領軍の重圧に憤りを感じていたし、私たちがいまだに占領下にあることを思い知らされた。私は二・一ゼネストを支持していたわけではなかった。ただ、当時の逼迫した情勢に対しては、何らかのラディカルな変革が必要なのだろうと考えていた。しかし、そのためにゼネストというような手段が有効だとは考えていなかった。かえってゼネストは民衆を離反させ、労働組合を孤立化させるだろうと感じていた。私には共産党のいう「民主人民政権」は夢想としか思われなかった。とはいえ、その当時の私の心情を正確に思いおこすことは難しい。右に記したことも、いまとなって批判的に整理してみた回想にすぎないだろう。ただ、間違いない記憶としては、二・一ゼネストの中止により熱にうかされたような革命幻想がたちまち潰え去り、むしろゼネストが回避されたことによる安堵感が民衆の間につよかったことである。当然のことだが、交通や郵便といった基本的な生活手段の麻痺にたえて、ストライキを支持することは、たとえ経済闘争の限度にとどまっていたとしても、一部の指導者、同調者を除けば、私たち民衆にはたえがたいことだったはずである。

私自身についていえば、二・一ゼネストの中止は、当時の労働組合運動に対する嫌悪感と不信感をつよめる契機となったらしい。

*

二・一ゼネストが予定されていた、同じ二月一日付で『向陵時報』の復刊第三号、通算百六十号が発行された。全六頁で第五十八回紀念祭文芸特輯号と銘うたれている。第一面に、中野徹雄「汝は地に」と高橋敏晴「海暮れて　鴨の声わづかに白し―運動部をめぐって」という評論、第二面に竹山道雄教授の「昭和十九年の一高」と前田陽一教授の「浦島の感想」の随筆、第三面に網代毅の小説「ぼろ人形」と紀念祭寮歌二篇、第四面に故原口統三「「エチュード」より」以下、レイモン・ラディゲ、高島巌訳「海の囚はれ人」、橋本一明「十二月に」、工藤幸雄「檻――」、私の「筑波郡」の詩五篇、最下欄に「冬立ち」「情燃《こころ》ゆ」と題する橋本攻の短歌計十五首、「鐘」と題する山口薫の短歌六首、第五面は私の「龕燈更紗」、第六面は大西守彦の小説「断層」その他「一高弁論班　朝日討論会優賞《ママ》」等の記事で埋められている。

この『向陵時報』において注目されたのは巻頭の中野の評論「汝は地に」であった。中野の評論が注目され、評判となったのは、おそらくその難解さのためだったが、じつはこの評論そのものは論理的に難解だったわけではない。中野の思想が当時の一高生の間では難解だったのである。中野はふつう『金枝篇』と訳されるフレイザーの引用から書きはじめている。旧約において、「死は不意に扉を叩いた」、「何となればそれ迄誰も死と云ふものを知らなかつたのだから。カインは死を知らずして死を招いた」といい、フレイザーの『金の枝』冒頭の叙述によれば、ディアーナの森の祭司は常に殺人者であり、彼は日常彼を襲う殺人者を防ぐため斃れるまで見廻り続ける宿命を負っている。「ディアーナの森の祭司の心は陰惨であらう。彼はまさしく常に死の予感と不安の中を彷徨してゐる。唯々確実なことはいつかは自分が殺されるといふことであり、而もそれが突発的であらうと云ふ事である」と中野は書き、「現代的な死の把握はいづれかと言へば此の森の祭司の意識に近づいてゐる」という。

中野は続いて、存在は「死への存在」であり、人間は可換的な点《プンクト》である以前に誕生と死没との間に挟まれた「時間的な生存」であるという。続いて、ヘーゲル、ハイデッガーを引用し、こう記している。

「およそ理想が理想である限りに於てそれは人間との間に距離を保つ。而して此のまさしく保持されねばならぬ距離の感覚が人間をして焦慮させる。何となればそれは永久に消滅しないからである。まさに永久に消滅してはならない故に。

比喩的に言ふならばそれは沙漠に歩み疲れた人間の歎きである。彼は不可換的な「運命」によつて、地平線を追ひつゝ巨大な沙漠を歩みつゞける。四囲の形象は変つて行くであらう。変らぬものは、地平線でありまた彼のそのやうにして置かれた「運命」といふ不可換的な事態であり、更に彼の足下にある己れの影であり、最後に上なる蒼穹である。

彼は疲労のあまり遂に足を止めたとする。悲嘆の中に彼が見たものが足下なる己れの影であつたとすれば彼は実存哲学者と同じものを見たのであるし、彼が上を見て蒼穹を仰いだとすれば彼はいはゞ危機神学者と同じものを仰いだのである」。

中野は「死への対決は人間を日常意識から脱落させる」、「死への対決といふやうな問題提起は閃光を投射して人間の置かれてゐる状況を露呈する。そこに人間は全き孤独の中に己れを見出す」等といい、リルケの詩を引用し、問題提起の後に「決断」が続かねばならぬと説く。キェルケゴールを引きながら、現実性から純なる可能性へ、パトス的突破を試みる決断は神への道を追求するのに対し、「「汝は地に」といふ意識に「神は天に」といふ思考が降下することに依つて、失はれた日常的なものが新たな色彩に輝きつゝ復活し成就するのである」という。

ここでこの評論は終ってよいのかもしれない。しかし、中野はさらに、これに対して、集団的なものと個体的なもの、唯物的なものと実存的なものとの二つの批判、二つの原理があるといい、「一方は近代の合理主義が社会的集団的なものと触れ合つて化合し生み出したものであり、他方はルネツサンス以来のヒューマニズムを否定的に新たな(方角に中世的志向に於て)救はうとするものである」として、「少くとも私自身は(中略)ヒユーマニズムへの道を選ばうとする者の一人である」と断言し、末尾にミゲル・ド・ウナムーノの言葉を引いて、この評論を終えている。

これは中野の実存主義的ヒューマニズムの宣言である。サルトルの「水いらず」「壁」がはじめて翻訳し紹介されたのが前年十二月末であり、まだサルトルらの実存主義が話題になる以前に執筆されている。そして、サルトルに影響を与えたドイツの哲学者等の論文にもとづき、中野は独自にこのように発想したのであった。この『向陵時報』発刊時、中野は満二十歳になったばかりであった。同年の私は私の身近にこういう思想をもつ友人と日常接していたわけである。

私の「龕燈更紗」は思潮社刊現代詩文庫版『中村稔詩集』に収められているが、語るに足る作品ではない。一つの段落もない文体の試みに興味をもっただけの散文詩風の小説である。

この『向陵時報』に掲載された諸作中、私が懐しいのは橋本攻の短歌である。

ほのぼのと妹《いも》が朝咲《ゑ》みおもほゆるこの夕かげにわがひとりねむ

等「情燃ゆ」中の作は以前紹介したことがある。「冬立ち」冒頭の二首は次のとおりである。

女ありにび色深き道のへを朝きよめしてわれを通らしむ
凍りたる土ふかぶかとありければ足音《あおと》惜しみて踏みもてゆかな

橋本は繊細で狷介、情に篤く、自尊心がつよかった。裁判官となり、東京高裁在職中、白川義員とマッド・アマノの間でモンタージュ写真に関して争われた、知的財産権法関係者の間では「パロディ事件」といわれる事件を担当した。最高裁で破棄された昭和五十八年二月二十三日付の東京高裁判決は橋本が起案したはずである。この判決については後にふれたいと思うが、わが国著作権法にはパロディを適法とする条項を欠いていることに問題の本質があり、東京高裁判決が具体的事案に関して正しかったかどうかは別として、橋本がパロディを適法とするために腐心したことだけは間違いない。橋本は定年前に退職、しばらく弁護士登録をしたが間もなく登録を抹消し、一九九三（平成五）年自死した。この自死は尊厳死を自ら選択、決行したものであり、彼を思うと、たまらなく、つらい。

＊

この『向陵時報』第六面に「一高弁論班　朝日討論会優賞《ママ》」という記事が掲載されていることは前述したが、その内容は次のとおりである。

「我国最初の試なる朝日新聞社主催大学高専討論会に一高チームは優勝した。経過如左。東京予選（出場者所雄章・中野徹雄・松下康雄）第一回戦　十一月七日於東大　日大Aと対戦。「芸術は階級性を持つべきか否か」本校肯定攻防乱戦の後羽仁五郎氏の講評あり。勝。第二回戦　慶大棄権のため不戦勝。

準決勝　八日。早大専を破つた明大専に対し、「天皇制は是か非か」本校否定側に立ち審判員鈴木安蔵氏より今迄に最も優れた討論会であると講評される善戦を行ひ、勝。

決勝。東大Aを破つた早大Cと対戦。「新憲法は是か非か」本校否定側に立ち、松下の総論を承けた中野新憲法の後進性と飛躍的前進性との矛盾を衝いて実証的な肯定論を痛撃危しと見えたが勝。講評　堀真琴氏。かくて我校は十二校に覇となり第二班《ママ》優勝校東京産大と共に全国大会出場権を獲たが、中野病気のため出場不能となり全国大会には坂本義和、中野に代つて出場。十二月七日中央大に於て松山高に対す。「我が民族性と科学性の有無」本校肯定側に立ち、木村健康氏の講評あり審判員の投票七対一を以て快勝。

準決勝、八日神戸経済大に対し「ローマ字採産《ママ》の可否」本校肯定側。漢字の悪弊を痛論した所の総論に続き松下言語学的に論拠を固め、時期尚早となす否定論に対し松下坂本採用の要を強調、勝敗の帰趨は明であつたが四対三で勝。講評鈴木安蔵氏。引続き静校を破つた東京産業大学と晴の決勝戦を行ふ。「軍縮は可能か」本校否定。聴衆大講堂を埋め緊迫せる雰囲気の中に肯定側世界経済の相対的安定と民主革命の団結を強調する総論を展開すれば坂本二大勢力の本質的相剋と各面に於けるその現れを強調する否定論を以て応へ、討論に入り松下或は相対的均衡の弱点を剔抉し或は各国の不穏言動を衝いて肉迫。白熱戦の後審判員慎重審議すること時余。票決すること三度、並《ママ》に八対六を以て一高チーム優勝と決す。蝋山政道氏の講評の後優勝旗の授与あり。黄昏の駿台に全国制覇の栄冠を担つたのである。（文責今橋）」。

くりかえし記してきたとおり、松下、中野、所は私が昭和十九年四月に入学して以来の文科の同級生であり、俊才の評判が高かった。坂本義和も当時から論客として知られていた。この討論会には翌年も、大野正男らが出場し、続けて優勝したと聞いている。

私はこういう討論会があり、優勝したとは聞いていたが、傍聴したことはない。どういう設問に対する討論であったかも、この『向陵時報』を読みかえすまで知らなかった。ただ、この当時、優勝を誇らしく思い、彼らが出場する以上、他校のなまじの秀才では太刀うちできなくて当然だと思ったのだが、反面こうした討論会は詭弁の巧拙を見るだけのことにすぎない、と感じていた。

この朝日新聞主催の討論会は数回で立ち消えになったのであろう。これはいわゆるディベートであり、いまではいくつかの大学の課程でも採用されているという。つまり、新憲法は是か非か、といった設問に対し、是という立場を採れば、思想信条に関係なく、新憲法は是であるという論理をくみたて、非とする相手方を論駁するのだから、もっぱら弁論術の上手下手を競うにすぎない。こうした弁論術を磨くよりも、私たち一人一人が新憲法が是か非かを、設問自体があまりに単純化されすぎているにせよ、ふかく考えた方がどれほど有益か知れない、と私は感じていた。

しかし、いまとなって考えてみると、こうしたディベートはアメリカでごく通常であり、概して、欧米人はその主張を論理的、普遍的に正当化するのが得意なのに対し、私たち日本人は、そうした自己の主張を正当化する普遍的な、あるいは普遍性をもつかのようにみえる、論理によって説明することが甚だしく不得手である。ブッシュ大統領といえどもイラク戦争の正当化のために多言を弄しているが、小泉首相は、いわば一言絶叫型で、行政改革の正当性を論理らしい論理によって説明しない。日本国内であればそれで通用するとしても、国際的交渉の場では通用しない。これは国家間の交渉でも私企業間の国際的交渉でも同じである。たとえば、私企業間の技術ライセンスのロイヤルティの値下げ交渉の場合、ロイヤルティが高いから経営が苦しい、だからロイヤルティを下げてもらいたい、というのは正当化の論理ではない。ロイヤルティを下げ、商品の価格を下げれば、市場占有率を高め、商品の売上げが大きく伸びるから、相手方のうけとるロイヤルティの総額が増えることになる、だからロイヤルティを下げてもらいたい、というのが正当化の論理でなければならない。そう主張してはじめて、それが真に正当化されるかどうか、討議され、交渉がはじまる。そう考えてみると、ディベートといわれる弁論術を学習し、習得することは国際的環境におかれている私たちにとっての必要悪かもしれない。

＊

一高には卒業式がなかった。そのかわり、二月に入って予餞式という行事があった。私が予餞式に出席していると、会場の出口で五味智英教授に呼びとめられた。五味教授は私たちの担任であった。きみは卒業するつもりなのか、まるで出席日数が足らないよ、と言う。五味教授にしたがって私は教官室へ行った。どうしましょう、と訊ねると、さあ、どうかねえ、ということであった。教授は、忌引したことにでもするか、と示唆して下さった。そこで、血縁の人々を次から次へと死んだことにして、忌引の休日をむやみとでっちあげた。その結果、どうにか出席日数が足りることになった。私が一高を卒業できたのは、五味智英教授のご好意によるものであった。あるいは、五味教授は、私のような学生は早く出してしまいたい、とお考えになったのかもしれない。

＊

大学へ進学するさい、文学部を受験するかどうか、迷わなかったわけではない。一方で、私は文筆を業とするほどの才能が自分にあるとは思っていなかった。また、文学は学問として学ぶべきものか、疑っていた。国文学を専攻するほどの興味もなく、英米文学もドイツ文学も、勉強の対象とするほどには関心がなかった。他方、社会の実体にふれたいという思いがつよかった。多少の迷いはあったが法学部を受験することにし、法律学科に願書を提出した。政治学科よりも、法律学科の方がいくらか学問的にみえたし、父親の職業上、法律には親近感をもっていた。

たぶん、その当時、中村光夫さんから、きみ、文学は片手間でできる仕事ではないよ、と忠告された。私は省みて、自分が浅はかであったという感がふかい。文学と同様、法律も片手間ででき る仕事ではない。二兎を追うことはできない。英米文学にせよ、ドイツ文学にせよ、学者となれるほどの根気や熱意が私に欠けていたとしても、それなりに努力していれば、もっとひろく欧米の文学遺産に接し、豊かな心の糧とすることはできたにちがいない。私はこれまで海外の文学は、小説の古典的作品の若干を翻訳で読んだにすぎない。詩については翻訳さえほとんど読んだことがない。日本の文学についても、好みの赴くままに雑多な拾い読みしかしてこなかった。私はこれまで詩や評論をほそぼそと書き続けてきたが、まったく自己流であった。加えて、法律を生業としたので、文学について基礎的な教養を身に付ける時間的余裕をもたなかった。文学一途であったなら、非才といえども、それなりの成果はありえたのではないか。一方、法律一途で過してきたとすれば、弁護士としても、もうすこしましな弁護士たりえたのではないか。たまたま、弁護士を業としながら、余暇に詩や評論等を発表し続けて今日に至ったが、どちらの分野でも中途半端に終ってしまった。しかし、ひるがえって、こうした生き方以外の生き方を選択できたとは思われない。自ら選んだ生き方を反省しても詮ないことである。

＊

二月十二日から十八日まで学年末試験があった。試験が終るとすぐ、私は水戸へ帰った。このときは、水戸の市街地の中心にあたる大町に官舎が新築されていた。敷地はかつては水戸藩の家老の屋敷跡であったそうである。千平方メートルほどの面積があり、道路からすこし昇った位置に立派な門を構えていた。新築の官舎は戦後のバラックに近い安普請だったが、部屋数は多かった。

大学受験にさいし、語学には英語かドイツ語かの選択があった。私は熟慮した末、ドイツ語を選択することにした。語学の他は、与えられた問題に対する論文の記述だけであった。私の考えでは英語はともかく中学五年、高等学校三年、計八年間勉強しているという建前で出題されるはずだから、たぶん難しいだろう。これに反し、ドイツ語は三年間、それも敗戦前後の混乱期の授業しかうけていないという建前で出題されるはずだから、そう難しい問題が出ることはあるまいと計算したのである。

とはいえ、出席日数も足りないほどだから、ろくに授業もうけていなかった。まして敗戦までの一年数カ月は、じきに徴兵されて死ぬこととなるものときめていたので、怠け放題怠けていた。大学受験のためにドイツ語の俄か勉強をしなければならなかった。誰かに教えられて私はヴィンデルバントの二、三十頁の小論文を持ち帰った。試験に出る問題の語彙はこの小論文中のもので足りるだろうということであった。文法書をたよりに私はこの小論文を読了し、二度、三度、くりかえし読み続け、二週間ほど没頭した。

三月上旬、入学試験があり、一週間くらい後に発表があった。私は無事合格していた。もっとも一高から法学部を受験したのは百数名、不合格になったのは二名しかいなかった。不合格になった級友は評判になったが、誰もが合格を当然のこととしていた。

こうして私は一高を卒業した。寮をひきあげるときには、私は布団はもちろん、身の廻り品も本らしい本も、何も持っていなかった。文字どおり身一つで退寮したのであった。

9

昭和二十二年四月、私は東大法学部に入学した。当時は東京帝国大学であった。私が卒業した昭和二十五年三月には東京大学と名称が変っていた。

同じ月、妹が新入生として五軒小学校に入学した。わが家から数分の距離であった。五軒小学校の跡地はいま水戸芸術館になっていると聞いているが、私は水戸芸術館を訪ねたことはない。妹は小学校に通いはじめて一、二週間経つとすっかり尻上りの茨城弁を喋るようになった。幼児がその土地の訛りに馴れる迅さに驚き、わが家でただ一人、妹が茨城弁を喋るのを聞いては家族のみなが笑いこけた。

弟は水戸中学校に通学していたが、標準語で喋っていた。

私が大学受験中に兄は水戸に戻って、離れの部屋で静養していた。佐世保で喀血したということであった。前年の秋、厚生省が医学部三年生以上の学生を対象にシンガポール、上海、大連等からの引揚船の船医の希望者を募集していたので、好奇心の旺盛な兄は応募した。佐世保で二十日間ほど出港許可を待って引揚船に乗りこんでいたところ、突然喀血したので下船を命じられたということであった。その後も何回か兄は喀血をくりかえし、いくつかの病院でレントゲン検査等をうけたが、病巣は発見されなかった。兄は結婚後も何回か喀血したことがあった。喀血しないようになったのは三十歳を越えてからであった。よほど発見しにくい箇所に結核の病巣があったらしい。喀血の都度、しばらく静養を余儀なくされた。やがて自然治癒したのであろう。三月に大学の卒業試験があったが、受験できなかった。九月に入って追試験を許され、ようやく卒業し、その後はインターンのためしばらく水戸の厚生病院に勤務することとなった。

私は大学に入学したものの、裁判官の給与では私を東京に下宿させるような経済的余裕はなかった。毎夜のように父と母との間で激しい諍いがあった。

「これじゃ私には家計のやりくりはできません」

と叩きつけるように母が言えば、

「これしか呉れないんだから、それでやっていくより仕様がないじゃないか」

と父が声をあららげる。気性の烈しい母が

「それじゃ、どうしたらいいというんです」

とたたみかけると、父が

「お前は僕に泥棒でもしろというのか」

と怒鳴る、といった調子であった。祖父母、父母、兄、私、弟、妹の八人家族の家庭は暗かった。食糧配給の遅れも日常化していた。金もなく、食糧もなかった。

そんな夫婦喧嘩のあげく、母が大宮に持っていた貸家を売りにいった。大宮の高鼻一丁目に七百平方メートルほどの土地があり、その土地に祖父が三軒の貸家を建てたのは、私が小学校四年生のころであった。その普請場を祖父に連れられて何遍か見に行ったことがある。これは米松《べいまつ》だ、貸屋には米松でいいんだ、と祖父から教えられたことを憶えている。戦前でも輸入材は国産材に比べて値段が安かったのだろう。その中の一軒を親戚に貸していた。その親戚は茅場町あたりで小規模ながら商社を営んでいて金廻りがよかった。母はその貸家を売ったのだが、もっと正確にいえば、買いとってもらった。これらの貸家は祖父が建てたのだから祖父の所有だったはずである。窮乏を見かねた祖父が母に売ることを勧めたのではないか。弟の記憶によれば、家屋の売値は三万円だった。ただし、底地は売っていない。いまでは家屋付きの土地の売買にさいし家屋はただ同然だが、当時は極端に住居が払底していたので、底地は売らず、家屋だけを売ったのであった。

これも弟のおぼろな記憶によれば、その売却代金でヤミ米を二俵買ったという。一俵はふつう四斗だから、一斗が十升、四斗は四十升である。一升は十合であり、当時正規の配給は一人一日二合五勺であった。手許の『昭和・平成家庭史年表』によると、東京商工会議所の調べによる白米のヤミ値は、一升につき、一月は六十円、二月は七十円、三月は八十円、四月は九十円、五月は百十円、六月は百二十円、七月は百九十円、八月は百四十円、九月は百五十五円、十月は百八十円、十一月は百六十円、十二月は百八十円であったそうである。端境期、新米の収穫期の影響もみられるが、それにしても、すさまじいインフレーションである。わが家が一俵六千円で買ったとすれば、一升百五十円に相当し、東京の八、九月ころのヤミ相場である。水戸では東京よりもいくぶんかヤミ米の値段も安かったろうから、ヤミ米二俵を一万円ほどで買ったのではなかろうか。そうとすれば家の売却代金から二万円ほど残ったはずであり、給与の不足をその剰余で補うことができ、母は家計のやりくりに一息つけたはずである。

父がこのヤミ米の入手を知らなかったとは思われない。おそらく母の才覚に任せて、見て見ぬふりをしていたのであろう。山口良忠判事が配給の食糧だけで生活し、餓死したのが、この年十月であった。山口判事は日記中「食糧統制法は悪法だ……自分は平常、ソクラテスが悪法だと知りつつも、その法律のために潔く刑に服した精神に敬服している……自分はソクラテスにならねど食糧統制法の下、喜んで餓死するつもりだ。敢然ヤミと闘って餓死するのだ」と書き遺した、と『昭和・平成家庭史年表』に記されている。山口判事の餓死は新聞等で大きく報道され、ひろく話題になったが、父が山口判事を話題にすることはなかった。私たちも父の前では山口判事を話題にすることは差し控えていた。

水戸は海に近いせいか、官舎の前の魚屋では金さえあれば、少々の魚を買うことはできた。また、親切な裁判所職員の方が、官舎の庭の一隅を開墾し、畑にして野菜を作ってくれたので、野菜もどうにかまかなうことができた。しかし、味噌、醤油も配給だったから、終始、調味料に不自由していた。どこからか鰹を一尾、頂戴したことがあった。祖母が三枚におろしたが、醤油がなかった。醤油なしの鰹の刺身はひどく味気なかった。それでも、わが家は、当時の平均的家庭に比べればよほど恵まれていたにちがいない。

正規の主食の配給は白米一日一人二合五勺と記したが、米の代りに高粱《コーリャン》、大豆、小麦粉などが配給されることも多かった。高粱や大豆は米に混ぜこんで食べ、小麦粉はすいとんにして食べた。あまりすいとんを食べすぎたので、私はいまでもすいとんには嫌悪感を覚える。

かなり滑稽というべきだろうが、そのころ、主食代りにザラメが配給になったことがある。いかに食糧が不足していても砂糖は主食の代用にはならない。大学に入学したものの水戸の官舎で無聊をかこっていた私は、毎日水戸駅前の屋台のカルメ焼屋を見物に行った。平凡社版『大百科事典』によると、「銅製の小なべに黄ざらめと少量の水を入れて煮つめ、泡立ってきたら棒の先に重曹をつけてかきまぜ、丸くふくらませて固まらせる」のがカルメ焼の製法という。しかし、実際は、火加減、水加減、棒でかきまぜる時期やその速さなどさまざまなコツを身につけなければ、ふっくらと焼き上らない。私には他愛ない事柄に熱中する性質があるらしい。毎日駅前に通いつめて、私はそのコツを会得した。客があったりすると、私はふっくら焼き上ったカルメ焼をふるまって得意がった。

無聊をかこっていたと書いたが、私は実際何もすることがなかった。高校受験のときの平面幾何の問題集をとりだしてその解答を試みたり、詰将棋を考えたりして、暇を潰していた。歩いて数分のところに大きな書店があったので、雑誌や本を立読みした。私に小遣いをくれるほど家計に余裕はなかった。週に二、三度は、夜になると麻雀の卓をかこんだ。橋本正男弁護士と裁判所の書記官の人が一人、それに私が常連で、もう一人は時に兄が入ったり、誰か橋本弁護士の知り合いの人を探してきた。父が加わったことはない。賭麻雀ではなかった。ただ、点数を争うだけで、どうしてあれほど熱心になれたのか、いまから思うとふしぎでならない。麻雀の最中、始終停電した。部屋の四隅の上方に角形の懐中電燈のようなものを置いて、停電するとすぐそれに切りかえて麻雀をうち続けた。仄かな明るさだったが、麻雀を遊ぶのに不自由はなかった。私は懐中電燈の角形にしたものと憶えているのだが、それなら乾電池が必要なはずである。乾電池が入手できたかを考えると、私の記憶もあやしげになる。ただ、当時は、電燈に限らず、不測の事態のための代用品が種々出廻っていたから、記憶に間違いないという感もないわけではない。

＊

そんな状態で私は無為徒食していたが、その間、たぶん二回上京している。四月に中村光夫さんの好意で拙作「ある潟の日没」「オモヒデ」が掲載されている『批評』が刊行された。私は生まれてはじめて原稿料を頂いた。私に小遣いをくれるほど家計に余裕はなかったから、その原稿料を交通費等にあてたのかもしれないが、原稿料がそう多額だったはずもないから、やはり母に相応の無理をしてもらったのであろう。

入学したとはいえ、授業をうけていなかったから、せめて教科書を買いととのえておきたい、と思ったのが上京の動機であった。教科書はほぼ買えたが、刑法のプリントを買いそこねていた。

刑法は東北大の木村亀二教授が出講していた。団藤重光教授は刑事訴訟法を担当していた。当時東大には刑法の担当教授が不在だったらしい。プリントは講義録である。前年の真面目な学生が筆記した講義ノートを謄写版印刷したものであった。木村教授の刑法教科書は刊行されていなかったから、せめてプリントがなければ、講義を聞いていない私は試験を受けることもできない。水戸で無為に過していた間に、私はプリントを買う時機を逸したのであった。大学の構内では誰も見知った顔を見なかった。

私は途方に暮れ、悄然と正門を出たところで、三島由紀夫氏に会った。私がはじめて大学に来たことを知ると、三島氏は、これが法学部、図書館、三四郎の池、安田講堂などと、構内を案内してくれた。三島氏は快活で、きびきびしていた。私が刑法のプリントを買いそこねたことを話すと、自分の手許に不要になったプリントがあるから、貴方にあげよう、と言って下さった。翌日、松涛のお宅にお邪魔してプリントを頂戴した。処々傍線を引いたり、几帳面な字で書込みのある綺麗なプリントであった。そのプリントをたよりに私は刑法の単位をとり、さらに司法試験を受験した。

三島氏が東大構内をひきまわして下さった親切も忘れがたいが、弁護士を職業とすることになったことにも私は三島氏に感謝しなければならない義理がある。

＊

『二十歳のエチュード』が前田出版社から、著者・原口統三、版権者・橋本一明、編集者・伊達得夫、発行者・前田豊秀という奥付で刊行されたのは、奥付の日付によれば、昭和二十二年五月十五日であった。

その後間もないころ、私は橋本一明、都留晃らと共に赤城山に登った。原口が『二十歳のエチュード』を一応書き上げ、昭和二十一年十月二日、自死を図って果たさなかったとき、滞在していた大熊山荘の林の中に彼の墓碑を立てるためであった。

私たちの赤城山行について記す前に、原口の北海道旅行について記しておかなければならない。この北海道旅行はいわば原口の〈風土のふるさと〉を日本に再発見するための旅行の一であった。昭和二十一年七月から八月にかけて原口が北海道を旅行したのは、都留の実家が根室にあり、札幌一中の出身だったので、札幌等に知己が多かったことによる。都留の札幌一中時代の親友の一人が的場清さんであった。当時、的場清さんは慈恵医大に在学中であり、日本女子大に学んでいた妹の香代子さんと共に本郷の森川町に下宿していた。やがて日本女子大を卒業していた姉のすずゑさんも同居することとなり、しばらくして下落合に住居を新築して、三人で生活していた。

原口、橋本、都留の三名が青森駅で青函連絡船に乗りこもうとしていたとき、児島襄とばったり出会った。児島は父君の勤務先であった室蘭から上京する途次だったが、原口らの旅行計画を聞いて、彼らと同行することとなった。すでに記したとおり、児島は原口や私と同じく昭和十九年四月に一高文科に入学し、文科端艇部に属していた。身長百八十センチを越す偉丈夫であった。

これもすでに書いたことだが、入学時、ほぼ七十名の文科の学生は一組、二組の二組に分かれ、一組はドイツ語を第一外国語とする者、二組は英語またはフランス語を第一外国語とする者であった。二組は語学の授業を別にすれば、他の授業はすべて一緒であった。何分一組、二組合わせても七十名ほどが文科生全員だったので、多くの課目についても、一組、二組合同の授業があった。私は一組であり、児島は二組で英語を第一外国語として、原口は同じく二組でフランス語を第一外国語としていた。厳密な意味では原口と私は同級生ではないが、児島と原口は、第一外国語が違うとはいえ、同級生であった。

的場清さんは美幌に実家があった。彼らは児島と共に室蘭に泊り、根室の都留の実家で何日かを過し、美幌の的場家でも厄介になった。まだ阿寒湖行のバスは運行していなかったが、的場家の手配で特別のバスを仕立てて阿寒湖を観光した。

さて、赤城山行に同行したのは、橋本、都留と私の他、児島、的場すずゑさん、香代子さんの姉妹であった。すずゑさんは教養ふかく、色白の美貌の女性であった。香代子さんは穏やかで控え目な少女であった。

私たちは、高崎の橋本家で一泊し、両毛線の途中駅から赤城山の大沼のほとりの大熊山荘まで登った。眩しいような新緑の中を登っていくのは心地よかった。

『二十歳のエチュード』中「エチュードI」に「墓碑銘の一考案」と題して

ここに
悩みなき乙女等の幸ひを祈りつつ世を去りし
素朴なる若者眠る

とある。私たちはこの墓碑銘を墨書した丸太をかついで、木洩れ日の差す山道を登った。大熊山荘の林の中の一画にこの墓碑を立て、大熊夫妻と共に愉しい一夜を過した。

この墓碑銘に原口の稚さを見るのはやさしい。この世に「悩みなき乙女」などという者は存在しない。また、そうした「乙女等」が必ず年をとり、さまざまな人生経験を経て老いていかざるをえないことは原口の視野に入っていない。「素朴なる若者」と原口は自己規定し、満二十歳に足らない年齢で、原口の生はその時間を停止したが、原口の目に映じた思春期の女性たちの時間もまた停止している。彼は結局、異性が何であるかを知らぬままに、その生を絶った。この墓碑銘の言葉は、そうした無垢な青年の夢想に似た願望である。彼の稀有の資質を思うと、この墓碑銘の言葉をひきうつすことは、私にとって哀しく、いたましい。

赤城から下山した後、私たちはまた高崎の橋本の家に一泊した。その夜、児島が激しい腹痛のため七転八倒した。すずゑさんがほとんど寝ずに看病した。その後、数ヵ月して彼らは結婚し、上落合の的場家の近くに新居を構えた。男子二人をもうけた後、しばらくして児島は妻と二人の幼児を残して、突然家を出て実家に戻り、やがて離婚し、別の女性と結婚した。その後数十年にわたり私と児島との交友が途絶えることとなったが、これは児島とすずゑさんとの間の問題であって、本稿の主題ではないので、これ以上はふれない。原口の自死、赤城山行に派生する一挿話である。

＊

昭和二十二年九月一日付で『世代』が復刊した。創刊号から通算すると第七号にあたる。以後、昭和二十三年二月二十五日付刊行の通算第十号までが、いわば『世代』の第二期であり、この第二期『世代』の編集長は矢牧一宏であった。この文章はようやく昭和二十二年秋ころの回想にさしかかったが、ここで、第二期『世代』四冊についてまとめて展望しておくこととする。

『世代』は第二期までは目黒書店刊の商業誌であった。矢牧の「錆びついた記憶の箱をこじあけて……」によれば、「発行部数は創刊号が三〇、〇〇〇、二号が二五、〇〇〇、三号から六号までは二〇、〇〇〇で、実売数は創刊号が五割、二〜六号は七・五割であった」、「七〜十号からは七号が五、〇〇〇、あとは三、〇〇〇であった」という。第七号から第十号までの部数は発行部数であろう。実売部数が何割であったかは、矢牧は記していない。同じ矢牧の文章には、「原稿料と編集費については、毎号発行後すぐに、まとめて編集長の遠藤麟一朗に渡され、その配分は遠藤の裁量に委されていたと思う。その額はたしか五、〇〇〇円で、殆どが稿料に廻され、編集費は遠藤をはじめみな自弁であった。私が担当してからは七〜八号が三、〇〇〇円、以降は稿料・

編集費分として雑誌の現物が渡され、私が学生街の書店に委託して廻り、その回収分は依頼原稿の執筆者に僅かながら宛てるのがせいぜいであったと思う」とある。

第二期『世代』は商業誌といいながら、著しく同人誌化している。目黒書店から支払われていた稿料・編集費が第一期と比べ大巾に減額されたため、外部の著名人に執筆を依頼することが難しくなり、止むなく同人誌化したのだろうが、ほとんど同人誌化した第二期『世代』の発行元を目黒書店がひきうけ続けてくれたのは、戦後混乱期の特異な現象であろう。

第七号には佐々弘雄「廿世紀の課題」、風間道太郎「時代と世代──二つの「世代」の手紙──」、第八号に小松摂郎「西田哲学と場所の論理」、竹山道雄「知識人の裏切り?」などが掲載されているが、第九号、第十号にそうした著名人が一人も執筆していないのも、目黒書店からの稿料・編集費が現物支給となり、原稿料を支払えるほどの収入が見込まれなかったためであろう。加えて、第一期『世代』では創刊号が百二十八頁、第二号以降が九十六頁だが、第二期『世代』の第七号ないし第十号はすべて四十八頁であった。

同人誌化した事実は巻頭論文からもはっきり読みとることができる。第八号の巻頭には前記の小松摂郎、竹山道雄二氏の評論が掲載されているが、第七号の巻頭論文は中野徹雄「ヒューマニズムの前途──戦闘的ヒューマニズム」、第九号が日高普「資本論における端緒の問題」、第十号が木下三郎「〈社会時評〉善意よ、武装せよ!」、宮本治「演劇の世紀」の如くである。これらについては後にふれるが、木下三郎、宮本治はいずれもいいだの筆名である。その他、有田潤が第七号、

青土社
刊行案内
No.77　Autumn 2008

■小社の最新刊は月刊誌「ユリイカ」「現代思想」の巻末新刊案内をご覧ください。
■ご注文はなるべくお近くの書店にてお願いいたします。
■小社に直接ご注文の場合は、下記へお電話でお問い合わせ下さい。
■定価表示はすべて税込です。

東京都千代田区神田神保町1-29市瀬ビル
〒101-0051　TEL03-3294-7829
http://www.seidosha.co.jp

第八号に評論を、日高は由利健の筆名で、第七号、第九号に映画評論を発表、小川徹も第八号から第十号まで毎号に評論を発表している。第一期『世代』では詩歌、小説だけが学生の作品だったが、第二期『世代』で私の周辺の友人たちが巻頭論文等を書くようになったのは、目黒書店からの稿料・編集費の関係が大きな理由にちがいないが、反面では、私の仲間たちが自らの思想を世に問いたいと考えるほどに、あるいは世に問うに値すると信じたほどに、その思想をそれぞれ確立した、あるいは確立したと錯覚したことによるであろう。

このような私たちの仲間の思想的立場を闡明したのが、第七号の巻頭を飾った中野徹雄の「ヒューマニズムの前途―戦闘的ヒューマニズム」であった、と私は考える。ここで中野は、ヒューマニズム実現の手段としてデモクラシーは妥当であるか、と問題を提起し、「ヒューマニズムそのものは歴史的過程に於て生成する特殊な思想である」といい、「第一に挙げられることは現代生活の顕著な特色としての能率主義と合理主義」、「第二に現代生活に於て一般に目的と手段の顚倒」が認められること、第三に「現代人の生活感情の完全な空白状態の招来」、第四に「現代に於ては個人といふものの代りに群集が置かれてゐる事実」をあげ、「現代人」は「まさしく可能性の喪失態としての人間である」という。その上で、次のとおり中野はこの文章を結ぶ。

「ヒューマニズム――それは一つの神話である限りに於ては美しい。したがつてヒューマニズムを己れの信念とする事は容易なことである。ヒューマニスト「として」或ひはヒューマニストである「かのやうに」振舞ふことは更に容易なことであらう。困難なことはヒューマニズムの

「ために」闘ふ事である。何となればヒューマニズムの「ために」闘ふとき、その敵は単にファッショや暴力革命論者たるのみではないから。その敵は先づ現代そのものであり、更に窮乏の現実……人間が野獣の如く蠢き、人間に対する不信が濃くたゞよつてゐる現実そのものであるのだから」。

「ヒューマニズムは今や神話以上の神話であらねばならぬ。それがヒューマニズムの唯一の未来性である。それは夢想に非ざる人間の可能性の確実な把握と、かかる可能性へ向つての人間の形成であり、言ひかへるならば現代に対する闘ひであり現実の変革への努力であらう。

ヒューマニズムは今日戦闘的であらねばならない。それはヒューマニズム自身に対する闘ひ、即ち神話的思惟からの脱却であり、現実に対する闘争である。そして人間はもはや神話的可能性の与へた虚像であつてはならず、もつぱら形成さるべきものの謂であらねばならぬ」。

中野のこの評論を読んだとき、私はその論理的な叙述に感心しながら、一方で、中野もずいぶん勇ましいことをいうなあ、と感じたことを憶えている。ずいぶん勇ましい、と感じたというのは、中野は本気で現実に対し闘争するつもりなのか、と疑ったということとほぼひとしい。だから、どうするというのだ、というのが当時の私の疑問であった。いま読みかえしてみると、ここには具体的な方法論が欠けている。どう現実と闘うかは個人それぞれの問題だとすれば、私は現実に対する闘争に参加しようなどとはつゆほども考えていなかった。私は、ある意味で醒めていたし、また、臆病でもあり、私自身をもてあましていた。私にはヒューマニズムの前途といったた観念の操作に興味がなかった。

いいだが第十号に木下三郎という筆名で発表した「善意よ、武装せよ！」も、論理や文体はまるで中野と違っていたが、結論においては中野の「ヒューマニズムの前途」と酷似していた。結論は次のとおりである。

「アインシュタインは「世界政府」の理想実現に最も熱心な人である。学者が政治にも色気を出したといふやうなことではないのだ。世界政府とは現下最も空想的なものであらうが、この空想の持つてゐる現実性に僕達はよく注意しなければならない。物理学者の彼が自己みずからの良心から、さもないと人類文化が絶滅してしまふと言つてゐることに、よく耳を傾けなければならない。アインシュタインを空想的と考へる人はかへつて空想的なオッチョコチョイであるかも知れない。善意は常に無力である。そして善意は常に無力であつてはならない。ここから僕達若い世代の決意と実践とが始まるであらう」。

いいだも武装した善意をいかに実践すべきかを語っていない。いいだのいう「善意」も中野のいう「ヒューマニズム」と同じく、私には観念的にみえたし、具体的な方法論は各個人に委ねているようにみえた。中野は第九号に「ソヴエト農業アルテリの実状　資料」という紹介を書いたが、その後、『定本・二十歳のエチュード』に収められている「原口君への回想」を『死人覚え書』（昭和二十三年四月、書肆ユリイカ刊）に寄稿しただけで、筆を折った。中野はやがて厚生官僚になった。いいだのその後については知られているとおりである。

第二期『世代』において、いいだは宮本治、木下三郎の筆名で数多くの評論を発表しているが、これらは「善意よ、武装せよ!」と同工異曲といってよい。たとえば第九号の社会時評「日和見主義」において宮本治ことといいだはいう。

「日本が軍隊を持たないといふこと、戦争を放棄するといふことは、新しい憲法ではつきりと定つたことである。僕達の任務は、この「紙の憲法」の平和主義を堅持する以外にない。この点では、僕達は空想的に進む外の途はないのだ。「世界の平和」といふことは、いかに僕達の力の限界の外にあらうとも、僕達は発言が許されるならば何度でも「世界の平和」を僕達の一人一人が欲してゐることを言はなければならない。更に、手の届く限界の内にあつては、日本の日和見主義のために努力しなければならない」。

「筆者は、現下知識人の任務として、《戦闘的ユマニスム》とともに《日和見主義》を提唱する」。

デモクラシー、ヒューマニズム、善意、平和主義等々、戦後もてはやされていた諸々の観念にいいだも中野も、また、私たちも、危うさを感じていた。その危うさをどう克服するかが私たちの課題であった。その解答がこれらの評論だったわけだが、これらが観念的であり、方法論を欠いていることは否定できない。私たちはそれぞれ個性に適した方法を模索する出発点に立っていたようにみえる。

いいだはまた同じ第九号に飯田桃の本名で「ソネット集「海」より」と題する詩四篇を発表し

ている。一九四五年作の第四番を引用する。

眼を瞑れば　鞣した海　黒い浪
渇いた心に海が漲る　黒い海　鞣した浪
まつはる髪毛は夏の陽に汗ばんで……

かつて千々に寄せてゐた小波《さゞなみ》よ
もろもろの畜群よ　涙よ
吾児《あこ》よ眠れ　吾児よ眠れ　と
ゆさぶつてゐた腕《かひな》よ　小波よ

失はれてしまつた　いつの日か　風吹かぬ日の
藍色の遥かの沖に――
それらやさしかつた腕よ　畜群よ

眼を瞑れば　鞣した海　黒い浪
渇いた心にどぼどぼと腋臭の海が――

　　軀幹は蛇よりもなほなよやかに
　　まつはる髪毛は夏の陽に汗ばんで……

ふかい喪失感と暗い心象を海に託して、これほど鮮やかに形象化した作品を私は他に知らない。戦後詩史中の絶唱の一と私は考えている。

＊

療養生活から社会復帰した日高普にとって、第二期『世代』はその出発の場となった。日高は、一方で、第九号に「資本論に於ける端緒の問題」、第十号に「資本論に於ける商品分析（資本論研究その二）」を発表し、他方では由利健の筆名で第七号に「スリラー映画について」、第九号に「西へ行つた芸術家」の二つの映画評論を発表している。

日高の資本論研究について私は論述できるほどの学識がない。日高は宇野弘蔵、大内力の業績をうけつぎ、マルクス主義経済学原理論の水準を高めたといわれているが、たぶん「資本論に於ける端緒の問題」の冒頭に記されている次の文章は彼の資本論に接したさいの基本的姿勢を示すものであり、この姿勢が後年まで一貫したものであろう、と私は考えている。

「資本論に正しい評価を与へようとする僕等の仕事は、次の二つの部分を含む。（一）、科学は進歩していくものであるから、資本論は単にその進歩の流れの中の一位置を占めたばかりでなくその進歩の重大な要因であつた筈である、つまりこの書物を経済学の進歩の一つの要因として捕え、それではいかなる進歩のいかなる要因となつたかとゆう意味に於て、学説史上に於ける正しい位置づけを試みる事。(二)、学説史上に於ける位置設定にも拘らず、現代の経済学にとつて、未だ克服し切れぬもの、未だ学び取らなければならないものが、もしあるとしたなら、それは何であるかとゆう事を明らかにする事。以上の二点を主眼として考へを進めていく」。つまり、日高にとって資本論は決して無謬の聖典ではなく、批判的に分析し、摂受すべき対象であった。私はこうした姿勢は昭和二十三年初頭のわが国においてはかなりに特異であったろうと想像している。

由利健という筆名による「スリラー映画について」で日高はヒチコックを論じ、ヒチコックの冴えた演出力によって『断崖』において女の妄想が描かれているが、「何といふつまらない事が得意なのであらう」といい、「西へ行つた芸術家」ではルネ・クレールがハリウッドで作った『焔の女』をフランク・キャプラの『或る夜の出来事』と比べ、「キャプラはどの一齣も元気一杯眼を輝かせて作つてゐるが、クレールはひどくつまらなそうだ」、「この映画のたるみにたるんだ中程《ママ》の描写力」などと酷評している。ここでも日高の容赦ない眼と公平な批判がじつに興味ふかいし、私自身にとっては、当時の日高との会話を思いだし、懐旧の思いに駆られるのだが、日高の本領はむしろ第三期の『世代』における浜田新一の筆名による数々の文明批評で発揮されることとなったと思われる。

＊

『世代』はすでにくりかえし記してきたとおり、いいだと中野が推進して創刊された雑誌であり、彼らの人脈がその中心となっていたが、第一期以来、西片町グループといわれていた人々もまたふかいかかわりをもっていた。その西片町グループの代表的存在が当時早稲田大学に在学中であった有田潤であった。有田は第一期『世代』には、第二号にライプニッツの翻訳以外何も発表していないが、第二期に入って、第七号に「現実計算のモラル　レマルク「凱旋門」」を、第八号に「リアリズムとしての実存主義——ハイデッガーの場合」を発表している。当時すでにサルトルの諸作品が翻訳紹介され、さかんに論議されていたが、サルトル経由の実存主義の思想的淵源をなすハイデガーをとりあげたことに、有田の見識を窺うことができるだろう。第十号には鈴木三郎氏に依頼した「行動か神か——ヤスパースに於けるキエルケゴールとニーチエとの統一」と題する評論が掲載されていることにも、有田、矢牧ら『世代』の人々の時代思潮に対して敏感に反応しながらも、より根源的に問題を追究しようとしていた姿勢が認められるように思うのだが、どうだろうか。

また、いいだが木下三郎の筆名で第七号に「作家の善意と本格小説の場——宮本百合子「風知草」」を、第九号に小川徹が滝沢久の筆名で「宮本百合子をめぐつて」の「1　蔑視の上に」を書き、その「2　自我はどこに」を田川昌子の筆名で本田喜恵が書いている。これらはおおむね宮本百合子批判といってよいが、やはり私たち『世代』の仲間たちの同時代的関心の所産にちがいない。

*

第二期『世代』では第七号に中原中也遺稿「古代土器の印象」「咏嘆調」「冷酷の歌」の三篇が掲載されている。いいだは昭和二十年入営の直前に小林秀雄氏からお借りして中原の詩稿を筆写した。右の三篇はその筆写稿から選んだものである。中原の生前未発表の遺稿は昭和二十一年十二月刊の『創元』第一輯に「いちぢくの葉（夏の午前よ、いちぢくの葉よ）」「昏睡」「夜明け」「朝（雀の声が鳴きました）」の四篇が、昭和二十二年四月刊の『批評』第六十号に「いちぢくの葉（いちぢくの、葉が夕空にくろぐろと）」が発表されているが、『世代』の三篇はこれらに続く生前未発表詩篇の最初期の公表であり、いずれも生前未発表詩稿中の傑作である。

詩についていえば、この中原中也遺稿と、第九号に前記したいいだの「ソネット集「海」より」の他、第十号に拙作「壱年」「夜の歌」が掲載されている。この二篇はいずれも横書で印刷されているのが組み方として珍しい。これらは私の詩集『無言歌』の「初期詩篇」に収められているが、二篇ともに文語詩であり、五音、七音の音数律を基調とする作品である。私は「筑波郡」を書いて以後しばらく詩が書けなくなっていた。そのため、初心に帰るつもりでこうした文語詩を試みたのだが、私は当時、戦後詩の動向に無智、無関心であったので、このような詩を書いたのであろう。

＊

第二期『世代』に創作として掲載されたのは、第七号の志田喬「戦塵抄」と吉行淳之介「路上」、第八号の私の「龕燈更紗」、第九号の津田良の筆名による矢牧一宏の「部屋」、第十号の細川洋子「暗い窓」の五作であった。私の「龕燈更紗」は虚構をまじえた回想と幻想を織りこんで、全文段落なしで書きつづった文体の試みに私は興趣を覚えていたのだが、いわば散文詩であって、小説とはいえない。散文詩としても主題、モチーフが作者本人にさえはっきりしない譫言のような作品である。

戦争体験を記した「戦塵抄」を別として、他の三作品についていえば、もっとも小説らしい小説は「暗い窓」であり、小説というには物足りないが、もっとも文学的趣向にすぐれているのが「路上」であり、小説としては破綻が多いけれども、情念において訴えるものをもっているのが「部屋」であろう、と私はいま考えている。

七歳年少の青年が結婚して自分の許を去っていった女性の孤独感、寂寥感を描いた「暗い窓」の作者細川洋子は第一期以来『世代』の人々と親しかった。ストーリーの展開も人間関係も主人公の孤独感・寂寥感もきちんと描かれている佳作だと思われる。吉行の「路上」はゼンマイ仕掛の人形を小道具にあしらって女性関係に行き詰っている青年の憂愁を描いた作品であり、初期の吉行の作品にみられる詩情にあふれている。津田良が矢牧の筆名であることは日本近代文学館から『世代』復刻版が刊行されるまで、私は知らなかった。「部屋」は同棲していた画学生に去られた女性の情念を描いた作品である。これもやはり習作の域を出ないと評価すべきであろう。

ただ、これらの三作品に共通していることは、戦争体験も戦後の風俗ないし思想もまったくその影を落としていないことである。つまり、第二期『世代』が戦後思潮に対する、かなりに挑戦的な評論を数多く掲載しているにかかわらず、創作においては「戦後」的なものがまるで表現されていないことに、私はいま読みかえして驚いている。たぶん、戦後社会の思潮に対して挑戦的発言をしても、その方法論を示していなかったのと同じく、私たちはまだ戦後の社会関係における人間を造型できるほどに成熟していなかったのであろう。それがこれらの作品がついに習作にすぎないと評価せざるをえない所以であろう。

第二期『世代』が成就したものはそういうものであった、と私はいま考える。

10

昭和二十二年、秋に入って私は大宮の篠原薬局に居候することとなった。篠原薬局は大宮駅から数分、旧中仙道に面して店舗を構えていた。間口はたぶん三間半、六メートルを越す大店《おおだな》であった。その脇に幅一間の路地があった。店舗の奥には土蔵が二棟、さらに路地に面して数軒の棟割長屋があり、篠原家の持家であった。路地は旧中仙道に並行する道路まで一丁、ほぼ百メートル強であった。このように店舗の間口よりも奥行がはるかにふかいのは、江戸時代以来の地割りによるものらしい。

私たちがふだん河内屋と呼んでいた篠原薬局は薬局というよりも薬種問屋といった感じであった。ご主人は早く亡くなり、女主人と当時春日部中学の五年に通っていた一人息子の貞夫さんとの二人暮らしであった。二階に十数畳の部屋があって、使われていなかった。私はその二階をあてがわれた。広さは充分すぎるほどだったが、家財道具もなく、殺風景であった。私はいつもどこにわが身をおいたらよいか迷っていた。夜更けまで、大宮駅前の繁華街の喧騒が聞こえてきた。その喧騒に馴れるのにしばらく時間がかかった。だが、馴れるにしたがって、その喧騒が心地よく思われるようになった。

母は篠原夫人を喜代子さんと呼び、私たちは河内屋のおばさんと呼んでいた。母と篠原夫人の間にどんな取極めがあったのか、私は知らない。たぶん一銭の下宿代も払うことなしに、生活の面倒をみてもらったのであろう。物資が窮乏し、母一人子一人という家庭で私の世話をするのはよほどの好意だったにちがいない。篠原夫人は母よりも一歳年長、子供のときからの長唄のお稽古仲間で、浦和女学校では母より一年上級であった。わが家と篠原薬局は親戚ではなかったが、なまじの親戚以上に親しいつきあいであった。篠原夫人はおそらく母の懇望を断りきれなかったのであろう。

母には大宮に、他に同様親戚づきあいをしていた親友が二人あった。その一人は小林栄《よし》子夫人といった。小林家は、戦争中強制疎開されて駅前広場ができるまでは、駅前で白田という屋号で自動車屋を営んでいた。タクシーやトラックを持ち、バス路線も持っていた。強制疎開の後は、高鼻一丁目の氷川参道に近い、氷川神社の神職の家柄である西角井家の西南の一隅に新居を建築して移り住み、主人は日本通運の大宮支店長をつとめていた。じっさいは栄子夫人の妹にあたる君子さんという方が母と浦和女学校時代の親友であった。この方は結婚後数年で早逝なさった。母は栄子夫人をねえちゃんと呼び、私たちは白田のおばさんと呼んでいた。小林家には昌子さんという長女、昭さん、良二さん、健郎さんという三人兄弟、それに一番下に節子さんという五人の兄弟姉妹があった。昌子さんはこのころは三上さんという与野の医師に嫁いでいた。それでも六人家族で、建物の面積に制限があった戦争中の家屋に、親戚づきあいとはいえ、私を受け入れてくれるほどの余裕があるはずもなかった。

小林栄子夫人、私からいえば白田のおばさんは、大柄で明るく豊満な美貌の持主であった。篠原夫人、私からいえば河内屋のおばさんは、小柄でほっそりした花車《きゃしゃ》な感じの、また違った感じの美貌であった。このお二人も母もいわば家付き娘で、ご主人は入婿であった。それが三人が気が合う原因だったかもしれない。ただ、私の父は婿養子といっても、まぎれもない家長であった。篠原家のご主人は私は知らない。小林家のご主人はたいへん穏やかな方だったから、栄子夫人が確実に家長的権力をもっていた。その明るく豊満な女性が家庭をとりしきっている風景には、わが家とも篠原家とも違う、なごやかで平和な空気が漲っていた。考えてみると、小林夫人も篠原夫人も当時四十歳を出たばかりであり、いまの言葉でいえば女盛りであったはずである。

もう一人の母の親友は、後に集英社の社長になった小島民雄さんの母堂であった。この方も母の浦和女学校の同窓であった。そればかりでなく、父が大宮小学校の代用教員をしていたときの教え子であった小島保佐さんと結婚なさっていた。大宮にはかつては土手宿といわれ、いまでは土手町と称されている地区があるが、土手の小島といえばこの小島家を指すと知られたほど、大宮の旧家である。先代の小島佐之次郎という方は祖父の将棋仲間であり、祖父と同じく氷川神社の氏子総代であった。私が小学生のころ、離れで二人が正座して将棋を指していた情景を私はありありと憶えている。小島佐之次郎という方は行儀の良い方であった。二人とも旦那芸としては大宮では屈指の将棋指しだったらしい。ただ、戦後のころには、小島保佐氏の勤めの関係もあり、小島家とのつきあいは疎遠になっていた。それでも、私の少年時から、民雄さんの母堂が時々持参してくれた手製の田舎饅頭が忘れがたい。この田舎饅頭は、その後の私の生涯をつうじて、似たものにさえ出会ったことのない独特の風味と舌ざわりをもっていた。小島さんのおばさんと呼んでいた民雄さんの母堂も懐しいが、この田舎饅頭の製法が民雄夫人に伝えられなかったことを私は残念に思っている。

篠原家は母一人子一人で、貞夫さんはまだ話相手にならなかったから、夜になると私は始終小林家に遊びに行っていた。小林家は美貌の家系のようであった。栄子夫人についてはすでに記した。ご主人も整った面もちの方であった。長男の昭さんは私より二歳年長で、早稲田大学の学生であった。早稲田の角帽がよく似合った。連れ立って歩くと、若い女性が必ずハッとふりかえるような二枚目であった。いつか日本劇場へ連れていってもらったことがある。入場券を買うために長蛇の列ができていた。昭さんはつかつかと列の先頭に近い女学生に話しかけて、たちまち、二枚の入場券を手に入れた。劇場に入るのに行列ができるような時代でもあり、早稲田の学生が目立つ時代でもあったが、昭さんはきわ立った魅力をもっていたし、そんな魅力を利用するあつかましさももっていた。昭さんは私の兄貴分に近かった。次男の良二さんは私と同年で中央大学の学生であった。目鼻立ちが温和であった。三男の健郎さんはたぶん早稲田の高等学院に在学中であった。やんちゃで、野性的な顔立ちであった。健郎さんはいわば私の弟分であった。姉妹についていえば、結婚前の長女昌子さんを見かけたことがあり、そのときの楚々たる風情を私は憶えている。末娘の節子さんは繊細な感じの女学生であった。こうして小林家の兄弟姉妹を思いだしてみると、男兄弟三人はすでにみな他界している。存命しているのは昌子さんと節子さんだけである。男たちは苛酷な戦後を駈けぬけていったという感がふかく、それだけに懐しい。やはり女性よりも男性の方が短命なのは、統計上も止むをえぬことらしい。

小林家を訪ねたのは主として風呂に入れてもらうためだったが、夕食をご馳走になったこともあるかもしれない。炬燵をかこんで団欒することが多かった。映画のこと、ラジオのこと、その他新聞の三面記事に類した話題が多かった。いいだ、日高、中野らとの談話にさいして自ら感じるような緊迫感はなかった。そのころ道路一筋隔てて寺沢一《はじめ》さんが住んでいた。敗戦後抑留されていたシベリアから引揚げて、東大に復学し、横田喜三郎教授の許で、国際法を専攻するため、熱心に勉強していた。寺沢一さんからはシベリア抑留中にたちまちロシア語を習得して通訳をつとめた話を聞くこともあったが、学業、ことに自分が横田教授に目をかけられていること、などを聞くことが多かった。昭さんと一さんは浦和中学の同級だったが、小林家の団欒は、むしろそうした学業を話題にすることを軽侮し、映画、ラジオ、新聞の三面記事など、他愛ない事柄に興じるのがつねであった。こうした小林家の団欒に比べ、わが家は生計の窮迫に加えて、几帳面な父の人柄もあり、いつもぎすぎすしていた。それだけに小林家で私が過した時間は、私がうちとけて心を開くことができた時間であり、私の魂が休まり、精神が均衡をとり戻す時間であった。

私はこれまで多くの知己友人に恵まれてきた。篠原家の母子家庭も小林家の家庭も、やはり私の成熟過程のかえがたい時間であった。

＊

私が篠原家に居候することとなったのは、いうまでもなく大学が気になったからであった。つとめて授業に出席するつもりであったが、長続きしなかった。

私は大学の授業に失望した。真面目な学生は教室の最前列かそこらに席を占めて、教授の片言隻句も聞き逃さぬようにノートをとっていた。いつも教室の最後列に腰かけていた私はそうした講義は教科書を棒読みにしているようにしか聞こえなかった。じっさいは教授は教科書に記されていないような注釈を加えることもあったらしい。そうした注釈はふかい学殖に裏付けられた含蓄の富む発言だったにちがいないが、私にはそうした発言は聞きとれなかった。何よりも、私は一高時代の五味智英、竹山道雄、林健太郎といった諸教授の授業を、まともにうけなかったとはいえ、それでも、学問への情熱が迸るように感じていたので、大学の授業といえば、いっそう私たち学生の心をうつものだろうと想像していた。しかし、大学の法学教育はそういうものではなかった。ほとんどが教科書をなぞっているだけのように感じた。

考えてみれば、私は大学でいかに法律学を学ぶかについて無知であったらしい。熱心な学生はきちんと授業をうけることはもちろん、私淑する教授の演習に申込み、演習に参加して小人数で厳しく鍛えられる機会があったようである。また、法律相談所という施設があった。そこでは上級生や先輩が懇切に指導し、判例、学説等を指導してくれたそうである。後に私が司法修習生になったとき、活潑に発言する修習生のほとんどは法律相談所の経験者であった。私はそうした施設があることも知らなかった。

とはいえ、私は大学の法学教育には徹底的な改革が必要だと思っていた。大学の授業を一日もうけることもなく、ただ、試験だけを受けて必要な単位をとり、在学中、司法試験に合格した友人には、たとえば久保田穣がいる。私もこれに近い。後年になると、大学の授業に出席せず、もっぱら司法試験の受験予備校に通って、司法試験に合格した人々を私は数多く知っている。これは司法試験にも問題があるかもしれないが、大学の法学教育の在り方に問題があったと信じている。私は法律家の養成には一種の徒弟奉公のような訓練が必要だと考える。大教室でほとんど十年一日のように教科書を棒読みするような授業では法律家は養成できない。後に全共闘が法学部の改革を唱えたことに私は共感し、全共闘が徒らに過激化して挫折したことをいまだに残念に思っている。

そんな失望から、私は大学へ行っても、正門から構内に入らず、逆に森川町へ入って、麻雀屋に入り浸るようになった。そのころ、法学部の事務長であった平木恵治という方がいた。昭和六年の一高の卒業生であった。私たちはオンケルとか平木オンケルとか呼んでいた。これは彼の一高時代からの渾名だったらしい。オンケルはいつも昼間から麻雀屋の中央に陣どって麻雀をうっていた。相手は大方が一高の後輩であった。私を誘ったのは平本祐二だったはずである。平本は私と同様、昭和十九年四月に一高文科に入学し、同年に法学部法律学科に入学していた。尊父も旧い一高の卒業生で弁護士であった。戦争中戦災にあって与野に一家で仮寓していた。平本は麻雀を憶えたばかりで麻雀が面白くて仕方がないといった様子だった。それだけに麻雀は弱かった。平本はオンケルも、事務長の仕事がどうなっているのか分らないが、日がな一日、麻雀屋で暮らしていたのに、決してつよくはなかった。平本はたいへん凝り性だったので、その後はずいぶんつよくなったが、当時は私はいつも勝ち続けていた。平本とは司法修習生も一緒だったし、弁護士としても同業、ふかい交友を持ち続けたので、折にふれてまた記すことがあるはずである。

仲間内での麻雀にほとんど勝ち続けていたので、図に乗った私は、本郷三丁目の角に近い麻雀屋に出入りするようになった。麻雀屋には常連客というような人が多い。そうした常連客を相手に私は遊んだ。勝ったり負けたり、当り前のことだが、勝ち続けるなどということはなかった。ある日、その麻雀屋を訪ねると、誰も常連客はいなかった。麻雀屋の主人夫婦が、お相手しましょう、と言って、どこからか一人連れてきて、卓をかこんだ。このときは、こっぴどく負けた。とはいえ、借金してひきあげた記憶はないから、有金の全部をはたいたというほどの負け方だったのだろう。私はうちのめされた。その帰途、御徒町駅へとぼとぼと歩いて行くうちに、シガレットケースを麻雀屋に忘れてきたことに気付いた。シガレットケースをとり戻しにひきかえす気力はなかった。そのシガレットケースは零下数十度の極寒のシベリアの収容所で肺炎のため高熱にうかされながら餓死同然に死んだ尾藤正明の形見であった。金属に黒くメッキし精妙な銀の象嵌を施した上等なケースであった。彼が満州に帰省したさい、母堂から託されたといって渡してくれたものであった。その形見を麻雀屋などに忘れた私はいたたまれない思いであった。また、仲間内ではつよいつもりだったが、自身の麻雀の実力を思い知った。今後は麻雀は遊びとしてしかうつまいと私は決心した。

＊

そのころでも大学構内に足をふみ入れなかったわけではない。武井昭夫のアジ演説を聞いたこともある。武井は後光が射すほどに輝いていた。間もなく全学連委員長に選ばれたはずである。あるとき、佐野文一郎から呼びとめられた。佐野は一高入学は私より早かったが、復員して私と同級生となったので顔見知りであった。当時は辻井喬こと堤清二も渡辺恒雄も、その他多くの人々が東大共産党細胞に属していたそうである。佐野もその一人であった。

――どう、入党しないか。

と私は佐野から誘われた。

――どうも僕は気が進まないから。

と私は佐野の誘いを断った。私は社会主義に対するふかい関心と共感をもっていたが、日本共産党には不信感がつよかった。それに、群れること、集団行動に嫌悪感を覚えることも私の生来の資質であった。高村光太郎は「生来の離群性」と自己規定したが、似たような気質かもしれない。

何が「正義」であるかを問わず、「正義」のために自らを犠牲にするほどに高貴な精神をもっていないと自覚していた。私は時勢からわが身を持するのに汲々としていた。それも結局のところは、私が政治活動が嫌いだというのに尽きるかもしれない。

その後、佐野は脱党したか除名されたか、事情は詳かでないが、転向して文部官僚となった。現行著作権法の制定当時は担当課長であった。私はいまでも問答形式の彼の著作権法入門書を参照することがある。さらに佐野は文化庁長官、文部次官に栄進した。川喜多長政氏が亡くなったとき、私はかしこ夫人の依頼により川喜多記念映画文化財団の設立に関係した。文化庁長官であった佐野は大いに尽力してくれた。大学時代、彼が私に共産党入党を勧めたことなど、彼はつゆほども憶えていないだろう、と私は感じていた。

*

ここまで書いていると私はもっぱら遊び呆けていたようにみえるかもしれないが、そのころ、私は法律学に眼を開いてくれた数冊、ことに二冊の論文に出会った。ただ、その前に、私がいわゆる資本主義論争に関する著作を濫読していたことにふれておかなければなるまい。これはおそらく日高普の影響によるであろう。

日本資本主義論争については、私の世代までの青年たちは多かれ少なかれ耳にしているはずだが、現在の読書人には知られていないかもしれないと思われるので、一応の説明をしておきたい。

ただ、私の生半可な知識で要約できないので、平凡社版『大百科事典』における中村政則の記述を次に転記することとする。

「一九二〇年代後半から三〇年代におけるマルクス主義陣営内の論争。革命戦略、日本資本主義の特質、天皇制権力の階級的性格、地主的土地所有の本質、明治維新の歴史的性格などをめぐって議論がたたかわされた。第二次大戦前日本社会科学界最大の論争。論争は一九二七年ごろから約一〇年間にわたって続いたが、これを二つの時期に区分できる。第一期は一九二七―三二年で戦略論争または民主革命論争の時期、第二期は一九三三―三七年で、資本主義論争または封建論争の時期として要約できる。

〔論争の経緯〕第一期は金融恐慌、世界大恐慌、満州（中国東北）侵略、五・一五事件など日本資本主義が危機的様相を深めるとともに戦争とファシズムの時代に突入しつつある時代であった。当時のマルクス主義者はこの危機打開の道をめぐって二つの陣営に分かれて対立した。その代表的論争は、野呂栄太郎と猪俣津南雄との戦略論争である。野呂は日本共産党の〈二七年テーゼ〉を支持する立場から、日本国家の民主主義化のための闘争は、不可避的に封建的残存物にたいする闘争から資本主義それ自体にたいする闘争に転化するであろうと主張した。すなわち当面する革命は絶対主義天皇制を打倒し、地主制を撤廃するブルジョア民主主義革命を経て、急速に社会主義革命へ転化するところの二段階革命でなければならないとした。これに対しての猪俣は、封建的絶対主義勢力の物質的基礎はすでに失われており、国家権力におけるヘゲモニーは独占資本が握っている。したがって無産階級の正面の敵は、金融資本＝帝国主義ブルジョアジーであって、その革命戦略は必然的に、一挙的社会主義革命（いわゆる一段階革命）とならざるをえないと主張した。その後、この論争に決着をつけるためには、日本社会の全面的分析が必要であるとの認識が深まり、野呂は山田盛太郎、平野義太郎、羽仁五郎、服部之総らの協力を得て、《日本資本主義発達史講座》全七巻（一九三二―三三）を岩波書店から刊行した。この《講座》は〈経済・政治・文化の全機構をその歴史的発展の具体的相互関連性の上に、科学的・体系的・弁証法的に認識〉することを試みた日本資本主義研究のマルクス主義的集大成とも呼ぶべきものであった。《講座》刊行と前後して、三二年七月にはコミンテルンの〈三二年テーゼ〉が翻訳・公表され、〈二七年テーゼ〉ではあいまいであった天皇制の絶対主義的性質が明確化され、侵略戦争反対と絶対主義天皇制の打倒を第一の任務とする革命戦略が定式化された。ここにおいて論争は戦略論争をはらみつつも資本主義論争へと旋回し、学問上の大論争へ発展した。

〔論争の争点〕論争の主要な争点の第一は、地主的土地所有の本質規定をめぐるものである。《講座》に結集した学者たち（通称講座派）は、地主が取り立てる現物・高額の小作料は、小作農民の全剰余労働を搾取する高率小作料であって、本質において封建的な半封建地代であるとした。これに対して、櫛田民蔵、猪俣ら（労農派）は土地は商品化しており、地主・小作の関係は契約にもとづき、土地緊縛などの経済外的強制も存在しないのであるから、本質的にいって近代的な前資本主義地代であると主張した。第二は、講座派の理論的支柱たる山田盛太郎の《日本資本主義分析》（一九三四）をめぐる批判と反批判である。労農派の向坂逸郎は、《分析》の軍事的・半封建的資本主義の規定に対して、山田の〈日本資本主義〉には発展がなく、日本型という〈型制〉の固定化があるばかりであると批判した。これに対して、山田勝次郎、相川春喜らの講座派の論客は、向坂の立論は特殊性をすべて一般性に解消する公式主義にすぎないと応戦した。第三は明治維新の理解にかかわるものである。講座派は天皇を頂点とする中央集権的国家機構の樹立、土地変革の不徹底性に起因する半封建的地主階級の強固な残存、藩閥的軍部・華族勢力の台頭、人民の政治的未解放などを理由に、明治維新はブルジョア革命では決してなく、絶対主義の成立にほかならないと主張した。これに対して、労農派は地租改正によって半封建的な土地所有の成立発展は不可能となり、それにともなって封建的絶対主義勢力の物質的基礎も取り除かれたこと、維新政権によって資本主義の育成がはかられたことをもって明治維新＝ブルジョア革命説を主張した。このほか幕末経済史に関しても講座派の服部之総と労農派の土屋喬雄との間で、マニュファクチュア論争、新地主論争がたたかわされ、明治維新研究に大きな刺激をあたえた。両派の論争は政治路線の対立をはらんでいたためにきわめて激しい形をとり、当時のジャーナリズムをにぎわした。しかし一九三六年の講座派検挙（コム・アカデミー事件）、三七—三八年の労農派検挙（第一・二次人民戦線事件）による弾圧によって、論争は中断・終結せしめられた。

〔論争の意義〕資本主義論争は次の点で大きな歴史的意義をもっている。①それまで日本の社会科学は西欧からの輸入学問としての性格がつよかったが、この論争において初めて日本の歴史的現実に対する科学的分析が加えられ、対立点が明確となった、②重箱の隅をつつくような瑣末な論争ではなく、日本国民の将来にかかわるような現実との緊張に満ちた学問の存在を青年や知識人に知らせた、③日本資本主義の特殊的性格を一般的発展法則との関連でいかに統一的に把握するかという、社会科学の方法にかかわる根本問題を提起した、④次の時代の社会科学を担う世代に強烈な影響をあたえ、講座派の流れから大塚久雄の比較経済史、丸山眞男の政治学、川島武宜の法社会学、大河内一男の労働問題研究などが生まれ、労農派の流れから宇野弘蔵、大内力らの経済学が開花した」（原文のアラビア数字を漢数字に改めている）。

あえて全文のまま長文を引用したのは、マルクス主義経済学がソ連邦をはじめとする社会主義体制の崩壊以後、まったく往年の影響を失っているにしても、たんに当時の私個人の好奇心を超えた歴史的意義を日本資本主義論争がもっていたと考えるからであり、戦後になっても、あるいは今日に至るまで、その意義が完全に失われているわけではない、と考えるからである。

たとえば占領軍の主導によるとはいえ、戦後の農地解放が講座派路線を継承していること、これによって農民の地位がまったく変革されたことは疑いない。また、戦後日本の近代化の遅れを指摘して戦後の論壇の指導的役割を果たした、丸山眞男、大塚久雄、川島武宜ら、いわゆる日本型近代主義者たちの論調が講座派の流れをうけついでいたことにみられるとおり、戦後においても講座派理論は大きな意義をもっていた。また、いまわが国における「近代」を考えるばあいにも、なお一種の指標となっているといってもよい。

私自身についていえば、当初圧倒的に講座派理論の信奉者であったが、徐々に労農派理論に近づいたのであった。それは私自身の研鑽によるというよりも日高普の影響によるであろう。

＊

私が資本主義論争の著作を読み漁っていたころ、私がもっとも印象をうけたのは野呂栄太郎の悲劇的生涯であった。『日本のマルクス経済学』における鈴木博、日高普二名による評伝によれば、野呂は北海道の開拓農家に生まれ、小学校のころ運動会で転んだのがもとで右足をいため、膝から下を切断して義足をもちいることとなった。慶応大学に入学したころにはすでに学生運動に専念していたが、成績は抜群であった。反マルクス主義者の小泉信三から教えをうけたが、その小泉は、「在学中も、すでに彼れは学生運動者として名を知られ、そのマルクス理論に対する造詣は群を抜いていた。当時吾々教授の目に映じた野呂は、沈着な、病身ながら毅然たる風貌を持つ好青年であったが、彼れにとっては、私の講義中に聴くマルクス批判は不満甚だしきものであったと察せられる。……彼れは屢々講義の途中で『先生』と呼び、手を挙げて質問の許しを求めた。許すと、立ち上って、私の批判に服し難き理由を述べた。……社会思想史の外、更に私は彼れの級のドイツ語を教えた。この両科目は何れに於ても、野呂の成績は抜群で、私は彼れの答案に全級の最高点を与えたことを覚えている」と回想しているという。

大正十五（一九二六）年卒業の前年、彼の著作中もっともすぐれた論文とみられる「日本資本主義発達史」を脱稿した。二十五歳であった。卒業後大学に助手として残ることを希望し、小泉信三、高橋誠一郎の両教授はこぞって推薦したが、野呂の検挙が予知されていたことから実現しなかった。小泉は野呂の生計を助けるため、岩波書店に翻訳の斡旋などをしていた。

この「日本資本主義発達史」には明治維新＝ブルジョワ革命論が明瞭に述べられていた。その終りに近く、野呂は次のとおり記しているそうである。

「今日、普通我が資本主義の特殊性とせらるるものの中には、世界資本主義の現状に即し、国際資本主義的関係より考察する時は、却って資本主義発達の一般法則の所産に過ぎざるものが多いのである。故に、我々の分析の必要とした所は、所謂我が資本主義発達の特殊性の発見にあったのではなくして、世界資本主義的連鎖の一環としての我が資本主義が、国際資本主義的諸条件の下に於て、我が国の地理的、人種的、及び歴史的条件に依って制約されつつ、現実に如何なる具体的発展形態を取ったかを究明するにあったのである」。

この方法論はすぐれたものとして評価しないわけにはいかないが、野呂のこの論文のなかでは生かされていなかった、その弱点がこれ以後に至って大きな破綻を生む原因となった、と鈴木、日高は記している。

平凡社版『大百科事典』の記述にも若干ふれられているけれども、講座派理論はコミンテルンの日本問題に関する決議、いわゆるテーゼによって激しく動揺したようである。二七年テーゼは、日本を「ブルジョワ国家」としながら、他方で目標はまずブルジョワ民主主義革命であって、それが急速にプロレタリア革命に転化するのだ、という二段階革命論を説いていた。これが後の三一年テーゼでは明治維新＝ブルジョワ革命説となり、三二年テーゼでは明治維新＝非ブルジョワ革命説に転化した。コミンテルンの与えるテーゼは神聖無謬のものとしてうけとらなければならなかった。そのためにその後の野呂の論文には多くの矛盾を生じたようだが、ここで私は野呂の誤謬を指摘しようとは思わないし、指摘できるほどの学識はない。

野呂は昭和五（一九三〇）年一月、共産党に入党し、昭和七年には党中央委員になり、翌年六月には委員長になった。「年齢も若く、党歴も浅いかれが委員長となったのは、周囲から尊重されていたからであることはいうまでもないが、相つぐ検挙と指導者の転向の結果、とくに人物難におちいり、というよりむしろ党が壊滅状態に近かったためでもあろう」と鈴木、日高は記している。

野呂の若き晩年の最後の仕事が『日本資本主義発達史講座』の企画と編集であった。三一年テーゼの下に企画された講座の主要論文は、三二年テーゼにしたがって執筆された。野呂の思想は本来三二年テーゼに近かったから、三二年テーゼをむしろ歓迎したはずだが、昭和七年から非合法生活に入っていた彼は講座に執筆することはできなかった。

「三三年一月、かれは療養のため家を出た朝、あるスパイの手引きによって逮捕された。結婚からわずか半年しかたっていない。そして翌年の一九三四（昭9）年二月、品川警察署で病死している。三三歳の若さである」と鈴木、日高は記している。ちなみに、野呂は慶応大学に入学したころから結核を患らい、その後いくたびも病臥、転地療養などをくりかえし、終生病気に苦しめられていた。

抜群の理論的解析力に恵まれながら、病軀をおして実践活動に入り、獄死するに至ったことだけでも悲劇的だが、スターリン独裁体制の確立過程で変転したコミンテルンのテーゼに翻弄されたことを思えば、野呂の生涯はいっそういたましい。いまとなっては野呂の生涯はいかなる意味ももたなかったといいきることができるであろう。しかし、彼のような志と精神が欠けていたら、日本共産党史も、あるいは日本ないし人類の歴史もずいぶんと荒寥たる風景を呈するにちがいない。私は野呂栄太郎を偶像視するつもりはないが、彼の生と死を悼む気持のつよいことは如何ともしがたい。

*

大学の授業に出席することは怠け放題に怠けていたが、私は川島武宜教授の民法の講義には比較的よく出席していた。それは当時同教授の『所有権法の理論』が評判だったからであった。『所有権法の理論』からは教えられることが多かった。たとえば、次の如き章句が私にとって新鮮であった。

「所有権の現実の問題はつねにその歴史的型態をめぐって存在したということ、またその問題が歴史的な問題、すなわち人間対人間の問題であったということ、所有権は人と物との関係の側面においで現われる人間と人間との関係であるということ、——これらのことがわれわれの問題提起・把握の出発点でなければならない」。

「近代的人間の意識一般の基礎規定は、まず自分が独立の・他の何びとにも隷従しない主体者であるという自己意識であり、つぎに、他のすべての人間もまた自分と同質的な主体者であることを認識し尊重するところの社会的な意識、要するに、社会的な規模において存在し且つ社会的に媒介されたところの主体性の意識である」。

「近代的所有権が第一次的にまずこのように交換価値支配権であるということから、所有者と所有権との特殊な近代的関係が生じてくる。近代的所有権の個性は右にのべたように交換価値(貨幣価値)の単なる量的差異にのみ存する。所有者にとっては物はすべて質的には均等のものとして抽象的代替的のものとして存在する。したがって所有者にとっては、ある物に対する所有権はやがて交換価値に転換しまたさらに他の物の所有権に転換しまたさらに交換価値に転換する等々という宿命をもって居り、所有権は、所有者にとっては本質的には何の感情も情緒をも含むものではないのである。これに対し、非近代的所有権たるところの、わが国農村における、家族労働による経営の基礎たる農地の所有権乃至利用権は、本来的に物の具体的な利用価値の上に基礎づけられており、その利用主体の生活そのものの不可欠的条件であり、それは農家族の生活感情と不可分に結びついている。農家族と農地所有権乃至利用権との結合は、強い愛情と執着とをもって貫かれており(土地は彼らの「偉大なる母」である)、無色なる近代的所有権とは比すべくもないのである。かような牧歌的な所有権の意識の上に立つ人々にとっては、近代的所有権は、まさに「唯物的」思想に基く悪魔的存在としてあらわれてくるのである」。

こうした思想によって私は「近代的所有権」の本質にふれたように感じたが、同時に反撥を感じなかったわけではない。こうした「近代的所有権」の概念は、それが歴史的な存在であるにせよ、近代的所有権をあまりに典型化しているように思われたのであった。

『所有権法の理論』が講座派の系譜につらなることと、こうした私の不満とは関係があるようにみえた。明治維新における、土地所有を中心とする所有権制度の歴史的発展に関する叙述中、たとえば、次のとおり記されている。

「以上を要するに、従来の零細な規模での農業生産様式は大体においてはそのまま固定し存続し、ことなったのは、封建地代収取関係の重点があらたに地主と小作人との関係に移転したということである」。

「封建地代の収取を確保する封建的な経済外的強制が、地主と小作人との関係において基本的には存続し、さらに、地代が地租の基礎であることのゆえに、地代収取の経済外的強制は、国家の強力によっても補充せられ保障される。二つのことが注意される。第一に、この場合に、いわゆる経済外的強制は、必ずしも農奴・隷農に対する直接的な人身的隷属（労働地代の段階においてもっとも典型的に現われるような）によるのではもはやなく、その多かれ少かれ解体しゆく過程における諸の特殊的型態において、存在しているということ。第二に、この場合における国家の強力は、半封建的土地所有が民法典において近代的なことばで語られることに対応して、近代的な型態をうけ、したがって法実証主義的見地にとっては、近代的な契約不履行などの近代的な法現象としてあらわれる。しかしその現実的な意味を問題とする法社会学的見地にとっては、この場合の国家の強力は、等価交換によって媒介された規範関係の保障という意味をもっていないのであり、それは非等価交換的な半封建地代の収取を確保する強制の補充乃至代位として現実の意味をもつのである」。

この第一、第二の注意点はいずれも難解だが、議論の出発点となっているのは講座派の代表的論客山田盛太郎あるいは平野義太郎の著書であることが注に明記されており、平凡社版『大百科事典』における中村政則の指摘のとおり、川島武宜『所有権法の理論』はまさに講座派の法社会学における戦後の展開だったわけである。

私が『所有権法の理論』により大いに啓発されたことは間違いない。ことに講座派理論は当時の私にとって親しみやすかった。それでも、同書の説くところは、私にはかなりに図式的にみえ、「近代的所有権」の近代性を理想化しているようにみえた。

*

ここで私に法律への門戸を開いてくれたともいうべき二著書にふれておきたい。その一は我妻栄『近代法における債権の優越的地位』であり、もう一つは大塚久雄『株式会社発生史論』である。私が読んだ順序からいえば、後者が先であり、前者が後である。前者『近代法における債権の優越的地位』は当時まだ刊行されていなかった。私は『法学志林』に掲載された論文を図書館で読んだのであった。その動機は川島武宜『所有権法の理論』に引用がみられたからであった。それ故、読んだ順序に関係なく、我妻栄教授の著書にまずふれることにする。

もちろん、私がこの法律学における画期的ともいうべき名著を解説することは、その任でもないし、私がここで回想している本稿の主題の場外にある。私がどんな刺戟をうけ、何を学んだかの概要を記しておこうとするにすぎない。

私がまず眼を開かれたのは、「第一章　序」における次の記述であった。

「人類が物権のみを以てその財産関係となし、経済取引の客体として居つた時代には、人類は、いはば、過去と現在とのみに生活したのである。しかし、債権が認められ、将来の給付の約束が、現在の給付の対価たる価値を有するやうになると、人類はその経済関係のうちに、過去と現在の財貨の他に、更に将来のものを加ふることが出来るやうになる。コーラーの言葉を借りれば、信用即ち債権の発生によつて「過去は未来の役に立ち、未来は過去の役に立つ。時の障壁は打破せられ、人類は、何等妨げられるところなく、時間と空間とを征服するに至る」といふべきである」。

「私は、ラードブルッフの法学通論の中に極めて適切な一節を想起する。彼は、物権と債権の説明をして、前者は、物を直接に支配しその物を以て人類の慾望を満足せしめるものであり、後者は、他人にその物を給付せしめることを請求する権利であるとなし、従つて「物権は目的であり、債権は本来単に手段である。……法律界における物権と債権との関係は、宛も自然界における材料と力との関係である。――前者は静的の要素であり、後者は動的の要素である。前者が主要なる地位を占める社会は、法律生活のスタチックな形式であり、後者のそれはダイナミックな形式である」と両者の本来の性質を説明する。然る後、現代の社会生活における両者の軽重について述べていふ。社会の生産関係が悉く所有権を中心として行はれた中世の社会形式はスタチックなものであつたが、「現今の資本主義的法律形式は全くダイナミックである。所有権は、他人に対する力である限り、また、権力の貸借たる債権関係の経済的中心点たる限り、それは資本である。……債権による権力慾と利息慾（Macht - und Zinsgenuss）は、今日において、総ての経済の目的である。債権はもはや物権と物の利用とを獲得するための手段ではなく、それ自ら法律生活の目的である。経済的価値は、暫くも物権に静止することなく、一の債権から他の債権へと間断なく移動する」と」。

債権の発生によって人類は時間と空間を征服する、資本主義的法律形式はダイナミックであり、債権はそれ自ら法律生活の目的となり、経済的価値は、暫くも物権に静止することなく、一の債権から他の債権へと間断なく移動する、といった記述が、資本主義社会の基礎的な構造を一挙に解明してくれたように私は感じた。

我妻教授は同書は「このラードブルッフが数言にいひ尽してゐることを敷衍するに過ぎないと

もいふことが出来る。ただ私は、以下漸を追うて、その何が故にかくの如き結果に到着したかを研究しながら、具体的な考察を進めようと思ふ」と序を結んでいる。

『近代法における債権の優越的地位』を解説するのが本稿の趣旨でないことはすでに記したとおりである。「何が故にかくの如き結果に到着したか」。その明晰な論述に私はまったく魅了され、読書中の昂奮はいまだに鮮かだが、おそらくその論述は専門的にすぎて、一般読書人には興味あるまい。その目次にしたがって、その内容を一瞥するにとどめることとする。

本書は、「第一章　序」に続き、「第二章　所有権の支配的作用と債権」、「第三章　財産の債権化」、「第四章　債権による経済組織の維持」、「第五章　結論」の五章から成る。第三章についていえば、「第一節　債権の財産化」、「第二節　不動産の債権化」、「第三節　動産の債権化」、「第四節　債権的財産の増加」の四節に分かれており、本書中の中核的論述であろう。この第三章は全八十目から成る本書の中の第十一目から第五十九目までを占めているが、第三章第二節の「不動産の債権化」の目次を転記すれば次のとおりである。

「第一項　不動産の貨幣価値と抵当
　二六　近代社会における不動産担保と抵当（不動産の第二次的作用）　二七　金銭の借入れより金銭の投資へ
第二項　抵当権の抽象性
　二八　債権関係からの絶縁の必要—流通抵当・土地負担　二九　不動産の金銭価値の独立

第三項　抵当権の流通性

三〇　流通性の確保に関する諸問題　三一　抵当権の成立乃至存在に関する保護　三二　抵当権の流通中の瑕疵に関する保護

第四項　抵当権と証券の結合

三三　抵当権と証券の結合の必要　三四　ドイツにおける諸制度

第五項　不動産の債権化

三五　抵当権の発達は不動産の債権化である

第六項　わが国の制度

三六　わが国の制度は甚だしく劣る」

の如くである。すなわち、抵当権を論じた第三章第二節だけをとってみても、ここで記述されているのはたんに法制ではない。むしろ資本主義社会において抵当権が果たしている意義を解明し、わが国法制の欠陥におよぶという、広くふかい洞察なのである。

本書の末尾において、「所有権の絶対」は問題の中心ではない、所有権の絶対は、資本主義の現時の発達段階においては、もはや事実上存在しない、といい（七十九目）、問題の中心は金銭債権の威力にあるといい（八十目）、その上で、問題の中心は、金銭債権をいかに取扱うべきかの点に存在しなければならないとし、「金銭債権によつて支持発展せしめられる現在の経済組織の運行に即し、いはばその流れに順応しつつ、これを根柢より破壊する恐れなき限りにおいて、その専制を制限し、次第に剰余価値名義たることを廃することを以て法律の理想となすべし、といふ抽象的な主張をなす以上に、具体的な標準を示す力を有せざるを遺憾とする」と述べている。以下、我妻教授は二、三の提言を行っているが、これらは省略する。

こうして『近代法における債権の優越的地位』をふたたび通観して、私が痛切に感じることは、一つにはいうまでもなく、本書によって私が民法という枠を越えて資本主義社会の基礎的構造を知ったことには間違いないのだが、若い私の心をうったのは、いかにして債権の「専制」を制限し、理想的な法律体系たらしめるか、という筆者の理想主義であったのであろう、ということである。

法律を専攻することとなったごく早い時期に、この名著に接したことの幸運に私は感謝せずにはいられない。

＊

大塚久雄『株式会社発生史論』は前編、後編の二部に分かれている。前編は同書の全叙述を貫く「基礎理論」の包括的な展開であり、後編は詳細な史実に関する叙述である。そういう意味で、前編は同書の結論であり、帰着点でもある、と前編の「はしがき」に述べられている。

私は同書の前編を読んでいたころはかなりに退屈していた。後編に至ってほとんど頁を繰るのが惜しいような昂奮を感じた。私の変則的な読書法のため、私はほとんどミステリーを読むのと同じような興趣に駆られて、同書を通読した。それほどに株式会社発生の歴史叙述は謎解きに似た感興を私に与えたのであった。

この大著を解説するのは本稿の目的ではないが、私が本書の何に興趣を覚え、感興を与えられたかを記すためには、前編における叙述の若干を抄出する必要があるだろう。

会社形態には大づかみにいって三つの基本形態、すなわち合名会社、合資会社、株式会社があり、これらには社員すなわち出資者数においても、資本金額すなわち出資総額においても、明白な量的な違いがある。合名会社における社員はすべて企業機能を把持し、それぞれ第三者に当該会社企業を代表し、各社員が無限責任を負う。合資会社は機能資本家と持分資本家の両種の社員の出資から成り、持分資本家は企業の支配・経営に参加せず、これに対応して機能資本家は無限責任を負い、持分資本家は利潤の一部を配当としてうけとるだけで出資を限度とする有限責任しか負わない、これらに対して株式会社においては全社員の責任が有限責任である。

株式会社においては、この全社員の有限責任制に加え、会社機関の存在、譲渡自由な等額株式制、さらに確定資本制と永続性とがあり、これらに株式会社が合名会社、合資会社と区別される形態的特質がある。

大塚教授は株式会社発生史に関する数多くの学説を解説し、批判し、その上で、後編の「はしがき」で次のとおり記述している。

「前編において、われわれは株式会社発生史論の基本問題を検討し、その結果、問題の焦点が次の二主要命題に帰結することを明らかにした。すなわち、(1)株式会社発生史の正しきシェーマは、「個人企業→合名会社→合資会社→株式会社」として表示せられるものであり、なかんずくその焦点は、「株式会社形態への推転の萌芽を胎みつつある独自な姿の合資会社形態すなわち先駆会社形態より、株式会社形態への移行」に集中せられる。(2)かくして発生した株式会社は、それが古き前期的商業資本の集中形態として生れ出でたという事情の故に、その始め古き前期的資本の法則性に由来する種々の特殊性・未熟性を残しており、そして資本主義の展開とともにこの古き殻を脱ぎすてて「近代的株式会社形態」に進化する。なかんずくその焦点は、「株主総会なき専制型の株式会社」より「民主的総会を具える近代的株式会社」への移行に集中せられる。いうまでもなく、史料はこの二つの基本命題に従って分析かつ叙述せられねばならないのである」。

こうして後編は、「第一章　第一節　十六世紀初頭における南ドイツ商人の東インド会社」の検討にはじまる。ここで「南ドイツ商人およびイタリア商人によって企てられた東インド貿易企業」が、「一つの会社企業であったことは否みえない」が、「まぎれもなく、僅か一回の東インド航行のために設立せられた当座的結合《コンソルテイウム》に過ぎず」、「この当座性は会社企業の未熟性を表白しこそすれ、会社企業たる事実そのものを否定する標識ではない」という。

さらにまた、次のとおり叙述されている。

「ここにきわめて興味ふかいのは、この「南欧の東インド会社」と、株式会社の起源といわれるオランダ東インド会社設立の母胎となったフォール・コンパニーエンとの形態上の相似である。

フォール・コンパニーエンについては後に詳述するところであるが、その要点を記せば、（一）それらは多かれ少かれ航海毎に設立され解散されるところの当座的会社企業であり、（二）さらにそれらは表面上は少数の「取締役団」bewindhebbersのソキエタス・合名会社として現われ、しかも事実上各取締役はそれぞれ自己の背後に夥しい数の「コンメンダ出資者」mede-participantenをもち、かつ彼らの出資は表面上それぞれの取締役の出資の中に組入れられていたのである。――両者の形態上の相似はきわめて明瞭であろう。しからば両者の差違はどこに存したか。フォール・コンパニーエンの特質としては、まずその当座性が減少し、匿名コンメンダ出資者が本来の社員に引上げられる傾向ないし萌芽の存したことをあげうるが、なかんずく重要な点として、（一）ソキエタスすなわち取締役団が「会社機関」なる姿をとり始めていたこと、および、（二）出資がかなり自由に譲渡せられ、株式制の萌芽を示していたこと、を指摘すべきであろう」。

ひき続いて、「第二節　ボーデン湖畔の大ラーフェンスブルク会社」、「第三節　テューリンゲンのロイテンベルク会社」において、十四、五世紀から十六、七世紀にかけてのヨーロッパにおいて多かれ少なかれ展開されていた先駆会社を説明し、「これが、経済的条件の沃地に根を下ろしたとき、これを母胎として「株式会社形態」が発生する」と述べて、「「先駆会社より株式会社への推転」の事情を、イタリア、オランダおよびイギリスにつき順次に考察する」として、第二章以下に叙述を進める。まず、かつては有力な学説とされていた、株式会社制度の起源としてのジェノヴァのいわゆるサン・ジョルジオ銀行、ついで、一六〇二年に設立されたオランダ東インド会社を「株式会社制度の起源」とする通説を検討する。

同書はサン・ジョルジオは「国債所有者団体を基礎として成立し、これと癒合しあった株式会社」であったとし、これが「素面の」株式会社形態にうつりゆかなかったのは、ジェノヴァ商業資本にとって広大な活躍の天地が欠如しており、国内の「消費税収入」に寄生していたためであるという。

「第三章　オランダにおける株式会社の発生とその限界」では、「十六世紀末頃までにヨーロッパのいたるところに展開せられていた「先駆会社的」諸企業なる母胎から、時みちて、「株式会社形態」が産出されるというその世界史的な過程を」オランダ東インド会社の設立過程が具現している、といいながら、オランダ東インド会社は「完成した姿の株式会社に対比して、それはなかんずく一つの重要な「未完成な」点を持っていた。すなわち、それは「民主的総会」を欠如し、中心的取締役団による「専制的支配」が行われていた」という。その上で、「専制型株式会社としてのオランダ東インド会社」は、次の諸点において株式会社の特質をそなえていたと説く。

一　無限責任の消失と全社員の有限責任制の確立
二　会社と出資者群との直接的関係の完成と会社機関の整備
三　株式制の顕著な発達

四　当座性の消失と会社企業の永続化

しかもオランダ東インド会社を「近代的株式会社」としなかったのは、二個の主要な点にあり、「第一は、会社企業が数個の部分企業たる「カーメル」に分裂し、全体があたかもインテレッセン・ゲマインシャフトのごとき姿容を示していたことであって、これはオランダ初期資本主義の特殊性より来るオランダ特有の構成である。第二は、「社員総会」が欠如しており、取締役団が企業そのものを専制的に支配しているという「専制的構成」であって、これは特にオランダにおいて顕著ではあったが必ずしもオランダ特有のものでなく、一般に絶対主義的社会構成下におけるあらゆる国の初期株式会社が多かれ少かれもったところの構成である」と説く。大塚久雄はこの「専制型」株式会社の特殊性が前期的資本の法則性に由来するという事実から、「株式会社の商業資本的形態」とも名づけている。

第四章に至って「イギリスにおける株式会社形態の展開」が叙述され、ここでも紆余曲折を経た後、その「第二節　近代的民主型株式会社としての東インド会社の成立」が説明され、一六五七年のクロムウェルの改革、王政復古下の一六六二年チャールズ二世による「全社員の有限責任制」の許容により、「オランダ東インド会社が株式会社の起源であるならば、イギリスの東インド会社は近代的株式会社の起源ということができよう」という。

クロムウェルの改革は次の四点にあった。

一　カムパニーと会社企業との規模の完全な一致および当座制の完全な揚棄
二　重役団および総会の機能について
三　利益金の処分方法および責任形態について
四　株式制の発達について

チャールズ二世の全社員の有限責任制の許容により近代的株式会社形態が完成したと著者がみていたことはすでに記したとおりである。

もちろん大塚久雄『株式会社発生史論』は法制史的にも、その基礎となっていた経済史的状況についても、さらに諸学説の検討、批判についても、詳細をきわめている。右は私なりのまことに杜撰な概観にすぎない。ただ、ある程度は同書の叙述の内容に立ち入らなければ、私が同書から何を学んだか、を説明することはできないので、止むをえず、その概要を摘記したにすぎない。

私が教えられたのは、株式会社の発生史にとどまらなかった。何故、社員の有限責任が成立せざるをえなかったのか。何故、取締役団、株主総会のような会社機関が成立せざるをえなかったのか。株式会社の資本とは何か、株式の自由譲渡性は何故必要とされたのか、もっといえば、近代的株式会社形態の本質は何か、ということであった。それが社会経済史的な必然的な発展として、近代資本主義社会の基幹をなす株式会社のもつ意義であった。

私は、我妻栄『近代法における債権の優越的地位』と大塚久雄『株式会社発生史論』の二著によって、それこそ雷鳴にうたれるように、近代資本主義の本質を知った、あるいは知ったように感じたのであった。私にとっては、民法典や商法典の各条文の解釈書よりは、これら二著によって一挙に近代法の核心を知った、ないし知ったかのように考えたのである。

私の法律への関心は、判例・学説等の解釈から帰納的に法の本質に迫るというよりは、むしろ、逆に法の核心から演繹的に法解釈への関心を喚起されたのだといえるかもしれない。これはたぶんごく変則的な方法であろう。しかし、こうして私が法律への眼を開かれたことは間違いないし、それは私の資質によることではあるが、私の精神史における画期的な事件であった。

ちなみに、当時大塚教授の『近代欧洲経済史序説』はまだその上巻しか刊行されていなかった。結局下巻は完成しなかったが、「それ自体完結した労作」を「序説」、ことにその上巻と名づける精神に感銘をうけていた。これもそのころに通読していたが、その感動は『株式会社発生史論』とは比すべくもなかった。『株式会社発生史論』の方がはるかに視野が広く、緻密であり、教示されることが多かったのである。なお後に私が最初に書いた宮沢賢治論を「宮沢賢治序説」と題したのは大塚久雄に倣ったのである。

11

伊達得夫は『詩人たち　ユリイカ抄』に、

「原口統三遺稿集『二十歳のエチュード』は、翌年六《ママ》月、M出版社から初版五千部が発行され、あっという間に売切れた。が、追いかけて再版、というわけにはいかなかった。紙が当時は簡単に手に入らなかったからだ。それでも、その年《ママ》の秋に再版五千部が出され、それも瞬く間に売切れた。しかし、そのころから出版界にはようやく不況の風が立ち始めた。戦後、一日一社の割合で増えたと言われる出版社は、同じ割合で姿を消して行った。M出版社もその例外ではなかったから、『二十歳のエチュード』の売行が記録的だったにも拘らず、その印税の支払いはスムースではなかった。けれども、そのことが、版権所有者である橋本一明やその友人たちと、ぼくとの間を深める結果になったのだろうか。ぼくは印税を断るために、しばしば彼らと対談しなければならなかったし、その負い目で向陵時報という一高校友会の機関紙の印刷をあっせんしたり、最初に一高の寮で会った中村――詩人、中村稔の書いた探偵小説をカストリ雑誌に売込んでやったり、それらのめんどうを心よく引受けなければならなかった。

中村稔の探偵小説――ぼくはもうその題も、彼がこの場合だけ使用したペンネームも、記憶にないが、それが小栗虫太郎の影響をうけていたことと、たいへんエロっぽいものであったことは忘れない。結婚したばかりのぼくの女房は、その原稿を読んで、「中村さんは結婚もしていないのに、どうしてこんなことまで知ってるんでしょう」と顔をあからめた。しかし、その点にこそカストリ雑誌の編集長は惚れこんだのであろう。いくばくかの原稿料を、かれはポケットに納めて、心もち背を丸めながら、夕暮の神保町に消えていった。

二十二年の暮、ぼくのつとめ先は、尨大な返本を屑屋に叩き売って倒産した。ぼくは個人で出版をつづけようと考えた。神保町の喫茶店ランボオの片隅で、ぼくはコーヒーを前に置いて、橋本一明と対座していた。ぼくが始める出版の最初の仕事として『二十歳のエチュード』を改版して出さしてほしいと申し入れたのだ。

その茶房の隅では、ウェトレスのユリ子さんが、黒い瞳をミスチックに光らせながら、立ったまま、南京豆をかじっていた。

文末の「ユリ子さん」とは当時の鈴木百合子、後の武田泰淳夫人、武田百合子である。

＊

書肆ユリイカの創業とその処女出版『二十歳のエチュード』については後にふれることとし、はじめに私の探偵小説について記す。

私は濫読の傾向があるが、当時探偵小説といわれ、やがて推理小説といわれるようになり、いまではミステリーとよぶのが一般的となった範疇に属する小説の愛読者であった。戦後間もなく江戸川乱歩、木々高太郎、小栗虫太郎らの著書が復刊された。私は乱歩の短篇の若干、木々高太郎の「就眠儀式」等を評価していたが、とりわけ小栗虫太郎に魅惑された。その『黒死館殺人事件』は衒学的、高踏的、幻想的、異郷的な雰囲気によって私を惹きつけた。坂口安吾が傑作『不連続殺人事件』を発表し、横溝正史が『本陣殺人事件』により復活したのは翌昭和二十三年に入ってからであった。その前後に高木彬光、大坪砂男、香山滋ら戦後派探偵小説家たちが華々しく登場し、探偵小説界は戦後第一期の黄金時代を迎えた。私が書いた最初にして最後の探偵小説は、伊達が話しているとおり、小栗虫太郎の影響のつよいものだったが、第一期の黄金時代以前だったからこそ、小栗虫太郎の影響が誰の目にも明らかな作品を伊達に臆面もなく持ちこんだのであろう。とはいえ、私の作品は『黒死館殺人事件』のような衒学的、高踏的なものではなかった。それほどの学殖を私はもちあわせていなかった。上海を舞台にしたコミュニストの男女間のもつれから生じた殺人事件だったはずである。その筋も題名も憶えていないが、異郷的雰囲気がある「エロッぽい」ものであったことは間違いない。しかも、私は当時上海が揚子江に接した都市であるかのように錯覚していたので、小説中そのように描いていた。それほどに粗雑な小説だから、思いかえしてみても「顔のあからむ」思いがつよい。

私は小遣いに窮していた。家計は逼迫していたから、母をあてにはできなかった。森川町の麻雀屋で少額の賭け麻雀で僅かばかり稼いでも焼け石に水であった。そのために私は図々しく伊達にそんな小説を売りつけたのであった。

伊達の文章から明らかなとおり、これ以前私は伊達夫人の面識を得ている。長谷川郁夫『われ発見せり　書肆ユリイカ・伊達得夫』には、昭和二十一年、「十月になって、やっと落ちつく家がきまった。本所区向島の借家、隅田川のほとりである。そこにかれは京都から妻をむかえ、新しい生活を始めた」とある。私はこの向島の家に伊達夫妻を訪ねている。京人形のような可愛いらしい夫人がまめまめしく接待してくれた。伊達は照れたように憮然としていた。伊達の住居は向島の花街の一画であった。まだ花街は復興していなかったが、それでもどこか淫靡な界隈であった。伊達夫妻の新所帯は、そうした界隈から孤立しながらも、どこか花やいでみえた。

私は『二十歳のエチュード』の印税、いまでいう著作権使用料の問題にかかわっていなかったし、『向陵時報』の編集、印刷にも、その時点では関係していなかった。伊達はそれまで私の文章をまったく読んでいなかったはずである。ただ、橋本一明、都留晃らと伊達が話し合っていたとき、私がたまたま居合わせることは多かったので、伊達と親しくなったのであろう。そんな機会に、自分が探偵小説を書いたら買ってもらえるか、と私は伊達に打診したのであろう。長谷川郁夫の著書によれば、前田出版社は『トップ』というカストリ雑誌を発行していた。私は『トップ』を念頭においていたのだろう。カストリ雑誌とは『日本語大辞典』に「第二次大戦直後、粗悪な仙花紙などを使って発刊された低俗な内容の雑誌。「かすとり」は三合のめばつぶれるということから、三号でつぶれる意の軽蔑した言い方」とある。前田出版社の『トップ』も三号まで続いたかどうか。

ことわっておけば、私が小遣いに窮して臆面なしに伊達に探偵小説を売りこんだのだが、探偵小説を試みること自体に私は強烈な興味をもっていた。

＊

伊達得夫の書肆ユリイカ版『二十歳のエチュード』は、昭和二十三年二月に刊行された。この刊行についてはかなりに不透明、不可解な部分がある。

伊達が「二十二年の暮、ぼくのつとめ先は、尨大な返本を屑屋に叩き売って倒産した。ぼくは個人で出版をつづけようと考えた」と記していることは前述したとおりだが、これによれば、前田出版社の倒産により、止むなく伊達は書肆ユリイカを創業したかのようにみえる。しかし、これが事実に反することはすでに長谷川郁夫が前掲著書で究明している。長谷川の記述するところによれば、「「ユリイカ抄」の記述に反して、実際には、前田出版社はどうやら昭和二十三年六月以後までもちこたえているのである」ということであり、同書は、前田出版社が昭和二十二年五月に発刊した雑誌『文壇』が二十三年六月号まで続いていた事実、伊達が編集した日本児童文学選全三巻の第一集『月夜の森の中では』は伊達が前田出版社を去って半年後、二十三年六月に刊行された事実を指摘している。長谷川郁夫はまた、前田出版社における雑誌の担当者であり、『文壇』の編集長であった真尾《ましお》倍弘の「伊達得夫のこと」（『龍』昭和三十四年八月刊所載）という回想にもとづいて、以下のとおり、記述している。

「昭和二十二年の春、社長が社の女子事務員をつれて九州に逐電した。やがて夫人とのあいだに協議離婚が成立し、十ヵ月後、社長は赤ん坊を抱いて帰京した。

その頃のある日、伊達は真尾氏に、かれの独立プランを具体的に打ち明けた、という。資金として、夫人が離婚に際して入手した慰謝料を借りること。柿ノ木坂の夫人宅に事務所をおくということ。「私はもちろん賛成だった。明日のないような会社で、びくびくしながら勤めていることより、そのほうが、どんなにいいか知れないと、彼のその決断をうらやましく思った」と真尾氏は記している。ただ、夫人のほうは、どうやら共同経営のつもりだったようだ。のちに、真尾氏は発行名義人の名前にこだわる夫人から「泣き言」をいわれたことがあるという。書肆ユリイカ版「二十歳のエチュード」の売り上げによって、伊達はこのときの借金をすぐに返済した」。

ところが、書肆ユリイカ版合本のための橋本一明の「新しいエチュードのための跋」が『定本・二十歳のエチュード』に収められているが、文中、橋本は次のとおり書いている。

「一九四八年末に始ったエチュードを繞る不祥事を簡単に訴えておこう。僕に果し得る友の遺言を全く果した後、僕はもうエチュードによって『金儲け』をする必要も義務もないように感じた。更にエチュードの内容の及す影響について屢々聞く所があった。又僕自身（エチュードは僕にとって友の唯一の形ある遺品であり、屢々僕の愛であり、時には僕自身ですらあったので）エチュードの内容について考えさせられていた。エチュードの全責任、随って全権利が僕に委ねられている。疑っている今、僕は決定することは出来ない。そう思っている所に最初の出版社である××出版社から三版したい旨の申し込みがあった。勿論僕は断った。ところが、申し込んで来た時には既に印刷を完了していた同出版社では、僕の跋文を除き、決定版限定本と銘打って三千部を無検印出版してしまった。これは大変僕を怒らせたので、当然同出版社は僕の相手取る所となった。結末は、小生意気でセンチメンタルで傲岸で無礼であるという僕に対する不評と、罪のない書肆ユリイカ（実は罪のないことはないのだが）に対する悪評と、損料として使いものにならないエチュード初版の紙型とを得ただけであった。もし中島健蔵先生を始め、著作家組合の方々の御尽力がなかったら、僕は法律によって罰せられたことだったろう。こゝで右の方々に厚く感謝の意を表さなければならない」。

橋本はまた、「僕はエチュードを繞る紛争が落着した後は著作権を友の母堂にお譲りし、編輯著作権だけを僕に留めて、いつかのように友の遺稿が倒れかかった出版社の食い物にならないように気をつけようと思っている」とも書いている。

親しい友人であった死者に鞭うつつもりはないが、この文章からは橋本のいう「不祥事」なるものの実相は明らかにされていないし、「法律によって罰せられ」ることとなったかもしれない法律上の責任がどんなものだったかも明らかでない。はなはだ不得要領といわざるをえない。ついでにいえば、橋本が編集したわけでもないのに、「編輯著作権だけを僕に留め」るというのも法律的にみれば無理だと思われるし、それによって「友の遺稿が倒れかかった出版社の食い物にならないように気をつけようと思っている」というのも、原口の母堂に著作権を譲渡するのであれば、余計なお世話だという感がふかい。ただ、『定本・二十歳のエチュード』には「この跋文中に書かれた一件について、以下の書肆ユリイカ社主伊達得夫の書簡を参照」として、三通の書簡が掲載されている。最初の二通は「大宮市天沼二七六　白井健三郎様方　橋本一明」宛で、第一信には

「今日、シブヤの書店で、前田版二十才のエチュードを見ました。検印はしてありません。書店の話では、昨日（26日）に配本された由。／おそらくすでに全国的にばらまかれたものと思はれます。至急、著作家組合に提言すべきと思ひます」

とあり、昭和二十三年十二月二十七日消印であり、第二信は同年十二月三十日消印であって、

「都留君の来意承知しました。さっそく著作家組合をたづねたところ事務の女の子一人しか居りませんでした。いつでもこの女の人一人だけの様子で、女の子にしては、要領を得た話をしてくれました。／一、中島氏に会ふのなら来月十二日午後、出版協会二階著作家組合へ出向くこと、／二、告訴の前に、前田出版社宛、配本の回収を要求すること／　三、弁護士は紹介してもらひましたから、ぼくが兄と同道したい。その際、前田出版と交換した契約書を持参のこと。／以上ですが、兄から手紙ででも前田出版へ第二項の件の通知を発しておいて下さい。形式的にも必要。もし出て来れるなら会って相談したい」

とある。

右の二通の伊達から橋本一明宛の書簡をみると、前田出版社が昭和二十三年末まで出版業を続けていたことは間違いない。そうとすれば、「二十二年の暮、ぼくのつとめ先は、彪大な返本を屑屋に叩き売って倒産した」という伊達の『詩人たち　ユリイカ抄』中の記述は事実に反する。

それにしても、昭和二十三年十二月、「著作権者」である橋本一明が拒絶したにもかかわらず、『二十歳のエチュード』第三刷を無検印で刊行し、これについて橋本が激怒し、伊達がかなりに狼狽したことは間違いないようである。一方、前田出版社と橋本との間には出版契約書が存在したようにみえる。出版契約書があったとすれば、出版権設定にせよ、出版許諾にせよ、短くとも三年間ほどの期間、増刷、改版の権利をふくむ、独占的出版の権利が与えられるのが通常である。出版社の側からみれば、危険を冒して出版したところ、売行が良かったからといってすぐ他社から同じ著作物が出版されるのであれば、出版業は立ちゆかない。出版契約書は主として出版社のそうした権利を守るために作成されるのである。

橋本が書肆ユリイカを創業した伊達得夫に『二十歳のエチュード』の出版を許諾したことは、おそらく前田出版社との契約義務に違反した行為であったろう。「もし中島健蔵先生を始め、著作家組合の方々の御尽力がなかったら、僕は法律によって罰せられたことだったろう」と橋本が書いているのは、たぶんそういう趣旨にちがいない。伊達が『詩人たち　ユリイカ抄』に「ぼくが始める出版の最初の仕事として『二十歳のエチュード』を改版して出さしてほしい」と橋本に申し入れたと記していることからみて、橋本がこの不祥事について書肆ユリイカにも「罪のないことはない」と書いているのも、そう考えてみれば理解できる。

一方、いかに出版契約にもとづく権利があったとしても、著者の承諾なしに跋文を除き、無検印のまま刊行し、配本した前田出版社の行為も常識はずれの非難を免れないだろう。私からみれば、橋本も前田出版社もいずれも咎められる落度があったのではないか。そのため、著作家組合やその弁護士の尽力の結果、初版の紙型の引渡しという、橋本、伊達の側には有利なかたちで落着したのであろう。おそらく『二十歳のエチュード』は橋本の伊達に対する信頼によって出版されたのであって、前田出版社は眼中になかったのではないか。伊達としても『二十歳のエチュード』は自分が世に送りだしたという自負がつよく、前田出版社との契約を軽視していたのではないか。あるいは伊達は出版契約書の内容を知らなかったのかもしれない。だから、この「不祥事」にさいし出版契約書を持参することを橋本に要求したのではないか。私自身の経験からみると、およそ出版社の編集者は会社から与えられた様式の契約書に署名捺印を求めても、その内容、条文の意味を説明できないのがふつうであり、内容、条文の意味などは出版社のごく一部の契約担当者しか知らないのが実状である。

そうした状況を考えてみると、伊達は前田出版社の将来に見切りをつけて、昭和二十二年末に退社した。書肆ユリイカの創業にあたって、その資金は前田夫人の離婚による慰謝料をあてにした。夫人は共同経営を希望したが、資金をひきだした伊達は夫人の希望は無視した。『詩人たちユリイカ抄』によれば、前田出版社が倒産したので、伊達は止むなく書肆ユリイカを創業し、橋本から許諾をうけて『二十歳のエチュード』書肆ユリイカ版を刊行したようにみえるが、実態はそんな綺麗事ではなかったとみるのが自然である。

幸い、書肆ユリイカ版『二十歳のエチュード』の売行が良かったので、伊達は前田夫人から借入れた資金は返済できた。共同経営を夢みた前田夫人はともかく資金が回収できたことで納得し、泣き寝入りしたのであろう。

前田出版社をふくめて、当事者の誰もが法律的常識に欠けていたとしか思われない。書肆ユリイカの創業、ユリイカ版『二十歳のエチュード』の刊行は、敗戦後の「乱世」であったからこそ、可能だったのではないか。

＊

書肆ユリイカの創業と『二十歳のエチュード』の刊行にさいし、伊達得夫は「乱世」に助けられたが、伊達がじつにしたたかであったことも間違いあるまい。

『詩人たち　ユリイカ抄』に「パイプはブライヤア」という、清岡卓行について記した文章が収められている。その冒頭に、伊達は

「ぼくが原口統三の『二十歳のエチュード』を出版したのは一九四八年二月である。そして四月には、原口統三の書簡と教師や友人たちの追悼文をおさめた『死人覚え書』を発行した。ある書店に立ちよったとき、ぼくの前でそれらの本がみるみる数冊売れて行ったのを目撃した。ぼく

は落ちつかない気分で、用もないのに、その店を出たり入ったりした」と書いている。書肆ユリイカ版『二十歳のエチュード』はすでに前田出版社から刊行されていたものの改装版だったにもかかわらず、売行が良かったことは間違いあるまい。

長谷川郁夫『われ発見せり　書肆ユリイカ・伊達得夫』の第Ⅷ章「道化の首」に著者は次のとおり書いている。

「二十三年の夏、家を建てた。「二十歳のエチュード」の利益がもたらしてくれたものである。東中野の駅をおりて舗装されていない道をまっすぐ北へ十分、住所は「新宿区上落合一」。水道工事を請負ってくれた中学時代の友人が「バラック」とよぶような小さい家だったが、そこは事務所を兼ねた。書肆ユリイカの刊行物の奥附には、以後、この住所表記が記される」。

「ただ、家を建てたことは、かれの短い生涯において、ほとんど例外的に建設的な選択だったと思える。ここで家を建てなければ二度と家をもつチャンスはおとずれなかったろうし、家のあることが、さまざまな意味で、書肆ユリイカを存続させたともいえるからである」。

いま、詩書出版者として伝説的存在となった伊達は、このとき上落合に自宅を建てなかったら、生涯、家を持つことはなかったろう。詩書出版は彼にかつかつの生活費をもたらしたかもしれないが、それ以上の利益をあげうるものではなかった。伊達はユリイカ版『二十歳のエチュード』の利益を、出版業の基礎がために投資するよりも、むしろ生活の基盤を築くことに注いだのであった。彼は自宅を新築しただけではない。その敷地も買ったのである。出版業のためには、後にいわゆる昭森社ビルに机をおかせてもらう必要があったのだが、伊達はそれは後廻しにしたのである。

私は、伊達の死後、遺族の生活をどうしたらよいか、那珂太郎をはじめ何人かが集まった夜を思いだす。伊達には印刷所、製本所等への債務が残っていた。これらは印刷所、製本所等の理解を得て、弁済を免除してもらうこととなった。残る土地、家屋だけが伊達の遺産であった。この土地に学生向のアパートを建てて遺族の生活の資とすることとなった。土地が抵当に入っていなかったからこそ、そういう建て替えができたのである。これによって田鶴子夫人は眞理、百合の二人のお嬢さんを育てあげることができたのだ、と私は理解している。こうした生活の基盤をつくることに『二十歳のエチュード』のもたらした利益をあてたことにも、私は伊達のしたたかさを見ている。

長谷川郁夫の著書から、私が知らなかった伊達の半面の多くを教えられたが、とりわけ衝撃的だったのは、伊達の戦争経験であった。伊達は戦後『青々』第五号に「風と雁と馬蓮花《まあれんほわ》」と題する手記を発表した。全十一章からなる手記の二章は伊達の日記からの抜粋であるという。長谷川の著書から孫引きすれば、その三月三日の項は次のとおりである。

「蒙古風。砂塵を捲いて吹きつのる。

城壁外の砂丘で、共産匪の捕虜三名を死刑にす。人間とは、何といふ愚かな、動物であることか。地平遠く、夕陽沈み、城壁の上に立つ蒙古人の群。兵士の剣。忘れず。

俘虜の眼は生魚のごと濁りたり地平の果に赤き陽の落つ
春浅き蒙古の丘に俘虜刺すと兵らの眸かゞやきてあり」。

右の文章だけでは伊達自身が俘虜斬殺にかかわったかどうかははっきりしないが、長谷川郁夫は、右の文章には伊達が書き加えた補記があるとして、その補記を引用している。

「私は、むしろ、うなる程感心してゐた。俘虜たちの、死に際は、あまりにも見事であつた。一言の悲鳴も漏らさなかつた。黙つて白刃の下に、首をさし伸した。私は、中隊長に命ぜられ、その軍刀を借りて、ふりおろした。首は、半分程しか切れなかつた。俘虜の唇が、ぴくぴく動いた。あわてて又ふり下した。切れた首は、砂地へ、どすんと落ちた。そのどすんといふ音！ 私は、はつとしてわれにかへつた。私の巻脚絆に、かへり血が、べつとり沁みついてゐた。ふりかへれば、地平の果に落ちる夕陽も、にえたぎる血の様に赤いではないか。首だけは、丘の上に土葬したが、首のない死体は、そのまゝ置きざりにされた。やがては狼どもの餌食になるのであらう。悲劇の丘の上には、やがて深い黄昏がおり始め、真近《ママ》に夕づゝがきらめいた。非業の死をとげたひとの、その血から、真紅の花が咲いたといふ童話は、よく聞くことだけれど、むしろ私は、斬り殺した私自身が、このまゝ、この丘の上に咲く一もとの草花に化したかつた。人間の愚劣さが、しみじみと、かなしかつた」。

右の戦争体験から、私はいまになって、伊達の人格がおぼろげながら理解できたかのように感じている。伊達はどちらかといえばいつも無愛想であった。いつも憂鬱そうであった。それでいて、私たちの心を開かせるような心の暖かさと思い遣りをもっていた。しかも、その底にはニヒリズムとシニシズムが秘められているようにみえた。彼は戦争によって地獄を見ていた。地獄を見た者のもつ魂が、ときに暖い眼差となり、ときにしたたかな生き方となり、その総体として私たちを伊達に惹きつけた彼の人格の魅力となっていたように思われる。

＊

大宮の篠原薬局に居候していたころ、私にとって文学的、思想的に開かれていた窓は白井健三郎さんであった。宗左近こと古賀照一さんの徴兵による入営前夜、古賀さんの送別会の席上、白井さんと橋川文三さんとの間で、人間であることが先か、日本人であることが先か、という問題をめぐって烈しい論争があったことはすでに記した。日本人であるより以前に、私たちはまず人間なのだ、という白井さんの立場が私にとって新鮮な驚異だったこと、その後、戦争中すでに白井さんを大宮のお宅にお訪ねしたことがあることも、すでに記したとおりである。

昭和二十二年の秋、白井さんを大宮市天沼のお宅にお訪ねしたころ、白井さんの最初の奥様はまだご健在であった。とはいえ、すでに結核に冒され、病状はかなり進行していたらしい。色白でかぼそい感じの方であった。奥様のご尊父をお見かけしたこともある。病気見舞をかね、生活物資を届けにおいでになったようにお見うけした。

白井さんは奥様の臨終の状況と臨終を見守る白井さんの心情を「はりつけ」という文章の末尾

に近く記している。「はりつけ」は白井さんの小品集『体験』が昭和四十七年五月に深夜叢書社から改装版として刊行されたさい、加えられた文章である。哀切をきわめた一節を引用する。

「更に明確に言はなければならない。僕らは、いつたい、今まで、愛したことがあるのだらうか。僕は、事実、十分な意味で、死んだ妻を愛したことがあるのか。しかし、十分な意味だなどと、誰が果して言ひ得るであらうか。あのとき、死が、妻の眼に、唇に、あらはれる気がした時、いや、僕はそんなことが言へる筈がない。僕は、死を予感したとも、言ひ切れないのだ。僕は、妻がたしかに死ぬであらうと知つてはゐた。しかし、あのとき、その死が妻の顔にあらはれはじめたと、どうして僕自身が指示できたらうか。しかしまた、妻を死から取戻さうと、僕は果してしたらうか。僕は、一方で、どうにもならない無力のなかで妻と自分とを共に見放してゐるやうな冷酷を、自分に押しつけてゐなかつたらうか。一方で、また他方でとか、もしこの様な混融がないならば、僕は呆然としてゐたか、冷酷そのものであつたかの何れかだ。あのとき、何かの一瞬、僕は自分が悪魔に見えたことがある。たしかに、僕はそれを感じたのだ。僕は、それが、自分の感じた悪魔の影が、妻の意識に、ちらとでも閃めきはしなかつたかと、いま反省し出す、せざるを得ない。死の前、――それがどれ程の時間の経過であつたらうか。僕は、時間といふものが数えることのできないものだと、知つた。一種の苦悶のなかでのやうに、眼を閉ぢながら、妻が言つたことがある。「どうして、わたしを、早く死なせてくれないのかしら」と。すると、妻は苦悶の連続そのものであつたのだらうか。妻の祈求はただ死の迎への期待によつて、持ち耐えてゐた病苦の一切からの脱却を求めてゐたのだらうか。しかし、そのことばをつぶやく妻に対して、僕は何も言へなかつたではないか。妻にとつて、いや永遠にとつて無に等しい数秒の中に、僕は空しく無限を賭けてゐた……。ロザリオの珠を無意識のやうに、妻の指が数えてゐる時もあつた。祈りとも苦しみとも区別のない世界に、妻が進んで行くとき、僕は、妻の手を握りしめながら、その妻の手が冷えてゆくのさへ、明確に自分に言ひ聞かせることを、自分みずから拒否した。「足が冷たいから」、そのことばに、僕は、片手で妻の手を握りながら、一方の手で妻の二つの足裏を、一つにして暖めてゐた。足の指が、冷たく、硬く、なつてゆく。しかし、そのことと言つてさへ、僕ははつきりさうだと感じ切つたわけではない。妻の唇は、かすかにふるへてゐるやうに見えたし、いつか、影のくまが、白い面いちめんに、忍びよりはじめてくる。妻の名を僕は呼んだ。妻はうなづき、眼をとぢたままである。そして、妻は、僕に、明確に言つたのだ、「もう、お別れ……」。僕は、こんな事を書くべきではなかつた。書くこと自体が、僕には、すべてを裏切るやうに思へる。冒瀆を、僕は一切に対して、してゐるのではないか。僕は、むしろ、自分のなかに沈黙を蓄えておかなければならない筈だ。死んだ妻に向つて、何かをしきりに僕は弁解してゐるのではないか。いや、僕は今正に、自己を苛責なく切り刻んでみなければならない」。

「はりつけ」の末尾を引用したい。

「僕は、あの言葉を、あの時の眼を、口を、思ひ出すとき、どうしても、僕の眼のなかに熱さがこみあげてくる。医師が妻に向つて、しづかに、言つた、「まだ、苦しいの」。妻は、喘ぐ息の中から、率直にしつかりと答へた。「苦しいのです。けれど、苦しむことはできます。我慢をします」。僕はあの時、何を考へ得ただらう。妻よ、朝にお前に永遠の眠むりが訪れた日の、あの持続しつづけた夜明けの闇のなかで、電灯の灯りと白い壁のみそのままのやうな室で、お前はどんなに苦悩を耐へてゐたのだらう。僕はお前の苦悩と一つになれない自分を、そのとき、どれほど、小さく惨めなものに感じただらうか。しかし、苦悩に耐へるお前の持続は、緊迫に耐へる僕のそれより、はるかに、もつと深く、もつと高かつた。そして……、僕は恐らくお前に今からして教へられてゐる。自分の苦悩に、僕はどれほど佯りなく耐へてゐるかと。

佯りなく耐へることが、永遠の閾まで、いかに詠嘆もなく絶望もなく僕に出来るだらう。それで、僕は街を歩きながら、不意に、立止まつてしまふのだ。周囲の一切を僕は忘却し、そこから離脱し、確かな離在それ自体にあつて、僕自からを責め苛む。僕は凡ゆる一切を断絶させ、僕自体をも停止させる。胃痛のために腹を抱へ込んだあの時のやうに、いつまでもその状態を続けてゐなければならない。いつまでも？　僕には時間の数を定義し得ない。僕は自分を佯つてはならないと決意する。すると、僕ははじめて、一瞬、自分の顔を見ることができる気がする。苦痛にひしがれ、苛まれ、唇を噛みしめ、光らせ切つた鋭利な眼と共に、僕の顔は、僕に、一瞬、閃めいて見える。「苦しいのです。けれど、苦しむことはできます」。妻よ、お前のあの答へが、僕に再びよみがへる。もはや名づけ得ないお前の顔そのものが、僕にありありと実在として生き返る。それから、僕は歩くのだ。かがめた僕の上体を伸ばし、低めた僕の顔を引立て、はじめて、外に向って、大気のなかへ、僕の顔をさし向けて、僕は、しつかと、街路の上を歩くことができる」。

この作品はまことに哀切である。しかし、亡妻の臨終の回想記ではない。臨終を契機とした「僕」という人間の崩壊と再生の思弁的な手記である。「僕」という存在を執拗に追いつめ、その皮膚を一枚ずつ剝ぎとり、現実と遊離した自己を凝視し、亡妻の臨終を契機に、亡妻の苦痛をつうじて再生の決意をかためた、「私探し」の記録である。白井さんはこの素材をもっと小説らしい小説に仕立てることもできたはずである。だが、白井さんはこの素材を小説に仕立てなかった。白井さんにとっては、人間存在とは何か、自己とは何か、が問題であった。奥様の死は、白井さんにとって痛切な体験にはちがいなかったが、むしろそういう問題を問いかける契機として、はるかに重大な意味をもっていた。臨終の場面の描写などからみれば、白井さんが小説家たるにふさわしい技量をそなえていたことは間違いあるまい。しかし、白井さんはなまじの小説家たるよりは、思想家たるべきように自らを規定していたのであろう。

私が白井さんとお会いした最初のころ、私は白井さんから、中村君、ラディカルということはね、根源的、ということですよ、と教えられたことがあった。奥様の死は、白井さんにとって、奥様との愛、生と死、自己の存在を「根源的に」つきつめて考える機会であった。「あとがき」によれば、「はりつけ」は一九四八年、昭和二十三年の作であるという。私がしばしば白井さんにお会いしていた時期である。私は当時白井さんがこうした作品を構想していることをまったく聞いていなかった。「はりつけ」はじつに特異な思弁的作品であり、正当に評価されなければならないと考えている。しかも、白井さんの的確な描写力、豊かな抒情性を考えると、白井さんがもっと小説らしい小説を書かなかったことを残念に思っていることも事実なのである。

＊

私は白井家にお邪魔すると、ヴァレリー「海辺の墓地」の一節などを原文で白井さんは朗読し、読解して下さることが多かった。それが私の詩心を豊かにしたことは間違いない。

だが、白井さんは、むしろ、そのころ彼が執筆中、あるいは構想中の評論について話して聞かせて下さることが多かった。あるいは、私を話相手に構想をまとめることもあったのかもしれない。

白井さんの評論集『現代フランス文学の課題』所収の評論の多くは、当時、その構想をお聞きしていたものである。「ヤヌスの勝利と悲劇」は「一九四八・二月」と末尾に記されているから、昭和二十二年の秋から冬にかけて、構想、執筆されたものである。この評論については、私は確実に発表前その構想をかなり詳細にお聞きしている。たとえば、次の一節の如きがその例である。

「ソークラテースの毒杯は、現実を支配した悪勢力との死闘において、冷厳な事実として敗北した。アテネの広場で開始された西欧の全精神史は、その生を理性像によつて代置しつづけた。だが、悲劇は許されない。悲劇をあらしめないためには、精神の自由と尊厳の維持は、現実革命の遂行を、「あれか・これか」の苦悶にではなく、「あれと・これと」の果敢に求めねばならないことを、いまやわれわれは明確に知つてゐる」。

じっさいは、私が白井さんから教えられたのは、第一次大戦から第二次大戦に至るヨーロッパ知識人たちの思想と行動の展望だった。ことに、カトリシスムとコミュニスムとの関係、もっといえば、カトリシスムへの強烈な関心を、私は白井さんから喚起された。「現代フランス文学の課題」という本の題名に採られた同書の冒頭の評論に次の記述がある。

「倫理上の批判が、人間性と社会性との関連に先行して、なされる場合に、宗教性の権利恢復の主張の立場が、強くあらはれる。フランスにおけるカトリシスム作家の新しい活動は、すなはち理論的理性と実践的理性との関係を、カント的二元論にではなく、両者の相互制約を、ロゴス性格的に、上に向つて、すなはち、神に、聖トマスの理念に、仰いで、基礎づけようとするものである。従つて、人間の本質と存在と、社会性の空間と時間との、相互制約及び相互関係を決定する可能性は、一切のあり得べき現実存在に先行して、本質的に、上より超自然的に、超歴史的に、内在的実現として、要求される。人間性を現存在の状況において、具体的理性的に、社会性との関連にあつて、追求せんとするのに対し、聖トマス的文化の立場は、神の所造として、人間性を、Analogia entis「有の類比」として、神性への根拠と超越的志向において、把握する。同時に、具体的な歴史的人間の営為にあつては、超自然的恩寵の生命に志向する内的関係において、そこから積極的に解放された理性の自由性をもつて、社会性の秩序を実現せんとする。社会は存在様式として「秩序の統一体」であつて、実体の秩序ではなく、実在的な関係の秩序にぞくされる。かくしてカトリシスムは、本質的に、超時間的超空間的である正にその点において、社会性を媒介として、人間性を形相的に把握することに、反撥する。トマス主義の主張は、本質におい
て取られた社会性を、行動一般の根元的地盤性及び実践的歴史性の規定として取上げる。

従つて、カトリシスムが主張する立場は、コンミュニスムの立場からでは「下から」、現実存在から、正しく、十分本質的且存在的に主張され、実践されてゐることが、明白となる」。

カトリシスムのこうした人間性、社会性の把握は私にはまったく未知であった。私はジャック・マリタン等を白井さんから教えられ、一時期、吉満義彦訳ジャック・マリタン『形而上学序論』は私の座右の書であった。後のことだが、法律学科の単位に法哲学があった。論文を提出し、一定の水準に達していれば、単位をもらうことができた。私はマリタンにもとづいて法哲学の論文を書き、単位をとった。

そうはいっても、私にとってカトリシスムへの関心は青年期にありがちなハシカのような一過性のものにすぎなかった。当然のことだが、理解は皮相で浅薄だったし、いまだに無信仰だが、それでも私はカトリシスムに対してある種の親近感をもち続けている。

＊

白井さんがそうしたさまざまな西欧的知性へ私の眼を開いて下さっていた時期は、奥様が他界なさったのはたぶん昭和二十三年二月ころのはずだから、奥様のご病気が重篤になったころから、

奥様が亡くなり、白井さんが一人暮らしになって後、しばらくの間であった。昭和五十二年二月刊の大宮の商店会のタウン誌『おおみや』第六十七号に白井さんは「ぼくと大宮」という文章を寄せている。これによると、白井さんが大宮に住みはじめたのは昭和十七年の秋頃、畑地五百坪ばかりを借りて、はじめ三十坪ほどの家を建て、ついでもう一軒、白井さんの書斎用に建てた。昭和二十年四月の東京空襲の後、白井さん一族はこの二軒で生活することになった。やがて姉君一家と白井さんだけが大宮に残り、母堂やご兄弟は東京に戻った。

「昭和二十三年から、慶応大学の専任講師になって、日吉と三田とに通ったが、ガスも水道もない独身生活で、たいへんだった。旧制一高の後輩で、いま詩人で弁護士の中村稔君が、そのころ『二十歳のエチュード』の原口統三君の親友だった橋本一明君と都留晃君とを先輩後輩というよしみからぼくのところに下宿の依頼でつれてきた。下宿というよりは、共同生活に近いもので、ぼくは両君をしごきにしごいて勉学を指導したことがある。やがて、ぼくのところには、近くに住む若い学生諸君が数多く出入りするようになり、いつも賑わっていた。いま東大教授で仏文学者の菅野昭正君や、東口駅前の公論社書店主人の夏井次郎君、銀座で弁護士をしている石川博光君など、じつに多士済々の多くの若者が集まって、ぼくはまるで梁山泊、もしくはソクラテスといった恰好になっていた」

と白井さんは書いている。私が橋本一明、都留晃を白井さんに同居させてもらうように頼んだのは、昭和二十三年三月、彼らがそろって大学受験に失敗したためであった。だから、彼らは白井さんに「しごきにしごき」かれたのであった。橋本一明が後年フランス文学者となることができたのは、白井さんにしごかれてフランス語の基礎を習得した結果だった、と私は考えている。彼ら二人が白井さんと同居したので、私はますます頻繁に白井さんを訪ねることとなった。

菅野はこの時期には白井さんとあまり交渉をもっていなかったらしい。白井さんの家で菅野がはじめて私と会ったのは昭和二十二年一月二十二日だったという。どうして正確な年月日を憶えているのか、菅野自身にもはっきりしない。はじめて会った菅野は目を瞠るような美少年であった。すずやかで、いかにも怜悧そうであった。菅野は結婚まで大宮に住んでいた。浦和中学を卒業し、当時は旧制浦和高校に在学中であった。あるとき、フランス語を教えるという掲示板のようなものを見て、白井さんを訪ねた。二、三度授業料を払って授業をうけたとき、白井さんから、君は金持か、と訊ねられた。貧乏だ、と答えると、それなら授業料はいらない、と言われたそうである。以来、菅野は白井さんからフランス語を教えてもらうのを止めたという。菅野の自尊心のためだろうが、逆に、奥様の入院中しばしば留守番をたのまれたことがあると菅野から聞いている。初対面のとき、菅野と私がどんな会話をかわしたか、菅野も私もまったく記憶していない。私は初対面以来しだいに彼と交友をふかめたように憶えていたのだが、途中で、かなり交際が途切れていたらしい。菅野が白井さんの許に出入りしていたのはたぶん昭和二十二年から二十三年の初めにかけてであったのであろう。そう考えるのは、橋本一明が都留とともに白井さんと同居したのが昭和二十三年四月からの一年間だったのに、菅野が橋本と知り合ったのは東大のフランス文学科に入学した後だった、というからである。橋本、都留が白井さんと同居していた間、菅野と白井さんとの交際も途絶えていたにちがいない。

*

白井さんの文章にふれられている夏井次郎さんについても記しておきたい。夏井次郎さんは私より一、二歳年少、菅野よりも浦和中学で一、二年上級だったはずである。当時、東京外語大のロシア語学科に在学中であった。ロシア文学にもコミュニズムにも関心がふかく、白井さんを相手に談論風発、話しはじめると意気昂揚するかのような趣きがあった。彼が経営していた公論社書店とは、彼の先代、私の父の代からのつきあいであった。支払いはいつもつけで、六月、十二月の二回に勘定をしめて支払うのがつねであった。こうした掛け売りという習慣は戦前はもちろん、戦後もしばらくの間、続いていた。

昭和五十三年十一月八日付『日本経済新聞』に「中小専門書店　受難の時代」「大宮の老舗公論社〝降参〟」という記事が掲載されている。

「東京・八重洲ブックセンターの思わぬ余波を受けて、埼玉県大宮市内の学術専門書店、公論社（社長夏井次郎氏）が営業方針を百八十度転換、このほど文庫、実用書、雑誌類だけを扱う書店に衣替えして再出発した」、

「公論社書店は国鉄大宮駅東口にある売り場面積約五十平方メートルのささやかな本屋さん。しかし、

創業は明治四十四年の老舗で、創業以来専門書一本やり。昭和初めには岩波書店の県内第一号指定店にもなり、人文・自然科学系統の書籍専門店として学生、社会人になじみのファンも多かったという」

などとあり、岩波書店販売課の談話で結ばれている。

夏井次郎さんにはいくらか躁鬱症の傾向があった。酩酊して、篠原薬局の前の路上から二階の私に大声で呼びかけ、閉口したことがあるが、それもいまとなっては懐しい思い出である。この『日本経済新聞』の記事が出てから十年足らずで、公論社は閉店し、店舗は人手に渡った。その後久しく次郎さんの消息を聞かない。生死のほども定かではない。

公論社の閉店は八重洲ブックセンターのような大型書店の出現の余波とだけはいいきれまい。そのころから、ひろく流通する書籍、雑誌というものの性格が変った。知識の源泉としての書籍、雑誌が片隅に追いやられ、読捨てられる大量、多種の読み物が書店の売り場の中心を占めることとなった。加えて、取次店経由の委託販売制による書籍流通制度の問題があった。こうした傾向は現在に至ってもますます顕著になっている。学究肌の次郎さんは真先にその被害者となり、そのために躁状態、鬱状態をくりかえしたのではないか。次郎さんを思いだすことは懐しいが、むしろ悲しい。

＊

白井さんが当時を回想して、自身を「ソクラテスといった恰好」だったと書いていることはすでに引用したとおりである。白井さんの業績については、私はフランス文学、フランス思想に暗いので、語る資格がない。しかし、白井さんがソクラテスのようにすぐれた教育者であったことは、私自身の経験から断言できると思う。私は、いかに生きるか、について白井さんから蒙を啓かれたのだといってよい。そして、白井さんをとりまいた「梁山泊」はまさに私の青春期の貴重な一齣であったと考えている。

最後につけ加えれば、当時、白井さんは、都留に向かって、「君、僕の弟は麻雀なんてものをやるんですよ」と苦々しげに話したことがある。その白井さんが後年麻雀狂に近いほどの麻雀好きになったのだから、人間は一生のうちにはずいぶんと変るものらしい。私の白井さんとの麻雀の上でのつきあいについては、いずれ書く機会があるかもしれない。

12

「去る十月十六日、日高普が他界した。ほぼ六十年間畏敬し続けてきた友人であった。それだけに私の嘆きはふかい」

二〇〇六（平成十八）年十一月五日発行の『毎日新聞』書評欄の「この人・この3冊」というコラムに日高普の著作三冊を紹介するように求められ、私は右のように書きはじめ、次のとおり書き続けた。左に記す日高の人柄が、これまで彼にふれて書いてきたところと若干重複することをお許し願いたい。

「彼は物事のあいまいさ、うそ、ごまかしに容赦ない人であった。信義に篤く、時流にとらわれることなく、あらゆる偏見や固定観念から自由であり、ルネサンス人的教養人として森羅万象に好奇心の眼を光らせ、何よりも、物を見、事を判断するのに公平で私心がなかった」

＊

ところで「逆コース」という言葉が流行しはじめたのは昭和三十一年十一月、『読売新聞』の連載によるといわれているが、私が占領政策の逆コース的転換に気付いたのはたぶん昭和二十三年の半ばだったはずである。

日高普の専門はマルクス経済学の原理論であったから、記述は抽象的、思弁的であり、私には彼の専門分野の業績を論じる資格がない。そこで、『毎日新聞』に彼の三冊をあげるさい、彼の最初の文明評論集『精神の風通しのために』、書評集『窓をひらく読書』に加え、彼の専門分野に比較的近い著書として『経済学・改訂版』(岩波全書)をあげたのだが、一冊だけ具体的に日本経済を論じた著書がある。『日本経済のトポス』(昭和六十二年刊)がそれだが、これはたまたま彼が大学で日本経済論を講義したことが出発点となって、彼の多年の生き生きとした関心をまとめたものである。

日高は同書第三章の「二、戦後経済改革」中、占領軍の行った多くの民主化政策のうち、経済改革といえるものが三つある、といい、第一に農地改革、第二に労働民主化、第三に財閥解体と集中排除、をあげ、占領軍は「地主と財閥とを軍国主義を支えた勢力と捉えた」のだが、これには日本資本主義がまだ未成熟であるとか地主小作関係は封建的だという講座派と同様の事実誤認があり、農地改革はこういう講座派的誤解を前提とした、アメリカの進歩的知識人の優越感と使命感から出発した、という。「軍国主義勢力への懲罰とかその除去とかいう意図からすれば的はずれではあったが、資本主義の不安定要因の除去という点では大成功だった。しかも農地改革以後、それまで五〇年かかった面積当たり収穫量の増大分と同じだけをわずか一〇年あまりで達成している。この改革は農業の生産性上昇に役立ち、また戦中につくられた食料管理制度とあいまって農民の生活向上に大きく寄与したのである」と記している。日高の農地改革に対する評価に異論はないはずである。

第二の労働民主化については日高は次のとおり要約している。労働組合法、労働関係調整法、労働基準法のいわゆる労働関係三法の制定により、「欧米諸国なみの権利を得た労働者は、欧米とちがって産業報国会以来の職員をも含めた企業別労働組合を組織した。戦後はゼロから出発した労働組合といってよいが、産業報国会の企業別組織から経営者がぬけて看板を塗り変えたものという面ももっている。組織率はたちまち四八、九年に六割近くに達した。現在の組織率が三割に達せずしかも減少しつつあることを思うと、当時の労働民主化の波涛が感ぜられる。労働組合の全国連合会も結成されたが、官公労を除いて企業別組織の殻を弱めることはできなかった。労働組合はさかんに争議をおこなう時期をすぎると、やがて企業が労働者の協力を企業の活力のために利用しようとする組織となり、また労働者の購買力を確保して資本主義の安定に役立つようにもなったのである」。日高に異論を唱えるつもりはないけれども、労働組合運動の衰退は、逆コースといわれる占領政策の転換と無縁ではない、と私は考えている。

次に、財閥解体と集中排除に関する日高の記述は次のとおりである。

「改革の第三は財閥解体と集中排除である。それは当初は財閥の解体から始まって、大企業のすべてを解体し細分化しようとする意図をもつものであった。まず財閥というきわめて閉鎖的な家族の持株会社による支配を否定し、持株会社を禁止した。その支配下にあった多くの株式会社は、自主的でばらばらなものになる。ところがそれにとどまらず、三井物産や三菱商事が徹底的に解体された。それには財閥系企業が封建的であり軍国主義的だという講座派的誤認にもとづく懲罰的意図が露骨にあらわれていた。さらに多少は一般に名の知られたような大企業はすべて、独占的であり平和の脅威になるという理由で解体されるはずであった。

占領軍の方針転換の気配はそれまでもあったが、転換が明瞭に示されたのは四八年初頭である。それは日本を無力な平和国家にしようという方針から、ソ連に対抗するさいの有力な味方にしようとする方針への転換である。冷たい戦争のもたらしたこの方針転換の結果、集中排除はごく少数の企業の分割に及んだにとどまり、きわめて不徹底なところでとめられてしまった。ただ大企業の経営者の公職追放は実施された。この経営者の強制的交代は、企業に新鮮な活力をふきこみ、経営と所有の分離を徹底させるような役割を果たした」。

補足すれば、当初集中排除法の適用をうけたのは三百二十五社であったが、最終的に適用されたのは十八社にすぎなかった。また、日高が説明しているとおり、「きわめて閉鎖的な家族の持株会社」により支配された「財閥系企業が封建的であり軍国主義的だという講座派的誤認にもとづく懲罰的意図」により、持株会社が禁止されたのであって、持株会社自体が資本主義体制に反するわけではない。しかし、わが国公正取引委員会は、ごく最近に至るまで、持株会社を独占禁止法違反として禁止していたことを考えると、公正取引委員会の自主的判断の欠如を嘆かざるをえない。

ついでながら、引用した日高の文章の末尾から私は源氏鶏太の『三等重役』を思いだす。この作品は森繁久彌主演により映画化され、その続篇等も製作され、当時評判を呼んだが、大企業経営者の強制的交代は『三等重役』で戯画化されたような現象を一部で生じたにせよ、日本経済の再生に大きな意義を果たしたのであった。

*

占領政策を転換させた理由は、一つには東西冷戦構造にあり、もう一つは占領の経済的効率にあったようにみえる。

「バルト海のステッチンからアドリア海のトリエステまで、大陸を横切って鉄のカーテンがおりている」

という名高いウィンストン・チャーチルの演説がなされたのは昭和二十一年三月であったが、翌二十二年にはいわゆる封じ込め政策がアメリカの対ソ連基本政策となり、陸海空三軍を統合する国防総省（ペンタゴン）が新設され、国家安全保障会議が設立された。

ソ連は同年九月、東欧諸国等と共にコミンフォルムを発足させた。

昭和二十三年に入ると、六月、ベルリン封鎖がはじまり、八月、大韓民国が、九月、朝鮮民主主義人民共和国が成立して、朝鮮半島の南北分裂が決定的となった。昭和二十一年七月にはじまった中国の国共内戦に、私をふくめ、いいだ、日高ら私の友人たちはふかい関心を寄せていたが、私たちはかなり早くから中国共産党、人民解放軍の勝利を確信していた。アメリカの軍事的経済的援助をうけていた国民党軍は当初優勢であったが、昭和二十二年六月にはじまった人民解放軍の反攻の結果、国民党軍は中国人民の海の中に点としての諸都市だけに孤立し、昭和二十三年に入ると人民解放軍の究極的勝利は誰の目にも明らかになっていた。

ポツダム宣言第十一項には「日本国はその経済を支持し、かつ、公正な実物賠償の取立を可能にさせるような産業を維持することは許されるものとする」とあり、平和的日本経済の維持、占領軍に対する補給のため必要でない物資、また、現存資本設備および施設等はすべて賠償にあてる、ということが初期対日方針であった。しかし、荒廃した日本産業から賠償にあてるに値する設備、施設等が残っていないこと、占領軍の経費、食糧援助等の占領による責任と費用は到底採算がとれないことが認識されるに至った。むしろ日本経済を再生させることによってアメリカ商業の市場として日本を位置づけることがアメリカにとって利益になるであろうと期待された。こうして、賠償額は徐々にひき下げられ、ついにサンフランシスコ講和条約でアメリカは対日賠償請求権を放棄することとなった。その結果、わが国が賠償を支払ったのは、インドネシア、フィリピン、韓国等の数カ国にとどまることとなったのは知られるとおりである。サンフランシスコ講和条約については後にふれるけれども、講和条約と一体不可分の日米安全保障条約により、わが国は東西冷戦構造の中で確実に西側陣営の一員となり、いまに至るまでアメリカの従属国的地位から脱れられないこととなった。わが国にとって対米賠償責任を免れたことはポツダム宣言受諸当時には夢想もできなかった恩恵的処遇にちがいなかったが、結局は、ただほど高いものはない、という教訓を体験することになったのだという感もまたふかい。

このような占領政策の転換が何を意味し、何をもたらすかを、私がどこまで正確に認識していたかは疑わしい。それでも昭和二十三年に入って「逆コース」という占領政策転換を意識する機会が多くなったことは間違いないし、東西冷戦構造の中で西側陣営にくみこまれることの不安、危惧、焦燥を日々つよくしていたことも間違いない。

＊

この年四月、私の中学時代以来の親友、出英利の父君、出隆教授が共産党に入党し、ひき続き、梅本克己その他多くの学者、文化人も入党した。ギリシャ哲学史家である出隆先生の入党は意外だったが、先生の理想主義的思想と、私たちが抱いていた不安、危惧、焦燥とからみて、出先生の心情が理解できないわけではなかった。出先生と記したが、私は先生の謦咳に接したことはない。出家に遊びに行ったときに、二、三度お見かけしただけである。出先生の主要な著述もほとんど読んでいない。しかし、『英国の曲線』等の随筆を私は愛読していた。内田百閒を思わせるような苦みの利いたユーモアに富み、百閒よりもよほど知的な読み物であった。このような随筆の筆者は、出先生を除き、その前にも後にも私は知らない。そのような先生が組織、ことに共産党のような組織になじめるとは思われなかった。それだけに先生が大きな失望、挫折を体験することになるのではないか、と私は懸念していた。

＊

「逆コース」の風潮を私に実感させたのは、たぶん東宝争議であった。小学館版『昭和の歴史』第八巻『占領と民主主義』には次のとおり記述されている。

「四八年四月一二日、日経連が結成された（代表常任理事諸井貫一）。これは、戦後二年半、労働攻勢に押されていた経営者側が、占領政策の修正・転換のなかで立ち直り、自主性を回復してきたことを物語っている。結成宣言は「経営者よ、強かれ！」と呼びかけていた。

それを象徴するかのように展開されたのが東宝争議であった。東宝は、四六年春と十月闘争のストライキとによって民主化され、黒澤明・五所平之助・亀井文夫・山本薩夫監督らが『わが青春に悔なし』『素晴らしき日曜日』『今ひとたびの』『戦争と平和』等の名作をつくっていた。共産党員を中心に日本映画演劇労組（日映演）加盟の組合を結成したが、反対派は第二、第三組合を組織し、四八年の争議中には第六組合まで組織された。この間、会社の民主化とともに業績が落ち、四七年八月から翌年一月までの間に七〇〇〇万円の赤字を出した（資本金四〇〇〇万円）。

そこで、反共の渡辺銕蔵《てつぞう》を社長とし、中労委第一部長馬淵威雄を労務担当重役、元ＩＬＯ政府代表北岡寿逸を撮影所長にむかえ、強力な布陣によって、「赤と赤字を追放」するため、四月八日、第一撮影所分会二七〇名に解雇通告、第二次、第三次解雇も通告した。そのうえ、砧撮影所への立ち入りも禁止した。これにたいして組合側は、六月一日の撮影所閉鎖も無視し、八月にはいるや、バリケードを築いて、所内に籠城した。

日経連は、五月一〇日の「経営権確保に関する意見書」により、「同社の採りたる今回の措置は会社自衛上正当なる経営権の行使」と、全面支援態勢をとった。

こうしたなかで、八月一三日、東京地裁は、会社の仮処分申請をみとめた。八月一九日、仮処分が執行されたが、そのさい、米軍戦車七台、飛行機三機、第八軍第一騎兵師団五〇名が出動、ついで成城署警官が、さらに、警視庁武装警官が出動・包囲し、籠城組は排除された。「来なかったのは軍艦だけ」というすさまじい弾圧であった。こののち、日映演と会社との間で再建について協議され、一〇月一九日、伊藤武郎・宮島義勇・亀井・山本・山形雄策・宮森繁ら組合幹部二〇名の「自発的辞職」を条件に妥結し、争議は敗北に終わった」。

この記述はかなり組合側に偏向しているようにみえる。右に挙げられた「名作」といわれる作品も多くは教条主義的であって人物造型に陰影が乏しい。「会社の民主化とともに業績が落ち」たという表現には民主化のためには業績低下は止むをえないという含意が潜んでいるようである。仮処分命令に反して籠城を続けるという事実についても司法の介入が不当であるかのような口吻が感じられる。「すさまじい弾圧」という表現も同様である。

しかし、当時の私はむしろ組合側、籠城組に同情、共感をもっていた。この争議は大きく新聞等で報道されたが、私が衝撃をうけたのは、たかが一私企業の争議に、占領軍が「来なかったのは軍艦だけ」といわれるほどの武力介入をしたことであった。二・一ゼネストの中止にみられたとおり、それまでは連合国軍総司令官の「声明」だけでゼネストが回避されたのだが、組合側は仮処分命令に反して籠城を続けるという法秩序を無視するまでに過激化し、他方、占領軍もまさに武力介入により組合活動を「弾圧」したのであった。これは東西冷戦による対決の象徴的事件であった。それだけに私たちの心に暗い翳を投げかけたのだが、組合幹部の「自発的辞職」という妥結は、会社側がずいぶんと譲歩したものだといってよい。

＊

私事に戻ると、祖父が五月十八日に死去した。享年八十六歳であった。その一週間ほど前に腹部の疼痛を訴え、死去の二日ほど前から昏睡状態となり、眠るように安らかに死を迎えた。兄の話でも、当時の医療水準では病名は確定できなかったという。腹膜炎か腹部に腫瘍があったのではないか。年齢を考えれば、どんな病気が死を招いたとしてもふしぎはない。死後、布団の下から遺書が発見された。

いろいろお世話になりました。
中村家の繁栄を草葉の蔭からお祈りします。

とあった。祖父の半生についてはすでに記したのでくりかえさない。養女である母を可愛がり、孫の私たち兄弟をずいぶんと可愛がってくれた。晩年、弘前、水戸という馴染みのない風土の中で過さなければならなかったとはいえ、父に気がねしながらも、気侭に生涯を送ったといってよいだろう。私は結局において祖父は賢い人だったと考えている。

祖父の死にさいし葬儀をどうするかが問題であった。きちんとした葬儀を営むに足る費用がないので、身内だけでひっそりと葬りたいと父は考えていた。橋本正男弁護士が反対し、葬儀費用など心配におよばない、と忠告した。橋本弁護士の意見にしたがって、葬儀を営むことを公表した。日立製作所、常陽銀行をはじめ、茨城県の主要な企業の多くから生花、香典等が届けられ、盛大な葬儀となった。官尊民卑の風潮がまだ水戸には残っていたのであろう。地方裁判所長という父の役職によるものであった。

香典は葬儀費用をまかなって、なおよほどの剰余があった。いまと違って香典返しにするような物品がなかったから、剰余はそのまま家計をうるおすこととなった。急に潤沢になった家計で、私は毎夕豚小間切を買いにいった。この点で私の記憶と弟の記憶はくいちがっている。弟は毎夕買いにいったのは自分だと言い、その分量は五十匁《め》だったという。私は百匁だったと憶えている。一匁は三・七五グラムだから、百匁なら三百七十五グラム、五十匁なら百九十グラム弱であり、七人家族で分ければ、誰の口にもどれほどの量にもならない。わが家では毎晩、百匁か五十匁の豚小間切を豚汁に仕立ててたべた。それでも、毎日五十匁の豚小間切を買う家庭はそのころは珍しかったらしい。弟は、肉屋さんに何かご商売をなさっているのですか、と訊ねられたことがあるという。兄と私は毎晩豚汁を賞味しながら、不謹慎だが、香典景気だ、と悦にいっていた。

＊

六月十九日、玉川上水で太宰さんと山崎富栄の情死体が発見された。出英利は太宰さんに師事するようなかたちでしげしげと太宰さんの許に通っていたから、出はさぞ衝撃をうけているだろうと思った。山崎富栄にひきこまれた無理心中だ、と出から聞いた憶えがある。当時の私は出と違って太宰さんの良い読者ではなかった。いつも文章には感心していたが、「斜陽」の貴族趣味は鼻もちならないように感じていたし、「走れメロス」も人間性の真実を語っているようには思われなかった。「ヴィヨンの妻」は名作だと考えていたが、作家の特権意識を感じとっていたし、「人間失格」に精神の衰弱をみていた。そういえば、「人間失格」の執筆中、太宰さんは大宮の大門町に仕事部屋を借りていたことがある。そのころ、旧中仙道通りを酩酊した太宰さんが右に、左に、揺れるように歩いているのを見かけたことがある。自動車の交通が少なかったから、危険とはいえなかったが、一般の通行人にとっては迷惑至極であった。私は自分がほとんど酒を嗜まないせいか、酔漢に寛容でない。そういう太宰さんの酔態に私は嫌悪感を覚え、同時に、あわれに感じた。とはいえ、私が愛着をもっている作品は少なくない。「津軽」「富嶽百景」「メリイクリスマス」などがその例である。

だから、太宰さんの死に衝撃をうけなかった。しかし、太宰さんの死は戦後文学のある面の終末を見たような感慨を私に与えた。これは私が感じていた「逆コース」と若干関連するかもしれない。

＊

ここでまた私の一身上の状況に筆を移すと、七月下旬、父に水戸地裁の所長から千葉地裁所長に転任を命じる辞令が出た。八月、弟はすでに新制に変っていた水戸一高から新制千葉一高に転入するため受験に出向いた。弟は兄に付き添われて転入試験を受けたと言っているから、その時点ではまだ家族は千葉に引越ししていなかったのであろう。引越しはたぶん八月下旬だった。裁判所の官舎は建築中ということであった。裁判所のすぐ裏手に六畳四部屋ほど、庭もほとんどない、官舎が四棟あり、その一棟に仮寓することとなった。九月から弟は千葉一高に通いはじめ、妹は寒川小学校に通いはじめた。同じ月、兄は医師国家試験のために俄か勉強に追われることとなった。兄のため教科書や受験参考書を買いにお茶の水の書店へ行った憶えがある。その二、三カ月後に椿森という高台の新開地に新築された官舎に移転した。そのため、妹は寒川小学校から院内小学校に転校した。

すでに記し、また、右に記したとおり、弟は当初浦和中学に入学、弘前中学に転入学、水戸中学、新制水戸一高に転入学、さらに千葉一高に転入学した。妹は水戸の五軒小学校に入学、寒川小学校に転校、さらに院内小学校に転校した。後に記すことになるが、新制高校卒業までに弟はもう一度、新制高校に変っていた旧浦和中学、新制浦和高校に転入学し、妹は大宮北小学校に転校している。まことにめまぐるしい転校のくりかえしである。兄も私も転校の経験はない。小学校、中学校時代、ほとんどの時期、父の勤務先が東京だったためである。それにひきかえ、弟、妹はずいぶんと不運でもあり、転校のたびに苦労したはずである。転校の多い公務員や会社員の子弟のばあい、弟や妹のような例は必ずしも稀ではないのかもしれないが、兄や私の境遇と比べ、弟、妹はずいぶんと気の毒であった。

椿森の官舎は二階建て、一階に応接間の他、三部屋ほど、二階に八畳間が二部屋という、戦後の普請とはいえ、宏壮な邸宅であった。私は二階の一室で生活することとなった。

＊

水戸から千葉へ引越しする直前、昭和二十三年八月十七日の『朝日新聞』の第二面トップに五段抜きで本庄事件が報道され、旧友岸薫夫が一躍脚光を浴びた。それ以前から埼玉版ではとりあげられていたようだが、全国版で報道されたのは十七日が最初であった。著者朝日新聞浦和支局同人、発行所花人社により昭和二十四年四月十五日付で刊行された『ペン偽らず』(この題名の下に小さく「本庄事件」と付記されているが、以下たんに『ペン偽らず』という)によると、右の全国版第一報は次のとおりであった。

「〔浦和発〕顔役、暴力団は数次にわたる粛清の網をくゞつて依然その組織を温存、ことに地方にあつては彼等が自治体の政治や警察に食い込み、その民主化を著しく阻害しているが、民衆は彼等の『組』組織の圧力に口をとざし、いまわしい数々の事件がヤミからヤミに葬られているといわれていた、ところがその一例が埼玉県下にも起つた、埼玉軍政部へイワード軍政官は去る十二日、西村埼玉県知事に対して「埼玉県本庄町で行われた暴力事件は遺憾である、知事は法の名において宜しく本庄町のヤミと暴力を一掃すべきである」と通達、「これが行われぬ場合は軍政部が解決に乗り出すであろう」と付言した。十六日西村知事は井上県国警隊長と断固たる処置をとるための対策打合せを行つた」。

ついで

「ギャングを背景に

町議が暴行脅迫

警察も手をこまねく」

との見出しで、以下の詳報に続いている。

「埼玉県には先にも川越で暴力団の殴り込み事件があり、今回また県下で最も暴力団の横行するところといわれている本庄町で去る七日、同町簡易裁判所並に区検察庁新庁舎落成披露会が開かれた際、新聞記者(本社通信員岸薫夫)がメイセン・ヤミ事件のもみ消しではないかと町でうわさされていた織物業者の検察庁、警察署幹部招待宴に関する記事を書いたことについて、町の警民協会（警察後援会）理事と司法保護委員をやっている大石和一郎町議から暴行脅迫を受けた事件が起つた。ヘイワード軍政官が指摘したのはこの事件で、同事件は裁判所、検察庁、警察署の各代表者列席の中で行われたがだれも制止するものがなく、また加害者と密接な関係があるといわれている街の暴力団が、事件後もなお被害者に対し昼夜を問わず呼び出しをかけ、本庄町署ではこのような脅迫行為に対して目下のところ積極的な取締りをしておらず、暴力事件についてでは加害者を呼び出し一応の調書をとつたが、処置はまだ決つていない

岸記者は十四日暴行、脅迫ならびに侮辱罪として大石町議を告訴、その中でこれらの犯行は警察に巣食う街のボス勢力によつて計画的に仕組まれたものであるといつているなおこの告訴によつて今まで泣寝入をしていた被害者も名乗りをあげ、街のボス勢力とギャング団の悪らつな恐かつや詐欺事件が明るみに出ようとしている」。

岸薫夫は一高で私より一年上級だったが、国文学会と同じく明寮二階に部屋があった史談会に属していた。国文学会の森清武、喜多迅鷹らと同級生だったので、しばしば国文学会に遊びにきていた。そのため私は入学直後から岸と親しくつきあっていた。だから、岸が発端となった本庄事件に私は烈しい関心をそそられた。岸一家は戦災のため本庄に疎開し、母方の伯父の別宅に住んでいた。岸は大学卒業のさい朝日新聞社の入社試験を受けて失敗し、そのまま本庄で朝日新聞の通信員をつとめていた。

そもそもは八月六日付『朝日新聞』埼玉版に掲載された「検事、警察官招宴に疑惑」という見

出し、「めいせん横流し事件取調べ中に」という副見出しの下で、岸が執筆した次の記事にはじまった。

「去月十四日伊勢崎めいせん産地群馬県佐波郡豊受村伊勢崎報織組合から、大場本庄区検副検事、栗原本庄地区大泉本庄町両署長、両署幹部、本庄駅前派出所巡査、中島本庄町長らが同村鉱泉旅館に招待された、ところがたまたま本庄町署で某町議の伊勢崎めいせん横流し事件の取調べ中であつたことと、豊受村は松波、本庄町は武井両公安委員が出席しているところから、町民の間に公安委員を介しての事件もみ消しのヤミ取引ではないかとの疑惑を生んでいるので被招待者側と第三者の批判をここに採り上げた

本庄区検大場副検事　公安委員の懇親会という話なので出席した、めいせん業者の招宴とわかれば出席する意志はなかつた

大泉本庄町署長　豊受村松波公安委員から本庄町、豊受村両公安委員との顔合せをしたいというので出席したまでだ

中島本庄町長　私が業界の出身なので松波君から出席を懇望されて出た、警察招宴だということは出席してから初めて知つた

武井公安委員　出席するつもりはなかつたが誘われたので軽い気持で出た

山口、星野本庄町公安委員　そんな会は知らぬ、県内の公安委員と懇親会を開くなら話はわかるが群馬県側と会を開く必要はないし不可解だ、松波君から何の話もない

町民A　最近の警察宴会は特にひどい、芸者が通れば「今日も警察宴会か」とからかう始末だ、特に事件取調べ中は関係者との宴会は遠慮して欲しい

町民B　自治体警察では有力者との関係を円滑にしてゆかねばならぬので困難な立場はよくわかる、しかし今度の場合はやはり行き過ぎではないか、町民の眼を逃れて群馬県側で宴会を催したり、公安委員会に名を借りたりするのはどうかと思う

豊受村報織組合　以前から本庄、児玉方面へ賃織を出しているが、埼玉県下の警察で運搬中の原料をヤミの品と間違えて調べることが多い、このままでは土地産業の振興をさまたげるので警察関係と懇談したもので、特定の個人のヤミ事件のもみ消しなどではない」。

本庄町は利根川を隔てて群馬県の伊勢崎を中心とする銘仙の機業地帯と接している。埼玉県側の本庄、児玉地域でも賃織といわれる下請加工が行われていたことがこの事件の背景となっている。

『ペン偽らず』によれば、右の記事が掲載された翌日の昼、本庄町の裁判所と検察庁の新庁舎の落成披露会が警民協会主催で開かれ、岸は記者団と共に出席した。

「乾杯が終り、いよいよ宴が進もうとする開宴後五分頃岸記者の席と最も離れた位置にいた大石理事長の隣席の折茂理事が、何故か岸記者だけを呼びに来た。その瞬間岸記者は「なにかあるな。」と予感した。しかし彼はなにも惧れる必要はないと思つた。折茂理事の誘いに応じて彼は席を立つた。傍の記者達は、はつとしたらしかつた。列席の人々も大石理事長と岸記者との間をゆききする暗い空気に何か異常なものを感じたらしい気配であつた。折茂理事の隣りに坐らされ

た岸記者は折茂氏としばらく雑談したが、一瞬とぎれたとき、大石理事長が急に岸記者に杯をさし出した。酒を飲めぬ岸記者はそれを辞退したが、その時大石理事長の顔にチラッと殺気のようなものが走つた。

「あれはナンだッ。」

大石理事長は岸記者をにらみつけ、鋭い語気で云つた。

「あの記事について、なにかあるんですか?」

「なにかあるかとはナンだッ、この野郎ナグつてやるッ。」

わめくように云うと、やにわに立上つた大石理事長は、折茂理事のうしろを廻つて岸記者のそばへよると、ドスンッと力一杯岸記者の頭を撲りつけた。

座が白け当惑そうな顔があちこちに戸迷つた。岸記者は黙つて大石理事長の血走つた顔を見ていた。それ以外に彼にはするスべがなかつた。抵抗しないので大石理事長は拍子抜けしたように突立つていた。大場副検事があわてて席を去つて行く姿が、チラと岸記者の眼にうつゝた。栗原地区署長と福島町署司法主任は頭を下げたきりだつた。本庄簡易裁判所関根判事もじつと前をみつめていた。みんな不気味に押し黙つている。……埼玉新聞の長谷川記者だけが急にツカツカと大石理事長の傍に坐りこんだ。

「大石さん場違いだろう。」

と昂奮して詰問すると

「いや、俺はどんな偉い人の前でもやるときはやるんだ。前の小安だつて俺あぶんなぐつてやつた。」

と大石理事長は大声で怒鳴つた。一座の者はシーンとして聞いていた。

岸記者はそれを尻目に席を去つた」。

小安とは岸の前任の朝日新聞通信員である。目前の暴行に手をつかねている司法当局の関係者の無気力は怖るべきものだが、この一見他愛ない一地方の暴力沙汰がひろい関心を呼ぶこととなった「本庄事件」に発展したのには主として二つの契機があった。第一はアメリカ軍政部の通達であり、第二は『朝日新聞』が八月十八日「暴力団を一掃せよ」という社説を掲載したことであった。八月七日の大石による岸に対する暴力に関し、前記のとおり、十二日には埼玉軍政部へイワード司令官は西村知事に暴力一掃を通達した。じつに迅速な反応であった。

社説の冒頭は前日の記事を要約したものなので省略し、途中から引用する。

「しかも席上これを制止したのは埼玉新聞の長谷川記者のみであり、のみならず岸通信員の家庭には、その後昼夜をえらばず連日数回、河野組と称する暴力団から呼び出しの電話が脅迫的にかゝり、また配下が直接面会を求めてきた。岸君はこのまゝ本庄町に住んでいれば「生命の危険に身をさらすこととなる」といっている。まことに奇怪極まる状況だといわねばならぬ。

そこで、この異様な事態の原因を追及するならば、どうしても大石町会議員とその周辺とに目を注がざるを得ない。大石町議はバクチ前科三犯で、前記の暴力団河野組の組長をしていたことがあり、現在は警民協会（警察後援会）理事と司法保護委員を兼ねている。悪質という点では、おそらく最も典型的な地方親分の一人であろう。この親分と配下の暴力団とによつて町政がどんなにゆがめられているかは「後難をおそれて中々語らない」町民から苦心して集めた既報の談話が示す通りである。

一般に暴力団は脅迫によつて借金や寄付を強要する。借りた金は返さない。この金で悪質の買収をやる。買収に応じない者には暴力を背景としたイヤガラセでこれを屈服させる。のみならず警察後援団体の役員となつて自治体警察を丸めこむ。町会議員や公安委員も丸めこむ。国会議員選挙にあたつても、当然彼らの魔手は各方面にのばされる。かくて町政が実質的にかゝる親分によつて支配され、町政を支配することによつて、請負入札などを独占する。この金力と一連の人のつながりはそのままた彼らの支持する政党の地盤になる――これが地方ボスの典型的存在形式であるが、本庄町の場合には、これがほとんど地のまゝに行われているといつても余り言い過ぎではなかろう。

このような地方ボスの背後には必ずこれと連絡ある暴力団がある。元をたゞせばこの暴力団の脅迫やイヤガラセによつて、町の善良な人々が「後難をおそれて」自由な発言をためらうようになる所に、手の付けようのない状況が発生するのである。したがつて、彼らにたつた一つ残された自由な発言としての、新聞の厳正な報道が最もおそろしいのである。報道にもし誤りがあるなら、理を以てそれを正さしめればよいものを、理がないから脅迫暴行に訴えようとするのである。

然るに厳正なる報道の自由を、暴行と脅迫とを以て束縛しようとする行為が公々然と検察庁、裁判所、警察署などの地位ある人々の前で行われ、しかもそれが軍政部当局の通達のあるまで放置されていた事実をわれわれは重要視したいのである。なかんずくわれわれは、検察庁当局が自覚的にかつ積極的に暴力団一掃のために断固たる措置をとることを強く要求するものである。

検察庁がもつと真剣になつてほしいというのが善良な町民の共通した声である。もし軍政部が存在しなかつたら、一体どうなつたであろう。それを思うと、日本の民主主義の前途寒心にたえぬものがある。のみならず、かゝる実例は、決して本庄町だけに限られないことを検察庁当局は特に留意しなければならぬ」。

＊

本庄事件は大石和一郎の岸に対する殴打が発端であり、その根源には銘仙の横流しともみ消し疑惑があったが、その本質は暴力団と治安当局との癒着、その結果として暴力団の横行にあった。大石和一郎は町会議員であり、警民協会理事長であったが、窃盗、賭博をふくめ、前科六犯、暴力団河野組のオジ貴分として河野組の威力を背景に、町議会を支配し、一方酒食饗応などによって警察署、検察庁の職員を懐柔し、事件の貰下げ、身柄の釈放などを請託し、猛威をふるっていた。

警民協会は大石が設立の主役をつとめ、『ペン偽らず』所収の参議院法務委員会の調査報告書によれば、本庄在住の有志約二十名、隣接部落九ヵ村の村長、農業会会長を会員として組織され、会員約四十五名であった。以下同報告書が引用している『毎日新聞』紙上における事業内容の中間報告を示す。

▽支出の部、国家警察員官舎三棟、本庄町警察署員官舎二棟、本庄町消防署二階造一棟、本庄警察署内外部修繕──計一一一五、八六三円五五銭、本庄簡易裁判所及本庄区検察庁及官舎の改築、新築、備品一切──三一四、五〇〇円、拡声器一台──二〇五、五〇五円、県庁治安協会負担金──六二、五〇〇円、乗用車一台、車庫新築一棟、同維持費──四四二、九五〇円、自転車十九台、同部品修理費──一九〇、二四五円、合計二一九三一、五六三円五五銭

▽収入の部──二五〇二、一〇〇円、差引不足分──四二九、四一三円五五銭、この内銀行より借入──二〇〇、〇〇〇円、武井要一立替──二二九、四六三円五五銭

これでは二百九十三万円余に上る警民協会の支出により警察等治安当局が丸抱えされていたにひとしい。収入合計二百五十万円余との差額が四十三万円に近いことをみても、会員の会費収入の限度で寄付するというより、治安当局の必要とする施設、設備等の費用を当局の要求に応じて支出した疑いが濃い。この不足額も結局は有力者が負担して始末をつけたらしい。

このような状況下で、大石和一郎が権勢を恣《ほしいま》まにし、暴力団河野組長河野貞男以下の組員、その他の暴力団が恐喝、不法監禁、暴力行為等をくりかえし、本庄町民は泣寝入りを余儀なくされていたのであった。

＊

大石側の岸記者〝呼び出し〟がくりかえされ、折茂理事が「岸を袋叩きにするつもりだつたが、可哀想になつたのでやめた。しかしあんな記者は町のためにならぬ、生かしちやおけない」と言っていたことなどを耳にして、岸は浦和に当分避難することになった。岸の留守後も岸の家族に対する面会強要や威圧的な行動が続いた。

『朝日新聞』の記事、社説に呼応して最初に立ち上ったのは、それまで読書会を開いていた本庄町在住の大学高専在校生と卒業生約三十名の青年たちであった。毎月十五日に定例の会合をやっていたが、八月十五日の会合で、「町当局並に公安委員会に、町政粛正と暴力追放を申込む」ことに衆議一決し、会員以外の学生にも呼びかけてこれからの運動に備えるため「学生有志会」という団体をつくることがきまった。

ひき続き、十九日に学生有志会と児玉文化協会共催の暴力粛清委員会が開かれ、二十一日、町議有志、学生有志会、社会党青年部、民自党青年部、共産青年同盟、全逓支部、埼玉教員組合支部、児玉文化協会、消防団有志、生活協同組合、仲町独立青年団などの代表が集まって、町政刷新期成会が結成され、二十五日に町民大会を開くことが予定されたが、占領軍当局や外人記者が大会を視察したいとの希望があり、一日延期されて、二十六日、町民大会が開かれる。その間、共産党の運動路線に対する反対などから、「一切の政党と袂を分つて、純粋の町民運動としての性格をはつきりさせたい。政党員は一町民の資格で参加するようにして貰いたい」という発言が採択され、政党との絶縁が決定される。

大会に先立ってコロンビア放送局東京支局長ウィリアム・コステロが本庄を訪れ、関係者から取材の上で、調査の結果を次のとおり朝日新聞記者に語った、と『ペン偽らず』は記している。

「私は本庄にある非合法な親分子分制をみて、これは過去三百年にわたつて日本の社会を毒したボス主義に完全に一致していることを知つた。社会組織のなかにおける親分子分制度は非常に原始的なものである。こんな制度は世界中どこの国でもすでに過去のものとなつている。過去においてはこれは日本の昔からの悪弊と考えられなかつた。今こそ、日本の全国民は本庄の例にならつて公然と暴力団親分を追放すべき最もよい時期と思う。今まで中産階級の人達、商店主、医者、弁護士、先生たちが親分制度攻撃に本庄の青年たちのような勇気をしめさなかつたのはまことに遺憾だと思う。日本全国の何万という町村は、本庄町と全く同じように支配されていると、日本の人達は私に確言している。もしそうだとすれば町政刷新のため本庄町におけるような革新運動が何千とあちこちに起らなければならない」。

「コステロ支局長のこの談話は〝外国人記者のみた本庄事件〟として直ちに電話で送稿した」

と同書に記されているから、あるいは『朝日新聞』本紙に掲載されたかもしれないが、私は確認していない。本庄町の青年たちの町政刷新運動に同情的であるとはいえ、見方によれば、ずいぶんと傲慢な発言である。ただ、こうした姿勢は占領下におけるアメリカの進歩的知識人に共通したものであった。

さて、町民大会の当日の模様については、また『ペン偽らず』から引用する。

「〝町民の基本的人権を擁護するために、暴力団とボス勢力を徹底的に糺弾する〟という大会宣言が、割れるような拍手のうちに可決され、ついで各種文化団体、労働団体、町出身在京有志などの激励の挨拶やメッセージが、三つのマイクロホンもくたびれる程激烈に熱烈に、校舎の壁にこだましてくり返えされた。

（中略）

一旦、挨拶が終つた頃、浦和から自動車で直行した埼玉軍政部の軍政官ヘイワード中佐が、法務課長のワイナース少佐と報道課長カールソン大尉を帯同して会場に現れた」。

ヘイワード軍政官がまず壇上に上り、「私は本庄が憲法上の法律にかなつた自治を実施する能力について関心をもつている。私は一つの条件つきで、こゝにきて諸君にしやべることを承諾した。すなわちこの会合が本庄のあらゆる層の代表者の会合である。この会合がいかなる政党をも代表しないということである。もしこの群衆の中に特殊の政党の標識があるならば、私はそれが取り除かれることを欲する。私は本庄の住民に話しているのである。（中略）本庄の善良な町民諸君が何が諸君の福祉を阻害しているかを探究し世論を起せば、官公吏は正しい処置をとらざるを得なくなる。政治の遂行は諸君の手中にある。私たちは命令はしない。また諸君のため私たちが仕事をすることもない。それは諸君がしなければならない」、などと演説した後、ワイナース法務課長が立って、次のように述べたという。

「民主主義は人民の人民による人民のための政治である。それ故諸君は、社会の自治の主体は諸君自身であることを決して忘れてはならない。それ故に諸君はいつも法律と秩序をまもり、欠陥やきよう正せられるべきものの解決には、平和的合法的手段を正々堂々と用いなければならない。（中略）諸君は実際に諸君の問題を改善し是正する法的な手段をもつている。合法的手段こそ諸君が用い得る唯一の手段である。私はくり返していうが、諸君自身の問題解決の手段を諸君はもつているのであるから、多くのことは町民諸君の双肩にか〻つているのである。軍政部は諸君をみまもつており、すべての問題を諸君が解決するのを期待している。諸君の重大な問題に私たちは深い関心をもつている。（中略）聡明に賢明に行動しなさい。自分らの自由に利用し得る合法的手段のみを利用しなさい。私は諸君の幸運を希望し、私らは諸君の進み方を注目するであろう」。

彼らが退場した後、町民大会は自由討議にうつり、切実な発言が相次ぎ、「公安委員の総辞職、大泉町、栗原地区両署長ならびに両署幹部の辞任、本庄区検察庁の大場副検事、飯塚事務官の罷免、警民協会の解散の各要求と、政府に対し全国的な暴力団狩りを要望するという五項目の決議を満場一致で可決」した、と『ペン偽らず』は記している。

*

町民大会以後もさまざまな紆余曲折があったようである。その詳細は省略し、結論だけを記しておけば、三公安委員は辞職し、警民協会は解散した。大石和一郎の岸に対する殴打について暴行罪として懲役三月の実刑と罰金三千円という判決が言渡され、控訴も棄却されて確定した。宴席での一回の殴打に対する処罰としては異常に重いという感を否定できない。暴力団組長河野貞男に対しては懲役六年の一審判決が言渡され、控訴したというが、いかなる罪状で起訴されたか、控訴の結果がどうであったかは『ペン偽らず』からは明らかでない。河野の他、二名の組員に対しても執行猶予付きの有罪判決が一審で言渡されたが、その罪状、控訴の結果は、河野のばあいと同様、『ペン偽らず』からは明らかではない。田上副検事は転勤となったようである。

岸薫夫についていえば、本庄事件の後、通信員から朝日新聞正社員に採用されたが、間もなく退職し、二、三の職歴を経た後、大学同期卒業の人々よりかなり遅れて公務員上級職試験を受験して合格、通産省に勤務、やがて日本貿易振興会（JETRO）パリ事務所長に出向、退官後は天下りして、日本プラント協会副会長、国際協力事業団副総裁などをつとめ、いまも健在である。

*

本庄事件に関連して付記しておきたいのは山本薩夫監督の映画『暴力の街』である。昭和二十五年二月に封切されたこの映画は本庄事件を映画化した作品であり、同年の『キネマ旬報』のベストテンの第八位に選ばれたという。

映画中、河野組の組員に面会を強要された岸の母堂が押入れに逃げこむシーンがある。母堂はあんな卑怯なことはしなかった、と怒っていたそうだが、暴力行為について誇張が目立ち、教条主義的、図式的であって、私にはすぐれた作品とは思われない。

何よりも、本庄事件に占領軍軍政部が果たした役割が大きいのに、この映画は軍政部の関与にまったくふれていない。恰かも町民だけが暴力団に立ち向かって勝利したかのように描いている。いわば事実を直視していない。東宝争議の結果、自発的辞職というかたちで東宝を追われた山本薩夫が、本庄事件に対する占領軍の関与を描きたくなかった心理は理解できるけれども、事実を直視しないことは大衆行動を美化したことにひとしい。この映画に限らず、大衆行動の美化、過大評価が日本共産党や党員をして数々の誤りを冒させたと私は考えている。

*

さらに私は、『朝日新聞』がその社説で「もし軍政部が存在しなかったら、一体どうなつたであろう。それを思うと、日本の民主主義の前途寒心にたえぬものがある」と記していたことを想起する。

本庄事件はいわば「逆コース」という占領政策の転換が明確化された時期におこった。町民大会においてヘイワード軍政官が特定の政党排除を要請し、ワイナース法務課長が「法律と秩序」「平和的手段」を強調したのも、占領軍内の民政局（GS）と参謀第二部（G2）との対立をふまえた、「逆コース」という文脈によってはじめて正確に理解できるだろう。

しかし、「逆コース」政策の下でも、軍政部の関与がなかったら、一体どうなったか、という思いはいまになっても変りはない。『朝日新聞』といえども、社説の憂慮にこたえるようにジャーナリズムとしての責務を果たしてきたか。『朝日新聞』に限らない。わが国のジャーナリズムはいくつかのタブーをもっているようにみえる。その第一が暴力団である。過日、山口組組長の法要が比叡山で営まれ、山口組系暴力団の組長約五十名が参加したことが報道されたが、それ以上に山口組および山口組系暴力団についての詳しい報道はなかった。山口組の他に稲川会系といわれる暴力団が存在するようだが、その実体が報道されたことはない。山口組系の約五十の暴力団はさらにその傘下に中小の暴力団をもっているにちがいないが、いったいわが国にどれだけの暴力団がどこに所在し、何を資金源とし、どういう暴力によって組織を維持しているのか、いったい暴力団はどのように権力と癒着しているのか、私たち読者は知らされていない。いまでも暴力団はわが国における暗黒の荒野に跳梁しているようにみえる。山口組系暴力団の比叡山法要などは氷山の一角にすぎまい。ジャーナリズムは知っていて書かないのか、あるいは、取材しようとしないのか。いずれにしても、私はジャーナリズムにとって暴力団はタブーであり、報道できない聖域となっているのではないかと疑っている。『朝日新聞』の社説がかつて危惧したように

「寒心にたえない」と私は感じている。

＊

そのことと関連するかもしれないので、最後にさらにつけ加えておく。本庄事件の後、岸の一家は「村八分」に似た冷たい眼で町民の多くから見られていた。岸の母堂はじめ家族の人々はそのためにずいぶん苦労した、と私は岸から聞いている。岸一家は疎開者だったから、疎開者が感じる在来の住民からの疎外感もあったかもしれない。また、本庄事件の後、闇取引の取締が厳しくなり、直接、間接に闇取引による経済秩序の利益、恩恵をうけていた町民の反感もあったかもしれない。もっといえば、岸が発火点となった本庄事件は、多くの町民にとっては平地に波瀾を呼びおこしたように感じられたのではないか。闇商人、暴力団、公権力との癒着によって、それなりの秩序が保たれていたのに、その秩序が崩壊し、「暴力の街」という悪名で全国的に知られるようになったことに対する反撥もあったのではないか。その底流には、暴力団を容認しても、外見的には平穏な秩序が保たれていることを重視するような心理を、私たちはもっているのではないか。

本庄事件がもっていた問題をいまだに私たちは解決していないのではないか、と私は感じている。

13

戦後、私が野球を観るようになったのは、昭和二十三年の秋かららしい。わが家の千葉での生活が落着いたのがそのころであった。野球は六大学野球であり、またプロ野球であった。日本野球機構の元法規部長であった馬立勝さんが調べあげ、届けて下さった資料にもとづいて、私はいま野球観戦の記憶を呼びおこしている。

千葉でのわが家の経済状態は、水戸時代に比べ、よほど楽になった。大宮の篠原薬局に居候していた時期からみると、私自身も家族と同居することとなって、ずいぶんと心理的に安定したようである。電車で千葉とお茶の水間はほぼ一時間かかったから、決して近いわけではなかったが、それでも家族の手前もあり、比較的には頻繁に大学へ通うようになった。教室へ行くよりも森川町の麻雀屋で過す時間の方が長かったとはいえ、小遣い稼ぎのために必死に麻雀をうつことは少なくなった。大学からの帰途、後楽園球場に立ち寄ることが多かった。

昭和二十三年の時点では、まだ後楽園球場はかなり閑散としていた。報知新聞社刊『プロ野球25年』によれば、昭和二十三年の後楽園の入場者は約百五十三万人、百十四日で二百二十一試合を消化しているから、ダブルヘッダーが多かった。そのころ、私は南海ホークス、ことに当時山本一人と称していた鶴岡一人のファンであった。私は法政大学時代の鶴岡を見ていないが、昭和十四年大学を卒業して南海に入団し、いきなり主将になったことは知っていた。戦争で徴兵される選手が多くなっていたとはいえ、入団したばかりの新人選手がすぐ主将に推されるというのは、よほどの大選手にちがいない、と想像していた。

戦後にはじめて見た鶴岡は、スマートで華麗なプレーの選手を好む私の趣味に反し、頑健で堅実なプレーヤーであり、巧打者というよりも強打者であった。ただ、三塁手兼監督のいわゆるプレーイング・マネージャーであった。そのころ、クリーヴランド・インディアンスにルー・ブードローという遊撃手兼監督のプレーイング・マネージャーがいることを聞いていた。私は鶴岡一人をルー・ブードローとかさねあわせていた。じっさい、この二人の経歴は驚くほど似ている。ブードローが監督を兼務したのは一九四二（昭和十七）年、彼が二十四歳のとき以降であり、鶴岡が監督を兼務したのは敗戦後の昭和二十一年、彼が三十歳のとき以降だが、昭和二十三年、ブードローはワールド・シリーズを制覇し、MVPに選ばれている。その年、ブードローが三十一歳であった。インディアンスがワールド・シリーズを制覇したことはこのとき以後ないはずである。同じ昭和二十三年に南海ホークスは優勝しているが、このとき鶴岡は三十二歳であった。

当時の南海ホークスは安井、河西、田川が一、二、三番で、いずれも駿足、軽快、四番が鶴岡、ほとんどが大学出身の選手であり、都会的で垢抜けていた。それが私の好みだったのだが、優勝するほどにつよくもあった。その戦力の中心は、打撃の鶴岡、投手力の別所昭にあった。南海の八十七勝のうち、二十六勝を別所があげていた。その別所を間近に見たことがあった。ブルペンで投球練習をすませてダッグアウトにひきあげる途中だったらしい。当時の後楽園球場は、現在のアメリカのメジャー・リーグの球場と同じく、グラウンドとスタンドが同じ高さであり、現在の日本の球場の多くのように、スタンドが高くグラウンドを見下ろすようにつくられてはいなかった。また、現在の球場と違ってフェンスの上にネットが設けられていなかった。スタンドの観客と選手は同じ平面上にいたといってよい。私の脇にいた観客が別所の友人だったらしく、スタンドから別所に話しかけた。別所は立ちどまって、いかにも愉快そうにしばらく話し合っていた。日灼けしていたが、堂々たる美丈夫であった。真白な歯が印象的であった。スター選手といった気取りや偉ぶった態度はまったく見られなかった。当然、私は別所の熱烈なファンになった。

*

この年の暮、巨人軍による別所の引き抜き事件がおこった。私には何としても巨人軍が許せなかった。要するに、別所がいたから巨人軍は優勝できなかった、だからその別所を自チームに引き抜くという行動は、どう考えてもフェアプレーとはいえない。

元セントラル野球連盟会長の鈴木竜二さんに『鈴木竜二回顧録』という著書がある。馬立さんが届けてくれた同書の一節「別所事件のてんまつと裁定」には次のとおりの記述がある。

「銀座五丁目、いまプロ野球の事務所のある朝日ビルの裏通りに、小松屋という料亭があった。小松屋は銀座の盛り場にある料亭だが、別所ファンが愛用していたことから、南海の選手がよく出入りしていた。別所もたびたび行っている間に、女将の姪と知り合って結婚した。現在の夫人である。たまたま当時読売新聞の業務局長で副社長格の武藤三徳氏も、食事をしたり、マージャンの卓を囲むなどで、小松屋をよく利用していた。

あるとき女将から、姪が別所と結婚して、関西に住んでいるが、兄の家の二階借りなので、家を欲しがっているが、球団がしぶくて相手にしてくれず、別所がくさっている、ということを聞かされる。その後別所に会って聞くと「須磨のほうの板宿というところにある兄の家の二階を借りているが、家事をやるにも不便だし、やがて子供が産まれれば二階借りではどうしようもないので、中百舌鳥あたりに適当な家を造ってくれるように頼んだが、すべて拒否された。拒否されたばかりか、そんなことを言うなら、オープン戦にも来るな、優勝祝賀会にも出席するな、と言われた。ぼくは神戸の人間なのでできれば大阪に住みたいのだが、他チームとあまりにも条件が違いすぎるので、契約が切れる今年、チームを変わってもいいと考えている」と言う。

小松屋の女将のいうとおりで、南海との間で、家が欲しいという別所の契約をめぐって揉めていることがわかった。しかし、武藤氏は、別所がどれほどの実力者かということを知らなかったので、この話を、当時巨人代表の四方田義茂氏のところへ持っていった。「別所が南海を出たがっている」と話すと、「別所なら大した投手だ。とれるならぜひとりたい」と大乗気になった。

そこで武藤氏は、小松の女将を通じて「家を持つ足しにしてくれ」と、別所にポケット・マネーから十万円を用立てた。二十万円くらいあれば家一軒買えるころの十万円だから、かなりの大金である。この十万円は、のちに「ポケット・マネーということはありえない、巨人の金庫から出ているはずだ」と問題になったが、十万円がどこから出た金にしろ、別所が受取り、領収書も書いているので、巨人側・別所側双方に、いわゆる暗黙の諒解があったことは争えない。

南海は二十三年、戦後二度目の優勝をした。別所はこの年二十六勝して、南海投手陣の中では最も活躍している。とれるものなら、なんとしてもとりたいと、巨人は獲得工作を始めたのである。

これが十一月下旬のことである。

南海と、いよいよ正式契約の交渉に入ると、別所は、家一軒と月給六万円を要求した。別所の要求を聞いた南海の松浦代表は、優勝投手別所の処遇の問題であり、別所の要求は、かなり高額の金銭を必要とするものなので、一存では決められない。小原社長、鶴岡監督とも相談した。その結果出した回答は「とてもそんな大金は出せない。しかし家のほうは南海沿線でなんとかしよう。月給六万円はだめだ」というものであった。

契約交渉に入る前、別所は各チームのエース級投手の月給を調査して、大陽の真田などが、非常に高額の月給を取っていることを知っていたので、南海の出した条件は不満であると、交渉は物別れになる。

交渉をくり返す過程で、南海の松浦代表が「そんなに東京へ行きたいなら、東急か大映なら出してやる」と口走った。松浦代表は、東急の猿丸代表と親しかったのである。これを聞いて「出す意思があるのなら巨人へ出してくれ」と、別所が巨人へのトレードを希望した。

別所の背後に巨人があるのは松浦代表も知っている。別所のトレード希望に、大いに怒った松浦代表から、ぼくのところへ抗議がきた。

「このときにはまだ球団の手元には無いが、選手の契約を明確にする協約が、もうできあがって、協約の精神を尊重しようという申し合わせをしている。そういうときに、リーグを指導するべき立場にある巨人が、協約が発表されないいまなら構わんと、よそのチームの選手に手を出すようなやり方は、スポーツを企業とする団体にふさわしくない。手を引くようにしてくれ」というのである。

当時プロ野球は、機構の統制機関としての社団法人日本野球連盟と、営業を担当する株式会社日本野球連盟とに分かれていて、社団法人の会長が、鈴木惣太郎さん、株式会社のほうの会長をぼくがやっていた。それで、選手の契約問題である別所の問題は惣太郎さんのほうへまわした。

ここで事件が初めて表面化した。

惣太郎さんが別所を呼んで話を聞くと、別所の意思は相当強硬だ。巨人の別所に対する要望も強いことがわかった。武藤氏も呼んで話を聞こう、ということになって「話を聞きたいから出てきてくれ」と連絡すると「鈴木（惣太郎）君は読売の使用人じゃないか。使用人のところへ副社長が呼ばれるなんておかしいじゃないか」と、断ってきた。

「こういうわけだから会長行って話をしてくれ」と惣太郎さんに言われて、ぼくが読売に武藤氏を訪ねた。「惣太郎さんは、別所問題を裁く責任者なのだから会ってくれ」と言うと「それじゃあ鈴木さん立会ってくれ」と言う。「ぼくか井原君が立会うことにしましょう」と約束し、結局ぼくが立会って、惣太郎さんと武藤氏が会って事情を聞いた。

会った結果、とにかく一応裁定を出しますよ、と言うので、正力松太郎さんの意向も打診した結果出したのが「別所選手を自由選手として、元いた南海に二日間の優先交渉権を与える」というものであった。

松浦代表は、当時歌舞伎座内の連盟事務所のそばにあった中国料理の店へ別所を呼んで話し合ったが、別所の気持は動かず、優先交渉の期限が切れたところで、別所は巨人へ入団ということになった。松浦代表と別所の話合いは三月十八日、十九日のことである。

これで、三月二十七日、正式に巨人に入団したのであるが、その原因を作ったのは巨人にある、というので巨人に罰金十万円、別所には二カ月間の出場停止のペナルティが課せられた。そして巨人から南海に二十一万円のトレード・マネーが支払われた」。

つけ加えれば、この『鈴木竜二回顧録』によれば、読売新聞社主として知られた正力松太郎は当時コミッショナーであった、という。この巨人移籍後、別所は別所毅彦と称することになった。

長文の引用をしたのは、私がこれまで持っていた関三穂編『戦後プロ野球史発掘』第一巻の

「大阪球場建設と別所問題」と題する第三回座談会の記述とくい違いが多いからである。この座談会には、引用した著書の筆者、鈴木竜二さん、別所問題当時の南海の松浦代表、中上英雄と大和球士が参加している。以下、この座談会の記録を引用する。

「**司会** 別所を巨人が引き抜いたというのは南海側から見るとどういうところから出てきたんですか。

松浦 別所のファンにね、なんとかいう人がいたんですよ。

司会 東京の人ですか。

松浦 東京の柳橋にシャツなどを作る工場を持っている人だが、その人が別所のファンで、ぼくなども東京へ来るとごちそうになったが、その人が小松屋という銀座の料理屋へしょっ中行くんです。そしてうちが勝ったりしたらそこを一晩借り切って、うちの選手を連れて行く。その小松屋へ読売のなんとかいう偉い人がしばしば寄ったんです。

中上 武藤さん。（三徳・当時取締役業務局長）

松浦 それで別所君なんかがよく来るという話になった。そういうことから話が発展して、その当時、今の協約書を連盟で作っとったんだが、おおよその協約書ができてプリントが連盟の事務所に保管してあったんですよ。そういう時期やったんです。その時期をはずすと取れんようになる。それを三原君が強硬手段を考えてやったんですよ。それをどうしてわかったかというと、どこかで監督、代表者の会合があったんや。それに三原君も出席していたが、中座したんです。

それで帰ってからうちの鶴岡が「あんた、あれなんやくそうおまっせ」といいよるんや。三原君が中座したのはくさいといいよる。あいつはなかなか勘のいい男でね。そのうちみんなも世間もうわさしだした。会社が呼んでも別所君は出てこないんです。やっと出てきて会社では話ができんということで、あるところへ行って話をしたら、東京に家を一軒欲しいという。別所君は須磨にお母さんといっしょにいたんです。それで、わしも家を一軒持ちたいというたら、巨人でつくってやるといったそうだ。そして小松の娘さんと結婚する……。

鈴木 そうそう、今の妻君だ。

司会 家と嫁さんと一挙に解決しようというわけですね。

松浦 そういうわけや。南海に残れいうなら、残ってもいいがそのかわり東京に家をこしらえてくれ、こういう話や。

中上 東京にですか。奥さんの都合があるからですね。

松浦 その当時の金にしても、そんなに高くはなかった。何百万円ではなく何十万ですわ。あの当時は何十万円かあれば一人まえの家ができたんやから。金額は何ぼか忘れましたが、そうしてくれというんです。それでぼくは帰ってきて相談したわけや。その時分には今みたいに役員さん連中が合議制を採るわけじゃないんです。というて誰も独断でできんのや。あの当時、ぼくが相談せんと自分でやっていたらできたと思うんですが、あまり大きな額でしょう。相談したのが悪かった。「あかん、そんな大金を、おれらのより高い……」

中上　そうそう、当時はそうでした。

松浦　そうなってくるんだ。だから、「これ聞いたら別所は向こうへ行きよるで、行ったらうちは負けますぜ。エースやからね、エースが向こうへ行ったら負けるに決まっとる、それでもよろしいか」というと、「もっときみ話し合うてみい」ということになって二、三回話し合うたけど、そのときはもう片一方はエサを出してしもてるんやから、ごちゃごちゃいうても先がわかってるから、「そんなんやったらきみとの交渉は一応打ち切りや」ということになったんです。こっちからいわないで、向こうからいわせるようにしたんです。そして、「こうこういう協約書をこしらえて制約しておる。それはまだ成立していないけれども、こういう精神でやろうというときに、指導的立場の巨人軍が法の裏をかくようなことをして、今ならかまわんというて行動するのは、スポーツをもって企業としている団体にふさわしくない。だから手を引くように」と、ぼくは会長のところにいいに行った。

鈴木　そのときに社団法人日本野球連盟というのがあって、それを預っていたのが鈴木惣太郎さんだったのだ。

松浦　そうしたら、そんならもう一ぺん白紙に返して南海に再交渉権を与えるということになったんですよ。二週間か一カ月か忘れましたが、期限を切られたんですよ。

鈴木　そうでしたね。

松浦　期限を切られたので、期限内に成立しなければ巨人へ行くというふうに決まっている。

ところがせっかくそういう裁定が降りたんだから、こっちも行動を起こさなければしょうがないですよ。丸ビルに南海の事務所がある。そこへ何月何日に来てくれということで呼んで話し合ったんですが、それも形式的な話し合いですわ。向こうが受けへんもの。それでおしまいです。一ぺんきりでした、話し合ったのは。

司会 話し合っても、南海には分がない形勢でしたね。

松浦 それで別所君は出場停止何日間か食ってジャイアンツへ行き、うちのほうにトレード・マネーを何ぼか払えということで、ぼくのほうはお金をもらって終りです。

鈴木 あれはどのくらいかな、あの当時だからたいした金ではなかっただろうな。

松浦 せいぜい二、三十万円じゃなかったですか。はんぱがついていたと思うな、二十七万円か、二十二万円か、とにかく三十万円以内ですわ。

注　巨人の別所引き抜き問題に対して、連盟は別所を自由選手として南海に十日間の優先交渉権を与え、その間に話し合いがつかねば巨人のものになるという裁定を下した。結局別所は二カ月の出場停止を食った」。

後年、私はセントラル野球連盟の顧問弁護士をつとめたので、連盟会長であった晩年の鈴木竜二さんとしばしばお会いする機会があった。そのころの鈴木竜二さんは気さくな好好爺であった。清岡卓行に日本野球連盟に勤めていた時期があり、日程編成の仕事に携っていたことは知られているとおりだが、清岡が芥川賞を受賞したとき、その祝賀会のスピーカーの一人が鈴木さんであった。清岡も鈴木さんが好きだったからこそ、スピーチをお願いしたのであろう。

だから、私は鈴木竜二さんに好感をもっているが、その「別所事件のてんまつと裁定」には脚色も曲筆も多いようにみえる。座談会の記事にも間違いがあるが、両者をあわせ読むと、真相がほぼうかび上ってくるように思われる。鈴木さんの記述では、当時別所は小松屋の女将の姪と須磨の兄の家の二階に間借りしていたとあり、座談会では、松浦元南海代表が「別所君は須磨にお母さんといっしょにいたんです。それで、わしも家を一軒持ちたいというたら、巨人でつくってやるといったそうだ。そして小松の娘さんと結婚する……」と発言したのをうけて、鈴木竜二さんは「そうそう、今の妻君だ」と答えている。別所夫人が小松屋の娘か姪かは別として、右の問答からみて、別所は事件当時はまだ結婚していなかったのであろう。そして、巨人軍が一軒つくってやるといった家は、東京につくってやるという趣旨であったにちがいない。だから、この時点で別所は巨人軍と移籍について合意しており、南海との契約交渉にさいし、南海が到底受け入れられない条件を提示したのであろう。

巨人軍と別所との密約は別にして、社団法人日本野球連盟の鈴木惣太郎会長は、読売新聞武藤業務局長からみると、読売新聞の一介の使用人であった。連盟会長という地位であっても、業務局長を呼びつけて事情を聴取できるほどの権限をもっていなかった。そこで、鈴木竜二さんが出向いて武藤業務局長に会い、鈴木竜二さんが立会って鈴木惣太郎会長が武藤業務局長から事情を聞いた上で、裁定を出すこととなり、正力松太郎コミッショナーの意向を打診し、裁定した、という。武藤業務局長は「別所がどれほどの実力者かということを知らなかった」ほどプロ野球に無知な人物であった。つまり、正力松太郎コミッショナーの意向をうけ、読売の使用人である鈴木惣太郎会長が裁定したのであり、裁定者も手続も一方的に読売新聞社に偏っており、公正というにはほど遠い。

また、「原因を作ったのは巨人にある」との理由で巨人軍に罰金十万円を課したというが、成文化された協約が公表されていなかったにせよ、実質については各球団が申し合せて合意していたのだから、申し合せ違反が理由であるべきだろう。さらに、罰金十万円はいかにも安い。武藤業務局長がポケット・マネーとして別所に与えた額と同額にすぎない。トレード・マネー二十一万円も巨人軍にとってまったく痛痒を感じない微々たる金額であり、別所ほどの大投手を自由選手として手放すにはあまりに不当である。この『戦後プロ野球史発掘』第一巻の別の箇所で、巨人軍の主力選手であった千葉茂も、別所引き抜き事件は「一方的」であったと発言しているが、事情がいまほど明らかになっていなかったその当時、私は巨人軍の行動に憤慨を禁じえなかった。じっさい、巨人軍の行動は自己本位的であり、不公正であった。同様の自己本位的、不公正な行動を巨人軍はくりかえして、今日に至っている。

ただ、プロ野球ファンの圧倒的多数は巨人軍のファンであり、それらファンはつねにつよいプロ野球の盟主、巨人軍を期待し、こうした巨人軍の行動様式を支持し、巨人軍あってのプロ野球と考えているらしい。そういう立場からみると、巨人軍のこうした行動様式がプロ野球の発展に貢献したということになるのであろう。私の考え方は結局プロ野球ファンの中では少数派にすぎないのかもしれない。

*

昭和二十三年秋から昭和二十四年にかけて、私はプロ野球の熱心な観客だっただけではない。私は六大学野球の熱心な観客でもあった。それは私が法政の関根潤三のファンだったからであり、また、東大では私の一高時代の友人たちが活躍していたからであった。

私は昭和二十三年秋のシーズンの六大学野球のほとんどを観戦している。このシーズンには法政が十二戦十勝、勝点五をあげて優勝している。明治、東大に各一敗しただけで、勝率八割三分であった。小野三千麿の総評に「投手力はチームの七割であるというのが野球常識になっている。優勝した法政に関根投手の力が七割位であったろう。大学野球では名投手ある所に優勝ありの野球金言が生れているが、優勝した法政の関根は無論名投手に入る。関根は優勝しない春のシーズンにも名投手とよばれている」とある。このシーズンには、明治に杉下、早稲田に荒川、末吉、慶応に平古場、立教に五井といった好投手がいた。関根は杉下ほど大柄でもなく、平古場ほど小柄でもなく、いわば中肉中背だったが、よほど強靱だったのだろう。一見したところ優男で、好青年であった。後に近鉄で投手として、後に巨人軍に移籍して打者となり、主力打者の一人としてそこそこの成績を収めたが、大学当時から投球フォームも美しいが、打撃フォームも美しいことで知られていた。法政では多くは五番、時に四番を打ったはずだが、私は彼の一挙手一投足に見ほれて、法政の試合は必ず見逃さないことにしていた。

昭和二十四年の春、秋のシーズンには法政は優勝していないが、忘れがたいのはサンフランシスコ・シールズとの試合における好投である。シールズは3Aのチームでメジャー・リーグのチームではない。しかし、極東空軍チームに一敗しただけで、昭和二十四年十月十五日に巨人軍と対戦して13対4で大勝したのを皮切りに、十月三十日六大学選抜チームに4対2で勝ち、十一戦十勝一敗の成績で、日米プロ野球の実力差をいやというほど見せつけたのであった。第五戦のプロ野球西軍との試合に武末が好投して3対1で敗れ、第七戦の全日本選抜との試合に藤本が好投して2対1で敗れ、第十戦に全日本選抜との試合にふたたび武末が好投して1対0で敗れたのが、日本プロ野球側の精一杯の善戦であった。シールズとの最終戦となった第十一戦が六大学選抜との試合であった。この試合は2対2のまま延長戦にもつれこんだ。「起ち上りの不備を叩かれ1四球三安打で二点を先取されながら二回以後はシュートを駆使してシールズを良く無得点に抑え一人十三回を投げ続けついに屈した関根の快投」と翌十月三十一日付『日刊スポーツ』は報じている。

私はこの試合を観戦していない。ラジオで聞いていた。私は一喜一憂しながらラジオ放送に耳を澄ませ、関根の好投に痺れるほど感動した。私の想像では、この試合こそが関根潤三の野球生活における最良の日だったのではないか。

ついでだが、法政において関根の投球をうけた捕手が根本であった。その根本が西武等の監督として名を残すことなど夢想もできなかった。根本は関根が近鉄に入団したから、だきあわせで近鉄に入団し、プロ野球界に身を投じたのであり、関根潤三こそがスターであった。

さらにつけ加えれば、現在メジャー・リーグは三十球団だが、当時は東海岸の都市を中心として、アメリカンリーグ八球団、ナショナルリーグ八球団の計十六球団であった。西海岸にはメジャー・リーグの球団はなかった。シールズは現在の水増しされたメジャー・リーグの水準に近い実力があったのではないか。また、武末、藤本らは当時のメジャー・リーグでもかなりに通用するような投手だったのではないか。

*

関根を擁する法政に一勝した昭和二十三年秋のシーズンの東大のナインが誰々であったか、残念ながら私の手許の資料にはない。昭和二十四年春は順位こそ最下位だったが、五勝七敗であった。このとき、投手の後藤完自、外野手の後藤忠行、加賀山朝雄の三名が私と同年の一高の出身であった。東大には島村という陸軍士官学校出身の好投手がいたので、後藤完自は二番手だったが、島村はスライダーを武器とし、後藤完自はシュートを得意とし、それぞれ球質を異にしていたので、後藤完自もかなり出番があった。後藤忠行は中堅手として二番を打つことが多く、加賀山は右翼手として五番を打つ主力打者の一人であった。このシーズンも東大は法政に勝っているが、一回戦は島村が投げて3対1で勝ち、二回戦は後藤完自が投げて6対5で負け、三回戦は島村が投げて6対2で勝っている。後藤忠行は昭和十九年四月に私が一高文科に入学して以来の同級生であり、一高野球部でもリードオフマンとして俊敏なプレーをし、加賀山はホームランか、さもなければ三振という、豪打で評判が高かった。当時六大学野球は上井草球場、後楽園、神宮球場を転々として試合していたが、私は加賀山が後楽園球場でホームランを打ったのをありありと憶えている。彼は東京府立一中時代から野球部に属していた。矢牧一宏の葬儀のとき、加賀山が弔問に来てくれていた。そういえば、矢牧も一中時代は野球部に属し、加賀山よりも一年上級であった。「脱毛の秋」のような小説を書き、中原中也を好んだ矢牧が野球の選手だったと聞いてずいぶん意外に感じたし、矢牧の葬儀に加賀山と出会ったこともずいぶん意外であった。後藤完自は戦後理科から文科に転科し、加賀山は転科することなく、一高では理科を卒業し、東大では経済学部に学んだはずである。彼らとの縁で、身贔屓な私は固唾をのんで彼らのプレーを見守った。東大の応援歌は、そのときできたばかりだったが、その応援歌も憶えた。余計なことだが、私は関根が好きだったばかりに「法政、おおわが母校」という法政の校歌も憶えていた。

後藤忠行は愛知一中の出身で頑固なほどに律儀な性格であった。大学卒業後富士銀行に入行し、丸ノ内支店長をつとめた後、日本タイプライターという会社の社長となり、その後間もなく他界した。後藤完自は東京銀行に入行し、ロンドン支店の支店長などをつとめ、常務取締役にまで栄進した。いまも健在だが、横浜育ちらしい洗練された紳士である。

加賀山は大学卒業後国鉄に入社した。加賀山之雄という国鉄総裁がいたが彼の叔父である。彼の父君も国鉄に勤めていたという。敗戦前彼が理科端艇部に属していたころも、敗戦後野球部に転じてからも体軀堂々、目立った存在であった。そのころも、また、大学卒業後も顔を合わせる機会は多かったが、私はいわば体育会系の言動、官僚臭のつよい発言に反撥を感じていたので、私は彼と気が合ったとはいえない。国鉄を退職しＪＴＢに勤務した後、一九九九（平成十一）年、癌のため他界した。その半年ほど前、ある会合で出会ったさい、あと半年の余命と宣告されている、と言った。その口調の平静なことに驚いたことがある。私の友人たちの話でも、その半年間、加賀山は一高同窓会の仕事等し残した仕事を熱心に片付けて、充実した日々を送ったらしい。私はこれまで『運るもの星とは呼びて』という回想文集をくりかえし引用してきたが、私よりも前後の年度の卒業生も同様の回想文集を発行している。しかし、『運るもの星とは呼びて』が資料の豊富さで抜群にすぐれている。その編集を推進したのが加賀山だったと最近聞いた。私は加賀山朝雄という人格をその死後になってはじめて知ったのである。

＊

昭和二十三年九月二十八日、大宮日赤病院で相澤諒が青酸カリにより服毒自死した。彼は腸結核の末期であった。その痛みにたえかねたようである。服毒後白い寝巻の上に夏物の黒い着物を身につけ、病室から三十メートルほどの病院の庭の草の上に、きちんと臥て胸に両手を組んでいた、と妹の森元陽子さんは証言している。

彼は府立五中で私より一年下級であったが、病気のため一年入学が遅れていたので、じっさいは私と同じ年であった。私は彼が三年生のとき五中の校内誌『開拓』に投稿した詩「凱歌」に注目し、その後親しくつきあうようになった。戦中、戦後、駒込の下宿に彼を訪ね、手作りパンをご馳走になり、彼が好んでいた立原道造の詩などについて話し合った。彼にとっては言葉を純粋化することが最大の関心であった。同じく立原を読んではいたものの、私にとっては、詩において言葉がどうあるべきかよりも、どう生きるかが問題であった。私はいつも気まずい思いで彼と別れるのがつねであった。

私が彼の詩作の全貌を知ったのは、彼の死後三十数年を経た昭和五十六（一九八一）年であった。このとき、彼の選詩集を編集するため遺稿の全部に目を通して、私は彼が追究した、いわば言葉の極北とでもいうべきものの痛切さをはじめて知った。

選詩集は『風よ　去ってゆく歌の背よ』と題したが、これは

風よ――
山のやうに暗くくらく遠くの海鳴りが加はって去ってゆく歌の背よ――

という断章から採った。彼に「喪」という作品があり、「聾《みみし》ひて風のおと聴くひともがな」というエピグラフが付され、さらに、「純粋なる詩とはことば以前の記憶でなくてはかなはずよ」と

注記されている。こうした考え方は中原中也の「芸術論覚え書」にいう「名辞以前」と同じといってよい。相澤はいうまでもなく中原の詩論を知ることなく独自にそうした思想に到達したのであった。

昭和二十三年一月末と記されている彼の詩「唖の歌」を左に引用する。

どの星に――　どの星に　帰ることばであったらう
ああ北斗！……青空の残りに　星が霧から美しいあたり
胸にかへらぬことばかり――かへってはこぬことばばかりが　ひるがへり……ひるがへり
ああきらびやか！天の柄杓――汲みもつくすか？野の微風――

ひるのなかに　風のなかに点《っ》けっぱなしの星は私の眼をみない　ああ私
……青空に花の内部を聴いてゐた
風のなかに村があるのだ　こゑだにしない人里だった
そしてことばは私の外へ　こゑとなり　涸き　赫《かが》やき　大きな白昼《まひる》　景色のやうに消えつくし……
忘れはてた灯影をおもひ　だすほどの

すでにこ昏れてゆく思慕はこ雪に濡れた黒い瞳《め》で　曠野の果に
明滅する　きらめき隕ちる　ああ澪！天の！
流れ星――（……雪がくる……天の柄杓《ひしゃく》は傾《かた》ぶかず――）　夜となる　遠ぞらの中をなく
　してなつかしい！
女《ひと》　野の草の向ふのやうに
消え　かかる　信！《唖をやぶって血を喀くか?!》――雪あびる　いのちの孤影

言葉以前の記憶におそらく言葉はありえない。ただ、言葉から言葉がまとっている諸々の意匠を剝ぎとらなければ、言葉は純化しないだろう。そして、言葉が純化したとき、詩人は言葉を失い、唖にならざるをえない。詩は不毛にならざるをえない。恩寵のような「天の柄杓」が言葉を掬いとってくれることを祈ることしか、詩人には残されていない。これは言葉というものの純化をどこまでも追求した詩人の悲劇である。それにしても、ここまで言葉の極北を考えつくした詩人を私は他に知らない。また、そうして掬いとった言葉の極北は美しくも、またつらい。

　ここで私は相澤の死を考える。相澤の実母スヤさんは昭和十二年に、姉都さんは昭和十九年に、父公平氏は昭和二十五年にいずれも結核で死去している。結核に感染しやすい家系だったのだろう。ストレプトマイシン等の抗生物質が発明されるまで、結核を治療するすべは、さまざまな試みがなされていたとはいえ、事実上存在しなかった。もっといえば、内科的疾患を治癒させるような薬剤はなかった。それまでは発熱に対してはアスピリンのような対症療法しかなかった。抗生物質の発見は人類の生命の存続を一変させた。あと数年相澤が生きていたなら、抗生物質による治療も可能になったにちがいない。相澤は享年二十一歳であった。非才にして生きながらえた私が、いまとなって相澤の死を思うとしめつけられるように胸がいたむ。

＊

散逸してついに私が公表する機会をもたなかった小説を書いたのも昭和二十三年の秋であった。それまで私は『世代』第四号に発表された「鯨座の一統」を書いていたが、これはたぶんに戯作者的気分で試みたものであり、また『向陵時報』に発表し、後に『世代』に転載された「龕燈更紗」を書いていたが、これは小説というよりは散文詩であった。これらに反し、このとき私が書いた小説は、敗戦後の日本の社会全体を一人の青年の視点から描きだそうとした、いわば本格小説の第一章であった。何かの用事で私は練馬の教材販売会社を訪ねたことがあった。おそらくいま光が丘団地となっている地域に旧陸軍の兵舎が集合していた。そのうち捨てられた旧兵舎の一室に教材販売会社があった。その会社の社員と話しているうちに、ごく小さなその会社の業務が戦後社会の経済を象徴しているように感じて、小説を書くことを思い立った。半世紀以上も前に失われた小説のストーリーも細部も私は記憶していない。

昭和二十四年三月号の『芸術』に「よこたわる男」という詩を発表したので、私はその編集長であった亀島貞夫さんと知り合った。『芸術』は八雲書店から発行されていた。どういうわけか出隆先生が八雲書店と縁故があり、高原紀一が『芸術』の編集部に勤めていた。私の詩が掲載されたのは高原が亀島さんに推薦してくれたからである。亀島さんも出隆先生と同じ旧制六高の出身であり、出先生の紹介で八雲書店に入社していた。亀島さんは後に『近代文学』昭和二十四年二月号に「白日の記録」第一章「白日の彩色《いろどり》」と題するすぐれた戦記小説を発表しているが、八雲書店倒産後は伊勢崎高校の教職に就き、やがて前橋高校に移り、小説の筆を折ったようである。ただ、亀島さんは、彼に心酔する多くの生徒を育てた個性のつよい教師であり、同時にその後も現在に至るまで中野重治研究を続けている。私は『無言歌』刊行後その一冊を進呈して以来、亀島さんとお会いしていないが、文通を続けている。それは私が亀島さんに恩誼を感じているからでもあるが、彼の人格に魅了されているからである。

拙作「よこたわる男」は私がはじめて書いた十四行詩であり、後に『無言歌』に収めた「海」その他の十四行詩を書く契機になった作品だが、そういう意味で愛着をもっているとはいえ、見るべき作品ではない。この作品を発表する機会を与えてくれたことも有難かったが、知り合って間もなく、私の小説を読み、『赤門文学』を発行していた原子公平さんに紹介して、その第三号に掲載するよう、とりはからってくれたことを感謝している。当時の『赤門文学』は原子公平を中心に、亀島さんの他、小野協一、平井啓之、沢木欣一といった人々が同人であった。私も同人に加わるように誘われた記憶があり、一度ほど同人会に出席したはずである。『世代』を除き、私が同人誌に誘われたのは、この『赤門文学』が後にも先にもただ一度だけである。なお、このとき平井啓之と面識を得たかどうか定かでない。私はその後平井が浦和に母堂と住むようになって数年間かなり濃密な交際の機会をもったが、これは橋本一明の紹介で平井が第三期の『世代』に関係した以後だったように憶えている。

私の小説は『赤門文学』第三号に掲載される予定だったが、『赤門文学』はそれまでに発行していた二号で廃刊となった。

この小説が散逸したのは、当時『世代』が休刊していたので、『世代』の同人の間で回覧している間、どこかで紛失したものと思われる。亀島さんはこの小説を読み、原子公平さんにもちこみ、この小説を憶えている、ただ一人の読者である。亀島さんが最近私に下さった書簡に「私の記憶にも、あの作品の貴重な価値は忘れがたいものとしてあります。当時、評判であった『チボー家の人々』の発端部分、いえばやや憂鬱なジャック・チボーを連想させる、若々しい感性の横溢した「青春の文学」でした。その佳篇が「幻の小説」となったとは！　惜しんであまりあることです」とある。

私自身がおぼろな記憶しかもっていない、百枚ほどの小説を、このように記憶して下さる方があるということは冥加に余るというべきだろう。あるいは、この評価、記憶には亀島さん自身の青春の記憶がかさねあわされているかもしれない。

かりに亀島さんの評価がいくぶんか正しいとしても、私にはその後も小説を書くことができたとは思われない。私の資質にあっているのは結局詩作であり、私が、詩を除けば、短歌、俳句といった短詩型文学を好んできたことは疑いの余地がない。小説の試みは、私にとって青春期の模索の一過程にすぎなかったように思われる。

＊

『展望』昭和二十三年十二月号にいいだが「一つの青春――竹山道雄先生えの手紙――」と題する評論を発表し、同じ雑誌の昭和二十四年二月号に「0《ゼロ》時間」という戯曲を発表している。この時期のいいだは「私わ彼お東京え」というような厳密な表音式表記を用いているので、きわめて読みにくい。現代仮名遣いに変えて、「一つの青春」の末尾に近い一節を引用すれば、次のとおりである。

「自己の運命をプロレタリヤの運命に結びつける――このことはまた、生産力の進歩によって人間がしだいに非人間性から脱却してゆくと言うユートピア的径路を信じていることを意味します。文明の進歩と人間の幸福とは、原子爆弾が示しているように、必ずしも予定調和ではないようであります。しかしながら、私たちはその調和を信じ、その調和のために働きたいと願い、そして、それ以外のいかなる方法をも信じていないのであります」。

「私たちは、先生のような大知識人にまで成熟することはできますまい。しかしながら、私たちは一歩を前進するでありましょう。長い暗い夜の道ではあるが、まさしく暁にいたる道を。おそらくは先生とともに」。

右が末尾だが、最後の「おそらくは先生とともに」との言葉にもかかわらず、竹山教授へのいいだの訣別の辞であり、実践活動にふみだそうとする覚悟を披瀝した文章である。たぶん、いいだはこの時点で共産党入党、実践活動を決意したものと思われる。

ところが、いいだは、昭和二十三年十一月、東大卒業と同時に日本銀行に入行が決定したものの、結核が発見されて、旧陸軍第一病院に入院、やがて茨城県の村松晴嵐荘でほぼ七年間の療養生活を送ることとなった。人間の運命は何時どう展開するか、いざそのときまで分らないのである。

「0時間《ゼロ》」は「喜劇一幕」と注されている戯曲であり、いいだの作品にしては珍しく密度が濃い。戦争末期の富裕な知識層に属する人々の夜明けの訪れに希望をもてないデカダンス的心情の会話から成り立ち、劇的な進展のないことが遺り場のない心情の証明となっているような戯曲だが、これがおそらくほぼ七年間の療養所生活中に書きあげた、ゾルゲ・尾崎事件を題材にした、読みづらく、わが国の文学史上稀な、思想的全体小説『斥候《ものみ》よ　夜はなお長きや』の萌芽となったものと私は考えている。『斥候よ　夜はなお長きや』については後にふれるつもりである。

14

昭和二十三年十一月十二日、極東国際軍事裁判、いわゆる東京裁判の判決が言渡され、東条英機、広田弘毅ら七名に絞首刑、荒木貞夫、平沼騏一郎ら十六名に終身禁固刑、東郷茂徳に二十年の禁固刑、重光葵に七年の禁固刑が宣告され、十二月二十三日には東条ら七名に対する絞首刑が執行された。翌十二月二十四日にはA級戦犯容疑者として拘留されていた岸信介、児玉誉士夫、笹川良一らが釈放された。

すでに記したとおり、東京裁判は戦勝国の敗戦国指導層に対する報復的懲罰的儀式であり、一番の茶番劇にすぎない、と私は考えていた。本来、愚劣な戦争を開始し、敗戦に至らせた責任者は、日本人によって訴追され、処罰されなければならないと考えていたが、日本人による戦争責任の追及はついに行われることなく、今日に至っている。

いかなる行為を犯罪と定め、その行為にいかなる処罰を課するかは、あらかじめ法律によって定められていなければならない。これを罪刑法定主義というが、ニュールンベルク裁判、東京裁判は、平和に対する罪、人道に対する罪という、あらかじめ犯罪として定められていなかった行為を理由として処罰した。これは明らかに罪刑法定主義という近代法の原則に反する。東京裁判を非難する論拠の一がこの点にあることは知られているとおりである。しかし、こうして国際法が発展することはあながち悪いことではあるまい、と私は考えている。だが、たとえば東京大空襲、広島、長崎の原爆といった人道に対する罪は処罰されなかったし、イラク戦争等にみられるような平和に対する犯罪行為、人道に対する犯罪行為によって、アメリカ合衆国の指導者が訴追されることもない。そういう意味で、ニュールンベルク裁判、東京裁判により発展してきた、グロティウス以来の国際法の理念はすでに破綻しているようにみえる。

しかし、そのことは別として、何故、日本人自身によって無謀無法な戦争の責任者が訴追され、処罰されることがなかったのか。それにはさまざまな理由があげられるであろう。

私の尊敬する大法律家が、あるとき、戦死した友人たちの死が無意味だった、などとは口が裂けても言えない、と述懐するのを聞いたことがある。その心情は理解できるけれども、これは感傷主義にすぎない。中国大陸や太平洋各地域で多くの有為な青年たちが無残な死を遂げた。だからといって、彼らの死を理由として、中国大陸、東南アジア諸国を侵略し、兵士たちや無数の無辜の庶民が犠牲になった事実を正当化することはできない。彼らの死を美化したい友情、『きけわだつみのこえ』等にみられる学徒兵への痛恨は私にとってもいたいたしいほど共感できるけれども、こうした友情や痛恨はわが国の戦争の侵略性とは関係ない。私たち生きながらえた者が彼らの死が無意味であったということは、まことにむごいことにちがいないが、彼らの死が無意味であったという事実を直視しなければ、わが国の戦争の侵略性も、侵略戦争の犠牲となった中国大陸、東南アジア諸国の人々への贖罪も自覚できない。

中国に対する戦争が侵略であったとしても、東南アジアにおける英国、フランス、オランダの各植民地への進出は植民地解放戦争であった、という考え方が一部に存在する。事実、これらの植民地が戦後次々に独立することとなったことからみれば、わが国の戦争が植民地独立の契機となったといえるかもしれない。しかし、そういう意図であったとすれば、わが国がまずなすべきことは朝鮮、台湾といったわが国の植民地解放であり、また満州偽帝国の解放でなければならなかったはずである。植民地解放戦争などということは詭弁にすぎない。東南アジアの戦争がわが国をふくむ帝国主義諸国間の植民地支配の争奪戦という性格をもっていたことは確かだが、これも宗主国に対する抗弁となることはあっても、現地の人々に対する戦争正当化の論理ではない。むしろ、実体は仏領インドシナに対する進出にみられるように、論理より無定見な成り行きまかせで、東南アジアに戦争は拡大したのではなかったか。

私はまた、わが国における意思決定手続の特異性を考える。たとえば民間企業において、企業の意思ないし政策決定は、通常、課長またはそれ以下の係長とか主任とかいった人々の稟議書といわれる書面の起案にはじまる。この稟議書が部長、局長、役員といった上級職に回付され、一部の意見で手直しされたりしながら、関係者全員の押印によって承認、決定され、あるいは必要に応じ、役員会に諮られて最終的に決定される。オーナー企業やワンマン経営者といわれる人が経営する企業を別とすれば、企業の意思決定は、右のようなボトム・アップという和製英語で表現されるような手続で行われる。欧米諸国のようなトップ・ダウンといわれる、これも和製英語で表現される方式で意思決定がなされるなら、特定の政策決定についての責任者が誰であるかは明確だが、ボトム・アップ方式のばあい、責任の所在は拡散しており、一人ないし二、三人の人々に責任を問うことは難しい。これは民間企業のばあいだが、官公庁や軍部における意思決定手続も同様だったのではないか。

しかも、こうした意思決定手続は形式的になりがちである。だから中間管理職の暴走をとどめられないような事態が生じてもふしぎではない。昭和三年の張作霖爆殺、昭和六年の柳条湖事件の陰謀なども、こうした意思決定手続に由来するのではないか。

こうして決定された政策については、関係者全員が責任を負うともいえるし、関係者の誰にも責任がないということもできる。満州事変以降の侵略戦争の政策決定も、こうした無責任体制によって行われた。民間人についても情報伝達、戦意高揚等のために隣組といった組織が全国津々浦々まで張りめぐらされていた。侵略戦争を推進した者すべてに責任を問うとすれば、隣組の責任者やその支持者までが責任を負うことになりかねない。ごく少数の人々を除けば、誰の手もみな汚れていたし、その反面、誰もが責任を感じることなく、むしろ欺されていたと感じていた。

私は敗戦直後の一時期、一億総懺悔という言葉が流行したことを思いだす。あるいは天皇に対し一億の日本人がこぞっておわびするという趣旨であったかもしれない。その趣旨は必ずしも明らかでないが、敗戦の責任は一億の日本人すべてにあり、特定の指導者に帰することはできない、といった意識であったことは間違いない。

周恩来がかつて、侵略戦争の責任は一握りの軍国主義者にあり、日本の一般民衆には戦争責任はない、と発言したことがあり、これが中国政府の公式の立場である。だが、事実は周恩来の政治的発言のように単純ではない。ナチスだけが悪であり、ドイツの一般民衆は無実であるといった見方もやはり政治的配慮による見方であり、ナチスに心から共鳴し追随した民衆の責任の問題は別としても、わが国の実状とはほど遠いのである。

だから、わが国において、日本人の名において、戦死した兵士たち、東京大空襲、広島、長崎、沖縄その他各地の戦争犠牲者、中国大陸、東南アジア諸国におけるわが国の侵略戦争の犠牲者たちに対し、責任を負うべき者を特定し、彼らを訴追し、断罪することはたやすいことではない。だからといって、侵略戦争に主導的ないし決定的役割を果たした人々なしに、戦争はありえなかった。彼らの責任を問うことなしに戦争責任の問題は結着しない。

東京裁判の判決の報道に接して、私は茶番劇、戦勝国による報復的儀式が終ったとは思ったが、これによって戦争責任問題が結着がついたとは考えていなかった。最近になると、かえって、戦勝国による懲罰的制裁という性格をもっていたために、A級戦犯として絞首刑に処せられた人々までをも戦争犠牲者とみるかのような風潮を生じている。A級戦犯として処刑された人々は、私見によれば、広田弘毅のような例外はあっても、多くは日本人による戦争責任の追及にさいしても、訴追を免れえないであろう。戦病死した兵士たちの遺族が遺族年金を貰う権利があるという意味で、彼らを兵士たちと同様の戦争犠牲者とみることはできない。誰も彼もを戦争犠牲者とみるような風潮が靖国神社問題といわれる国際的紛争の原因になっている。いまだに私たちは戦争責任の問題の清算を終えていない、と私は考えている。しかし、悲しいことだが、私たちがこの問題を清算する日は永遠に来ないだろう、とも感じている。

＊

私は現在筑摩叢書に収められている『宮沢賢治』の冒頭の「序説」を、これまで昭和二十四年に執筆した、と書いてきた。しかし、いまよく考えてみると、昭和二十三年の秋から冬にかけて、昭和二十四年にかかったとしても、せいぜいその初頭までの間に書き上げたと考えるのが妥当なように思われる。

昭和二十四年には、後に記すとおり、三月に私は学年末試験で多くの単位について受験し、四月、五月はかなり熱心に六大学野球を観戦し、八月に司法試験を受験し、秋に入ると、就職試験や司法試験の口述試験があった。これらに加えて、私の第一詩集『無言歌』はそのI部を「初期詩篇」、II部を「無言歌」と分類されているが、私は、詩集の主要部をなす「無言歌」の詩九篇を昭和二十四年に書いている。こうした繁忙の合間をぬって「宮沢賢治序説」を書く時間がありえたはずがない。この「序説」は私の最初の評論らしい評論であり、その調査、執筆に私は全精力を注いだのであった。

この「序説」の冒頭は次のとおりである。

「ぼくが宮沢賢治に心を惹かれるのは、かれが詩人であったからでもなく、かれが農業技師であったからでもない。詩人であると同時に農業技師であることがなんら矛盾していなかった、そういう、人間の精神の奇怪な眺望がぼくを把えるのである」。

まことに恥ずかしい若書きだが、この文章が、私が弁護士を生業とするかたわら詩や評論等を発表してきた生き方と関係するかのように誤解を生じているのを見かけることがある。このさい私はこうした誤解を正しておきたい。この「序説」を私は弁護士を生業とするよりはるか以前、私が司法試験を受験することを決意するより以前に、書き上げていた。そこで、私が何時司法試験を受験することを決意したかといえば、昭和二十四年一、二月ごろと思われる。というのは、私は昭和二十四年三月の学年末試験に、司法試験の試験課目であった、憲法、民法、民事訴訟法、商法、刑法、刑事訴訟法のほとんど全部の単位を受験していた。これは司法試験の予行演習のような気分で、学年末試験のさいの勉強を司法試験に役立てようという下心からであった。こうした事情からみて、この「序説」を書いたのが、昭和二十四年の春以降とは考えにくい。

私が「序説」を書こうと思い立ったのは、あるとき、新聞で新制高校生にアンケートしたところ、尊敬する人物の二位か三位に宮沢賢治の名があげられていたからであった。賢治を「雨ニモマケズ」に彼が描いたような人間像と同視して偶像視する傾向はすでに戦争中にもみられたが、敗戦後もこれらの高校生は賢治を偶像視し、神格化しているように思われた。

当時は十字屋版全集しか刊行されていなかったし、伝記、研究等の類も佐藤隆房著『宮沢賢治』等数えるほどしかなかった。私は十字屋版全集を通読し、部分的には熟読していた。私は『春と修羅』第一集の多くの詩篇に感銘をうけていたし、「グスコーブドリの伝記」「銀河鉄道の夜」等をはじめ多くの童話を愛読していた。同時に、彼が農業技師として貧しい岩手県の農民のために献身的な活動をしたことを知っていた。しかし、私は彼を神格化し偶像視するのは間違いだと信じていた。グスコーブドリは宮沢賢治が夢想した彼のありうべかりし生涯の伝記であっても、彼の現実の生涯ではないことは、戦争下、築地小劇場で「グスコーブドリの伝記」を劇化した劇団東童の「北極島爆破」を観たときに、いいだが洩らした感想であり、私がすぐに同感した考え方であった。

約六十年前の若書きの評論に注釈を加えたり、弁解したりするつもりはない。ただ、当時の私の発想と知見についてはは若干つけ加えておきたい。私が「詩人であると同時に農業技師であることがなんら矛盾していなかった、そういう、人間の精神の奇怪な眺望」と書きおこしたのは、後年私が弁護士を生業とするようになったこととは関係ないが、これまで記してきたとおり、私は文学以外にも法律その他人間にかかわるあらゆる分野に興味をもっていた。それ故、文学以外の仕事と文学的創作活動が両立しうるのかどうかが私にとって重大な関心事であった。だから、こう書きはじめたのだが、すぐに気付いたことは宮沢賢治のばあい、「詩人であると同時に農業技師であることがなんら矛盾していなかった」とはいえないのではないか、ということであった。

いわば、私は出発点において間違っていた。

「序説」に書いたことだが、「かれは学校卒業後も死に至るまで、ほとんど父母に養われていた。自活していたことのたしかなのは、一九二一年の出京後の約八ヵ月だけである。そののちも花巻農学校の教師として収入があった時期はあるが、この収入は書籍代、レコード代にもたりなかった。羅須地人協会の活動がはじまってからも肥料設計は年譜にもいうように無償であったから、これから生計がたつはずがなかった」。生業として農業技師であることと詩人であることが両立していたといえないことは確かであった。

生業であるかどうかは別として、農業技師としての活動と詩人としての活動が両立していたのは、羅須地人協会の時期、約二年五ヵ月である。この時期における彼の詩に吐露されているのは、宮沢マキといわれる富裕な一族に属し、親に寄食している宮沢賢治に対する、貧しい農民たちの反感、ねたみ、そねみであり、そうした農民たちに向き合って傷ついている彼の心情であり、彼のもっていた肥料設計等の農芸化学的知識や技術では岩手の農民の貧困を救うことはできないと自覚するに至った能力の限界であり、「農民芸術概論」に夢みたような理想主義の実現をはばむ彼の病身であった。いわば、羅須地人協会の活動の過程と結果が彼にもたらした挫折感であった。この活動の間、彼と農民たちとの間に心のかよいあいがみられるのは、「和風は河谷いっぱいに吹く」と、当初「稲作挿話（習作）」として発表された詩の二作しかないといってよい。私は中学時代、平面幾何が得意であり、解答を得るための補助線を発見するのがたのしみであった、と記したことがあり、補助線を発見することのたのしみは、ある種の発想を見いだすことの興趣であるとも記し、私は、文学についても弁護士の仕事についても、発想の興趣に駆られて、これまでの半生を過してきたといぅ感がつょい、と記した。「序説」についていえば、羅須地人協会の活動が宮沢賢治にもたらしたふかい挫折感が私の発見した補助線であり、発想の興趣であった。

そういう意味で「宮沢賢治序説」はこの挫折感を軸として、農業技師であり、かつ詩人、童話作家であることを止めなかった宮沢賢治の思想とはどういうものであったか、その人間像の全体をどう描くべきか、を探る試みであったといってよい。そして、彼の作品を読みすすみ、読みふかめるにしたがって、私はふつふつと湧き上る感動を抑えきれなかった。まさに天才としか言いようのない文学者を眼前にしていた。同時に、「農民芸術概論」にみられるとおり、東北農村の現実から遊離したユートピアの夢想者、理想主義者を彼の中に見ていた。

これ以前から、私が日本資本主義論争に関心をもっていたことはすでに記したとおりであり、その関心から日本の農業経済に関する著書を私は読み漁っていた。宮沢賢治が羅須地人協会の活動を止めざるをえなくなった直接の原因は彼の健康状態の悪化であったが、それ以前から彼は彼の活動の行き詰りを自覚していた。彼が挫折せざるをえなかった理由、「農民芸術概論」のユートピア的夢想性、そうした状況と彼の文学作品との関係、これらの見通しを「序説」として展望してみたい、というのが当時の私の意図であった。そういう観点から私は「序説」中、次のとおり記した。

「そういうかれから、過失のように「雨ニモマケズ」がこぼれおちた。この作品を「農民芸術概論」の発展として理解することは誤っている。「雨ニモマケズ」は羅須地人協会からの退却以外のなにものでもない。そこに一貫するものは、現実肯定の倫理であって、農民を悲境から救おうとする烈烈たる希望ではない」。

私はいまだに「雨ニモマケズ」という作品を通して宮沢賢治という人格を考えることは間違いだと信じているし、まして彼を「雨ニモマケズ」に描かれたような人物として神格化し、偶像視することにつよい反撥を感じている。この「序説」は『世代』の同人の会合で朗読して発表した。しかし、『世代』は休刊していたので、私はこの原稿を公表することができなかった。『世代』の仲間たち、ことに日高普をはじめとする何人かの友人たちの間で好評であったのが、私にとって唯一の慰めであった。

「宮沢賢治序説」が発表できたのは、執筆後ほぼ三年経った昭和二十六年十二月号の『詩学』であった。これは嵯峨信之こと大草實さんの好意によるものであった。原稿を書いたからといっておいそれと発表誌が見つかるような時代ではなかった。その後、私は「雨ニモマケズ」について『現代詩』昭和三十年五月号により詳細に私の考えを記した評論を発表し、「序説」他一篇とあわせて書肆ユリイカから新書判で『宮沢賢治』を刊行した。私が「序説」を書いた当時、宮沢賢治は「雨ニモマケズ」は知られていたとはいえ、まだ限られた読者しかもっていなかった。それから半世紀以上を経て、彼の文学に対する評価は著しく高くなったが、同時に神格化し、偶像視し、しかも商業的に彼および彼の文学作品を利用する傾向がつよくなった。彼の文学が正当に評価され、多くの読者をもつようになったことは、私としてもうれしい限りなのだが、神格化、偶像視、商業的利用、観光の具とされる状況を目にすると、私が「序説」等の宮沢賢治論で書いたことは、結局、いかなる意味ももたなかったのだ、という徒労感におそわれるのである。

＊

八月、私は司法試験を受験した。六大学野球の春期シーズンが終るとすぐ、私は一心不乱に試験勉強に集中した。短期間ではあったが、毎日、午前八時半ころから午後九時ころまで、脇目もふらずに勉学にうちこんだ。食事の時間を除けば、夕方、椿森の官舎から出洲海岸まで四、五十分散歩するのを日課としたが、この散歩だけが息ぬきの時間であった。三月の学年末試験のさいに相当程度まで勉強をすませていたから、これほど短い期間の勉強で合格できたのであろう。それにしても、当時は後年と違い、司法試験は比較的合格が容易であった。私と一高の同級であった平本祐二、久保田穣、堀内崇らはみな、私と同様、東大在学中の昭和二十四年に司法試験に合格している。

司法試験に関連して思いだすことが二つある。これは私の資質、性格と関係するかもしれないので、一応記しておく。

一つは、選択科目として、労働法か国際私法のどちらかを選択する必要があった。労働法であれば労働争議等新聞記事で耳馴れた用語、概念が多いから、どんな問題でも一応の解答は書くことができそうに思われた。これに反し、国際私法のばあい、「反致」というような、勉強していなければとりつく島のない言葉や概念が多い。だから、労働法を選択する受験生が多かったのだが、労働基準法、労働組合法、労働関係調整法のいわゆる労働三法だけでも参考書は非常に浩瀚であって、一通り読み通すことも容易でない。一方、国際私法のばあい、勉強すべき条文は「法例」と名づけられている三十四条がすべてであり、江川英文教授の教科書も百頁か二百頁であった。安易な方法を選ぶのが私の性癖なので、私は国際私法を選択した。

私は弁護士になってから、たまたまかつては工業所有権法とか無体財産権法といわれ、いまでは知的財産権法といわれる法律分野を専門とすることとなった。それでも弁護士を業としている以上、企業の方から労働問題について相談をうけることがある。そういうさいは、私は労働問題の専門家を紹介し、専門家にお任せすることとしている。一方、知的財産権法の分野は国際的性格がつよいので、国際私法が関係する局面がある。しかし、いざ紛争となれば、司法試験のさいの勉強など何の役にも立たない。紛争解決のためにははるかに緻密かつ複雑で困難な調査や研究が必要になる。だから、受験生がどの課目を選択しても実務とは関係ない。受験生はもっとも安易と考える課目を選択すれば足りる、といえるだろう。

もう一つの思い出は、商法の試験に「株主総会の決議の瑕疵」という問題が出たことである。問題を見た途端に私は、石井照久教授の教科書中、見開き二頁にわたり、この問題が解説されていたこと、その右側の頁にはどんなことが、左側の頁にはどんなことが、それぞれどんな順序で書かれていたかをまざまざと思いだした。それらを私が記憶しているままに答案用紙に書きうつし、うつし終るとちょうど時間切れになった。私は法律を論理的に理解して解答したのではなく、視覚的な記憶にたよって解答を書いたのであった。私の記憶力は視覚的な記憶力らしい、と私はそのとき自分の資質を発見したのであった。

それにしても、八月、冷房のない盛夏の司法試験は暑かった。答案を書くのに汗みどろになった記憶が鮮かである。たぶん、この試験の期間を除いては、私は夏の暑さなど苦にならないような生活をしていたからだろう。

＊

昭和二十四年は、敗戦後の数年間の中でも、とりわけ物情騒然たる年であった。政治状況は明らかに転回期にあった。

前年十二月に来日したジョセフ・ドッジにより策定されたドッジ・ラインによる一ドル三百六十円の単一為替レートと超均衡予算によってインフレーションを収束しようとする政策がとられ、また、五月に来日したカール・シャウプの勧告により、九月に直接税中心の税制改革が実施された。ドッジ・ラインによるデフレ政策もシャウプ税制改革も私自身にとっては直接どうといった問題ではなかった。むしろ、私はインフレーションにより利益を得ていた。というのは、大学入学以降、卒業まで授業料をまったく払っていなかった。卒業の直前に三年分をまとめて払って卒業した。調べれば正確な金額が分るはずだが、私の記憶では、昭和二十二年に入学したときは二百円、これが翌年は三倍の六百円、昭和二十四年度は千円を超えていた。私は親から毎年授業料を貰っていたが、大学に払わずに使いこんでいた。昭和二十五年三月の卒業直前の二百円程度の授業料は、貨幣価値がひどく下っていたから、私が工面するのにさして難しくなかった。

昭和二十四年に、私自身をふくめ、世間の耳目を集めたのは、下山事件であり、三鷹事件であり、松川事件であった。

国鉄は六十二万三千余名の職員中十二万人余を解雇する方針の下に、七月四日、第一次の三万七百名の整理を通告した。その翌日の七月五日朝、下山定則総裁が行方不明となり、六日未明に常磐線綾瀬駅近くで轢死体となって発見された。これが下山事件である。同じ七月の十五日、中央線三鷹駅で無人電車が暴走、六名の死者が出た。三鷹事件である。さらに、そのほぼ一ヵ月後の八月十七日、東北本線金谷川駅を通過した旅客列車が松川駅との間で脱線転覆し、乗務員三名が死亡した。松川事件である。

これらの事件の真相はいまだに明らかではない。下山事件は自殺、三鷹事件、松川事件は占領軍の謀略というのが現在の通説のようであり、私も通説が正しいであろうと考えている。謀略が成功するにはその素地がなければならない。この年の一月の総選挙で共産党はそれまでの四議席から一躍三十五議席という飛躍的、驚異的な数の議席を獲得した。これは昭和電工事件により芦田均民主党内閣が退陣し、民主党と連立内閣を構成していた社会党がそれまでの百十一議席から四十八議席と議席数を減らしたので、社会党支持層の一部が共産党に投票したにとどまり、決して共産党の地盤が強固になったわけではなかった。しかし、奇怪なことに、共産党指導部は革命が間近いかのような幻想にとらえられた。日本共産党中央委員会による『日本共産党の八十年』には次のとおりの記述がある。

「悪政の根源は占領政策であっても、直接その執行にあたっているのは吉田内閣だから、この内閣とたたかうことで、結果的には占領軍の政策に打撃をあたえ、それによってまともな講和に近づけるという議論が力をもち、占領政策への批判やそれとの闘争を避けるやり方も生まれました。吉田内閣の支配の根は地域にあるとして、地方警察や地方自治体にたたかいのほこ先を集中する「地域人民闘争」論もその一つでした。さらに四九年一月の総選挙での躍進によって、人民政権への闘争が現実の日程にのぼったという誤った情勢評価が強調され、徳田書記長の周辺で「九月革命」説が流布されるなど、占領下でも人民政権の樹立は可能であるという見地がつよくうちだされてゆきました」。

『日本共産党の八十年』はこうした情勢分析の誤りの責任をひたすら徳田球一の家父長制的支配に帰しているが、それで徳田以外の共産党指導部の人々が免責されるわけではあるまい。それはともかく、右の記述からみて、福島県平市（現在のいわき市平）で警察署を占拠した平事件や横浜線等に「人民電車」を走らせたりしたのも、当時の日本共産党の指導方針に沿ったものにちがいなかった。

私は不可解に感じてはいたものの、三鷹事件も松川事件も共産党主導の労働組合の暴力であろうと想像していた。占領軍による謀略説は後年、松本清張氏の著書ではじめて教えられたことであって、当時は謀略説など夢想もしていなかった。こうした謀略が成功したのは、私と同様、共産党主導の労働組合の暴力であろうという意識が、民衆の間につよかったからにちがいない。民衆は決して共産党の活動方針を支持していなかったし、「九月革命」説など嗤うべきものとしか考えていなかったはずである。

三鷹事件の直後の七月十八日、国鉄労組の中央闘争委員会三十五名中、十二名の共産党委員が解雇された。組合は分裂し、共産党は国鉄労組からその足場を失った。組合員も一般民衆も日本共産党を見放していたのであった。その後、日本共産党はわが国の労働組合運動においていかなる有意義な成果もあげていないようにみえる。怖るべき「謀略」の成果だが、その原因は日本共産党そのものの戦略戦術・情勢分析の誤りにあり、たんに徳田球一にその責任を転嫁してすむことではない、と私は考えている。

＊

いま思いだしてみると、被占領国の国民はじつにみじめであった。そのころは東京のいたるところに占領軍のキャンプがあり、蒲鉾兵舎が並んでいた。電力不足のため、私たちは始終停電に悩まされていたが、これらのキャンプの兵舎にはいつも皓々と電燈がついていた。冬になると、私たちは燃料に欠乏していたが、キャンプの中の兵舎では占領軍兵士たちがシャツ一枚でくつろいでいた。

長距離の列車に乗るには切符一枚買うのも容易でなかったし、ようやく切符が入手できても、超満員で足のおき場を探すのにも一苦労であった。そういう列車が停車していると、その脇を占領軍用に特別に仕立てられた列車が閑散と将校・兵士らの乗客を乗せて走りすぎた。近距離の電車には占領軍用の特別車輌が連結されているのが通常であった。

占領軍の兵士たちは体格も良く、姿勢も良く、ギャバジンの軍服にはきちんとアイロンがあたって折目がつき、栄養も行き届いていて、精力がピチピチしているようにみえた。たぶん女性からみれば、占領軍兵士たちはセックス・アピールにあふれていたのではないか。私たちは復員服などボロをまとい、食糧難のため痩せほそり、地面の落とし物でも探すように、うつむきがちに歩いていた。事実、占領軍の兵士が喫いさしの煙草を投げ捨てれば、すぐ拾いたい気分であった。そうした兵士たちの多くは知性も教養もなかった。それでも彼らは人間であり、私たちは人間以下のように見くだされていた。私たちは屈辱感と劣等感を拭いがたくうえつけられていた。

それに検閲があった。手紙はほとんど検閲されていた。雑誌も検閲されていた。占領軍批判は許されない、と信じられていた。占領軍を批判すれば軍法会議にかけられ、強制労働を課せられるといわれていた。占領軍批判により軍法会議にかけられれば、行方不明になって、どこにいるのか分らなかった。誰それの行方が分らないのは、強制労働させられているからだ、と時々聞くことがあった。

それでも、新聞に「黒い大男が」女性に乱暴した、といった記事が出ることがあった。その程度の記事は見落とされたようである。

いずれにしても「占領」を意識させられることは日々不快であった。社会主義に期待と夢を寄せていたけれども、現実の日本共産党に対しては不信感がつよかった。

私は麻雀で遊んだり、野球を観たり、「宮沢賢治序説」を書いたり、司法試験のための勉強をしたり、日々忙しく暮らしていたが、内心では孤立感、敗北感をこらえがたく募らせていた。

＊

私の第一詩集『無言歌』は第一部「初期詩篇」十一篇と第二部「無言歌」九篇とから成るが、この第二部の九篇を書いたのが昭和二十四年であった。これらの九篇には敗戦後、あるいは戦争中からの私の鬱屈した思いがある程度の時間の経過の中で発酵したかたちで表現されているように思われる。第二部冒頭の「1　海」は次のとおりである。

うれていた果実よ　堕ちていった顆《つぶ》たちよ
魂の傷口よ　渦よめぐれ　渦よめぐれと

ひねもす嘆いていた海よ　沈んでいつた回廊よ
亡びるためにのみあつたのか　海よ　ああ海よ……

夕潮よ　崩れゆく階段よ　ああ海よ
千の甍には千の灯を　なぜにかかげねばならないか
うづたかくなぜにつんでゆくのか　屍《しかばね》を
死に果てた獣らを　傷口のにぶいいたみを

ああ　凍えるためにのみかがやいたのか　海よ
褪せてゆく水銀の燭台のむれよ　いつの日々の記憶に
うれていた果実よ　堕ちてゆく顆たちよ

魂の傷口よ　渦よめぐれ　渦よめぐれと
よもすがら嘆くであろう海よ　沈みゆく回廊よ
敗れるためにのみあつたのか　海よ　ああ海よ……

右の作品が『世代』第九号に掲載されたいいだもものソネット集「海」からつよい影響をうけ

ていることは誰の目にも明らかであろう。私としてはこの作品を書くとき、いいだの作品を意識していなかったのだが、意識下にいいだの作品が存在したことは疑いあるまい。いいだの作品が海を写実的にうたったのでなく、心象を海に託したのと同様、私の作品も海に当時の私の心象を託したものであった。その海は千葉市の出洲港のあたりのどす黒い汚濁した海であった。
　私の「海」がいいだの作品に負うところが多いとしても、私なりの個性が認められないわけではない、と私は考えている。たとえば第二部の「6　海」は次のとおりである。

姙んだ海
肉桂の海
夕ぐれとなれば
内湾の胸を焦がして……

爛れている浪
しめやかに銀は薫《く》ゆる
幾千の蛇の産卵

暗緑の浪の襞

膨らんだ海
もがいている
指なき手　手なき腕

たがいはたがいを
もとめつつ　喚びかわしつつ
声さえ知らぬ

ここにうたおうとしたのは、たぶん、連帯を求めて連帯しえない孤立感であったろう。
　この一連の作品を書いたとき、『女性線』の編集部に勤めていた本田喜恵に求められて同誌に『無言歌』の第一部「初期詩篇」中の四行詩二篇と第二部中の「5　雨」を発表した。この作品もついでのことに紹介しておく。

花々を濡らし　ひとりの皮膚を濡らし……
ただひとつ　雨がふりのこしていった朱いラッパよ
どうして急に鳴りだしたのだ？　魂の陰暗に調子を狂わせて
呻くように　呟くように　そしてああ　悶えるように

（ラッパを鳴らせ　己の前にラッパを鳴らせ
樹々をゆるがし　花々を散らし
どよもしがおまえのからだを揺すぶるまで
低く垂れさがつた天をかきたてるまでラッパを鳴らせ）

お前は見送つていたのか？　くる日もくる日も　さびついた陸橋をこえて
昇天していつた人たちを　お前もやがて呑まれるにちがいない
泥沼のような天を……　（ああ　今は足をとめるがいい

ラッパを鳴らせ　己の前にラッパを鳴らせ
いつの日か石も叫ぶだろう　道もそそりたつだろう
傷つきつかれた人たちを呼びもどすためには）

ここには二十二歳の青年の時代に対する憤怒と焦燥が認められるかもしれないが、詩想熟さず、措辞貧しく、はなはだ恥ずかしい。

本田喜恵は『世代』の創刊当時からの仲間であった。東京女子大を卒業し、昭和二十三年夏から女性線社に勤めていた。晴海通りから一本京橋寄り、銀座通りから一、二本有楽町寄りの角に二階建ての建物があり、向かって左側を女性線社が、右側を潮流社が占めていた。潮流社は、橋川文三氏がその編集部に勤めていた雑誌『潮流』を発行していた。『潮流』は旧講座派、日本型近代主義の人々が主な筆者だった。『女性線』は『婦人公論』を若々しくしたような雑誌であった。潮流社の社長と女性線社の社長は別居している夫婦という噂であった。便利が良いので、私はしょっちゅう遊びに行っていた。私に限らず、若い男性たちの出入りが多かった。社長は坂内みのぶという。後に千葉銀行関係のスキャンダルで新聞で取沙汰された方だが、編集部で見かけたことはない。五味英子さんという神近市子女史の次女の方が総務・経理をみていたようで、編集部は本田喜恵の他、一、二の本田喜恵より若干年長らしい女性だけであった。そうした若い女性たちを相手のお喋りをたのしみに、やはり若い男性たちが群がったのであろう。嵯峨信之さんは私よりも二十五歳も年長だから、若い男性とはいえないが、やはり『女性線』の常連であったようである。私の詩が掲載された同じ号に嵯峨さんも詩を発表している。嵯峨さんは戦前は『文藝春秋』の知られた編集者だったそうだが、詩を発表したのはこのときがはじめてだったらしい。貴方と僕は詩壇の同期生ですよ、と嵯峨さんは私に会うと言うのがつねであった。その意味は商業誌に同時に発表して詩壇に登場したということだろうが、冗談以上のことではない。

そのころの本田喜恵は、晴海通りを渡って、たとえば、向かい側の近藤書店へ行くのに、銀座四丁目の交差点を渡らなかった。信号を無視して、往来する自動車をひらりひらりとかわしながら横断した。まだ、都電が運行していたころだから、自動車の往来もそう多くはなかった。とはいえ、ほんの十メートルかそこらで交差点があるのに、ことさら交差点を渡らずに僅かな近道をして粋がっていた。いま福井に引退して関節の痛みのため手術し、苦労しているという話を聞くと昔日の感にたえない。私も同様、そのころは若かったのだが、銀座の交通事情もその程度に閑雅だったのである。

*

銀座といえば、そのころ児島嚢から資生堂パーラーでアイスクリームをご馳走になったことがある。何か児島が私に義理を感じていた、そのお礼ということであった。アイスクリームはまろやかで芳醇であった。世の中にこんな美味しいものがあるのか、と私は驚嘆した。おそらく私が美味しいと感じたものを食べた最初である。牛乳、卵黄、砂糖を使った本格的なアイスクリームであった。敗戦前私がアイスクリームと思っていたのは、いわば氷菓子であった。

米が自由販売されるようになったのは昭和二十八年だから、それよりも四年も前の昭和二十四年に本格的なアイスクリームが売られていたということは信じがたい。しかし、週刊朝日編『戦後値段年表』には資生堂パーラー調べとして、昭和二十三年アイスクリームの値段が二十五円だった、とある。だから、このころは資生堂でアイスクリームを供していたのである。児島は東京育ち、府立一中の出身だったから事情通であり、そんな情報にも詳しかったのであろう。

その後、児島がすずゑさんと別れてから、私と彼との交際はほとんど途絶えてしまったので、児島もとうに死んだいま、このアイスクリームは彼を偲ぶ唯一のよすがである。

＊

昭和二十四年の秋には、私たちはみな卒業後の就職等身のふり方を考えなければならなかった。司法試験を受けたとはいえ、合格するかどうか覚束なかったし、合格しても裁判官になるとか弁護士になるとかいった覚悟はなかった。司法試験は資格試験だから資格をとっておいても無駄ではないだろう、という父の勧めで、受験したまでのことであった。

私自身の本来の志望は新聞記者になることであった。外信部といった部署に配属され、外国特派員といった仕事をしたいと考えていた。私は朝日新聞社の入社試験を受けた。たしか団野信夫という論説委員の方の農業問題に関する講演があり、その要領を数百字にまとめる、という問題と英文解釈、和文英訳の試験があった。和文英訳は原子力がどうこうという文章であった。原子力は英語ではatomic energyということを私はどこかで憶えていた。口頭試問では中国情勢について質問された。私は中国問題についてはいいだや日高と始終話し合っていたから、解答に困らなかった。私は入社試験に合格した。合格者は四、五名であった。同じ合格者の中に一高の先輩である牟田口義郎さんがおいでになった。私は朝日新聞社に入社宣誓書を提出した。

その間、司法試験の筆記試験の発表があり、続いて口述試験があり、十二月に入って最終的に合格の発表があった。そのころになって、朝日新聞社に入社すると最初の二、三年は地方支社勤務になると教えられた。一方、父からの情報では、司法修習生になれば東京で修習できるということであった。父が最高裁の人事局から聞いてきた私の成績は、ずいぶんと父を満足させるものだったらしい。二、三年の地方支局勤務に私は怖気づいて司法修習生になることにきめた。

朝日新聞社に入社宣誓書を提出したことを法学部の事務室に届出ていたので、入社を取り止めることを届出に行った。すると、君が一旦入社宣誓書を提出しておきながら入社を取り止めると、来年度から朝日新聞社では東大からの採用枠を一名減らすことになるので、君は後輩に迷惑をかけることになるのだ、とひどく叱られた。

叱られたからといって、では朝日に、とはいえないから、いろいろと押問答をしていた。そのとき奥の方から立ち上ってきた男が、何だ、君か、もういいよ、と言ってくれた。見ると、森川町の麻雀屋でかなりの回数麻雀の卓を囲んでよく見知っていた平木恵治さんであった。平木さんは法学部の事務長であった。これは私が大学時代に麻雀で遊んでいたことの功徳であった。

こうして私は昭和二十五年三月、東大法学部を卒業した。入学式に出席していなかったが、卒業式にも出席しなかった。卒業証書を貰ったかどうかも定かでない。それでも卒業したことは間違いないはずである。

15

昭和二十五年四月、父が千葉地裁から東京高裁に転任した。このため、私たち一家は三月中旬、大宮の旧宅に引越した。昭和二十年八月、私たちが青森へ出発したさい、同年四月十四日の大宮の空襲で罹災したHさん一家にわが家をお貸ししていたが、Hさんもいつまでも借家を続けるつもりはなく、自宅の新築にとりかかっていたので、私たちが大宮の旧宅へ戻ることはHさんにとっても好都合だったようである。

父は東京高裁にいくつかあった刑事部の部総括ということであった。敗戦前は部長といった役職である。東京高裁は旧司法制度の東京控訴院に相当する。父は青森地裁に転出する前、東京控訴院の刑事部の部長判事だったから、東京高裁の刑事部の部総括に就任したことは、新旧制度の違いはあるが、青森、水戸、千葉と転任をくりかえしたあげく、元の役職に戻ったにひとしい。

敗戦後、部長を部総括と称するようになって現在に至っているが、これは部長という名称が民主的でないという理由だったらしい。総括という方が民主的であるという理由は私には理解できないが、この種の意味のない言葉の言いかえで実体が変化したかのように錯覚させることを好むのは、私たち日本人の性癖である。だから、父はほぼ五年地方廻りをして旧職に戻ったわけだが、敗戦前後の激動期に旧職に戻ることができたのは、むしろ恵まれていたと考えるべきだろう。いわゆる思想検事は戦後、公職から追放された。父は敗戦前、予審判事として多くの思想事件を担当していたのだから、公職追放を免れたことは幸運であったともいうことができる。

東京高裁に戻ってから停年退職するまでの数年間は、父の長い裁判官生活の中でもっとも精神的にくつろぐことのできた時期だったろうと思われる。ゾルゲ・尾崎事件を担当したころのような神経をはりつめ、肉体的にも激務を強いられるような仕事ではなかった。青森地裁の所長として戦災で焼失した庁舎を再建するために司法省、最高裁等の関係官庁に陳情して廻るような、司法行政事務に追われることもなくなった。馴れ親しんだ裁判を担当することは水を得た魚の如き心境だったろう、と私は想像している。

しかも、陪席の裁判官に恵まれていた。お一人は加納駿平判事、もうお一人は鈴木重光判事であった。加納判事は犀利俊敏で知られた方であり、鈴木判事は温厚円満、筋をみるのに確かな方であった。合議部の裁判は、陪席の裁判官のどちらかが事件の主任となり、裁判長は主任とはならない。主任となった陪席裁判官が合議の結果にしたがい判決を起案するので、部総括である父が判決を起案することはない。部総括裁判官の仕事は、公判期日に先立って裁判記録を読み、期日に訴訟の進行を指揮し、どう判決するかを陪席裁判官と合議することで足りる。陪席裁判官が未熟であれば起案された判決書案に部総括裁判官が加除訂正の筆を加えなければならないが、加納、鈴木両判事の起案した判決書案には手を入れる余地がなかった、と私は聞いている。だから、東京高裁の部総括裁判官として父は、ほとんど苦労しなかったはずである。敗戦前、父とほぼ同様の役職に就いていた同僚の裁判官の中には最高裁の裁判官になった方、あるいは高裁長官になった方も多いが、このころには父も自分の前途の出世についてある種の諦めをもっていたようであった。停年まで数年という時期になって、将来の見通しをもたないとすれば愚かとしか言いようがあるまい。父もそれほど愚かではなかった。

二〇〇六（平成十八）年十月三十日、長い闘病生活の末、とうとう亡くなった旧友、大野正男は数多くの刑事事件を手がけていたし、令名高い弁護士として、選ばれて最高裁判事をつとめたことで知られている。その大野が、父の在職中、父が属していた東京高裁の刑事第何部かは地獄部という評判だよ、と私に聞かせてくれた。父の部では刑罰が重いという意味である。父は私たち兄弟を可愛がってくれたが、あらたまった話をしようとすると近づきがたい性格の人であった。犯罪者に対して秋霜烈日という面が父にあったことは確かだから、そういう評判の立ったのも本当にちがいない。だからといって、そういう評判を聞くことは子として愉しいことではない。大野が面白可笑しそうにそういう評判を私に聞かせてくれたのは、たぶん大野の私に対する親近感のあらわれにちがいなかったが、大野はその種の話を好む傾向があり、そのたびに私はいつも神経を逆なでされた。とはいえ、それを根にもつには、あまりに長く親しい交友であった。

つけ加えれば、昭和三十六年一月、澁澤龍彥、石井恭二の二氏がマルキ・ド・サド著『悪徳の栄え・続――ジュリエットの遍歴』の翻訳・出版により、刑法一七五条に定める猥褻文書販売同所持罪にあたるとして起訴された。私の記憶では、私の一高の下級生森本和夫が出版者である現代思潮社の石井恭二氏と親しかった。弁護人をどうするか相談をうけた森本が佐久間穆に相談をかけ、佐久間が私に意見を求めてきた。私は大野正男を推薦した。その結果、大野を主任弁護人とする弁護団が組織され、私も逆に大野から説得されて弁護団の一人として加わることとなった。サド裁判として知られる、この事件については、私としては当時もいまもさまざまな感想をもっており、いままでにもそうした感想の若干を書いてきた。だが、ここでふれておきたいことは、サド裁判の本筋にふれた回想ではない。この事件の一審の裁判長が鈴木重光判事であり、控訴審の裁判長が加納駿平判事であったということである。知られるように、この事件は一審判決では無罪、控訴審判決では一審判決が破棄されて有罪となり、最高裁ではきわどい小差で多数意見が少数意見をおさえて、有罪が確定した。鈴木重光、加納駿平の二判事がこの事件の一審、控訴審の裁判長を担当なさったのはまったく偶然だが、事件の帰趨と偶然の人事が関係ないことはいうまでもない。

＊

四月から、新制浦和高校となった、かつての浦和中学に復学した弟は通学しはじめ、私たちの母校、大宮北小学校に転校した妹も通学しはじめた。そのころ、妹の話では、大宮北小学校は一学年九クラス、各クラスが五十名ほどだったというが、その後、昭和四十年代前半、私の娘たちが通っていたころは一学年四クラスとなり、いまでは一学年二クラス、各クラスが三十名足らずの生徒しかいないと聞いている。ほぼ半世紀の間に、少子化に加え、大宮の旧市街地の空洞化がすさまじく進んだのである。

私も四月から司法修習生として司法研修所に通いはじめた。修習期間は二年間、はじめの四ヵ月と終りの四ヵ月は当時紀尾井町にあった司法研修所で授業をうけ、残りの十六ヵ月が四ヵ月ずつ民事、刑事の裁判所、検察庁および弁護士事務所における実務修習にあてられていた。二年間の研修の最後に、俗に二回試験といわれる、終了試験がある。裁判官、検察官、弁護士をあわせて法曹というが、二回試験に合格してはじめて法曹資格が与えられる。ただし、二回試験の成績が悪ければ裁判官に採用されないという。また、共産党支持者等も裁判官、検察官として採用されなかったにちがいない。

最近、法曹人口の大幅な増加を目指して、法科大学院等、新しい制度が導入されている。新制度について私はかなり懐疑的だが、私自身が体験し、多年続いてきた旧制度に問題がなかったわけではない。私の当時は、司法修習生は一年二百五十名で、上級公務員の初任給よりも一、二割低い額の給与を支給されていた。法曹資格を得た者の全員が裁判官、検察官になるのならともかく、七、八割は弁護士になるのだから、国の費用で弁護士を養成しているのだといってよい。これはたんに給与だけではない。司法研修所に専任の教官を、民事、刑事の裁判官と検察官の中から任命し、修習生を教育させねばならないし、建物、設備等も維持しなければならない。弁護士会としても民事、刑事の弁護実務を担当する教官を派遣したり、実務修習の事務所を斡旋したり、修習生のために特別なカリキュラムを組んだり、いろいろと協力はしているが、国の負担に比べれば微々たるものである。

アメリカやイギリスでは裁判官は弁護士の中から選ばれる。日本でも最高裁の裁判官十五名のうち、四、五名は弁護士から選ばれるはずである。下級審でも弁護士から裁判官に就任する例がないわけではない。弁護士と裁判官、検察官がひろく人事交流することを法曹一元制度というが、私は法曹一元制度を支持している。最高裁の裁判官だけを考えても、かなり多くの弁護士出身の裁判官が民衆の立場に立った新鮮な見解を表明して、裁判の民主化、近代化に貢献してきた、と私は考えている。それに、裁判官、検察官になる者も、弁護士になる者も、二年間、同じように教育をうけることは、自ら法曹としての同僚意識や友情を育てることともなる。しかし、これは司法修習生が二百五十名とか三百名だから可能なことであって、五百名、八百名といった人数になれば到底対応できない。だから、法曹人口を大幅に増やそうとすれば、私が体験したような司法修習制度は維持できない。しかし、そもそもアメリカのように弁護士人口の多いことが望ましいとは私は考えていないし、現今のような風潮は良質な裁判制度を発展させるのにむしろ有害であろう、と私は考えている。

ともかく、法曹一元制度を理想とした人々の発想により、私が体験した司法修習制度は発足したのであろう。私はその第四年度の修習生、いわゆる四期生である。司法研修所としても、実務修習を担当した裁判所、検察庁、弁護士事務所としても、それぞれが手さぐり、試行錯誤の時代であったと思われる。

＊

昭和六十二年に刊行された『河村大助先生の業績と想い出』に刊行委員会の責任者であった松本重敏弁護士に求められて、私は「河村大助先生と私」という一文を寄稿した。文中、私は次のとおり記した。

「現在の司法修習生に比べると、当時の私たちはよほど時間的余裕に恵まれていた。判決や準備書面の起案に追われるということもなく、法律の技術的側面にこだわるといった傾向も乏しかったようである。具体的事案に法律を適用するにあたって、要件事実とそうでない事実をどう区別するか、ということが、私が研修所で、ことに河村先生から学んだものの主なものであるらしい。だから私が学んだものは、法律の技術的側面というよりは、法律実務の理論的本質であった、と思われる。司法試験の勉強をしていたころ、私は法律の論理性、歴史性に心を惹かれていたが、法律の現実的な事実関係に対する適用の難しさ、法律の運用の創造性や想像力、といったものに盲目であった。司法試験に合格したことで多少でも法律が分かっていたかの如く感じていた錯覚を、一日一日、研修所で思い知らされることとなった。そうした過程で、私は法律実務に少しずつ興味と関心を深めていった。河村先生は、そういう意味で、私に法律への眼を開いて下さった恩師であった。

だからといって、私は文学を断念して法律一途に生きようと思ったわけではなかった。依然として文学は私にとって魅力的であり、未知の広大な領域が存在するかのように思われていた。研修所の後期では私は山根篤先生に民事弁護を担当して頂いたが、山根先生の学殖にもひたすら驚嘆するばかりであった。私には民事弁護士となるべき資質に欠けているのではないか、法律実務家として将来はありえないのではないか、といううちのめされた思いを強くしていた。

今日になってみれば、河村先生にしても、山根先生にしても、まことに例外的にすぐれた先生方に私がめぐりあったのであり、先生方の能力をわが国の民事弁護士の水準とみることはできないということは私にもよく分かるし、だからこそ私もともかく弁護士として生活してこられたわけだが、当時はそんなことは分からなかった。同じように、民事裁判は前期後期を通じ、私は村松俊夫先生に担当して頂いたのだが、民事裁判官となるためには、あれほどに緻密な思索力を必要とするのか、といった挫折感を覚えたのであった。つづめていえば、司法研修所の体験は、私に法律に対する無智を自覚させ、法律に対する関心を開かせ、同時に法曹としての私の適格性に深刻な疑問を投げかけたのであった」。

注釈を加える必要があるだろう。司法研修所では民事裁判の授業と民事弁護の授業があった。前期とは入所した当初の四ヵ月であり、後期とは終了を前にした四ヵ月である。村松俊夫判事は民事訴訟法の著書、論文も多く、民事訴訟法の権威として知られた方であった。河村大助先生は乾政彦先生の薫陶をうけた弁護士であり、乾先生は東大卒業後ドイツに留学、明治三十八年帰国、東京商大（現在の一橋）の教授、東大、慶応、明治大学等で教鞭をとられた後、大正四年、弁護士を開業なさった、大正から昭和初期の大家である。河村大助先生は後に最高裁判事に任命されたが、そうした学究肌の乾先生の弟子としてやはり学究肌の碩学であった。山根篤先生は、その乾政彦先生と親交があり、やはり戦前の著名な弁護士であり、終戦直後に司法大臣をつとめ法曹一元制度を推進した岩田宙造先生の門下であった。

だから、民事裁判についても、民事弁護についても、私は司法研修所でまことに稀有にすぐれた師に出会ったのだといってよい。何を学んだかといえば、前記の文章中に書いたとおり、「具体的事案に法律を適用するにあたって、要件事実とそうでない事実をどう区別するか」、「法律の現実的な事実関係に対する適用の難しさ、法律の運用の創造性や想像力」といったものであった。

おそらく「要件事実」という言葉は一般人には耳馴れないだろう。法律効果の発生に直接必要な事実、すなわち、その法律効果を規定する法規の構成要件に該当する事実を、主要事実とか要件事実というのだが、そう説明してもなお理解が難しいかもしれない。金銭の貸し借り、法律的にいえば金銭消費貸借は民法五八七条で規定されている契約の一である。金銭消費貸借は、当事者の一方（乙）が一定の金銭を返還することを約束して、相手方（甲）からその金銭をうけとることによって成立する。乙が約束の期限に返済してくれないため、甲が乙に返済を求めて訴訟を提起するとすれば、甲が裁判所に提出する訴状には、請求の趣旨として、貸付けた金何円を支払え、と記載し、次に請求の原因として理由を記載する（金銭消費貸借にさいしては利息が定められるのが普通だし、返済が期日に遅れたばあいには遅延利息の請求も行われるが、ここでは省略する）。請求の原因には、貸借契約の成立した日時、金額、金銭の渡された日、返済の約束期日を記載しなければならないが、乙が返済していないということは記載する必要はない。乙が返済していないということは要件事実ではないからである。要件事実だけを請求の原因には記載しなければならないという立場からすれば、記載してはならないこととなる。

訴状が提出されると、乙は甲が訴状で主張している事実に関して認めるか、否認するか、答弁を求められる（「不知」という答弁もありうるが、いまの事例の説明には不要なので省略する）。返済していれば、乙は当然、返済した、と答弁する。あるいは、原告の主張する金銭の授受はあったが、その金銭は借りたのではなく、貰ったもの（法律的にいえば贈与をうけたもの）と答弁するかもしれない。

乙が返済したと答弁すれば、乙は返済した事実を立証する責任を負う。立証できなければ乙は敗訴することとなり、金銭の支払いを命じられる。乙が贈与をうけたのだと答弁すれば、乙は借りたのではないといって、金銭消費貸借の成立を否定しているのだから、甲はその成立を契約書の提出等により立証する責任を負い、立証できなければ甲の請求は棄却される。このように、金銭消費貸借を例にとれば、法律効果を規定する法規の構成要件に該当する事実とは、乙が甲から特定の額の金銭を、返済を約束して、うけとったという事実をいう。乙がその金銭を貰ったのだと主張すれば、返済を約束していないわけだから、金銭の授受は金銭消費貸借ではないこととなるわけである。同時に、要件事実だけを当事者は主張、立証すれば足りる。その余の事実、たとえば甲乙間の関係がどういうものであったか、返済しないことについて甲乙間でどういうやりとりがあったか等は、すべて間接事実、補助事実、事情であって、要件事実ではない。

間接事実や補助事実は、要件事実の存否を判断する手段としての意義をもつにすぎないが、要件事実が直接証拠からただちに認定されることは稀であり、多くは間接事実、補助事実から要件事実の存否が認定される。たとえば、金銭の授受があった当時、被告である乙が第三者からの借金の返済のために困っていた事実、原告である甲が乙に対して金銭を贈与すべき事情がなかった事実、授受があったと原告である甲が主張している日の直後に乙が第三者に借金を返済している事実などは、金銭消費貸借契約の要件事実ではないが、契約の成立を認定させるのに役立つ間接事実、補助事実、事情である。

それ故、要件事実と間接事実等の事情とを区別しなければならないことは、法曹としてまず身につけるべき基礎的素養である。だが、社会的現実としての紛争は要件事実のかたちで存在したり、発生したりするわけではない。現実の紛争はさまざまに絡みあった複雑な事実関係から発生する。そうした複雑な事実関係から要件事実を整理してとりあげ、そうした要件事実を間接事実と組み合わせて、説得力のある論理的構成をもつ書面を起案するには、創造性を必要とし、想像力を必要とする。

私が司法研修所における学習によっていささか眼を開かれたのは、いわば、法律を現実の紛争の裁判に適用するさいのダイナミズムであった。それまでの私には法律は精緻にくみたてられたスタティックな条文の集積としてしか見えていなかったのである。

*

司法修習生になって私はそれまでの懶惰な生活をあらため、かなり規制的に生活せざるをえないこととなった。司法研修所の前期、後期の授業は、当時のことだから当然週六日制、週日は午前九時から午後三時まで、土曜は午前中だけだったはずである。訴状、判決書等の起案が宿題として与えられることが多かったが、それらの起案に追われたような記憶はない。判例、学説等を精査すれば、たぶんいくら時間があっても足りなかったかもしれないが、私は一応の答案を書く以上の努力をしなかった。

民事、刑事の裁判所の実務修習では、隔日に裁判所に出勤したはずである。それは裁判官が法廷を開くのは隔日なので、隔日に裁判所に出勤し、その余の日は宅調といって、法廷の準備のために自宅で記録を調べたり、判決を起案したりするのが、当時はふつうだったからである。修習生も出勤しない日には判決書の起案等の宿題を与えられたので、隔日出勤であった。出勤日はほぼ午前九時半ころから夕方午後五時ころまでであった。

弁護士事務所の実務修習は配属される事務所の執務時間に準じるが、指導教官が残業しても修習生が残業することはない。やはり午前九時半ころから夕方五時ころまでが正規の執務時間だったはずだが、私のばあい、遅刻、早退も自由だったように憶えている。お客さん扱いだったのである。

検察実務修習は検察官には裁判官と違って宅調日はないから、週六日制だったはずである。そうとすれば週日は午前九時ころから午後五時まで、土曜は午前中というのがふつうのはずだが、私はそれほど働いたようには憶えていない。毎日、午後三時ころには終ったのではないかと思うが、確かではない。

いずれにしても、司法修習の二年間、私はかなりの時間的余裕をもった生活を送っていたにちがいない。そうでなければ、後に記すように『中原中也全集』を編集する時間はなかったはずである。

＊

司法研修所での前期を終えた後、最初は検察修習だったように憶えている。当時、東京で実務修習した修習生は全員で八十名ほど、それが一チーム二十名くらいに分かれて、各実務修習地を移動した。検察修習のばあい、大部屋に机を並べ、被疑者を尋問し、その調書を作成し、二名の経験豊かな指導教官のどちらかに提出し、訂正等された上で、正式な調書を作成した。窃盗等の簡単な事件ばかりであった。そもそも、司法修習生には正式の検察官面前調書を作成する権限はないから、たぶん形式的には指導教官の名義で作成したのではないか。しかし、修習生に調書作成の実務を修得させることは必要にちがいないとしても、このようなやり方には根本的に無理があるように思われる。

この検察修習は愉しかった。電話一本で警察を手足のように使うことができた。権力とは愉しく、麻痺しやすいものだと痛感し、自分の正義感と法律が定める社会的規範とが合致していれば検察官は愉しく、やり甲斐のある職業にちがいないと思った。

＊

刑事裁判の実務修習は合議部と単独部と二ヵ月ずつだったように憶えている。合議部では、公判、合議を傍聴し、時に、記録を与えられて読んでおく、といった程度のことしかしていない。単独部は当時のことなので食糧管理法違反のような単純な事件が大部分であった。そのかわり件数が多かった。ここでは判決の起案をずいぶんと命じられたが、要領を憶え、要点をつかめば難しい起案はなかった。多数の事件を処理する上で、私としても若干担当裁判官のお役に立ったのではないか、と自負している。

＊

弁護士実務修習については三原橋の近くにあった本林護先生の事務所に配属された。先生お一人に、事務員一、二名の事務所であった。本林先生の法曹としての出発は裁判官だったが、弁護士をなさっていた父君のご逝去により、止むをえず、弁護士事務所をひきつぐことになった。その当時の弁護士事務所の経営がいかに厳しくつらかったか、という話をたびたびお聞きした。それだけに、依頼者に気をお遣いになったが、反面、磊落なご性格で、弁護士会の雑務もずいぶんよくおつとめになっていたようであった。

本林先生は後に最高裁判事に就任なさったほどだから、仕事は論理的で緻密、学識経験も豊かであった。それでも、間違いをなさることもあった。私は本林先生の事務所での修習中の出来事を唯一つだけ憶えている。あるとき、先生に命じられて、支払命令の申立書を東京簡裁に持参し、提出したところ、受付で、受理を拒否された。支払命令の申立は督促手続という手続による申立で、申立があれば裁判所は相手方の弁解を聞くことなしに命令を出すが、相手方に異議があれば通常の訴訟手続に移行する。ただし、この申立は相手方の所在地の管轄裁判所に提出しなければならない。私が持参した申立書の相手方の所在地は東京簡裁の管轄外であった。事務所に戻って報告すると、先生は、やァ、これは恥ずかしい大失敗だった、と言って膝に手を打って、お笑いになった。考えてみれば、先生が書いた申立書だからといって、私自身が命じられて提出に行ったのだから、私が注意していれば、こうした失敗は防げたはずであり、あるいは、本林先生が私の注意力を試されたのかもしれない、という感がないわけではない。

本林先生のご子息は当時たぶん高校生だったはずだが、弁護士になり、数年前には日本弁護士連合会の会長をおつとめになっている。ご子息が弁護士会のそうした大長老であることを思うと、私自身はとうに弁護士を引退すべき年齢に達しているのだと感じざるをえない。

　ところで、三原橋に近い築地には松竹の本社があり、その映画製作本部に中学時代以来の親友上条孝美が勤めていた。上条は旧制松本高校を卒業後、大学に進学せずにすぐ松竹に勤めたのであった。家庭の事情もあったのだろうが、映画会社勤務に大学卒といった学歴は無用だったのだろう。ともかく、本林事務所では私はお客さん扱いで、仕事らしい仕事は与えられなかったから、上条のところへよく遊びに行ってはお喋りをして時間を潰していた。そのころのことで、印象ふかいことが二つあるので、書きとめておく。

　一つは、上条があるとき、いま浅草の国際劇場に美空ひばりという少女《こ》が出ていてね、笠置シヅ子の真似なんかもするんだけれど、真似でない歌がまた、上手いんだな、こまっしゃくれているけれど、あれは天才なんじゃないかな、一遍見に行ってご覧よ、そりゃたいしたもんだから、と言っていたことである。私は国際劇場へは行かなかったが、業界では、すぐその程度の評判をとったのであった。

　もう一つは、三國連太郎と会ったことである。ニューフェースが来ているから、一緒にお茶を飲まないかというので、上条についていくと、喫茶店に二人の青年がいた。一人はいわば上原謙型の整った優男であり、もう一人は野性的であった。私は上原謙型の誰が見ても美貌と思われる青年がニューフェースとして売り出されるのかと思ったが、上条は、もう一人を、木下さんの演出で、『善魔』という映画でデビューすることになっている、と紹介してくれた。『善魔』の原作は岸田國士氏の小説であり、原作の主人公の名前、三國連太郎をそのまま芸名にするのだ、ということであった。上条もまだ二十三、四歳、入社数年の社員だったはずだが、二人とも上条に対してひどく行儀が良く丁寧であった。ニューフェースという人たちはこんなにも気を遣うのだと感心した。そのとき三國連太郎と一緒にいたもう一人のニューフェースがどうなったかは聞いていない。世に出なかったのであろう。

＊

民事部の裁判長とは気が合わなかった。私はいつも意地悪をされているように感じていた。しばしば判決書の起案を命じられ、提出するとほとんど原文の跡をとどめないまでに手を加えられた。何故私の原案では良くないかについて説明されると、若干表現の挙足とりのような箇所もあったけれども、僅かな例外を除けば、裁判長の指摘はもっともであった。記憶している案件としては、ある判決書の起案について、君は先入観でまず結論を出し、結論に合うように証拠をつじつま合わせに引用したのだろう、先入観を捨てて、虚心に双方の主張を読み、証拠と照らし合わせれば、結論は反対になるはずだ、と言われたことがある。言われてみれば、そのとおりであった。だから、裁判長の指摘は正しいと思いながら、私は反撥した。たぶん、修習生を指導するというよりも、部下の失策を叱責する、といった口調だったからであろう。私に多少の言い分があって、それを口にすると、頭ごなしに罵倒された。私が真面目な修習生でないことを見ぬいていたせいかもしれないが、むしろその裁判長の性格ではないかと思われる。法廷で裁判長が弁護士に対して、どうかと思われるほど失礼、粗暴な発言をするのを見かけることがあるが、そうした発言を窘められることはない。裁判の権威のために、誰もが遠慮するからである。だから、裁判官の中には、社交的配慮を欠いた物言いをする方がある。ただ、私の民事裁判修習に限っていえば、裁判長の指摘はつねに正しかったし、私が民事裁判のあるべきすがたを教えられたことは間違いない。とはいえ、この四ヵ月の民事裁判の実務修習を思いだすのはいまだに苦々しい思い出である。

＊

昭和二十六年十一月二十五日、平本祐二が結婚した。平本は昭和十九年四月に一高文科に入学して以来の級友であった。同時に東大法学部に進学し、司法試験に合格して、司法修習生となった。空襲で東京の自宅が罹災し、与野に仮寓していたので、大学時代も司法研修所でも、その往復に一緒になることが多かった。

平本の実務修習は浦和であった。その間、畑和法律事務所で弁護士修習をした。畑和先生は後に何期も埼玉県知事をつとめたが、当時は社会党に属する代議士であった。畑和先生の先代は戦前の代議士で、畑家はいわば埼玉県では知られた名望家である。平本夫人となった珠江さんは畑和夫人の妹であった。修習中に知り合って、相思相愛の仲となった。

平本と私の関係、父が畑和先生と知り合っていた関係から、父が頼まれて媒酌人をつとめ、氷川神社で挙式した。わが家から数軒先に荻原家という邸宅があった。繁盛した医師であり、大宮町長をつとめた方の旧宅であった。和洋折衷の大邸宅で、町長をなさった方の長男がやはり医師となり、こぢんまりと開業して一部を診察室、一部を住居にしていたが、二階は戦前のまま、修繕は行届いていなかったとはいえ、まるで使っていなかった。そこで、平本夫妻はその二階を間借りして新居を構えた。珠江さんはいかにも良家の子女らしい、おっとりした色白の初々しい花嫁であった。彼女はどちらかといえば大柄だが、平本も一高野球部の捕手をつとめたほどだから、ほっそりしていたが背も高く、似合いの夫婦であった。彼らの新所帯は甘味な香気が溢れていた。

平本に大学時代、私が麻雀を教えたことはすでに記した。彼は凝り性で、一時は社交ダンスに凝って六大学対抗ダンス大会に出場したこともあり、後には囲碁、またゴルフに熱中した。ゴルフははじめて数年でハンディキャップがシングルになった。最盛期のハンディキャップは2か3だったのではないか。凝り性だっただけでなく、何事にも才能に恵まれていたのである。

私は麻雀を除けば、平本と遊びのつきあいはなかったが、人柄が好きであった。いくらかはにかみがちで、我を張るようなところがまったくなかった。縁の下の力持ちといった仕事でも頼まれれば気軽にひきうけ、嫌な顔をすることもなく、神経質なほどこまやかに気配りした。私の書くものにもよく注意して読んでくれていた。一九九七（平成九）年に他界したが、そのとき私はもっとも信頼する友人の一人を失ったのだという思いをつよくした。

司法研修所の後期は平本が結婚した直後の昭和二十六年十二月からはじまった。ほとんど毎日毎晩顔を合わせて、宿題の起案の相談をしたり、二回試験の勉強の打ち合わせをしたりした。二人とも無事に二回試験に合格した。

二回試験の口述試験のさい、刑法の試験官は滝川幸辰教授であった。共謀共同正犯についてどう考えるか、と質問された。共謀共同正犯とはいま話題になっているテロ対策としての共謀罪ではない。刑法六〇条に「二人以上共同して犯罪を実行した者は、すべて正犯」とすると規定されている。だから、本来共同正犯とは実行行為を共同でした者をいい、その他のかたちで犯罪にかかわった者は刑法六一条の教唆、六二条の幇助というような罪名で処罰される建前である。ところが、実行行為に関与していなくても、実行行為について共同謀議していれば、教唆、幇助とみるのは適当でなく、むしろ共同正犯とすべきではないか、という問題がそのころ提起されていた。たぶん、三鷹事件、松川事件等の関係だったろう。ちなみに、私の理解するところでは、現在話題になっている共謀罪は、テロの謀議があれば、テロの実行の有無を問わず、犯罪とすることとしようとする欧米先進諸国における国際的な動向である。共謀共同正犯はこれと違い、いまではわが国の判例学説上争いないと聞いているが、昭和二十七年当時はまだ議論が多かった。私は共謀共同正犯を認めてよいと思うと答えた。滝川教授から、次々に、返答に窮するような、難しい事態を想定して、そういうばあいはどうか、といった質問を浴びせられた。私はしだいに追いこまれ、ずいぶん極端な意見を言わされる破目になった。滝川教授は呵々大笑なさって、君の説はまるでナチスの法学者の説と同じだね、と言われた。私の記憶違いでなければ、滝川教授はさらにつけ加えて、結構でした、という類の褒め言葉を添えて下さった。試験官がすぐそうした感想を言うことは通常は考えにくい。しかし、私が、さすがに大学者は違う、結論が可笑しくても論理が通っていれば認めてくれるのだ、と感じたことは間違いないので、記憶違いとは思いたくない。私が回答に困って、しだいに極端になっていくのを滝川教授がたのしんでおいでになる様子であった。

口述試験についての思い出としてはもう一つ、谷川徹三先生が試験官となった教養という課目があった。何が趣味か、と訊ねられ、文学というわけにもいかないから、映画と答えた。最近どんな映画が面白かったかというので、『天井桟敷の人々』と答えた。どう面白かったか、と訊ねられ、私は返答につまった。じつをいえば、私は『天井桟敷の人々』に出演している俳優たち、ことにジャン＝ルイ・バロー演じるパントマイム芸人、が好きだったし、その哀しい愛のかたちに心をうたれたのだが、映画のストーリーとかテーマといったものに興味があったわけではなかったから、回答に四苦八苦した。まさか教養不足で二回試験が不合格になることはありえないから、谷川先生もいい加減できりあげて下さった。後から思えば、宮沢賢治と答えて、「雨ニモマケズ」について話し合った方が良かったかもしれない。後年、谷川先生から批判されて、私は「雨ニモマケズ」論争をしたが、お目にかかったのは生涯でこの二回試験の口述試験が唯一の機会であった。

父は私の二回試験の成績を最高裁の人事局に聞きにいったらしい。人事局の方の社交辞令にちがいないが、父はひどく機嫌が良かった。裁判官に任官するように勧められたといい、私にしきりに任官を勧めた。私は司法修習生の課程を終了し、法曹資格を得たことで充分親孝行を尽したつもりだったから、つゆほども任官の意思はなかった。

*

私の第一詩集『無言歌』が書肆ユリイカ伊達得夫により刊行されたのは昭和二十五年九月十日付であった。奥付によれば、限定三百部、頒価百八十円である。

昭和十九年八月作の「海女」にはじまる「初期詩篇」十一篇と昭和二十四年に書いた「海」等の「無言歌」九篇から成る二部構成であった。伊達はこれ以前、同年五月二十五日付で『福田正次郎第一詩集』を、同年九月一日付で『中村真一郎詩集』を刊行している。『福田正次郎第一詩集』は函入りで、濃紺の地の函の背に白く右の文字が楷書で書かれ、函の表に「Etudes」とやはり白く手で筆書きされている。詩集そのものは白地で詩集名は表紙には記されていない。表紙に紺で「Etudes」と函のとは違ってペン書きされている。詩集の扉に横書で「福田正次郎第一詩集」とあり、その下に大きく朱で活字体の「ETUDES」とあり、中央に銅版画家が銅版画を製作中であるかのような中世ドイツ風の銅版画があり、最下欄に二行で「MCML」「LIBRAIRIE EUREKA」と記されている。扉をひらくと驚くほど若い、福田正次郎こと那珂太郎さんが頬杖をついた写真が挿入されている。次の頁は目次で詩の題名は横書、その裏の頁の下部に「意匠　伊達河太郎」「撮影　村上美彦」とやはり横書で二行に記されている。伊達河太郎は伊達得夫であり、村上美彦は伊達が知っていた写真家のはずである。奥付には印刷、発行日の下に「(五〇〇部)」「定価一五〇円」とある。造本家として伊達はこのごろ評価されているようだが、ずいぶんと工夫をこらした詩集である。

『中村真一郎詩集』は函はない。背にも表紙にも『中村真一郎詩集』とあり、表紙はクリーム色の地に焦茶で「中村真一郎」「詩集」と二行に、「詩集」の文字を大きく横書で記し、下部にやはり横書で「千九百五十年」「書肆ユリイカ刊」と記し、中央よりやや上に二人の女性が車に乗った主人風の女性を挽いている絵をカットに使っている。裏表紙左下にも円形の輪郭で囲んだギリシャ風の肖像のカットがある。扉は表紙と同様で、前記したカットの代りに銅版画家の銅版画が中央に配されている。その反対側の頁にはやはり驚くほど若い中村真一郎さんを斜めから撮影した写真が収められ、「村上美彦撮影」とある。この銅版画は書肆ユリイカの刊行する本のすべてに使うつもりだったらしく、私の『無言歌』にも使われている。奥付には「頒価200円」「限定300部」と横書されている。この『中村真一郎詩集』も『福田正次郎第一詩集』ほどではないにしても、隅々まで注意の行き届いた造本である。

私は伊達が『福田正次郎第一詩集』を発行したとき、すぐ伊達から貰ったらしい。というのは、私はこの詩集を持っているが、このころまだ那珂太郎さんとは知り合っていなかったので那珂さんから頂いた憶えがないからである。

『無言歌』は二十篇の詩を収めているが最後の詩だけが四頁で、他はすべて見開き二頁で収まるので、目次、中扉を加えても四十九頁しかない。いまなら題に一頁とり、その反対側を空白にして百頁近くするとか、紙を厚くするとか、工夫もありうるのだろうが、伊達はこの頁数ではツカがとれないと言った。そのため二十四頁と二十五頁の間で二つ折りにし、紐で綴じ、ボール紙の帙のようなものの中に納めることとなった。帙にはラベルを貼り、エトルリアの壷の文様のような人物像をラベルの左側三分の一くらいのスペースに配し、その余の三分の二ほどのスペースの上部に「中村稔詩集」と小さく、その下に大きく「無言歌」と書き、中央は空白にして、最下部に「書肆ユリイカ版」と記した。本体の表紙は濃青色の地に左上に「無言歌」と活字体で書いてあるだけで、私の名前等、いかなる文字やカット等もない。このツカがとれないために伊達が工夫した造本、装幀により、『無言歌』はずいぶん瀟洒な感じの本になった。この造本、装幀は大いに私の意にかなうものであった。ちなみに『福田正次郎第一詩集』は八十六頁、『中村真一郎詩集』は百二十九頁である。いずれも薄い本だが、それでもツカはとれている。もっとも『福田正次郎第一詩集』の背表紙に題名がないのは、やはりツカが薄すぎて題名の印刷が難しかったのだろう。

私は『福田正次郎第一詩集』を見て、伊達に『無言歌』の出版をたのみこんだ。そのときには、もう中村真一郎さんから詩集の出版を依頼されていると聞いていた。真一郎さんの方が私よりすこし先んじていたのである。これら三詩集の出版が契機になって、伊達は詩書出版者になったといわれている。そこで、これらの詩集出版前の伊達の出版業について一瞥しておく。

伊達の遺著『詩人たち　ユリイカ抄』中の「首吊り男」には、『世代』「十六号の出た日、「世代」解散の集合をするからという通知を受取ってぼくは駒場の一幸亭という小料理屋へ出かけた」とあり、次のとおり記している。

「当日の会を司会した浜田新一はこれだけの仕事をした「世代」はともかくも誇るべき雑誌であったと自讃したが、この賑やかな埋葬式にあって、ぼくは陽気な墓掘人夫だったろうか？　かれらに未来がようやくひらけようとしていたとき、ぼくは出版屋としてどうにもやっていけない窮地に立っていた。すでに「書肆ユリイカ」は足かけ四年を経ていたが、売れたのは『二十歳のエチュード』だけであった。稲垣足穂の『キタ・マキニカリス』五〇〇部限定出版は所詮商売にはならなかったし、ユリイカという名前をつけたときから親炙性を感じていた牧野信一の小説集も作ったけれどもそれは印刷屋の火事で大半を焼失していた。そして、「牧野みたいに首吊り男の感じがある」と予言した稲垣足穂は、そのころあたかもかれの作中人物のように漂然と姿を消していた。京都へ行ってしまったのだ」。

この文章は次のとおり『福田正次郎第一詩集』出版の経緯の説明に続いている。

「ある日、ぼくの高校時代の同級生で、女学校の教師をしている詩人那珂太郎を訪ねて言った。

「おれは出版やめようと思うんだ。とってもつづかねえや」「そうか、いよいよやめるか。それじゃ最後におれの詩集を作らんか。おれの詩集は生徒が買ってくれるからな。売れるぜ」「よし、やるべえ」とぼくは答えた。濃紺の函に入った純白の詩集『ETUDES』は果してかれの言葉通り教え子たちの手によって売り切れた」。

やはり『詩人たち　ユリイカ抄』中の「消えた人」は「一九四六年の冬、「新潮」に「キタ・マキニカリス」というエッセイが載っていた」とはじまり、筆者稲垣足穂から持ちこまれて「社長をときふせて、ぼくは一〇〇〇枚の原稿を印刷所へ廻した。レイアウトは、かれの希望によって、戦前の新潮社版『世界文学全集』を真似た。数ヵ月後、それは三三〇頁の紙型になった。しかし、その頃から、ぼくの勤めていたM社は急速に傾き始めた。紙型は印刷されないまま、棚の上で埃を浴びていた。そして、そのまま、四八年の冬、M社は倒産した。返本をストーブにたたきこみながら、ぼくたち社員は酒をのんだ」

とあり、また、次の記述がある。

「失業者になったぼくは、個人で出版をはじめた。出版社の名前に「ユリイカ」という奇妙な外国語を示唆してくれたのは、やはりかれであった。倒産したM社から『キタ・マキニカリス』の紙型を買い取って、それをユリイカ版として出版した。発行部数五〇〇部。四九年の初夏であった」。

伊達の文章は執筆時の記憶だけをたよりにしているためか、あるいは伊達がことさら韜晦したためか、事実についても年月についても間違いが多い。『世代』についていえば、『世代』の終刊号は昭和二十八年二月刊の通算第十七号である。『福田正次郎第一詩集』は昭和二十五年五月刊だから、『世代』の終刊のさいに伊達が抱いた感懐と「おれは出版やめようと思うんだ」と詩人那珂太郎こと福田正次郎に話したこととはまったく関係ない。

何よりも確認できないことは書肆ユリイカの創業の時期である。前田出版社の倒産を伊達が「余は発見せり」中、昭和「二十二年の暮、ぼくのつとめ先は、尨大な返本を屑屋に叩き売って倒産した。ぼくは個人で出版をつづけようと考えた」と書いているが、この「昭和二十二年の暮」が間違いであることは、昭和二十三年末前田出版社が橋本一明の跋文を削除した無検印の『二十歳のエチュード』を出版し、前田出版社と橋本一明・伊達得夫の間に紛争を生じたことからみて確実であり、このことはすでに記したとおりである。また、最近になって教えられたところによれば、日本児童文学選第三集『わかくさの童子ら』も昭和二十三年十二月一日発行という奥付で前田出版社から出版されている。伊達自身が「消えた人」中「四八年の冬、M社は倒産した。返本をストーブにたたきこみながら、ぼくたち社員は酒をのんだ」と書いていることは前記したとおりである。

ところが、伊達は昭和二十三年二月二十五日付で書肆ユリイカの名で『二十歳のエチュード』を刊行、同年四月十日付で『死人覚え書』を刊行、昭和二十三年五月十日付で稲垣足穂『キタ・マキニカリス』を刊行し、牧野信一『心象風景』については、『詩人たち　ユリイカ抄』所収の「呪われた本」の中で、解説者宇野浩二の「うの」の検印で、「一九四八年六月」に出版した、と記し、乱丁があったため、前日に配本して廻った取次店を一軒ずつ回収し、印刷、製本し直したが、「前には引受けてくれた取次店の半数から、こんどは拒否され」、「残りの一〇〇〇部」を印刷所にあずけっぱなしにしていたところ、一週間後に「印刷屋が全焼した」とある。

「その年の暮、印刷屋のオヤジが久しぶりでたずねて来た。こんなこと言えた義理ではないけれども、あのときの印刷代をはらってもらえまいか、正月に子供にミカンの一つも買ってやりたい。そんな情けない科白であったが、しかし、ぼくは支払をするわけにはいかなかった――あの呪われた本のおかげでぼくにも、子供にミカン一つ買ってやれない正月が迫っていた」。

心をうつ文章なので、つい引用してしまったが、私が注意したいこととは関係ない。私が注目するのは、「出版屋としてどうにもやっていけない窮地に」立ち、那珂太郎に出版を止めようと思うと話したときまでに、伊達が何時、どんな出版をしたか、である。

まず、伊達は昭和二十三年中、前田出版社に勤めながら、他方、個人として書肆ユリイカを創業していたのだろうか、という疑問がある。勤め続けていたのでなければ「尨大な返本を屑屋に叩き売って倒産した」とか「返本をストーブにたたきこみながら、ぼくたち社員は酒をのんだ」といった情景は見ることができたはずがない。私は伊達が前田出版社に勤めながら、こっそりと書肆ユリイカ名義の出版をするような破廉恥な人格ではなかったと信じている。伊達は昭和二十二年末に前田出版社を退職し、翌年初、書肆ユリイカを創業したにちがいない。返本の山を社員がどうこうしたというのは、おそらく元同僚からの伝聞だろう。

そこで、伊達が「出版屋としてどうにもやっていけない窮地」に立ったと感じたのは、那珂太郎に出版業を止めようと思うと言った昭和二十四年の暮か二十五年の初めまでの間、伊達が書肆ユリイカとして出版したのは、昭和二十三年中に、『二十歳のエチュード』『死人覚え書』『キタ・マキニカリス』『心象風景』であり、原口関係の二冊を除くと稲垣足穂、牧野信一の二著であり、昭和二十四年に入ると、同年二月刊の中原中也訳『ランボオ詩集』だけであり、他の著者と接触した気配もなく、昭和二十五年十一月刊の安原喜弘『中原中也の手紙』を除けば、他に出版の企画をもっていたようにもみえない。これはむしろ企画の貧困によって出版業の目途が立たなくなったというべきであり、その後の詩書出版によりはじめて出版者としての活路を伊達はひらいたのだ、と考えるのが妥当なのではないか。伊達に対して厳しいかもしれないが、私はそう考える。

ところで、私の『無言歌』はじつに多くの人々の好意、協力によって出版の運びに至った。第一にあげるべきは的場家の人々であろう。的場清さんと都留晃との関係、原口の墓碑を立てるために的場すずゑさん、香代子さんの姉妹が橋本、都留、児島襄、私らに同行したこと、その後、児島がすずゑさんと結婚し、やがて離婚したことは、すでに記したとおりである。私は下落合の的場家を屢々訪れ、いつも歓待された。都留は大学入学後は別に下宿していたが、その下宿よりも的場家でほとんど暮らしていたので、都留を訪ねるのが目的のことが多かったが、都留がいなくても、的場家の方々ととりとめない会話をかわし、何かしら食べたりするのが愉しみであった。

私は『無言歌』の出版について的場家の方々に世話になった、とぼんやり感じていたものの、実際どういう迷惑をおかけしたかは憶えていなかった。最近、都留から聞いたところでは、的場清さんと都留とが印刷費を負担してくれたという。清さんは慈恵医大卒業後、葛飾区金町で小児科医を開業した。界隈の信望を集めていたと聞いている。二〇〇〇（平成十二）年十二月八日彼が亡くなって、間もなく満八年になる。その二年ほど前の一九九八年十月、原口の令兄、原口統二郎さんが上京したさい、私も招かれて、両国のふぐ料理屋でご馳走になったのがお会いした最後であった。私は的場清さんの生前ついに一言のお礼も言わなかった。それは彼が印刷費を負担してくれたことを知らなかったからだが、何故負担してくれたのか。的場は同級生の誰からも信頼された人格者だったと都留は言う。清は神様みたいな人だったと姉のすずゑさんも言う。じっさい的場清さんは限りなく善意の人であった。

『無言歌』の出版は、都留のいう印刷費を別とすれば、自費出版ではなかった。百部か百五十部を私がひきうけて売り、その代金を伊達に払う、という約束であった。都留をはじめ、橋本一明、工藤幸雄、宇田健ら一高の下級生や『世代』の仲間たちが彼らの知人、友人たちに押しつけるように買わせたらしい。後に朝日新聞の記者から独協大学の教授になった佐久間穆が佐久間家には『無言歌』が二冊あると言っていた。佐久間は橋本か誰かに売りつけられ、結婚前の佐久間夫人は別に誰かから売りつけられていたのである。大岡信、飯島耕一らも売りつけられた被害者であった。そのおかげで、私の作品はこれらの私より若干年少の詩人たちに知られることとなった。

私がひきうけた部数は売り切ったのだが、その代金が伊達の手許に届いたかどうかはきわめて覚束ない。伊達との間で金銭上の清算はしなかった。勘定あって銭足らず、といった状態だったのではないか。それを伊達は黙って、愚痴もこぼさず、泣言もいわなかったのではないか。そう思うと、ことさらに伊達が懐しく、いとおしい。

出版後間もなく『展望』に吉田健一さんが、『人間』に加藤周一さんが、それぞれきわめて好意的な書評を発表して下さった。『無言歌』を私はごく少数の面識を得ていた先輩にお送りしたが、世に知られた詩人たちに贈って評を乞うということはしなかった。私が意図的に贈らなかったわけではない。たんに私が世間知らずだったにすぎない。

16

司法修習生の課程を曲りなりにも履修するかたわら、昭和二十五年春ころから、私は『中原中也全集』の編集作業に携っていた。一九九六（平成八）年三月刊の中原中也記念館発行の『中原中也研究』創刊号に、私は「創元社版全集編集のころ」と題する一文を寄せた。文中、私は次のとおり記した。

「私が大岡さんにはじめてお目にかかったのが一九五〇年（昭和二五年）であったことは確かだが、その何月かは定かでない。秋ころと書いたことがあるが、それは間違いで、どうも五、六月ころではないか、と思われる。いずれにせよ、その年の三月に私は大学を卒業し、司法修習生という身分であった。ある日中村光夫さんから会いたいというご連絡を頂き、明治大学に中村さんをお訪ねしたところ、大岡が中原中也全集の編集の助手を探しているのだが、やってみる気はないか、というお話であった。私はそれより数年前、戦争中から中村さんの稲村が崎のお宅に何遍かお邪魔していたし、ことに私の親しい先輩であるいいだももは中村家に始終出入りし、中村光夫さんになかば師事していた。余談だが、一九四七年（昭和二二年）四月、中村さんの編集で「批評」六〇号（第九巻第一号）が刊行され、これに私の詩「ある潟の日没」「オモヒデ」の二篇が中原の「いちぢくの葉（いちぢくの、葉が夕空にくろぐろと）」と並んで掲載されている。私の作品はいずれも旧制高校の校内紙に発表したものであり、中村さんが目をとめて下さって、「批評」に転載されたのである。私の作品がいわば世に出た最初であり、原稿料を頂戴したはじめての機会であった。中原中也という名前と私の名前が並んで目次に載っているのを見たときは、私はほとんど夢心地であった。そんな因縁から中村さんはいいだや私たちが中原中也の作品を愛読していることをご存知だったので、大岡さんにご推薦下さったのである。それに、私が司法修習生という、裁判官、検察官、弁護士の卵であることから、多少几帳面な仕事をするだろう、と誤解して下さったようである。私はその折、中村さんから、大岡は『武蔵野夫人』がベストセラーになって忙しくなったので、一人では編集できなくなった、とお聞きしたと多年信じてきたのだが、『武蔵野夫人』が出版されたのはその年の十一月だから、創元社版全集第一巻が翌年四月に刊行されていることからみて、そんなことはありえない。記憶とはまったくあてにならないのである。

是非お手伝いさせて頂きます、と中村さんにご返事し、その後間もなく鎌倉の極楽寺の大岡さんのお住居をお訪ねした。最初は中村さんが同行して下さり、用談をすませてから、大岡さんとご一緒に稲村が崎の中村家にお邪魔し、奥様からカレーライスをご馳走になった、というのが私の記憶なのだが、これも確かなことではない。ただ、何時の機会か、大岡さんが食がほそいことを中村夫人に自慢しておられたことは間違いない」。

若干の注を加えておく。大岡昇平さん自身が「『世代』の人々と」という文章中に「中村稔は一九五〇年の秋のある晴れた日に、中村光夫と一緒に極楽寺の私の家へ現われた。光夫に劣らぬ長身と、落ち着いた物腰、静かな話しぶりを印象づけられた。二度目に来た時『無言歌』を貰ったように思う」と記している。私の印象についての大岡さんの記述は信用できないが、それはともかくとして、大岡さんも私も昭和二十五年秋ころにはじめて会ったと記憶しているわけである。しかし、創元社版『中原中也全集』（以下創元社版全集という）は、翌昭和二十六年四月から六月までの間に全三巻の刊行を終えているのだから、私の仕事がいかに杜撰であったにせよ、僅か半年で刊行できたはずがない。『無言歌』の刊行は昭和二十五年九月だから、二度目に極楽寺のお宅にお邪魔したときに『無言歌』を差し上げたことは間違いないとして、初対面は同年春のはずである。

当時、中村さんが教鞭をとっておられた明治大学にお訪ねして話をお聞きし、その後間もなく鎌倉極楽寺の大岡さんのお宅に連れていって頂いた。だから、その帰途、中村さんのお宅でカレーライスをご馳走になったのである。大岡さんは、『俘虜記』中「パロの陽」という章で「私は年齢と生来の胃弱のお蔭で人よりは苦しまずにすんだ様である。新しく隣り合わせた俘虜が飢えているのを見兼ねて、たまには乏しい食糧を頒ち与える位の余裕を持っていた。彼はそのかわり私のために種々の雑用を足し、莨を工面してくれたりした。後で収容所へ移ってからも、食糧が十二分になるまで、私はいつもこういう食糧による従卒を一人持っていた」と書いている（『大岡昇平全集』第二巻）。その日、私がお聞きしたのは、まさにそういう話であった。中村夫人は大柄で明朗闊達、いかにも健康そうにみえたのだが、昭和三十年八月に急逝なさった。私は戦中いいだとともに中村家にお邪魔したさい、いつもずいぶん親切にして頂いた。カレーライスを頂いたのが夫人にお目にかかった最後であった。だから、創元社版全集とこのカレーライスの思い出は私にとっては分かちがたく結びついている。

だから、創元社版全集は編集に着手してから刊行までほぼ一年の期間しかない。創元社版全集は角川書店刊の新編全集（第四次全集）と比べればもちろんだが、昭和四十二（一九六七）年十月から昭和四十三年四月までの間に全五巻、昭和四十六年五月に別巻が刊行された第三次全集（角川書店刊。以下「旧全集」という）と比べても、粗雑きわまるものであり、私自身、手にとるのも恥ずかしい思いがつよい。

創元社版全集が粗雑きわまるものとなった理由の第一に、私の無智、怠惰をあげるべきだろう。私はそれまで図書、雑誌の編集の知識、経験がなかった。まして全集の編集とはどういう作業かについて、まったく無智であった。私が怠惰だったのは、司法修習生の課程の履修という、いわば私にとっての本業の余暇しか時間をさけなかったからである。たぶん大岡さんは編集はご自身でなさり、私を手伝いとして使うおつもりだったのだろうが、結果からみると九割以上の作業は私がしたことになった。どういうわけか、大岡さんは京都に滞在なさっていたことが多く、稀にお目にかかる他は、郵便でご相談するのがつねであった。

第二は編集に費した時間である。旧全集については、第一回の配本前、編集作業のために費した時間は三年を下らないはずである。新編全集のばあい、編集室が開設されたのが一九九六（平成八）年一月、第一巻の刊行が二〇〇〇年三月、別巻の刊行が二〇〇四年十一月だから、編集に着手してから完結までに九年の期間をかけている。

第三は編集スタッフである。創元社では林秀雄、毛利定晴というお二人が担当であった。林秀雄さんは本名は小林秀雄といい、創元社の顧問であった小林秀雄さんと区別するために社内では林さんといっていたが、私よりも十歳以上年長であった。毛利さんも私より十歳近く年長であった。林さんは後に緑地社という出版社をおこし、近藤富蔵の『八丈実記』を復刻出版し、菊池寛賞をお受けになった。毛利さんは後に角川書店の編集部長をおつとめになった。お二人とも経験豊かで誠実な編集者であった。私は私が求めてお二人から意見、忠告をお聞きすることはできても、私がお二人のどなたかに何かの仕事を依頼できるような関係ではなかった。私はあくまで大岡さんの助手にすぎなかった。助手である私を手伝ってくれる方など一人もいなかった。創元社版全集には誤植が多い。これも第一次的に私の責任だが、創元社の校閲部も、また林、毛利のお二人も校正に目を通して下さったのか、私は疑っている。

これにひきかえ、旧全集のばあい、吉田凞生さんが中心だったが、大岡さんの熱意が並々ならぬものだったことは各巻の解説をはじめ、関連した多くの文章から明らかである。角川書店としては編集者として服部光中、市田富貴子のお二人が担当したが、市田さんはまったく専属だった。さらに堀内達夫さんが書誌の探索調査に尋常一様でない協力をなさったことも間違いない。

新編全集については、編集室設立から四年余を経てはじめて第一巻が刊行され、九年の歳月を経て別巻が刊行されたが、その間、「編集室に編集委員として佐々木幹郎が常駐し」、宇佐美斉、私、それに生前の吉田凞生が協力した他、編集協力として大出敦・加藤邦彦の二名が全巻について、吉本素子が第三巻について協力、編集室には「全巻にわたって編集に関わった人名を最初に記し、他は五十音順とした」として佐々木幹郎は別巻後記に左のとおりの人名をあげている。

服部光中・染谷仁子（本文校訂担当）・倉敦子（製作・進行）・坂田雅俊（資料収集・管理）・杉下元明（調査・校閲）／青木宏美・上田光生・梶屋さと子・岸川富弥・長島朋美・長沼光彦・望月通治・渡辺隆行（敬称略）

新編全集の編集に注がれた労力と時間と費用は瞠目に値する。これほど惜しみなく時間と労力と費用をかけることができたのであれば、創元社版全集といえども、はるかに充実、正確なものになったにちがいない。旧全集と比べても、時間、労力、費用において創元社版全集は間に合わせという感がつよい。いわば、全集編集に無智な私が孤軍奮闘に近い作業によってつくり上げたのが、創元社版全集であった。

孤軍奮闘に近い、というのは、やはり何といっても大岡さんの全面的な指導、指示を過小評価できないからである。作品の制作年時の推定はすべて大岡さんと相談の上で決定したし、したがって配列も大岡さんの決断によった。また、年譜等、編者名で執筆した文章は必ず大岡さんが推敲した。『野火』の作者による推敲を私は光栄に思っていたし、学ぶこと多いと感じていたが、時に大岡さんの推敲に私が納得できないこともあった。私の文体の好みが必ずしも大岡さんとまったく同じではなかったからである。たとえば、創元社版全集の年譜は文語まじりの口語文だが、私の原稿では文語はまじっていなかった。

それ故、鎌倉までお訪ねしたのは、二、三回にすぎないはずだが、創元社では時々お目にかかった。そのさい、進行の状況を報告したり、全般的な指示をうけ、個別の問題について意見をかわした。そんなことで創元社でご相談していたさい、たまたま昼食の時間になったことがある。当時の創元社は日本橋小舟町、三越本店と三井本社の間の道を真直に昭和通りに向かって進み、昭和通りを越して間もなく左へ曲った路地に面した木造二階建ての建物であった。大岡さんが編集長の秋山孝男さんに「昼をご馳走してくれないかな」と訊ねると、秋山さんが、「名にし負う日本橋でございますから、大岡さんのお好みのどこへでもお供いたしましょう」と言って、フランス料理屋に案内して下さった。大岡さんはメニューをしげしげとご覧になって「かにのコキーユにしよう」と言われた。コキーユという料理を私が耳にした最初だったこと、秋山さんが「名にしおう日本橋」と言ったことが、私には忘れがたい。

だから、私が孤立無援といえば言いすぎだが、旧全集における吉田さんや新編全集における佐々木さんと比べれば、大岡さんを除けば余人に負うところは皆無にひとしかった。

さらにつけ加えれば、当時はパーソナル・コンピュータはもちろん、複写機もなかった。すべて筆写した。私の作成した年譜案が三種残っているはずだが、当初起草したものに訂正加除を加えた結果、余白がなくなると、あらためて作成し直し、これにさらに訂正加除を加え、やがて三種類になったところで、清書したのである。複写機、パーソナル・コンピュータを自在に使いこなしている現今の状況は当時を考えると夢のようである。じつに手間暇のかかる作業が当然の時代であった。

＊

私にとって最大の関心は、年譜、つまり、中原中也の生涯の記録をできるだけ詳しく、かつ正確に作成することであった。その目的のためにちょうど書肆ユリイカから刊行された安原喜弘著『中原中也の手紙』はまことに貴重な情報源であったが、時期が限られている。また、大岡さんの「中原中也伝―揺籃」は大岡さんの中原の伝記的研究の最初の作だが、文中、「十五歳の中也が、所謂「思想匡正」のために九州の或る真宗の寺に遣られ」たとあり、「今家人は寺が大分県にあり、住職を「トウヨウエンジョウ」と呼んだというほか、所在地も寺号も忘れておられる」とある。この「トウヨウエンジョウ」が東陽円成、現在は大分県豊後高田市水崎所在の西光寺の住職であったことは、たとえば『日本仏教人名辞典』（平成四年刊）にも記載されており、調査になんの労力も要しないが、私はこの東陽円成について松岡護氏に書簡を差し上げて教示を乞うた。どうして松岡氏にお訊ねすることとしたのかは憶えていない。それにしても、必要となれば些細な事柄も一々調べたり、照会したりしなければならなかった。

前述した「創元社版全集編集のころ」と題する拙稿中、大岡春枝夫人から「中原中也関係の資料の中に中村稔に返却のことと記されている包みが一つ出て来たのでどうしたらよいか、という お問い合せ」があり、その包みを私の手許に送り届けて頂いたことを記した。この包みには私のメモ類は別として、「大岡さんの私宛の封書が三通、葉書が十三通、大岡夫人から私宛の封書一通、葉書二通がふくまれて」おり、「その他にも、安原喜弘さんからの封書一通、中原福さんからの封書一通、草野心平さんからの封書と葉書各一通、中原思郎さんからの葉書二通、三好達治、河上徹太郎、杉森久英、中村研一の各氏からの葉書各一通、平井啓之からの葉書二通などがある。いずれも私宛だが、その中にまぎれて中原中也の夫人であった野村孝子さんから大岡さん宛の葉書もあった」と記している。私はこれらにみられるように、かなり筆まめに多くの方々に照会、問い合わせの手紙を差し上げ、その回答を頂いたのであり、前述したものは、そうした書信のごく一部にすぎない。

また、私は、青山二郎さんや草野心平さんとは創元社でお目にかかっているが、別に草野さんを練馬区下石神井一―四〇三の御嶽神社の社務所のお住居にお訪ねしたこともある。神保光太郎さんを浦和の別所のお宅にお訪ねしたときは、上品な夫人から「主人は午睡中ですからしばらくお待ち下さい」と言われて、応接間で小一時間お待ちした。そのとき私は詩人は午睡するものか、と感銘をうけた。阿部六郎さんを上原のお宅にお訪ねしたこともあった。これらの訪問の中で真先にしたことは保土ケ谷に長谷川泰子さんをお訪ねしたことであった。その他、たぶん大岡さんが手配なさったはずだが、料理屋に野村孝子さんをお招きしてお話をお聞きしたさいに同席している。これらは半世紀以上経ったいま思いだせる限りのことであり、実際はもっと多かったはずである。

私の目的は、『四季』『歴程』をはじめとする雑誌類に中原が発表した作品の確認、私が気付いていなかった作品の探索、中原の住所の変転その他生活の状況等、年譜の作成に必要な情報の蒐集であった。私は中原の作品の背景となったような、あるいは中原の作品の解釈の鍵となるような、事実関係の調査にまったく関心がなかった。当時、小林秀雄さんは創元社の顧問として屢々おいでになっていたのでお見かけしたことがあるが、長谷川泰子との関係についてお話をお聞きしようとは思わなかった。同様、中原の友人知己の誰からもそうした作品の背景をお訊ねすることはしなかった。中原の没後十二、三年、みなさんの記憶がまだ鮮明なころだから、考えてみれば残念だが、当時の私は、中原の作品の理解は、作品を読みこむことで足りると考えていた。

＊

だから、私がそうした中原の知己の訪問、事実調査のための手紙等による問い合わせ以上の熱意を注いだのは、中原中也の原稿類の解読であった。

大岡さんとはじめてお目にかかって後、間もなく、私の手許に中原中也遺稿がまとまって一括、それらを筆写した原稿とともに、届いた。大宮へ戻ってから私は、祖父が亡くなっていたので、祖母と二人で、離れの隠居所で生活していた。離れは八畳と四畳半の二部屋だったが、私は四畳半の部屋を占領して、自分の勉強部屋にしていた。座右にはいつも中也遺稿がうずたかくつまれていた。これら中也遺稿は小林秀雄さんのお宅に保管されていたものが大部分で、これに大岡さんが青山さんや阿部六郎さんがお持ちだったものを借りうけたか、貰いうけたかしたものであった。そもそもは戦争中に中也全集刊行の企画があり、そのさい、中原家で保管していた遺稿、長谷川泰子が保管していた遺稿、小林さんがお持ちであったもの等を一括して、小林さんが保管していた、と聞いている。

私はこれらの遺稿、ノート、日記類を、毎日、眺めて暮らしていた。司法修習生として宿題の起案などがあるときを別にすれば、四六時中、中原遺稿は私の身辺にあった。京都から東京へ上京して間もなく、変体仮名を使うことを止めたことには早く気付いたし、推敲の跡の多い原稿をどう読むのかにもずいぶんと時間をかけ、頭をしぼった。『山羊の歌』『在りし日の歌』に未収の詩作品中にもすぐれた作品の数多いことに気付いたし、散文、日記等にも心をうたれた。この時点で、私よりも中原遺稿に詳しかった者は一人もいない。

だから、創元社版全集はその時点で私が中原遺稿を解読した成果だったのだが、本文校訂について決定的に私の手落ちというべきことは、いわゆる「凡例」を作成することに気付かなかったことであろう。新編全集の各巻にみられるとおり、「凡例」は本文をいかに決定するかの基準であある。たとえば、誤字、脱字をどう処理するか、ある種の用字が中原の独特の用法であるばあいに、これを訂正するか、訂正しないで「ママ」とするか、もっと探求して、それが中原に限らず、当時はひろく行われていた用法であったか等、基準なしには、その場その場で場当たりに処理することとなる。私がしたことは、そうした基準を立てることなく、場当たりの処理であった。この点については、大岡さんも私と同じ程度の意識しかお持ちでなかった。前記した「創元社版全集編集のころ」中、私は大岡さんから頂いた次の葉書を引用している。

「拝復『ふくらむだ』は御説のやうに、中原が一種の感じを持つて書き流したものと思はれますが、『記臆』は明白な間違ひではないかと思はれます。しかしその判定を下してゐては大変だから、全部を『マヽ』として処理すること賛成であります。精密にお調べ下さつて感謝に堪えません。よろしくお願いします」。

中原の詩「夏の記臆」の「臆」は旧全集では「記憶」とあらためため、別巻の「異文」で注している。新編全集では当時の用例を調査した結果、中原独自の用例ではなく、当時混用されていたと思われるとして「夏の記臆」と表記している。中原と同時代人である大岡さんも「明白な間違ひ」と考えたのだが、当時混用された、とみたのが新編全集編集のさいの見解であった。混用とは、他にも二、三、中原と同様、誤記した者があったことをいうか、ひろく二つの表記が普及していたか、問題がないわけではない。「臆」は一例だが、本文校訂は労力と見識を必要とする。私はそうした労力を惜しみ、また、見識を欠いていた。新編全集の本文校訂が完全とは思わないけれども、創元社版全集の本文校訂の粗雑さについては弁解の余地がない。

配列は作品の制作年時の推定ができれば、制作年時によって配列すべきであろう。創元社版全集では『山羊の歌』『在りし日の歌』の二詩集の次に未収録作品を二部に分けて収め、制作年代の判明しているものを一部に、不明なものを二部にまとめ、二部に収めた作品は初期、後期に分類して注記した。この分類は「編者の大凡の推定」によると創元社版全集第一巻の解説に私は記しているが、この推定はもっぱら大岡さんの考えであった。大岡さんに責任を転嫁する趣旨ではないが、たとえば、「屠殺所」という未刊詩篇中の作品についていえば、これは三連から成り、第一連、第三連の各四行は同文、その間に二行の第二連が挟まれている作品である。このようにくりかえして詩を完成させるのは、晩年の中原の衰弱した詩心のあらわれだと大岡さんは推定し、これを後期の作品と注記した。私には大岡さんの推定に異論を唱えられるような知識も意見もなかった。大岡さんの努力により、旧全集で原稿用紙の区別による制作年代の推定が大いに進歩したことは知られるとおりであり、新編全集では「屠殺所」は昭和二、三年ころの初期作品と推定されているが、創元社版全集の配列、制作年時の推定はその程度に根拠があやふやであった。

年譜はそれまでより詳しくなったとはいえ間違いが多い。それでも私なりに中原遺稿の解読にうちこみ、うちこみ甲斐を感じていた。しかし、一年近く、うちこんでいる間に、中原中也の人間像が私と一体化してしまったかのように感じた。ずいぶんと烈しい個性の持主であり、友人としたら、とてもつきあいきれない人だろう、と感じたが、しだいに彼との間の距離感をなくしていった。ということは、私は中原中也を客観視して批評したり、論じたりすることに関心を失ったのであった。

いつか、北川太一さんに高村光太郎の戦争詩についての感想をお訊ねしたことがある。ぼくには高村さんの気持が分りすぎるから、戦争詩だからどうこう、といった批評はできないのです、といったご返事であった。私と中原との関係もほぼそういう関係であった。創元社版全集の刊行後、中村光夫さんから、編集体験について書いてみたらどうか、というお話を頂いたことがあった。どこかの雑誌にお世話下さるような様子であった。私にはどんな文章も書けなかった。私は『ユリイカ』昭和三十一年十一月号に「中原中也の生活」という評論を発表した。創元社版全集からほぼ五年経っていた。中原を論じるのにほぼ五年かかったのだが、中原の詩について論じたり、評したりしたわけではなかった。中原中也の「生活」について感想を述べたにすぎなかった。読みこむにしたがって、中原は私の手に余る存在となった。昭和四十七年十月の『ユリイカ』に発表した「言葉なき歌」が私がはじめて中原の詩を論じた文章である。私はいまこの評論にも不満が多いが、それは別として、読みこめば読みこむほど、客観視することが難しくなる、中原中也とはそういう詩人なのだ、ということを創元社版全集の編集をつうじて私は知った。

＊

時期は戻るが、昭和二十五年一月六日、コミンフォルムの機関紙『恒久平和と人民民主主義のために』にオブザーバーの名により「日本の情勢について」と題する日本共産党の野坂理論（占領下平和革命論）批判の論文が掲載された。小学館版『昭和の歴史』第八巻に要約されているところによれば、この批判は次のようなものであった。

「野坂「理論」は、日本の帝国主義的占領者を美化する理論であり、アメリカ帝国主義賛美の理論であり、したがって、日本人民大衆をあざむく理論である。あきらかに、野坂「理論」は、マルクス・レーニン主義とはなんの共通点もない。その本質上、野坂「理論」は、反民主主義的・反社会主義的な理論である。それは、日本の帝国主義的占領者と日本独立の敵にとってのみ有利である。したがって、野坂「理論」は、同時に反愛国理論であり、反日本的な理論である」。

占領下の日本で社会主義革命が実現できるとする野坂「理論」は、私には欺瞞的であり、日本共産党の真の意図はそういうものではあるまいと想像していた。しかし、日本共産党が占領下の平和革命論を信じていたことを、このコミンフォルムの批判によって私は知り、そうであれば批判は当然と考える反面で、コミンフォルムおよびコミンフォルムを支配しているソ連の政治的配慮の欠除に驚いた。こうした批判を日本共産党が受け入れなければならないとすれば、日本の民衆は公党である日本共産党をソ連の出先機関とうけとり、日本共産党は日本の民衆の間でまったく信用を失墜するにちがいない。そういう見通しをソ連がもっていないことが私には不可解であった。

この論評に対する日本共産党の時代の変化にともなう批判も私には興味ふかい。たとえば『日本共産党の五十年』では、この論評は「きわめて節度を欠」くものであり、その根柢には「スターリンの大国主義がよこたわっていた」と書いた上で、次のように続けている。

「日本共産党が、朝鮮戦争を準備していたアメリカ帝国主義の面前で、党にたいするかれらの弾圧のつよまる条件のもとで、正しい政治路線への転換を成功的におこなうためには、全党の意思の統一とかたい団結による賢明な処置が必要であった。しかし、突然の一方的な国際批判は、党内の矛盾と対立を必要以上にはげしくし、この転換に困難を加えた。また、この国際批判は、党がまだ全体として自主的な国際路線を確立しえず、スターリンやソ連共産党、中国共産党などへの無条件の信頼の傾向が支配的だったこととむすびついて、日本共産党の内部問題へのスターリンなどのいっそう乱暴な干渉に道をひらく第一歩となり、その意味では、それ以後数年にわたる党の分裂と混乱の最大の要因の一つとなった」。

（なお、この『日本共産党の五十年』では、「この間、アメリカ帝国主義は、六月二十五日、朝鮮で侵略戦争を開始した。朝鮮では、一九四八年九月、北半部に朝鮮民主主義人民共和国が成立していたが、これを米・「韓」の連合兵力で撃破し、朝鮮半島全体をその支配下において、社会主義陣営の東方の一角に打撃をあたえようというのが、アメリカ帝国主義の野望であった」と記されている）。

これが『日本共産党の八十年』では次のとおり記述されている。

「アメリカ占領軍による党や国民運動への弾圧がつよまっていたもとで、党内には、党の指導と活動が、日本政府と吉田内閣への批判と闘争にむかうだけの現状に疑問がひろがっていました。

この論評がまさにその時期に出されたために、党内外には、コミンフォルム論評を善意の助言――アメリカ占領下での党の戦略方針のあいまいさを指摘し、公正な講和の獲得による民族独立の課題へのとりくみや占領政策への明確な評価と態度を確立することの重要性を説いたまじめな忠告とうけとる気持ちが、ひろく生まれました。

しかし、コミンフォルム論評にこめたスターリンのねらいは、表むきの文章とはちがって、日本共産党への中国流の武装闘争のおしつけをはかり、日本の党と運動を組織的にも自分たちの支配と統制のもとにおこうとした、きわめて陰謀的なものでした」。

陰謀であればなおさら、日本共産党が社会主義革命に成功し、これによってソ連共産党が日本にも支配的権力を樹立することが狙いであるはずであり、「中国流の武装闘争のおしつけ」が正しい革命路線でありえないことは、後に五一年綱領による山村工作隊等の極左冒険主義闘争の惨憺たる結果が示している。「陰謀」云々は五一年綱領による運動方針の誤りを糊塗するための弁解にすぎない。五一年綱領については後にふれるが、日本共産党の正史とみられるこれらの著書の間で、同じ事実に対する記述の齟齬が私にはどうしても看過できない。

(朝鮮戦争については、『日本共産党の八十年』では次のとおり記述している。

「党が分裂の危機に瀕していた一九五〇年六月、朝鮮半島では、朝鮮を南北に分断する三十八度線で大規模な軍事衝突がおこり、全面的な内戦がはじまりました。

この内戦は、スターリンの承認のもとに、北朝鮮の計画的な軍事行動によってはじめられたもので、北朝鮮の軍隊は、開戦三日後にはソウルを占領し、八月はじめまでに、朝鮮半島の東南端の一角をのぞき、半島全域を占領するにいたりました」。

『日本共産党の五十年』でどう記述していたか口を拭っているのはともかくとして、同書で「朝鮮民主主義人民共和国」と称していたのを『日本共産党の八十年』では「北朝鮮」と言いかえている。何故そう言いかえたのか、私にはまことに不可解である)。

昭和二十五年は、その六月二十五日に朝鮮戦争がはじまった年だが、朝鮮戦争勃発前の六月六日、マッカーサーの吉田首相宛書簡により、共産党の国会議員をふくむ全中央委員二十四名の公職追放が指示され、翌七日には『アカハタ』関係者十七名も追放され、日本共産党は徳田球一らの「所感派」と志賀義雄、宮本顕治らの「国際派」とに分裂し、徳田ら所感派は地下に潜行、椎野悦郎を議長とする臨時中央指導部を合法指導機関として設けた年であり、同年一月には社会党も左右二派に分裂した年であり、朝鮮戦争を契機に八月、警察予備隊が創設された年であり、さらに七月、八月の間にレッド・パージにより朝日新聞社をはじめとする新聞社、通信社等の社員七百名余が解雇された年であり、レッド・パージにより解雇された者は、全産業、公務員をあわせて一万数千人に達した年であり、一方、敗戦直後の昭和二十一年に公職追放されていた政界人、財界人等一万人余が八月に終了した訴願の審査の結果、追放を解除された年であった。つまり、昭和二十五年は、逆コースによる右旋回、社会党をふくめた左翼勢力の退潮が明確となった年であった。私は地下に潜行した徳田球一ら共産党幹部がどうして地下に潜って革命運動を指導、推進できるのか疑っていたが、一方では、まったく地上から姿を消し、公安当局が彼らを逮捕できないことを痛快に感じていた。

しかし、分裂の経緯や理由、その混乱の渦中にあった人々の苦悩などに私は関心も共感ももたなかった。私が関心をもったのはいわゆる五一年綱領であった。『日本共産党の八十年』には、次の記述がある。

「五十一年十月、徳田・野坂分派と「臨中」は、スターリンのつくった「日本共産党の当面の要求――新しい綱領」を国内で確認するために、「第五回全国協議会」（五全協）をひらき、「五一年文書」と武装闘争や武装組織づくりにいっそう本格的にふみだすあたらしい「軍事方針」を確認しました。

この方針による徳田・野坂分派の活動は、とくに五一年末から五二年七月にかけて集中的にあらわれ、「中核自衛隊」と称する「人民自衛組織」や山村根拠地の建設を中心任務とした「山村工作隊」をつくったりしました。これらの活動に実際にひきこまれたのは、ごく一部の党員で、しかもどんな事態がおこっているかの真相は、これらの人びとにさえ知らされないままでした。しかし、武装闘争方針とそれにもとづくいくつかの具体的行動が表面化したことは、党にたいする国民の信頼を深く傷つけ、党と、革命の事業に大損害をあたえました」。

『日本共産党の八十年』では、五一年文書と称しているが、それ以前の『日本共産党の五十年』等では五一年綱領と称していた。この言いかえの理由は不可解だが、それ以前は徳田らの分派といっていたのが、徳田・野坂分派と言いかえているのも、野坂の除名後の歴史叙述の曲筆であろう。

それはともかく、五一年綱領による人民自衛組織による闘争がいわゆる火炎瓶による一連の交番派出所等の襲撃事件となったわけだが、私にはこうした火炎瓶等は児戯に類する独善的なものとしてしか見えていなかった。山村工作隊に至っては、講座派の亡霊に支配されているように思われ、日本共産党は常軌を逸しているように感じた。つまり、半封建的土地所有制が日本社会の後進性と講座派は考えていたが、敗戦後の農地解放により農村地主が存在しない時点となると、敵は山村地主しかいないわけだから、山村に入って地主打倒を工作しようという論理であった。これが狂気による幻想と思わないのは、五一年綱領を採択した人々だけだろうと私は考えていた。やがて、昭和二十八年三月にスターリンが死去、同年十月に徳田球一が北京で死去、昭和三十年七月に第六回全国協議会、いわゆる六全協が開かれ、極左冒険主義の放棄がきまる。ただ『日本共産党の八十年』によれば、「「六全協」には、徳田たちに排除された宮本顕治らも出席し、党の分裂状態から一定の団結を回復する第一歩となりました。そして、極左冒険主義などの誤りにもとづく混乱をただし、統一した党活動に道をひらくうえで、また、サンフランシスコ体制下のあたらしい条件に対応して、党活動をきちんとしたものに転換させるうえでの第一歩となりました」というにとどまっている。後年、私は柴田翔『されど　われらが日々――』を読んだ。登場人物の一人の手紙に、「六全協の決定は、ぼくらがそれまでに信じてきたもの、信じようと努力してきたものを、殆ど全て破壊しただけではなく、その誤ったものを信じていた、あるいは信じようとしたぼくらの努力の空しさをはっきりさせることによって、ぼくらの自我をも、すっかり破壊してしまったのです。ぼくらは、いわゆる新方針を理解することも、批判することもできなくなってしまいました。ぼくらは、暫くは茫然自失の状態で、世の中に何か正しいことがあるということすら、信じられなくなっていました」等とある箇所にふかい感慨を覚えた記憶がある。作者は私よりも十歳足らずしか年少でないのに、僅かそれだけの年齢差によって五一年綱領のうけとり方があまりにも違うことに驚嘆し、ちょうど敗戦に近い時期、竹槍でアメリカ軍に勝つことができると信じていた、当時の日本国民の大多数に対し私が抱いていたのと同様の悲惨さを感じたのであった。だから、五一年綱領について誰が責任を負うべきかについて、私は無関心ではいられない。

すでに引用したとおり、『日本共産党の八十年』は五一年綱領は「スターリンがつくった」ものであり、徳田・野坂分派と「臨中」がこれを「確認」したと記述している。「臨中」とは徳田らが指名した椎野悦郎を議長とする八人の臨時中央指導部である。彼ら、いわゆる「所感派」に対し、宮本顕治ら「国際派」はコミンフォルム批判にさいしどう行動したか。以下『日本共産党の八十年』から抄出する。「党中央の解体と党分裂という事態にあたって、徳田・野坂分派によって排除された宮本顕治、蔵原惟人ら七人の中央委員は、党の統一を回復するために、一九五〇年九月、公然機関として全国統一委員会をつくりました」。「五〇年九月三日、中国共産党機関紙「人民日報」は、「今こそ日本人民は団結し敵にあたるときである」という社説を発表しました」。「宮本らは、党分裂を固定化させず統一の実現を促進するため、五〇年十月に全国統一委員会を解消する措置をとりましたが、その後も、中央委員の連絡の回復と中央委員会、政治局の機能の回復など、党の統一をめざす努力をかさねました」。「五一年二月、徳田・野坂分派は「大会に準ずる」ものとして「第四回全国協議会」（四全協）を招集しました」。「こうした状況のもとで、宮本らは、五一年二月末、ふたたび公然機関として、全国統一会議をつくり、理論機関誌『理論戦線』（五一年三月〜六月まで二号）や『建設者』（五一年五月〜八月まで九号）などを発行して、徳田らの党中央の解体と党分裂の誤りを批判し、中央委員会の機能回復を主張しました」。「五一年八月十日、コミンフォルムの機関紙「恒久平和と人民民主主義のために」に、「『分派との闘争にかんする決議』について」と題する記事が掲載されました。この記事は「四全協」の『分派主義者にかんする決議』を支持するとともに、党の分裂に反対し、統一のためにたちあがった党組織や党員の活動を、「日米反動を利益する」分派活動と非難したもので、モスクワ放送と「人民日報」がこれを報道しました。このように、コミンフォルムの二回目の論評は、徳田・野坂分派の支配を決定的なものにしようともくろまれたものでした。

党中央の解体と党分裂の誤りを批判していた全国統一会議は、コミンフォルム機関紙の記事を不当としながらも、組織解散の方向をうちだし、十月、声明「党の団結のために」で、最終的な解散を宣言しました」。

この全国統一会議の解散の後、同じ十月に五一年綱領は採択されたわけである。全国統一委員会、全国統一会議をつうじ、宮本顕治らと徳田球一らとの間で行われた権力闘争は、コミンフォルム、ソ連、中国が徳田らを支持したため、宮本らの敗北に終り、宮本らはソ連等の指導、指示に屈服した。だから、当然宮本らも五一年綱領の採択については、その責任の一半を担っている。だから、すべての責任をスターリン以下に転嫁してすむことではない。

五一年綱領とこれにもとづく極左冒険主義は、当時の私には笑劇のように愚劣で嗤うべきものにみえていたし、敗戦後、私が託していた社会主義への夢が潰え去るように感じた事件であった。この極左冒険主義の責任について『日本共産党の八十年』の記述に、私は納得していない。

＊

すでに記したとおり、昭和二十五年六月、朝鮮戦争が勃発した。朝鮮戦争に関連して忘れがたいことは、この戦争の勃発前、日本経済がドッジ・ラインの結果すさまじいデフレーション状態にあったことである。私は証券市場にほとんど関心をもったことはないが、戦争勃発前、株価は日々低落し、放置すれば、共産党による暴力革命によらずとも、日本経済は崩壊するのではないか、と私は感じていた。その事実を示す適切な資料が手許にないので、日高普『日本経済のトポス』からの引用で間に合わせることとする。日高は一ドル三百六十円という単一為替レートの設定をあげた上で、次のとおり説明している。

「そしてドッジは、日本の経済は占領軍の援助と政府の補助金という二本の竹馬の足に乗っているのだからこの二本の足を切り落とさなくてはならないとのべ、企業の自助努力をうながした。他方政府にたいしては企業保護的な支出を一切やめた超均衡予算を求め、インフレを収束しようとしたのである。むろんさし当たっては安定恐慌をおこすかもしれないが、それこそは長い目でみて日本経済を強化する道だと考え、かなり強引な荒療治にとりかかった。日本の官僚と日銀はしぶしぶドッジのこのやり方を受け入れながらも、ひそかに抵抗し、企業への細心な指導や為替管理による輸入防衛などに心がけた。しかしドッジラインの衝撃を防ぐ力はなかったのである。

インフレを急激に収束しようとして通貨量の減少にまで及んだためその衝撃で不況が広がったうえ、単一レートで国際市場にさらされたこともあって弱体な企業が次々と倒産していった。日本経済で重大な意味をもったデフレ政策としては松方財政と井上財政、そしてこのドッジラインがあげられるであろう。こういう強引で急激な荒療治が必要だったのかどうか。もう少し時間をかけてもっとゆるやかにインフレを抑えていった方がよかったのではないか、という意見もあろう。ともかくインフレはおさまったが不況は広がり、各地に解雇反対の凄惨な争議がくりひろげられた。このまま推移すれば深刻な事態になるのではないかと憂慮されるほどであったが、このとき北朝鮮軍の韓国進入が開始されたのである」。

朝鮮戦争による「特需」がまさに旱天の慈雨として日本経済回復の要因としてあげられるのはいわば常識といってよい。しかし、朝鮮戦争勃発前、ドッジ・ラインによってもたらされたわが国の経済の危機的状況について私が感じていた不安、危惧を書きとめておきたい。

ついで、朝鮮戦争に関連して私が思いだすことの一つは、私は朝鮮戦争は韓国軍が北朝鮮に侵入することによってはじまったと考えていたことである。こうした見方は『日本共産党の五十年』にも記述されているが、私にとって説得力をもっていたのはI・F・ストーン『秘史朝鮮戦争』であり、もっといえば、北朝鮮のような社会主義国が侵略的行動に出ることはありえない、とする社会主義体制への幻想があった。いまでは、『日本共産党の八十年』にみられるとおり、北朝鮮による韓国への侵略によって朝鮮戦争が勃発したとみるのが定説のようである。ただ、朱建栄『毛沢東の朝鮮戦争』が紹介している初代中国駐朝臨時代理大使であった柴成文は次のように語っているという。

「敵対する双方が虎視たんたんと対峙していたときに、いずれか一方が相手を挑発して、初弾を発砲させることはいともたやすい」。

「朝鮮戦争についていえば、先に発砲したものが李承晩であれ、金日成であれ、その戦争は内戦であった。われわれはかつて国民党と共産党との内戦で、誰が先に発砲したのかを問題にしたことはない」。

その上で、『毛沢東の朝鮮戦争』の著者は、「九〇年代前半以降、とりわけ旧ソ連の崩壊後、朝鮮戦争関連の公文書が多く明るみに出たことにより、「六・二五」は北朝鮮側が発動したことについて、もはや疑問を挟む余地はなくなった。そして金日成がスターリンの支持を取り付けて、その軍事的援助を得て、ソ連人軍事顧問のアドバイスを受けて開戦計画を練っていたことも明らかになった」と記し、「ただ、金日成とスターリンという二人の主役に比べて、毛沢東は開戦準備段階では「脇役」だったこともあって、諸研究は主役への取り組みの過程で一部言及したのがほとんどで、中国側の役割に関しての研究は分散しており、一部の歴史的資料をめぐる解釈ではいまだに対立する分析と見解が残っている」。

こうした最近の研究の成果を読み、私が朝鮮戦争の本質が中国共産党と国民党との間の内戦と同様の性格をもつ、朝鮮半島全域を支配しようとする二つの勢力間の「内戦」であったという性格に当時まったく気付いていなかったことを、いまとなって恥じている。ソ連ないしスターリン、中国共産党ないし毛沢東がどれほど朝鮮戦争に関与していたかは、まったく空想の域を出なかったが、私には朝鮮戦争は社会主義対帝国主義間の代理戦争のようにみえていた。南北朝鮮の人々は、代理戦争の犠牲者のように思われた。だから、朝鮮戦争が韓国の侵略にはじまったと理解していても、韓国の人々もまた犠牲者だと考えていた。私は『人間』昭和二十六年一月号に「声」を発表した。朝鮮戦争の真相がほぼ明らかになった現在、こうした詩を書いたことについて、どのように評価されるか知らないが、これも「私の」昭和史の一齣なので、以下に引用する。

声

われら闇に伏して久しい　げにも久しい　（いいだ・もも）

ないているのは鶏だろうか？　ビルの地の底から
望楼をこえはるかの丘をわたり　ひくくひくく
運河のほとり　男たちのつかれた肩にちかく
胸元にちかくおしよせてくる声……海嘯のように
待っていてはなにも　なにも訪れはしないと

獣らの手にとざされて夜は久しい　げにも久しい
男たちは曳かれていった　つぎつぎにどこへともしれず
隠れていった　その道は傾き白い陽がさしていた……
それなのに頬の火照りは　ゆうぐれの海辺のように
どよめくのであった　たえだえの歎きをきくたびごとに

ああ　海峡のかなたでは　逃げまどう流民のむれ
やけただれた禿山　くびられたいくつの昨日の鶏——
待っているならば　襲いくるものだけがあるであろう
あれはてた湿土は毟られた羽毛にみたされ

それだけがしめやかに追憶をつたえるであろう……

その声のかすかなように　暁はいまだ遠いだろうか？
浪のしぶきのように　毟られる羽音をききながら
ぼくたちははてしない夜を待つのだろうか？

くだちゆく闇のなかに　また　ビルの谷間にふかく
ぼくたちはしっている　かの祖父たちのように
うなだれて　沈みゆかねばならぬのだろうか？

ゆうぐれがやがて夜につづくように　そして海が
たえず吼えているように　たとえあまたの鶏たちの
はばたきが夜明けの星を呼びはしないにしても……

地にひそむものたちのざわめきはやむことはないだろう
望楼をこえはるかの丘にわたり　ひくくひくく
胸元におしよせてくる声……ああ海嘯のように

待っていてはなにも　なにも訪れはしないのだとつけ加えれば、私は待つこと以上の何もしたわけではない。そういう意味では無責任なアジテーションといわれても致し方ない。

＊

昭和二十五年はまたプロ野球がセ・リーグとパ・リーグに分裂した年であった。毎日新聞社に正力松太郎がプロ野球球団をもつことを勧め、毎日がその気になったところで、阪神が毎日の加盟に反対し、それが契機となって二リーグに分裂することになった、といわれている。その怨恨からか、毎日の阪神球団からの選手の引き抜きはすさまじかった。監督兼投手の若林忠志をはじめ、別当薫、呉昌征、土井垣武、本堂保次、大館勲の六名である。呉は外野手で一番、別当は一塁手で三番、土井垣は捕手で五番、本堂は内野手で六番、大館は代打だったと憶えているが、いわば四番の藤村富美男を除く主力打者をごっそり監督もろとも毎日は阪神から引き抜いたのであった。分裂後の第一年度である昭和二十五年度、別当が三割三分五厘で打撃ベストテンの二位、呉が三割二分四厘で三位、土井垣が三割二分二厘で四位、本堂が三割六厘で七位であった。毎日のパ・リーグ優勝は阪神からの引き抜き組をぬきには考えられないが、この引き抜きは私の目にはいかにもむごく、非情で、プロ野球はそれこそ仁義なき世界だと憤りにたえなかった。

同じ昭和二十五年の末にはセ・リーグに加盟していた西日本パイレーツがパ・リーグ所属の西鉄と合併した。セ・リーグは選手の「保有権」はリーグにあると称して、巨人軍は、西日本パイレーツの選手であった平井、南村等を引き抜いた。選手は球団と契約しているので、リーグに「保有権」などという権利があるはずもない。しかし、昭和二十五年度に巨人軍が優勝できなかったのは、遊撃手白石を広島カープに譲り渡したため、その後任の山川のエラーで「十四ゲームくらい負けた」と『戦後プロ野球史発掘①』で監督だった水原茂は語っている。だから、名遊撃手平井の引き抜きは巨人軍経営陣のなりふりかまわぬ至上命令だった。南村も六番打者としてそこそこの成績をあげたはずである。昭和二十五年はプロ野球にとって、法律的常識ないし社会的良識のまったく通用しない「乱世」であった。

そんな理由で私は毎日オリオンズを許しがたく感じていたが、選手個人個人の好き嫌いは別であった。私は中学生のころから若林忠志が好きであった。その若林がセ・リーグの優勝チームであった松竹と第一回の日本シリーズを戦った。毎日のエースは当時火の球投手といわれた荒巻淳だったが、第一戦のマウンドに立ったのは四十二歳の若林であった。私はその日、ちょうど司法修習生の団体旅行でバスに乗っていた。バスの中で、日本シリーズのラジオ放送を流していた。私は固唾をのんで耳を傾けていた。この日本シリーズは第一戦を延長十二回で毎日が勝ち、結局、四勝二敗で毎日が日本シリーズを制したのだが、忘れがたいのは、伝説的な第一回の立ち上りであった。松竹の一番は金山、打率三割一分を超え、駿足であった。若林の投球は続けて三球ボール、たちまちカウント0―3になった。第四球、第五球とストライク、第六球を金山は打って三塁ゴロに倒れた。伝説は、このときの若林の投球のくみたて方にある。近藤唯之『プロ野球監督列伝』は若林が次のとおり説明したと記している。

「プロフェッショナルというのは、初球を独立させて考えない。かならず2球目、3球目、4球目と関連性を持たせて考える」。

「金山君の場合、彼が乗っていたから、初球、2球目、3球目はストライクをとりにいかないという前提を立てた。そしてどうせストライクをとらないのなら、当日のコントロールを測定するため、外角低め、内角低め、外角高めの順に、コーナーをボール1個分はずして狙ってみたんですわ」。

プロ野球の報道記事は白髪三千丈式の誇張が多い。針の穴を通すほどの制球力といった類がふつうだから、どこまで信用できるか、私には分らない。しかし、毎日の総監督湯浅が第一戦のマウンドに若林を送ったのは、若林の経験、頭脳、制球力を考えたからであろう。私はこの種の挿話を剣豪小説と同様に好んでいる。いささか子供じみていると我ながら感じているのだが、致し方もない。

若林以上に私が好きだったのは西沢道夫であった。戦前は名古屋軍に属し、観客に配られた選手一覧表の出身校欄に「名古屋軍養成」とあるのが目立った。中等学校に進学せず、高等小学校を卒業してすぐ、職業野球選手として養成されるため名古屋軍に入団したのである。戦前は投手として、昭和十七年五月二十四日、当時大洋と称していたセネタースの野口二郎と延長二十八回を投げ抜いたことは、以前に記した。戦後になると、一覧表の出身校欄は中央大学となっていた。戦争中に勉学につとめて卒業資格をとったのであろう。戦後は打者に転向した。長身で、どこか気の弱そうな感じがあったが、じつは強打者としての迫力を秘めていた。二リーグに分裂する前の昭和二十四年には三割九厘で打撃ベストテンの八位、分裂後の二十五年は三割一分一厘でベストテン第十位、二十七年には三割五分三厘で首位打者、二十八年は三割二分五厘でベストテンの第三位といった記録を残している。私は毎朝、新聞で真先に見るのは西沢の打撃成績であった。四打数無安打などという記事を見ると食欲をなくし、気力の衰えを感じた。これも子供じみていることは否定できない。

ここまで書いて気がついたことだが、西沢の現役中、名古屋軍は中日ドラゴンズになり、西沢は昭和三十九年の途中から四十二年の途中までの間、監督をつとめ、全シーズンを通して監督をつとめた昭和四十年、四十一年は二年続けて二位だから、監督としても、凡庸だったわけではない。それよりも現在の中日の監督落合博満の生年月日は昭和二十八年十二月九日だから、落合は西沢の現役時代の末期にようやく生まれたばかりだったわけであり、他チームの監督も似たような年配のようである。そう気付いてみると、私がここで回想しているのは、プロ野球の神代史ないし古代史というべき時期である。こんな時代に郷愁を抱く読者があるか、私は疑っている。

私の昭和史・戦後篇　上

中村稔

二〇〇八年一〇月一〇日　第一刷印刷
二〇〇八年一〇月二〇日　第一刷発行

発行者　清水一人
発行所　青土社
東京都千代田区神田神保町一－二九　市瀬ビル　〒一〇一－〇〇五一
電話　〇三－三二九一－九八三一（編集）、〇三－三二九四－七八二九（営業）
振替　〇〇一九〇－七－一九二九五五

印刷所　ディグ・方英社
製本所　小泉製本

装幀　菊地信義

ISBN978-4-7917-6436-5

中村 稔

私の昭和史

生きることの輝きと苦渋。
十五年戦争下の少年期と思春期、
迫りくる死を目前に自由な生を求める心の軌跡。
昭和のはじまりと同時に生を受けた著者が
その生い立ち、
社会と文学への早熟な目覚め、
多彩な友情空間の回想をつうじ、
敗戦に至る濃密な時代の痛みを透視する
鮮烈な鎮魂の記録。

朝日賞 毎日芸術賞 井上靖文化賞 受賞

青土社